Tabea Koenig
Die Verlegerin von Paris

atb aufbau taschenbuch

TABEA KOENIG, geboren 1992, studierte Soziale Arbeit und Kulturvermittlung. Sie war schon immer von starken weiblichen Persönlichkeiten fasziniert. Besonders haben es ihr das viktorianische Großbritannien sowie Paris von der »Belle Époque« bis zu den »Années folles« angetan. Sie liebt Tagträume, Bücher und lange Spaziergänge und lebt mit ihrem Mann in Basel.

Im Aufbau Taschenbuch ist ihr Roman »Die Maskenbildnerin von Paris« lieferbar.

Mehr zur Autorin unter www.autorin-tabea-koenig.ch

London, 1921: Die junge Lizzie wagt es, sich aus ihrer lieblosen Ehe zu befreien. Auf sich allein gestellt, reist sie nach Paris, wo sie sich ein freieres Leben aufbauen will. Schon kurz nach ihrer Ankunft gelangt sie zur Buchhandlung »Shakespeare and Company« von Sylvia Beach. Hier, an der Rive Gauche, betritt Lizzie nicht nur eine faszinierende Welt der Bücher, sie trifft auf inspirierende Frauen, die sich mit Leidenschaft der Literatur verschrieben haben. Für Sylvia Beach tippt sie das Manuskript von James Joyce ab, und bald schon will sie selbst Bücher verlegen. Ihr Traum ist greifbar nah, da widerfährt ihr eine Tragödie, die ihr ganzes Leben verändern könnte.

TABEA KOENIG

DIE VERLEGERIN VON PARIS

HISTORISCHER ROMAN

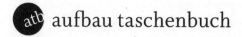 aufbau taschenbuch

ISBN 978-3-7466-3840-9

Aufbau Taschenbuch ist eine Marke
der Aufbau Verlage GmbH & Co. KG

1. Auflage 2022
© Aufbau Verlage GmbH & Co. KG, Berlin 2022
Umschlaggestaltung www.buerosued.de, München
unter Verwendung mehrerer Bilder von
© tomograf / Getty Images, © CaoChunhai / Getty Images,
© Julian Elliott Photography / Getty Images und
© Ilina Simeonova / Trevillion Images
Satz LVD GmbH, Berlin
Druck und Binden CPI books GmbH, Leck, Germany
Printed in Germany

www.aufbau-verlage.de

Für Leonard Koenig
Für Deinen Glauben an dieses Buch
Für Deine Liebe
Für alles

TEIL 1

Februar 1921 – März 1921

1. KAPITEL
New York, Februar 1921

Lizzie Wellington fragte sich, ob das Gefühl, etwas Unrechtes zu tun, endlich nachlassen würde, sobald das Schiff mit ihr abgelegt hätte – oder ob die Schuldgefühle ihr dann erst recht zu schaffen machen würden, weil es kein Zurück mehr gab.

Noch war es möglich umzukehren, ihr ganzes Vorhaben abzublasen und Sämtliches beim Alten zu belassen. Niemand würde erfahren, was sie beinahe getan hätte. Alles würde seinen gewohnten Lauf nehmen. War ihr Leiden denn tatsächlich genug? Oder war es nicht furchtbar egoistisch, für sich selbst einzustehen?

Diese Grübelei trieb sie noch in den Wahnsinn. Sie konnte kaum stillstehen. Stechende Kopfschmerzen strahlten von ihrer Stirn bis in den Hinterkopf aus und drückten auf ihre Augen. Ständig schreckte sie auf, wenn sie jemanden sah, der ihrem Mann ähnelte.

Damit sich ihre unsicheren Hände wenigstens an etwas klammern konnten, zündete sie sich eine Chesterfield an. Einatmen, ausatmen. Das angenehme Kratzen im Hals spüren, in der Gegenwart ankommen, aufhören zu denken. Langsam kehrte Ruhe in ihr ein. Ihr Fokus richtete sich jetzt auf die Umgebung.

Es war ein winterlicher Morgen, an dem jeder Atemzug in der Lunge brannte. Blaugrauer Dunst erstreckte sich über den Hafen, einer Eiswolke gleich, die einen mit bissigen Zähnen erfasste. Lizzie kam dieser kühlende Schmerz gerade recht. Die Kälte belebte ihren Geist. Und einen wachsamen Verstand brauchte sie jetzt mehr als alles andere. Die Zigarette war schnell aufgeraucht. Sie warf den Stummel ins Meer und verfolgte mit den Augen seinen unbekümmerten Fall. Ein Anflug von Übelkeit erfasste sie, als die Reling der *RMS Olympic* ihr gegen den flauen Magen drückte. Passagiere drängten sich dicht an sie, die meisten plauderten aufgeregt, staunten über das prächtige Schiff oder suchten ihren Abschnitt.

Und Lizzie? Vom Deck aus überblickte sie ein letztes Mal die New Yorker Skyline. Ihr wohnte an diesem Morgen nicht der glorreiche Zauber der unbegrenzten Möglichkeiten inne, wie man es sich gern erzählte. Wie Grabsteine ragten die Gebäude in den Nebel, der ihre Enden verschluckte. Eine bedrohliche Präsenz ging von ihnen aus. Ein Sinnbild dafür, wie sich Lizzie seit drei Jahren fühlte: abgewiesen und geringgeschätzt. Nie hatte sie sich hier willkommen oder heimisch gefühlt.

Eine Geruchswolke aus Fisch, Meerwasser, Eisen und Abgasen wallte zu ihr empor, während sie auf das Geschehen im Hafen hinabblickte und der Kakophonie der rufenden Händler und Dockarbeiter lauschte. Um diese Uhrzeit herrschte Hochbetrieb. Kisten wurden geschleppt, Waren verfrachtet, Taue aufgerollt. Güter und Nahrungsmittel für eine Millionenmetropole mussten ausgeladen werden. Tag für Tag, Woche für Woche, Jahr für Jahr gingen die Hafenarbeiter ihren Geschäften nach. Eine Kontinuität, die etwas Trostspendendes hatte. Sie kümmerte die junge Frau am Schiffsdeck nicht, die ihren fein bestickten Musseline-Mantel enger um sich schlang und ihr Herz, zerschnitten von den Scherben ihrer zerstörten Träume, aus Amerika davontrug. Sie führten ihr Leben fort, als habe Lizzie nie existiert.

Sie dachte an den Brief, den sie ihrem Mann Martin in seinem Arbeitszimmer auf dem Kaminsims hinterlegt hatte. Er würde ihn hoffentlich erst lesen, wenn sie Hunderte Seemeilen trennten. Doch mit jeder weiteren Minute, die verstrich, schwand diese Hoffnung. Das Schiff hätte schon vor einer Stunde ablegen müssen. Die Verspätung entstand durch die langwierige gesundheitliche Inspektion der Reisenden. Die Spanische Grippe war erst vor wenigen Monaten abgeflacht, eine Rückkehr der Pandemie galt es von allen Seiten zu verhindern, insbesondere, wenn man einen anderen Kontinent bereiste.

Was, wenn der Brief schon vorher in Martins Hände geraten war und er sich auf dem Weg hierher befand? Er würde nicht wie ein Ehemann trauern, dessen Herz gebrochen war, denn dafür hätte er eines besitzen müssen. Lizzie und ihren Mann mochten eine Menge Vorteile verbunden haben, die in ihren Gesellschaftskreisen nicht von der Hand zu weisen waren; Vermögen und Ansehen, doch nicht Liebe. Falls er zu solcher überhaupt fähig war, verspürte er diese wohl eher für sein schnelles Auto und die kurzen Röcke der Damen aus einschlägigen Etablissements.

Aber er würde toben und alles in seiner Macht Stehende tun, um Lizzie von ihrem Vorhaben abzuhalten. Sie war seine Frau, sein Eigentum. Die Sorge, er könnte das ganze Schiff aufhalten, sie hinauszerren und zurück in ihr Stadthaus in der Park Avenue verfrachten, kam nicht von ungefähr. Lizzie wusste, wozu er fähig war, wie weit zu gehen er bereit war. Einen Martin Goldenbloom, der in vierter Generation eines der größten Eisenbahnimperien der Staaten leitete, verließ man nicht.

Alles in ihr zog sich zusammen, als sie sich nicht nur der Konsequenzen ihrer Entscheidung, sondern auch der bevorstehenden Begegnung mit ihrer Mutter bewusst wurde. Lady Alice Wellington duldete keine Vergehen in ihrer aristokratischen Familie – eine Trennung glich einem gesellschaftlichen Todesstoß. Sie war es gewesen, die diese Ehe arrangiert hatte, und war somit für ihr Scheitern mitverantwortlich. Die Enttäuschung, das Gerede, die Vorwürfe … Lizzie würde Rede und Antwort stehen, Beschimpfungen erdulden und Ratschläge hinnehmen müssen, die nicht mehr ihrem Erwachsenenalter entsprachen.

Plötzlich raste ein Studebaker so schnell an die Anlage heran, dass die Reifen quietschten. Kurz darauf kam er in der Nähe des Hafenbeckens zum Stehen. Lizzies Herz setzte aus. Der blutrote Lack war unverkennbar. Es war der Wagen ihres Mannes.

Sofort wich sie einen Schritt zurück und prallte mit einem Passagier zusammen. Rasch senkte sie den Blick, sodass ihr graublauer Glockenhut ihr Gesicht verbarg und sie Martin beobachten konnte, der nun seinerseits mit der Aufmerksamkeit eines Habichts das Schiff absuchte.

Nur seiner Eitelkeit und dem Bewusstsein ihres Ranges verdankte sie, dass er sie übersah. Denn seine Suche begrenzte sich auf das vordere Deck der ersten Klasse, nicht aber auf jenes am Heck, nahe der Rettungsboote, wo sie stand. Einem Goldenbloom käme es niemals in den Sinn, in der zweiten Klasse zu reisen. Aber Lizzie war keine Goldenbloom mehr, nicht, wenn es nach ihr ginge.

Endlich dröhnte das Schiffshorn. Vor Schreck fuhr sie zusammen und fasste sich an die Brust. Hafenarbeiter entfernten die Passagierrampen, lösten die Taue und gaben ein Zeichen. Eine Bewegung ging durch das gesamte Schiff, als die Turbinen zu rotieren begannen.

Während die Versorgungsboote die majestätische *Olympic* aus dem Hafen schifften, hielt Lizzie abermals den Atem an. Um sie herum herrschten Jubel und Euphorie, Passagiere winkten mit schneeweißen Taschentüchern ihren Angehörigen zu – da entdeckte Martin sie. Wie ein gezielter Schuss traf sein Blick sie ins Herz.

Unerträglich langsam fuhr die *Olympic* an ihm vorbei. Lizzie sah seiner Körperhaltung an, wie er um Beherrschung kämpfte. Tobende, vor Zorn lodernde Augen fixierten sie, sodass es einem Angst einjagte. Sie war froh, nicht neben ihm zu stehen.

Es erforderte ihren ganzen Mut, sich erhobenen Hauptes diesem Blick zu stellen. Sie hielt ihn aufrecht, bis sie

Martin nicht mehr sah. Aber erst, als sie die Freiheitsstatue hinter sich ließ und sich das Meer vor ihr öffnete, wich die Anspannung von ihr, und das Hämmern in ihrem Kopf ließ nach.

Immer kleiner wurde die Millionenmetropole. Wie pittoreske Punkte eines impressionistischen Gemäldes tummelten sich Schlepper, Fischerboote und Privatyachten im Umkreis, bis sie ebenso verschwanden. Als frischer Wind aufkam und Lizzie die unendlichen Weiten des Ozeans sah, merkte sie, dass ihr Gesicht tränennass war. Rasch trocknete sie ihre eiskalten Wangen.

Nun, umgeben von nichts als Wasser, fühlte sie sich klein und unbedeutend. Sie war keine verheiratete Frau mehr, deren Tage als respektable Dame gezählt waren. Sie war einfach nur Lizzie. Das erste Mal allein, das erste Mal frei. All ihr Grübeln, ihr Zweifeln und ihre widerstreitenden Gefühle fanden hiermit ein Ende. Sie blickte jetzt nach vorn.

Lizzie hatte ihren Mann verlassen, hatte New York hinter sich gelassen – und sie würde nicht mehr zurückkommen.

2. KAPITEL
London, Februar 1921

Eine Woche später traf Lizzie am Belgravia Square im Salon ihrer Mutter ein. Schon beim Eintreten wurde es ihr eng um die Brust. Die Macht der alten Konflikte saugte ihr die Kraft aus den Knochen, wann immer sie die Räumlichkeiten betrat, in denen noch die alte Ordnung herrschte.

Obwohl Lizzie stark und zuversichtlich sein wollte, konnte sie gegen dieses beklemmende Gefühl nicht ankommen. Es fühlte sich nicht wie eine Heimkehr an, das hatte es nie, eher wie ein lästiger Termin beim Zahnarzt, den man wahrnehmen musste und lieber schnell hinter sich brachte.

Ihre Kleidung hatte sie sorgfältig ausgesucht, trotzdem würde ihre Mutter etwas zu nörgeln haben. Die neue Mode war mehr für androgyne Körper geeignet, Lizzies Kurven, insbesondere der breiten Hüfte, schmeichelte sie jedoch nicht. Sie hatte sich daher für ein schlichtes, hochtailliertes mitternachtsblaues A-Linien-Kleid mit weißem Bubikragen und dazu passende Mary-Jane-Schuhen entschieden. Die schulterlangen Haare trug sie unter ihrem Hut offen. Für einen gewagten Bob fehlte ihr der Mut.

Als sie ihre Mutter sah, erwiderte diese nur kurz ihren Blick. Sogleich wies Lady Wellington ihr Personal gebieterisch an, Tee zu servieren und danach unter keinen Umständen zu stören. Während die aufgescheuchten Dienstmädchen dem Befehl gehorchten und den Saal räumten, sah Lady Wellington ihre Tochter ohne eine erkennbare Gefühlsregung an.

Eine frostige Aura umgab sie. Kühle Noblesse, die sie über alles und jeden erhaben machte. Welcher Modeschöpfer auch immer die Ehre hatte, sie einzukleiden, verdiente an ihr ein Vermögen. Feinste handgewebte Stoffe, aufwendig bestickte Seide, Schichten aus Tüll und Spitze – Lady Wellington sonnte sich zu jeder Tageszeit in Eleganz und Extravaganz. Noch nie hatte Lizzie sie unfrisiert gesehen. Das Haar ließ sie sich inzwischen nachblondieren und in moderne Wasserwellen legen. Ihre Haut roch stets nach Gesichtswasser und Pflegecreme. Sonne vermied sie aufs Penibelste.

Neben ihr wirkte jeder andere Mensch fad und farblos, besonders, wenn er sich so plump und unscheinbar fühlte wie Lizzie. Trotz ihrer Kälte und Unnahbarkeit war sich Lady Wellington ihrer Weiblichkeit durchaus bewusst, und sie strahlte eine erotische Anziehungskraft aus, die sie so manche Nacht über ihre Witwenschaft hinwegtröstete.

Die Lippen ihrer Mutter zuckten, doch sie sagte kein Wort. Dies wäre ohnehin überflüssig, denn ihr stechender Blick sprach für alles Ungesagte.

Als Lizzie in Southampton ihre Ankunft angekündigt

hatte, brauchte ihre Mutter nur noch eins und eins zusammenzuzählen. Wie sie Martin kannte, hatte er ohnehin ein Telegramm geschickt und sie gebeten, ihre ungehorsame Tochter zur Räson zu bringen. Lady Wellington hatte also genügend Zeit gehabt, eine Salve aus Vorwürfen vorzubereiten und auf sie abzufeuern. Kaum waren die Türen geschlossen, brach es auch schon aus ihr heraus.

»Bist du verrückt geworden? Was hast du dir bloß dabei gedacht!« Ihre Nase zuckte vor Missfallen, und sie blickte ihre Tochter an, als wäre diese ein ihr zugelaufener Hund, mit dem sie nichts anzufangen wusste. Bedrohlich wölbte sich ihr Busen aus dem Korsett. »Du dürftest gar nicht hier sein.«

Lizzies Gleichgewichtssinn stand noch unter dem Einfluss der mehrtägigen Schifffahrt, doch ihr Schwindel hatte einen anderen Grund. »Nun, hier bin ich aber. Und ich werde nicht zurück zu Martin gehen. Ich habe mich von ihm getrennt.«

»Das ist unbegreiflich. Wie kannst du nur!«

»So versteh doch, Mutter! Es ging einfach nicht mehr. Ihn zu heiraten war der größte Fehler meines Lebens.«

Lady Wellington wollte nichts davon wissen und hob belehrend den Finger. »O nein, dein größter Fehler war es, ihn zu verlassen. Er hat dir alles ermöglicht! Sicherheit, Wohlstand ...«

»Darauf lege ich keinen Wert. Die New Yorker Gesellschaft ist nichts für mich. Der Standesdünkel, die Erwartungen und Verpflichtungen ... Es war wie in einem Ker-

ker. Martin und ich ... wir konnten uns nicht unterhalten. Wir lebten in völlig unterschiedlichen Welten.«

»In solchen Fällen lernt man, aneinander vorbei zu leben. Man beendet deswegen nicht die Ehe. Du wusstest genau, worauf du dich einlässt. Wir konnten froh sein, dass einer wie er überhaupt Interesse zeigte. Du warst schon Mitte zwanzig, die guten Männer waren im Gefecht, und dein Ruf war mehr als zweifelhaft. Dieser Journalist ...«

»Halte Sean da raus!« Erst, als sich ihre Stimme überschlagen hatte und ihre Kehle brannte, merkte Lizzie, dass sie geschrien hatte. Das war ein Fehler. Sofort bereute sie ihren Kontrollverlust.

Ein triumphales Zucken umspielte die Mundwinkel ihrer Mutter. Jetzt hatte sie die Oberhand, und diese würde sie nicht mehr an Lizzie abtreten.

»Dieser Journalist«, wiederholte sie, da sie sich strikt weigerte, seinen Namen in den Mund zu nehmen, »hat dich verlassen. Du hast ihn verloren. Genau wie deinen Ruf, da du dich mit ihm eingelassen hast.«

Lizzie schüttelte den Kopf und biss sich auf die Lippe. Sean war ein anderes gescheitertes Kapitel in ihrem Leben, das lange vor Martin gewaltsam zugeschlagen worden war.

Lady Wellington bemerkte den Unmut ihrer Tochter. Etwas versöhnlicher meinte sie: »Mir ist bewusst, dass eine arrangierte Ehe in einem fremden Land nicht leicht ist. Ich habe schließlich einmal dasselbe durchgemacht. Aber ich habe es für meine Familie getan. Für die gemeinsame Sache. Es war eine Pflicht, die mich mit Stolz erfüllte.«

»Ich bin aber nicht wie du«, flüsterte Lizzie, was ihre Mutter mit einem tiefen Seufzer zur Kenntnis nahm.

»Ja, dem ist leider so.«

Als millionenschwere Erbin eines amerikanischen Reeders in San Francisco hatte Lady Alice Wellington schon als Kind alles besessen, was sich mit Geld erwerben ließ, nur der Adelstitel fehlte.

Gleichzeitig drohte seit der Jahrhundertwende den Peers in Großbritannien das Ende. Viele Häuser gingen durch Misswirtschaft und einen nicht mehr zeitgemäßen Unterhalt zugrunde. Oftmals konnten die ehrenwerten Lords und Ladys nur noch auf einen alten, eindrucksvollen Familiennamen zurückgreifen, das Vermögen hingegen zerrann ihnen zwischen den Fingern.

Daher entsendeten viele reiche Familien aus Amerika ihre Töchter nach Großbritannien, um dem Adel durch eine Heirat unter die Arme zu greifen. So wurde auch Lizzies Mutter, gebürtige Alice Burt, kaum zwanzigjährig in ein fremdes, verregnetes Land geschickt, um den fast doppelt so alten Lord Wellington vor dem Ruin zu bewahren.

Abermals schüttelte ihre Mutter den Kopf. »Du hättest dich wenigstens etwas länger gedulden können, ihm Kinder schenken, um das Erbe zu sichern …«

»Das geht nicht. Nicht mehr.« Lizzies Stimme klang gedehnt. Sie hatte nicht vorgehabt, darüber zu sprechen, aber jetzt sah sie keinen anderen Weg.

Ihre Mutter sah sie mit Gewittermiene an. »Was soll das jetzt wieder bedeuten?«

Lizzie holte tief Luft. »Ich hatte einen medizinischen Eingriff, eine Curettage. Meine ...«, sie räusperte sich, »meine Gebärmutter wurde entfernt. Es wird keine Kinder geben.«

Kaum hatten die Worte ihren Mund verlassen, erfassten sie die Schmerzen der Vergangenheit. Es war letztes Jahr entdeckt worden. Zuerst hatte Lizzie gedacht, schwanger zu sein. Ihr Bauch war geschwollen, und sie litt unter fürchterlichen Krämpfen. Dann folgten plötzlich starke, nicht enden wollende Blutungen. Ein Gynäkologe brachte schließlich Licht ins Dunkel. Keine Schwangerschaft, keine Fehlgeburt, dafür ein Myom von der Größe eines Tennisballs.

Jetzt sah Lizzie den entsetzten Blick ihrer Mutter, die langsam begriff. Lizzie war ein Einzelkind. Die Unfruchtbarkeit bedeutete den Untergang der Familie. All das, wofür die Wellingtons gekämpft hatten, was sie aufgebaut hatten, wäre nach Lizzies Tod hinfällig. Bestenfalls gründete sie aus dem Vermögen noch eine Stiftung. Für einen Moment verspürte Lizzie eine groteske Genugtuung. »Die Linie endet mit mir.«

»Genug!«, fuhr Lady Wellington ihr ins Wort. »Wir werden sehen, was sich machen lässt. Man soll die Flinte nicht zu früh ins Korn werfen.«

Stimmt, dachte Lizzie verbittert. In ihren Kreisen gab es für jedes Problem eine Lösung. Alles hatte seinen Preis.

»Es gibt Ärzte … oder arme Geschöpfe, die ihr Kind gerne an ein besseres Zuhause abtreten …«

»Davon will ich aber nichts wissen.« Lizzie wandte sich ab, ihr ganzer Brustkorb vibrierte, und sie spürte, wie sie den aufkommenden Tränen nicht länger standhalten konnte.

Lady Wellingtons Stimme hingegen war voller Wut.

»›Nichts wissen‹«, äffte sie Lizzie nach. »Als dein Vater vor elf Jahren starb, gingen sein Titel und sein Land an den nächsten männlichen Verwandten über.« Sie kräuselte die Lippen. »Und als wäre das nicht genug, haben wir viel Geld im Krieg verloren.«

Lizzie wusste, was nun folgen würde: eine Aufzählung dessen, was ihre Mutter alles versucht hatte, um den Nachlass zu regeln. In Amerika konnten Frauen problemlos erben, aber in England herrschte eine komplizierte Erbfolge, die das verhinderte. Notare gingen erhobenen Hauptes in ihren Salon hinein und kamen geknickt wieder heraus, es brachte nichts. Also musste eine vorteilhafte Ehe her. Dabei hatte sie auf niemand Geringeren als den Prince of Wales gesetzt, der vor dem Krieg regelmäßig bei den Wellingtons zu Gast gewesen war, bis Lizzie ihn mit einer unbedachten Bemerkung verärgert hatte. Weitere Bemühungen versandeten, als sie Sean kennengelernt hatte und nichts mehr von vorteilhaften Verbindungen hören wollte.

»Du warst einmal ein Juwel. Die begehrteste Debütantin deiner Saison. Mit deinem engelsblonden Haar hättest du selbst den Prinzen haben können. Und jetzt, sieh dich an. Von der potenziellen Prinzessin zur potenziellen Geschiedenen. Ach, der Gedanke bereitet mir Kopfweh.«

Lady Wellington presste ihren Handrücken an die Stirn und blickte aus dem Fenster, als posiere sie für ein präraffaelitisches Gemälde. Dann beschwor sie Lizzie von Neuem.

»Wenn du jetzt mit dem nächsten Schiff zurückkehrst, wäre Martin bereit, dir zu vergeben und dein abenteuerliches Intermezzo zu vergessen. Und das obwohl«, sie streckte ihren Rücken gerade, »du Ehebruch begangen hast. Mehr als einmal.«

Bebend sog Lizzie die Luft ein. Von ihrer Krankheit und der schwerwiegenden Operation hatte ihre Mutter also nichts erfahren. Aber die Nachricht darüber, dass sie sich anderswo Trost gesucht hatte, war wiederum bis nach England gelangt. Nicht zum ersten Mal beschlich sie der Gedanke, dass Martin wahrscheinlich das bessere Kind für ihre Mutter abgegeben hätte.

»Wie schön, dass du glaubst, alles zu wissen. Aber wusstest du auch, was er mir angetan hat? Dass er handgreiflich wurde? Dass er davon redete, mich in eine Klinik einzuweisen?«

Einen Moment glaubte Lizzie, tatsächlich so etwas wie eine Regung in Lady Wellingtons Augen zu erkennen. Ein Fünkchen Schmerz, den jede Mutter fühlt, wenn ihrem Kind Unrecht widerfährt. Doch der Funke erlosch genauso schnell, wie er aufgeflammt war.

»Nun ja«, erwiderte sie, »als dein Mann ist es sein gutes Recht, das zu tun.«

Lizzie hatte keine Worte übrig, ihre Wangen waren ganz heiß geworden. »Niemand hat das Recht, einen Menschen zu quälen«, flüsterte sie. »Geschweige denn, ihn zu brechen.«

»Hat er das? Das bezweifle ich«, machte sich ihre Mutter über sie lustig. »Sonst wärst du kaum in der Lage gewesen fortzugehen.«

»Also werde ich auch noch für meine Stärke bestraft?«

Ihre Mutter ging nicht darauf ein. »Ich kann dir jedenfalls beim besten Willen nicht weiterhelfen. Er wird einer Scheidung niemals zustimmen.«

»Er wird, sobald er begreift, dass er einen rechtmäßigen Erben braucht. Sowie er das passende Gefäß gefunden hat, in das er seinen Samen legen kann, werden die Scheidungspapiere von alleine kommen.« Und sie hatte den Verdacht, dass dies relativ bald der Fall sein dürfte.

Verhalten schüttelte ihre Mutter den Kopf. »Du glaubtest schon immer, mich mit Vulgarität aus der Fassung bringen zu können. Doch ich erwarte etwas mehr Respekt dafür, dass ich deinen Ruf wiederhergestellt habe. Mir allein hast du die Rekonvaleszenz deiner Reputation zu verdanken. Dass du diese erneut mit Füßen trittst, entzieht sich meinem Verständnis. Ich habe dir so vieles ermöglicht, dich auf gute Schulen geschickt, dir teure Kleider gekauft, dir ein Vermögen in diese Ehe mitgegeben. Ich weiß nicht, woher du diese Undankbarkeit hast, aber so habe ich dich nicht erzogen.«

Der Satz hatte in Lizzie etwas ausgelöst, ihr mit einem Schlag die Kraft geraubt, um sich weiter zu streiten. Langsam richtete sie den Blick auf ihre Mutter, eine Frau, die ihr zwar das Leben, aber nie Liebe geschenkt hatte. Ihr nie Worte des Trostes oder des Mutes zugesprochen, geschweige denn sie in den Arm genommen hatte. Die alle zwei Jahre die Gouvernante ausgewechselt hatte, damit Lizzie sich nicht zu sehr an sie gewöhnte. Die, als Lizzie noch ein Kind gewesen war, minuziös mit dem Personal geplant hatte, wann es genehm war, ihr die Aufwartung zu machen. Meist im Salon, nie in den privaten Gemächern und selten länger als eine halbe Stunde täglich.

Lizzie ging zu dieser Fremden hinüber. So nahe, dass sie sogar die Venen unter ihrer zarten, alabasterfarbenen Haut am Hals und Schlüsselbein erkennen konnte.

Lady Wellington spannte die Arme an, als baute sie einen Schutzwall auf. Die Nähe war für beide unangenehm, doch Lizzie beugte sich zu ihr und stützte sich auf der Armlehne der Chaiselongue ab. Sie sah ihrer Mutter so tief in die Augen, dass sie ihr Spiegelbild darin erkennen konnte.

»Nein, das hast du nicht«, flüsterte sie mit emotionsgeladener Stimme. »Weil du die Erziehung ja immer dem Personal überlassen hast.«

Als Lizzie ihre Hand ergriff, zuckte Lady Wellington zusammen. Sie fürchtete sich vor ihr! Himmel, wie sehr musste sie diese Frau enttäuscht haben, dass sie ihr sogar Gewalt zutraute? Ihr fehlten die Worte. Sie ließ die Hand wieder los, richtete sich auf und begab sich zur Tür.

3. KAPITEL
London, Februar 1921

Nach dem Streit mit ihrer Mutter fühlte Lizzie sich ausgelaugt und leer. Sie schaffte es zwar, beherrscht die obere Schlafgalerie zu erreichen und an den altehrwürdigen Ölgemälden ihrer Ahnen vorbeizuschreiten, doch als sie ihr altes Zimmer erreichte, brach alles über sie zusammen.

Da stand sie nun, im Mottenstaub ihrer kapriziösen Kindheit, in einem Zimmer, das Geborgenheit vermitteln sollte. Stattdessen drohte es dem Zerfall zum Opfer zu fallen. Teppiche und Bettvorleger waren vergilbt und fadenscheinig. Im Gegensatz zu den Prunkräumen im Erdgeschoss bestand keine Notwenigkeit, ein leeres Zimmer auf Vordermann zu bringen.

Vor dem Frisiertisch setzte Lizzie ihren Hut ab. Danach kämmte sie mit den Fingern ihr blondes, gewelltes Haar. Seit sie auf eine Zofe verzichtete, fielen ihre Frisuren weitaus schlichter aus. Ihre Fingerfertigkeit war dem Umgang mit der Brennschere nicht gewachsen, zudem fehlte ihr die Geduld.

Aus dem Spiegel blickte ihr eine junge, verunsicherte Frau mit vollem Gesicht und geröteter Stupsnase entgegen. Lizzies Gesichtszüge waren nicht von klassischer

Schönheit, die blauen Augen hatten ihren Glanz verloren, hatten zu viel gesehen. Die Worte ihrer Mutter kamen ihr wieder in den Sinn. *Du warst einmal ein Juwel. Die begehrteste Debütantin deiner Saison …*

Sie hasste sich selbst dafür, dass ihr das so naheging. Dass sie zuließ, wie sehr ihre Mutter sie verletzte.

Manchmal fragte sie sich, ob sie von ihrem Vater mehr Unterstützung erhalten hätte. Doch sie wusste darauf keine ehrliche Antwort. Lord Wellington war ihr ein Unbekannter geblieben. Stets abwesend, begab er sich entweder auf Reisen oder zog sich auf den schottischen Landsitz zurück, da ihn die Salongesellschaften seiner Frau anstrengten. Er war ein in sich gekehrter Zeitgenosse, der kein Interesse an der Welt der anderen zeigte und diese ebenso wenig an der seinen teilhaben ließ. Lizzie war vor allem sein leidender Gesichtsausdruck in Erinnerung geblieben. Als würde ihn ständig etwas bekümmern.

Glücklich hatte sie ihre Eltern nie erlebt. Es gab zwar nie Disput, aber worüber sollte man auch streiten, wenn man sich nichts zu sagen hatte? Beide hatten Affären, aber das war kein Skandal. Das wäre es erst, würden sie offen dazu stehen. Nach außen bewahrten sie stets den Schein. Wenn sie auftraten, dann als Einheit. Nach seinem Tod trug ihre Mutter standesgemäß ein Jahr Trauer, doch weinen sah man sie nie.

Wieso fiel es Lady Wellington so leicht, das Spiel der Bourgeoisie mitzuspielen, und ihr nicht? Lizzie konnte nun, da sie »gefallen« war, regelrecht dabei zusehen, wie auch ihr Wert, einer fallenden Aktie gleich, in den Keller ging. Noch mehr ärgerte es sie, wie sehr sie sich deswegen bemitleidete. Sie ertrug ihren eigenen Anblick nicht und wandte sich schniefend von ihrem Spiegelbild ab.

Sie kam sich so dumm vor, hierhergekommen zu sein. Dabei hatte sie doch ganz genau gewusst, wie ihre Mutter reagieren würde. In nur wenigen Sätzen war sie zu einem hilflosen, ihrer Gefühle nicht gewachsenen Kind geschrumpft.

Was war aus diesem Ort geworden? Hier war sie aufgewachsen, hatte am Fenster gesessen, in den Garten geblickt und stundenlang gelesen, sich manchmal sogar selbst an Feder und Papier versucht.

Seufzend schritt sie zu ihrem Bücherregal. Ihre Finger glitten über die Buchrücken, und augenblicklich fühlte Lizzie sich besser. In all der Zeit hatten ihre Schätze unbeirrt in diesem Regal gestanden und geduldig darauf gewartet, eines Tages wieder aufgeschlagen und gelesen zu werden. Hier war ihr wirkliches Zuhause. In diesen Büchern, zwischen den Seiten. Zeilen, die sie in eine vertraute Welt trugen, in der sie einfach nur sie selbst sein durfte. Sogar ihre Kinderbücher waren noch da. *Der Zauberer von Oz*, *Alice im Wunderland*, *Peter Pan*. Letzteren nahm sie heraus, blies den Staub vom Einband und blätterte darin.

Ein Lächeln zeichnete sich auf ihren Lippen ab, wie es nur von einer schönen Erinnerung hervorgerufen werden konnte. Was beneidete sie Peter Pan heute, ein Wesen voller Unschuld, sich keiner Konsequenz seines Handelns bewusst. Sie vermisste die unbeschwerte Naivität ihrer Kindheit, als es weder Liebe noch Begehren gab und die Pflichten einer Lady in ferner Zukunft lagen.

Früher war sie ein aufgeschlossenes und eigensinniges Kind gewesen, doch sie hatte schlecht gehorcht. Sie liebte Abenteuergeschichten und stahl sich nachmittags mit Freundinnen aus der Privatschule. Sie besuchten Teehäuser und Einkaufsboutiquen oder fachsimpelten darüber, was sie einmal erreichen wollten. Abends mussten sie sich vor der Rektorin verantworten.

Lizzies Verhalten verbesserte sich, als ihre Mutter den Hauslehrer Professor Tom Moore einstellte. Er versuchte nicht, sie mit Gewalt zu formen, sondern sah ihre Stärken und förderte ihr Interesse an Geschichte, Kunst, Soziologie und Mythologie. Konnte Lizzie nicht stillsitzen, verlegte er den Unterricht nach draußen. Dann besuchten sie den Zoo oder sammelten im Park Blätter, um Herbarien anzulegen.

Ihm verdankte sie auch ihre Liebe zur Literatur. Nach den Kinderbüchern folgten bald Charles Dickens, Mark Twain, Jane Austen, Emily Dickinson und die Romane der Brontë-Schwestern. In Jack London war sie als Dreizehnjährige ernsthaft verliebt gewesen. Die Bücher von Victor Hugo, Émile Zola und Honoré de Balzac überwältigten sie, auch das, was zwischen den Zeilen stand.

Besuchte sie mit dem Professor eine Buchhandlung, betrat sie mit dem Bimmeln der Ladenglocke eine sichere Welt. Der Duft der Bücher, das Geräusch, wenn sie eines zum ersten Mal aufschlug, die Aufregung, sobald die

Buchstaben aus den Seiten sprangen und sich zu einem Bild verwandelten – bei keiner anderen Gelegenheit empfand Lizzie größere Zufriedenheit. Ihr Leben hatte plötzlich einen Sinn. Ohne den Sessel zu verlassen, konnte sie in fremde Welten eintauchen und neuen Gedanken folgen.

Aber der Professor brachte ihr nicht nur das Lesen, sondern auch das selbstständige Denken bei. Er legte ihr nahe, verschiedene Sichtweisen einzunehmen, kritisch zu sein und genau zuzuhören. Diskussionen mit ihm glichen einem Abenteuer, nichts davon hatte mit Standesdünkel zu tun. Es gab kein Richtig und kein Falsch, kein Sollen und Müssen, keine Themen, die für eine Lady nicht angemessen waren. Ohne den Professor wäre ihre Kindheit weitaus trostloser ausgefallen.

Bei diesen Erinnerungen an ihren alten Hauslehrer wurde Lizzie warm ums Herz. In all der Zeit war er ihr Vertrauter geblieben. Auch wenn sie sich nicht sehr oft sahen, spürte sie noch immer sein Wohlwollen. Ganz gleich wie verloren sie sich fühlte, nach einem Briefwechsel mit dem Professor sah sie die Welt wieder klarer.

Ob er noch immer in Oxford Literaturwissenschaft unterrichtete, wie er es tat, seit Lizzie keinen Hauslehrer mehr benötigte? Sie wusste, dass er nicht nur Vorlesungen über Literatur hielt, sondern selbst welche verfasste. Kleine Schätze und philosophische Ausflüge, die für sie einen ganz eigenen Wert hatten. In regelmäßigen Abständen veröffentlichte er als ehemaliges Bloomsbury-Mitglied seine Werke bei Hogarth Press, dem Verlag von Virginia Woolf und ihrem Mann Leonard. Die letzte Veröffentlichung lag zwei Jahre zurück. Demnach müsste bald ein neues Buch anstehen.

Beschwingt griff Lizzie nach ihrem Koffer und beförderte ihn auf das Bett, denn etwas Gutes hatte ihre Rückkehr: Sie würde den Professor treffen.

4. KAPITEL
Oxford, Februar 1921

Die Fahrt nach Oxford tat Lizzie gut. Sie fuhr den Wagen selbst, wie sie es im Krieg gelernt hatte, als der Chauffeur eingezogen wurde.

Mit Höchstgeschwindigkeit bretterte sie mit dem Rolls-Royce, einem himmelblauen 1910er Cabriolet, durch die Landstraßen. Es war viel zu kalt, doch für einige Meilen klappte Lizzie das Dach ein. Sie legte den Kopf in den Nacken, bewunderte einen Moment lang das Lichtspiel der nackten Äste der Bäume auf wolkenlosem Hintergrund und genoss den eisigen Wind, der auf ihre Wangen peitschte.

Als sie in Oxford eintraf, war sie etwas zu früh dran, und so schlenderte sie durch die Cornmarket Street und erfreute sich an den historischen Bauwerken und dem Duft des Blumenmarkts. Ließ man die Altstadt hinter sich und folgte der frequentierten St. Giles' weiter nach Norden, so passierte man *Eagle & Child*, den Lieblingspub des Professors. Danach folgten die Wohngebiete, wo alle Häuser derselben harmonischen Bauweise entsprangen.

Mr. Moore wohnte in einem der roten Backsteinhäuschen an der Northmoor Road.

»Wenn das nicht eine Überraschung ist! Und gerade rechtzeitig, ich habe soeben Teewasser aufgesetzt. Du meine Güte, die Zeit scheint davonzurennen. Sie sind ja eine richtige gestandene Frau.«

»Wohl nicht so gestanden, wie mir lieb wäre«, entgegnete Lizzie mit einem verlegenen Lächeln.

Der Professor wirkte hingegen um keinen Tag gealtert. Man merkte ihm an seinem leicht abgetragenen, aber gepflegten Kleidungsstil und dem zugewandten Blick durchaus den Collegeprofessor an. Dieselbe Tweedjacke mit Pullunder und Cordhose hatte er schon vor fünfzehn Jahren als Hauslehrer getragen. Das Haar war noch nicht komplett ergraut, sondern überwiegend dunkelblond. Hinter dicken Brillengläsern musterten sie wachsame Augen. Lachfältchen hatten sich in die Haut geschrieben, doch ein jungenhaftes Grinsen umspielte die schmalen Lippen.

Schon im Flur merkte Lizzie, wie die Anspannung von ihren Schultern wich und ein wohliges Prickeln sie erfasste. Wer das Haus des Professors betrat, verlangsamte automatisch seine Schritte, ging gemächlicher und bedachtsamer, erfüllt vom Geruch alter Bücher, von Tee, Staub und Pfeifentabak. Die verbogenen Regalbretter quollen über mit Folianten und Kuriosa, auf jeder freien Möbelfläche und gar auf dem Boden stapelten sich weitere Bücher. Es war die reinste Schatzhöhle.

Im Kamin knisterte ein Feuer, daneben stand ein Ohrensessel mit einer senfgelben Decke. Auf dem Beistelltisch lag eine aufgeschlagene, jedoch unvollständige Zeitung. Eine alte Angewohnheit. Der Professor sortierte sie morgens vor und sparte sich die interessanten Artikel für den Nachmittag auf. Eine Kopie des Steins von Rosette lag neben dem Kamin, auf dem Sofa eine antike Drehleier.

Offene, mit Stecknadeln versehene Karten, Kunstwerke, Fossile und Werkzeuge von Urvölkern bezeugten Tom Moores weite und gefährliche Reisen. Überall standen kleine, eingerahmte Fotografien. Eine zeigte ihn auf dem Kilimandscharo, eine andere bei Ausgrabungen auf Capri, eine dritte im Tal der Könige. Interessiert nahm Lizzie das Foto von der Kommode und schaute es sich genauer an.

»Wie ich sehe, hat Sie das Reisefieber wieder gepackt. Das ist neu, nicht wahr?«, fragte sie.

»Das haben Sie knapp verpasst, ja«, bestätigte der Professor, während er hinter sie trat, um ihr den efeugrünen Mantel abzunehmen.

»Und der Herr, der bei Ihnen steht?«

»Das ist Howard Carter, ein Ägyptologe und Forscherkollege. Leider kam es später zu einem fürchterlichen Streit mit unserem Geldgeber, Lord Carnarvon. Er ist der Ansicht, dass das Tal der Könige schon ausgeschöpft sei, da wir längere Zeit nichts Nennenswertes mehr gefunden haben.«

»Aber Sie und Mr. Carter teilen diese Meinung nicht«, schlussfolgerte Lizzie aufgrund des gedehnten Klanges seiner Stimme.

»O nein«, entgegnete er mit leicht zusammengekniffenen Augen. »Er ist da drin. Irgendwo in den Tiefen der Grabschächte. Ich weiß es.«

»Wer?« Vorsichtig nahm Lizzie die Drehleier vom Sofa und setzte sich, während sich der Professor auf dem Sessel gegenüber niederließ und seine Pfeife stopfte. Ein angenehmer, würzig-süßer Duft entfaltete sich, als er sie anzündete.

»Tutanchamun. Ein junger Pharao aus der 18. Dynastie.« Mit ansteckender Überzeugung erläuterte er seine Theorien und zeigte ihr Baupläne und Kopien von Inschriften. Lizzie lehnte sich zurück und ließ sich von seinen Erzählungen einfangen.

Beim schrillen Pfiff des Teekochers schnellte der Professor in die Höhe. »Der Lapsang Souchong ist immer noch Ihr Lieblingstee? Wie trinken Sie ihn, mit etwas Milch und Zitrone?« Er schlängelte sich hinter ihrem Sofa durch.

»Pur bitte.«

»So ist's richtig.« Seine starke Hand fiel beim Vorbeigehen anerkennend auf ihre Schulter. Schon klapperten in der Küche Tassen, und eine Dose ploppte auf.

»Werden Sie bald wieder nach Ägypten reisen?«, rief Lizzie durch den Raum und deutete erneut auf das Foto, als er zurückgekehrt war.

»Nächstes Jahr vielleicht«, antwortete er. »Vorher stehen andere Pläne an. Und Sie, Lizzie? Wie ist das Land der unbegrenzten Möglichkeiten? Greifen Sie nach den Sternen wie die Freigeister von Greenwich Village?«

Ihr Zögern reichte. Sein Lächeln verschwand, und er stellte seine Tasse wieder ab. »Was ist los?«

»Es stimmt. New York kann sehr modern sein. Nur hätte ich nicht damit gerechnet, in ein Unternehmen mit solch visionären und innovativen Ansichten einzuheiraten, das sich gleichzeitig im privaten Kreis so konservativ und patriarchalisch gibt.« Erregt griff sie zu ihrem Zigarettenschächtelchen. »Sie erlauben?«

»Nur zu.« Er nickte und beugte sich zu ihr, um ihr Feuer zu geben.

Sie nahm einen tiefen Zug und seufzte. »Offen gestanden habe ich nicht vor zurückzukehren.«

In kurzen, emotionslosen Sätzen unterrichtete sie den Professor über ihre Trennung. Er hörte ihr schweigend zu, stellte ab und an eine Verständnisfrage und nickte betroffen. Empörung und Verwunderung suchte sie in seinen Gesichtszügen vergeblich.

»Ich habe alles versucht, Mr. Moore, das dürfen Sie mir glauben«, zog sie kopfschüttelnd ihr Resümee. »Ich habe gelächelt und geheuchelt, mich elegant gekleidet, an endlosen Tischgesellschaften ausgeharrt, mich mit seinen Freunden zum Golf und Tennis getroffen und ihnen auf dekadenten Partys geduldig zugehört, wenn sie mit ihren Investitionen prahlten. Natürlich habe ich mich um Kontakte bemüht, aber es war eine Gesellschaft, die sich mir komplett entzog. Sie belächelten meine Interessen nur und meinten, diese hätten in einer modernen Welt nichts zu suchen. Und irgendwann habe ich es ihnen geglaubt.« Lizzie schluckte. »In New York habe ich aufgehört zu lesen, aufgehört zu existieren. Dass mein Mann meiner schon nach kurzer Zeit überdrüssig war, damit hätte ich mich arrangieren können. Aber seine Kontrollsucht, diese Fremde im eigenen Haus … Ich …« Plötzlich konnte sie kaum an sich halten. »Ich musste einfach davonlaufen.«

Sofort sprang der Professor auf, um sich neben sie zu setzen. Etwas unbeholfen fischte er sein Taschentuch aus der Hose, vergewisserte sich, dass es sauber war, und reichte es ihr.

Lizzie nahm es dankend an und klammerte sich schluchzend daran fest. Der Professor legte den Arm um sie und blickte durch die leicht verschmierten Brillengläser zu ihr, die Stirn in tiefe Falten gelegt.

»Natürlich mussten Sie das. Die Familie Ihres Mannes hört sich, gelinde gesagt, schrecklich an. Ich weiß, wie klug Sie sind. Ein Geist wie der Ihre darf nicht eingesperrt sein, sonst verkümmert er. Es wäre ein Jammer, würden Sie resignieren und die nächsten fünfzig Jahre im Morast Ihrer Pflichten versinken.«

Sein Verständnis wirkte wie Balsam. »Oh, warum bin ich nicht schon eher zu Ihnen gekommen? Nie hatte ich mich getraut, mit jemandem über meine Eheprobleme zu sprechen. Wenn doch, dann hörte ich nur, dass ich mich nicht so anstellen solle und das schon schaffen würde.«

»Aber es ist genauso in Ordnung, es nicht zu schaffen. Sie sind eine starke Frau, Lizzie. Dass Sie gegangen sind, zeugt nicht von Schwäche, im Gegenteil. Denn es braucht sehr viel Mut, den Ehemann zu verlassen.«

»Danke«, flüsterte sie. Mehr brachte sie nicht über die Lippen. Eine stumme Träne rann ihre Wange hinab und hinterließ einen dünnen Streifen verschmierter Schminke auf ihrer Haut.

Beide schwiegen, bis Lizzie einen letzten Zug von ihrer Zigarette nahm und sie ausdrückte. »Da hatte es kurz, bevor ich gegangen bin, diesen Moment gegeben, als ich allein in einem Café saß und überlegen musste, ob ich mir zum Tee ein Stück Kuchen leisten konnte. Ich, die Tochter eines Aristokraten, die Kleider von Lady Duff Gordon und Worth trägt, deren diamantbesetzte Armreifen dem Jahresgehalt eines Arbeiters entsprechen – besitze ohne das Wohlwollen meines Mannes nicht einen Penny. Nun bin ich gefallen. Was bin ich jetzt noch wert?«

»Fallen ist keine schlimme Sache, wenn man wieder auf den Füßen landet, und das werden Sie. Haben Sie Zuversicht. Vertrauen Sie auf sich und Ihre Instinkte. Und was Ihren Wert angeht … Eines Tages werden Sie einem Menschen begegnen, der diesen erkennt. Der sich bewusst ist, wie kostbar Sie sind. Denn Ihr Herz ist größer als das gesamte Empire.«

Gerührt drückte sie seine Hand. »Nur fürchte ich, diese Person niemals zu treffen. Ich fühle mich so verloren, so alleingelassen mit meinen Interessen. Seit ich wieder in London bin, habe ich meinen Freundinnen von früher geschrieben. Mit ein, zwei habe ich mich getroffen. Sie leiten ihre Herrenhäuser, und wenn sie nicht gerade im Wochenbett liegen, sind sie mit der Planung einer Wohltätigkeitsveranstaltung beschäftigt. Unsere Träume sind verblasst, unser Aufbegehren nichts weiter als Jugendsünden, die schon Jahre zurückliegen. Es sind nicht mehr dieselben Menschen. Die Welten, in denen wir uns bewegen, sind zu verschieden. Als liederliche Person werde ich immer das schwarze Schaf der Gruppe sein.«

Der Professor sah sie aus so tieftraurigen Augen an, als wäre er ebenso von ihrem Schmerz betroffen wie sie. »Sie sind, wer Sie sind. Das ist nichts, wofür Sie sich schämen müssen. Wenn das Ihrem Umfeld missfällt, ist es der falsche Umgang für Sie.«

»Wenn ich nur der Welt entspringen könnte«, hauchte sie sehnsüchtig.

Plötzlich erhellte sich sein Gesicht. »Interessant, dass Sie von ›Entspringen der Welt‹ reden. Ich forsche seit geraumer Zeit an einer Figur, die Ihnen gefallen könnte. Mein neuestes Buch handelt von Lilith, Adams erster Frau. Sie floh aus dem Paradies. Der Roman befasst sich mit ihren Abenteuern, die sie danach erlebt.«

»Und das sagen Sie jetzt?« Rasch wischte Lizzie sich die Tränen aus den Augen. Bücher waren weitaus spannender als der Scherbenhaufen ihrer Träume. Bücher, darüber konnte sie immer sprechen, einerlei wie belastet ihr Gemüt war.

»Wie wird der Titel lauten? Hat Mrs. Woolf schon einen Pressetext aufgesetzt? Und wann wird der Roman erscheinen?«

»Sachte, sachte. Darüber lassen Sie uns später in aller Ruhe reden. Wie gut ist Ihr Französisch?«

»Excellent, pourquoi demandez-vous?«

»Ah, ich sehe schon. Die Aussprache scheint mir zwar etwas eingerostet, aber durchaus solide.«

Amüsiert zwinkerte sie ihm zu. »Ich gehöre auch nicht zu denen, die Norwegisch lernen, nur um Ibsen zu lesen.«

Der Professor lächelte und benetzte seine Lippen. »Die Sache ist die. Ich nehme mir für das kommende Semester eine Auszeit. Ende März steht für besagtes Buch nämlich eine Lesung an.«

»Ja?«

»Es erscheint auf Englisch und Französisch zugleich. Die Lesung findet in Paris statt. Hätten … hätten Sie Lust, mich dorthin zu begleiten? Ich würde Sie einladen.«

Erstaunt horchte Lizzie auf. Sie war seit Jahren nicht mehr in Paris gewesen. Zuletzt unmittelbar vor dem Krieg, um eine Nobelschule zu besuchen – die allem Anschein nach nichts gebracht hatte. Ihr Puls beschleunigte sich, als sie sich die bevorstehende Reise ausmalte.

In Paris hatte sie sich das erste Mal frei gefühlt. Sie hatte es geliebt, abends mit ihren Mitschülerinnen auszugehen, heiße Schokolade im »Les Deux Magots« zu trinken und mit den Jungs im »Ball Bullier« zu flirten. Sie liebte das linke Ufer der Seine, die Quais und die Bouquinisten, die in ihren grünen Läden so manche Bücherschätze verbargen. Das alles tauchte nun so lebendig vor ihrem inneren Auge auf, dass sie ihre Antwort kannte.

»Ja, ich würde mich sehr freuen mitzugehen.« Sie zog die Schultern hoch und kicherte übermütig wie ein junges Mädchen, weil sie es selbst noch nicht fassen konnte. Sie, die ihr ganzes Leben lang kaum eine freie Entscheidung hatte treffen dürfen, entschied jetzt aus dem Stegreif, nach Paris zu gehen.

Der Professor rieb sich die Hände. »Wunderbar. Ich habe schon eine hübsche Pension auf der Île de la Cité im Auge. Ich würde Ihnen ein Zimmer zur Hofseite empfehlen, mit Aussicht auf einen kleinen Park. Hier, ich habe Prospekte.«

Und ehe sich's Lizzie versah, planten sie ihre gemeinsame Reise. Ganz aufgeregt breiteten sie einen Stadtplan aus und listeten auf, was sie wann besuchen wollten und welche Termine der Professor einzuhalten hatte.

»Aber vielleicht sollte ich mein Französisch tatsächlich ein wenig auffrischen«, überdachte Lizzie nach einer Weile. »Können Sie mir eine Lektüre empfehlen?«

Als Antwort streckte der Professor seinen Arm in Richtung Bücherregale. »Es gibt für jede Lebenslage das richtige Buch. Sehen Sie sich ruhig um.«

Das ließ sie sich nicht zweimal sagen. Sie sprang auf und wanderte die Regale ab. Belletristik, Biographien, Sachbücher, alles geordnet nach Thematik und Sprache.

»Haben Sie die alle gelesen?«

»Wo denken Sie hin!«, antwortete er. »Aber beflügelt nicht allein die Tatsache, umgeben von diesen wunderschönen Geschichten zu sein und die Möglichkeit zu haben, sich jederzeit in ihnen zu verlieren?«

»Ja, das ist ein bezauberndes Gefühl«, stimmte Lizzie ihm zu.

Bei der französischen Literatur sammelten sich die Meister wie Zola, Gide und Balzac, doch nichts dergleichen sprach sie an. Da entdeckte sie einen Roman von Colette, und augenblicklich erfasste sie ein prickelnder Schauer. Die Französin schrieb so intelligent und trostspendend, dass sie zu ihren Lieblingsschriftstellerinnen gehörte.

Vor einigen Jahren hatte Lizzie mit großem Interesse verfolgt, wie sie um die Rechte ihrer Claudine-Romane kämpfte, die unter dem Namen ihres Ehemannes erschienen waren. Der hatte nämlich den ganzen Ruhm eingestrichen, und als sich Colette von ihm trennte, wollte er natürlich den Deckmantel des Schweigens über sein Vergehen legen, aber am Ende konnte sie sich von ihm befreien. Diese Frau war ein Vorbild. Sie ging unerschrocken ihren Weg, und es hieß, sie pflege zahlreiche Liebschaften. Mit Männern und Frauen gleichermaßen.

»Eine vortreffliche Wahl«, bestätigte der Professor, als sie *Renée Néré* in den Händen hielt. »Eine unglückliche Liebe, eine Frau, die gegen ihr Schicksal aufbegehrt. Einige Schriftsteller haben diese Thematik schon vorher aufgegriffen, doch bei Flaubert, Tolstoi und Fontane enden die Geschichten immer so deprimierend. Aber das hier ist anders. Es ist ganz offenkundig, dass es sich hierbei um Colettes Alter Ego handelt – verlässt ihren Mann und reist nach Paris, um Sängerin und Tänzerin zu werden. Wunderbares Französisch. Und diese Botschaft. Am Ende muss sie nämlich ...«

Lizzie konnte sich ein Lächeln nicht verkneifen. »Danke, Professor. Aber ich würde das Buch gern selbst lesen.«

5. KAPITEL

London, Februar 1921

Lady Wellington versuchte indes, ihrer Tochter von dieser Reise abzuraten. »Elisabeth, ich ersuche dich«, sagte sie vehement, »kehre zu deinem Mann zurück, ehe sein Geduldsfaden unwiederbringlich reißt.«

Als sie damit jedoch auf taube Ohren stieß, hatte sie Einwände wegen der Schicklichkeit. Man könne doch nicht mit seinem Lehrer nach Paris fahren. Separate Zimmer hin oder her, so was gehöre sich einfach nicht. Sie wagte es gar, den Professor nach London zu zitieren.

Der arme Mr. Moore, er tat Lizzie wirklich leid. Als ehemaliger Angestellter musste er schon ohne die Querelen ihrer Mutter in einem Interessenskonflikt stehen. Doch er schien ihr tapfer die Stirn zu bieten, denn mehr als einmal wurde es laut im Salon.

Lizzie saß am Treppenaufgang und lauschte wie ein Kind dem Streit seiner Eltern, ohne genauere Einzelheiten zu verstehen, da öffneten sich die Türen, und Mr. Moore rauschte davon.

»Professor?« Sie eilte ihm hinterher.

»Nicht jetzt, Lizzie.« Er hob den Zeigefinger Richtung Salon. »Gehüllt in den Gifthauch dieser Lady ist mir derweil nicht nach Plaudereien zumute.«

Es erstaunte sie, wie sehr er um Beherrschung kämpfte. So wütend hatte sie ihn noch nie gesehen. Dazu brauchte es eine Menge. Dennoch bemühte er sich rasch wieder um einen freundlicheren Ton: »Lassen Sie uns doch beim Abendessen alles besprechen. Sagen wir um halb acht im ›Eiffel Tower‹?«

Verständnisvoll nickte sie und musste dabei ein Lächeln verbergen. Das »Eiffel Tower« war ihr Lieblingsrestaurant und Treffpunkt der Londoner Literaturszene. Damit gab er ihr zu verstehen, dass er sich von Lady Wellington nicht in die Schranken weisen ließ. Sie würden nach Paris reisen.

»Hat er dich eben tatsächlich ›Lizzie‹ genannt?«

Ihre Mutter rauschte in das Entree, wo der Professor soeben die Tür hinter sich zugeknallt hatte.

»Wie unprofessionell! Dazu hat er kein Recht. Du bist Lady Elisabeth, für ihn sogar Lady Goldenbloom. Dass du dir das gefallen lässt!« Sie fasste sich an die festgeschnürte Brust.

»Mutter, ich verstehe nicht, warum du dich noch immer so aufregst«, versetzte Lizzie in einem ruhigen Tonfall. »Ob ich jetzt in New York oder in Paris bin, was spielt das noch für eine Rolle?«

»Bin ich eigentlich die Einzige, die um deine Ehe kämpft?«

»So sieht es aus. Und ich kann nicht verstehen, weshalb. Nichts ändert etwas an der Tatsache, dass unsere Linie mit mir endet.« Lizzies Lippen begannen zu zittern.

Sie hasste sich für die fehlende Selbstbeherrschung, dass ihr immer gleich die Tränen in die Augen schossen, wenn es um ihre Selbstbestimmung ging. Aber sie war so müde, ständig darum kämpfen zu müssen.

»Finde dich doch endlich mit dem Gedanken ab, dass ich in meiner Pflicht, dem großen Ganzen zu dienen, gescheitert bin und dass nicht einmal du das verhindern kannst. So lass mir doch jetzt wenigstens ein bisschen Luft zum Atmen! Mein Leben so führen, wie ich es möchte. Ich erwarte nicht, dass du es persönlich goutierst, doch selbst Sklavenhändler mussten ihren Sklaven die Freiheit gestatten, als die Leibeigenschaft abgeschafft wurde.«

»Immer diese Vergleiche. Sklaven! Freiheit! Du hast wieder zu viele Romane gelesen. Wie ich es bereue, Mr. Moore ins Haus geholt zu haben, stattdessen hätte ich dich in ein Internat schicken sollen.«

»Ich achte ihn aber sehr. Er ist ein begnadeter Schriftsteller. Das ist etwas Würdiges, Mutter. Ihn zu begleiten wäre mir eine große Ehre. Seine Arbeit interessiert mich deutlich mehr, als Abend für Abend stundenlang bei mehrgängigen Soireen neben Gästen ausharren zu müssen, mit denen man sich nur über das Wetter oder die Jagd unterhalten kann. Die Literatur, sie verbindet...«

»Nichts als Flausen haben dir diese Bücher in den Kopf gesetzt«, fuhr Lady Wellington fort. »Bücher sind gefährlich. Sie wecken eine Leidenschaft in dir, und ehe du dich versiehst...«

Plötzlich stockte ihr Atem, und sie räusperte sich. Einen Moment hatte Lizzie den Eindruck, als hätte ihre Mutter noch etwas anderes damit gemeint. »Sie haben zu sehr deine Phantasie angeregt, dafür gesorgt, dass du dich vor der wahren Welt versteckst.«

»Habe ich mich denn versteckt oder eben dank ihnen meinen Horizont erweitert?«, bot Lizzie ihr Paroli. »Ich bin nun mal der Literatur sehr zugetan.«

»Deine Zuwendungen in Ehren, aber dir rennt die Zeit davon. Du bist eine Frau von siebenundzwanzig Jahren. Was willst du noch erreichen mit einem ruinierten Ruf? Ohne Rang, Namen und Vermögen?«

»Das werde ich selbst herausfinden.« Lizzies Mund fühlte sich trocken an, als hätte sie Staub geschluckt, und ein Schmerz hämmerte gegen ihre Schläfe. Dass dieses Einstehen für ihr Leben immer mit so viel Anstrengung verbunden sein musste, frustrierte sie. »Wie du sagst, ich bin eine erwachsene Frau. Ich löse meine Probleme allein, und scheitere ich dabei, soll dich das nicht belasten. Wenn ich wünsche, nach Paris zu gehen, dann werde ich das tun.«

»Nur tue es wohlüberlegt. Ein weiteres Mal helfe ich dir nicht. Wenn du dich gegen Martin entscheidest, entscheidest du dich gegen die Familie, gegen die Sache, für die wir stehen. Du wendest dich von uns ab, und das wird Konsequenzen haben. Ich meine es ernst. Es wird kein Geld geben. Mal sehen, wie lange der Professor es dann mit dir aushält, wenn du für ihn nichts als ein Klotz am Bein bist.«

»War ich nicht schon immer eine Bürde?« Lizzies Stimme wollte ihr nicht mehr gehorchen, doch es gelang ihr gerade noch, den Kummer runterzuschlucken. »Nun, erlaube mir, dich in einer Sache zu trösten: Von nun an stehe ich niemandem mehr im Wege. Ich werde meinen eigenen gehen.«

6. KAPITEL
London, März 1921

Die Konsequenz war offenkundig. Wenn sie unabhängig sein wollte, brauchte sie Geld, und da sie über kein eigenes verfügte, musste sie sich von ihren Luxusgütern trennen, angefangen bei ihrem Schmuck. Sie hatte keine Zeit, um auf die nächste Auktion zu warten, wo manche Raritäten ihr möglicherweise astronomische Summen eingebracht hätten, sie war aber auch noch nicht so verzweifelt, um einen Pfandleiher aufzusuchen, der den Preis bloß drückte. Stattdessen brachte sie ihren Schmuck dorthin zurück, wo sie ihn herhatte.

Zwischen Lizzie und dem Juwelier von Bentley & Skinner lag nun alles ausgebreitet, was sie jetzt noch wert war. Draußen hörte man den Straßenverkehr auf dem Piccadilly. Autos hupten, und Pferdehufe klapperten. Innen tickten die Schmuckuhren im nervösen Wettlauf gegen die Zeit.

Mit der Einschlaglupe ging der Juwelier Schmuckstück für Schmuckstück durch und lichtete dabei seine Glatze, bei der er mit Gel die wenigen verbliebenen Haare von der Seite über den Schädel geklatscht hatte. Er drehte und wendete Ringe, Halsketten und Armkettchen und ignorierte mit distanzierter Gleichgültigkeit Lizzies Ungeduld.

Er hatte diese Art von Frauen schon öfters im Laden gehabt, deren Tage in der Upperclass gezählt waren und die in Krisenzeiten ihren ganzen Besitz veräußerten. Entsprechend war er sich des Gewichts seines Urteils bewusst. Ebenso, dass diese Damen nie zu Beginn mit dem Wertvollsten rausrückten. »Was haben Sie noch?«

Zähneknirschend griff Lizzie tiefer in ihre Handtasche und förderte ein Säckchen aus Samt zutage. Als die funkelnden Diamanten das Tageslicht erblickten, erhellte sich sein Gesicht.

»Ich dachte, sie sei ein Mythos.« Behutsam hielt er ihre diamantbesetzte Hochzeitstiara in den Händen, ein Familienerbstück ihrer Urgroßmutter. Zur Epoche der Regency, als die Engländer gegen Napoleon bei Waterloo kämpften und Jane Austen ihre ersten Romanseiten von *Emma* schrieb, trug man das Diadem hoch auf dem Scheitel. Lizzie hatte es bei ihrer Hochzeit mehr dem Jugendstil entsprechend auf der Stirn getragen. Die Tiara ließ sich in drei Teile zerlegen, um zu anderen Anlässen als Haarbrosche oder Halskette zu dienen.

»Wenn ich mich nicht täusche, fertigte Ihr Großvater sie an. Nun haben Sie die Gelegenheit, die Tiara zurück zu Ihrer Familie zu bringen. Aber der Preis muss stimmen.«

Eine gefühlte Ewigkeit klopfte der Juwelier die Fingerkuppen aneinander, ging auf und ab und murmelte Unverständliches, den Blick immer wieder auf die Tiara gerichtet.

Sosehr Lizzie ihrer Klasse überdrüssig war, das Diadem wegzugeben schmerzte ungemein. Ein solches Erbstück gab man Generation für Generation weiter. Beim Gedanken, es zu verkaufen, kam es ihr vor, als verrate sie ihre Herkunft endgültig. Es würde sie nicht überraschen, wenn ihre Mutter ihr diese Kränkung auf Lebenszeit nicht verzeihen könnte. Doch der Schmerz verwandelte sich in Geistesgegenwart. Die Ära der Wellingtons endete mit ihr, dem Enfant terrible. Sie durfte sich also guten Gewissens vom Regime der High Society abwenden. Besser jetzt, bevor der Mut sie verließ.

Und doch, als er endlich eine Summe auf einen Zettel schrieb und diesen diskret zu ihr schob, erstarrte etwas in ihr. »Nein, ich kann nicht.«

»Aber Ma'am, das ist ein sehr gutes Angebot. Verwechseln Sie den materiellen Wert nicht mit dem ideellen.«

»Bedaure, es geht nicht«, wiederholte sie. Eilig packte sie die Schmuckstücke zusammen und wischte die Diamanten mit dem Arm über den Tresen in ihre Tasche. Als hätte sie den Juwelier gerade ausgeraubt, flüchtete sie aus dem Geschäft.

Mit dem Schmuck stiefelte Lizzie unter einem bleigrauen Himmel die Straße Richtung Südwesten entlang, zu aufgebracht, um nachzudenken, zu wütend, um anzuhalten. Sie kam sich vor, als stünde sie in einem Heißluftballon, der aufsteigen wollte, jedoch festgekettet war. Schuldgefühle lasteten wie schwere Gewichte auf ihren Schultern.

Erst jetzt, als sich links von ihr die Winterlandschaft des Green Parks erstreckte, drosselte sie ihr Tempo. Es begann zu regnen. Alles kam ihr dubios vor, als würde sie ihre Umgebung verlangsamt wahrnehmen, sehen, wie die Passanten ihre Regenschirme aufspannten. Wie Mütter mit ihren Kindern den Einkaufsbummel unterbrachen und Schutz im Unterstand suchten. Wie die Regentropfen auf das Pflaster schlugen und die Autos ihre Scheinwerfer anstellten.

Auf einmal sah sie ihn: Sean, ihre erste große Liebe. Er stand an der gegenüberliegenden Straße und hielt die Tür zu einem Restaurant auf, um einer Begleitung mit umwerfend langen Beinen den Vortritt zu geben. Einen Moment blickte er in Lizzies Richtung, doch er schien sie nicht gesehen zu haben. Einige Autos fuhren vorbei, und als Lizzie wieder freie Sicht hatte, war Sean bereits im Restaurant verschwunden. Obwohl es nur eine kurze Begegnung war, riss es ihr den Boden unter den Füßen weg.

Noch immer hörte sie den Klang seines Lachens und das Knarzen des alten Holzbodens in seinem Zimmer. Sie roch die Mischung aus Tabak und Druckerschwärze in der Kleidung, spürte den Schweiß auf ihrer Haut und sah, wie sich die Zimmervorhänge elegant im Wind bewegten und den Blick auf die Dachlandschaft freigaben.

Sie waren neunzehn Jahre alt gewesen und kurz davor, gemeinsam durchzubrennen. Aber dann, von einem Tag auf den anderen, war Sean aus ihrem Leben verschwunden. Ohne Erklärung, ohne ein Wort des Abschieds.

Es war das einzige Mal gewesen, dass ihre Mutter ihr Trost und Kraft gespendet und ihr geraten hatte, die Nobelschule in Paris zu besuchen, um Gras über die Sache wachsen zu lassen. Mit gebrochenem Herzen hatte Lizzie ihren Rat befolgt und war aufgebrochen. Es fiel ihr unsäglich schwer, zu verstehen, warum Sean fort war. Aber sie hatte begreifen müssen, dass es nicht immer auf alle Fragen im Leben eine Antwort gab.

Erst Monate später fand sie heraus, dass ihre Mutter Sean Geld angeboten hatte, damit er sie verließ. Und Sean hatte das Geld genommen. War das Verhältnis zu Lady Wellington schon vorher schwierig gewesen, so wurde es dadurch unwiederbringlich zerstört. Lizzie hatte die Fähigkeit verloren, ihr zu vertrauen oder sie zu achten. Ja, sogar gehasst hatte sie sie. Aber sie musste sich eingestehen, dass nicht allein ihre Mutter für das Scheitern ihrer Liebe verantwortlich war. Sean hätte das Geld ausschlagen können. Mit ihren Intrigen hatte Lady Wellington bloß aufgezeigt, dass Sean sie nicht liebte, und Lizzie war mittlerweile froh, für einen Mann wie ihn nicht alles aufgegeben zu haben.

Der Krieg hatte ihre Chancen auf dem Heiratsmarkt auf Eis gelegt. Während ihre Mutter weiterhin nach einem geeigneten Kandidaten Ausschau gehalten hatte, folgten Jahr für Jahr jüngere und hübschere Debütantinnen, die zudem ihr wertvollstes Gut noch nicht verspielt hatten. Schließlich kam Martin. Nach Jahren der Verlorenheit war er ihre einzige Hoffnung, dass sich doch noch alles zum Guten wenden würde.

Sie erinnerte sich an New York, an diese intellektuellen Frauen, die sich über die Konventionen hinwegsetzten und deren Gesellschaft Lizzie so gerne geteilt hätte. In ihren Salons glaubte sie, verstanden zu werden. Die Begegnungen dort stillten eine Sehnsucht, einen Hunger auf das Leben, nachdem sie jahrelang gezwungen worden war zu fasten.

Martin wollte ihr den Umgang mit den Frauen verbieten. Einmal hatte er sie sogar geschlagen. Nicht zu fest, man sollte es schließlich nicht sehen.

»Warst du wieder bei Dorothy Parker und Konsorten? Nichts als lesbische Schlampen sind das. Deine Verpflichtung ist es, an meiner Seite zu stehen.«

Und dann hatte er sie daran erinnert, dass es an der Zeit wäre, einen Erben zu zeugen, und sie ins Schlafzimmer gedrängt, wo er sie noch eine ganz andere Gewalt gelehrt hatte.

Danach hatte sie begonnen, Martin zu betrügen. Sie wollte die Bilder löschen, die er in ihr hatte entstehen lassen, die Beherrschung über ihren Körper zurückgewinnen. Doch sie konnte nicht länger Lust empfinden, alles war viel zu schmerzhaft. Als auch noch das Myom gefunden wurde, kam es Lizzie vor, als habe ihr Körper sich gegen sie gewendet. Dieses abscheuliche Gefühl, keine Kontrolle über sich zu haben, gefangen in sich selbst zu sein, gefolgt von Niedergeschlagenheit, Kopfschmerzen und Tristesse – Lizzie wusste, dass es nicht mehr viel brauchte, ehe alles einen sehr ernsten Ausgang genommen hätte.

Ihr Vorhaben, Martin zu verlassen, war nicht aus einer Laune heraus entstanden. Monatelang hatte sie darüber nachgedacht, die Vor- und Nachteile abgewogen und heimlich erste Vorbereitungen getroffen. In all der Zeit konnte sie es sich nicht erlauben, emotional zu werden. Ihr Verstand musste bei jedem Schritt mit größter Sorgfalt arbeiten. Auf keinen Fall durfte er ihr auf die Schliche kommen. Zu groß war ihre Angst davor, dass er sie eingesperrt oder auf andere Weise mundtot gemacht hätte. Noch immer verfügten Männer über eine unglaubliche Macht über Frauen, und Hysterie war trotz medizinischer Fortschritte eine viel zu oft diagnostizierte Krankheit. Wer seine Gattin loswerden, sich aber aus Gründen der Reputation nicht von ihr scheiden lassen wollte, brauchte nur gegenüber einem konservativen Arzt den Verdacht einer psychischen Erkrankung zu äußern, und sie wurde in ein Sanatorium geschickt. Und das hatte Martin vorgehabt. Sie hatte die Papiere gesehen, und es wäre nur eine Frage der Zeit gewesen, bis man sie abgeholt hätte. Je intensiver die Frauen dagegen aufbegehrten, desto deutlicher sah man darin den Beweis für ihr reizbares Gemüt.

Auch jetzt fürchtete Lizzie sich. Endlich konnte sie frei sein, doch sie war nicht sicher, ob ihr die Kraft dazu reichte. Wer sagte ihr, dass ihre inneren Blockaden sie nicht bis in die Stadt der Lichter verfolgten?

Aber da fielen ihr wieder die Worte des Professors ein. Dass sie stark sei und an sich glauben müsse. Ihr Leben war genauso lebenswert wie das der anderen, und sie würde mit beiden Händen danach greifen.

Allmählich ließ der Regen nach, und die Wolken brachen auf. Lizzie spürte, wie die vereinzelten Sonnenstrahlen ihr Gesicht liebkosten. Sie schloss die Augen, um diesen unscheinbaren und zugleich so wichtigen Moment mit allen Sinnen zu erfassen. Zu spüren, wie ein zunächst zaghafter Wunsch sich immer stärker manifestierte, bis er sich in feste Entschlossenheit wandelte. Es war ein wohliges Brodeln, das sie in der Brust spürte. Sie wusste, was zu tun war. Sie musste die Tiara verkaufen. Tief atmete sie ein und aus, dann öffnete sie ihre Augen, trat vom Schatten ins Licht und kehrte zurück zum Juwelier.

Lady Wellington sprang vom Sessel auf, als Lizzie nach Hause zurückkehrte.

»Elisabeth, ich glaube, es gibt endlich eine Lösung mit Martin und deiner ... du weißt schon ... Sache.« Sie klang aufgeregt. »Eines seiner Flittchen erwartet ein Kind.«

»Schön für ihn«, entgegnete Lizzie mit stoischer Gelassenheit, während sie sich mit ihren Fingern das klatschnasse Haar kämmte, aus den Schuhen schlüpfte und sich zum Entsetzen der Mutter ihrer Strümpfe noch im Entree entledigte. Ein Dienstmädchen brachte ihr ein Handtuch und Pantoffeln, die sie dankbar entgegennahm.

»Spiel nicht die Gleichgültige«, fauchte Lady Wellington.

Doch Lizzie spielte nicht. Was Martin sagte oder tat, betraf sie nicht mehr. Er hatte nie ein Geheimnis aus seinen zahlreichen Affären gemacht, und so überraschte sie die Nachricht nicht. »Was habe ich damit zu tun?«

Ihre Mutter wartete ab, bis das Dienstmädchen fort war, und benetzte ihre Lippen. »Wir haben Folgendes überlegt: Du und diese Frau, ihr fahrt aufs Land. Dort bleibt ihr bis zur Niederkunft. Das Kind wird als deines ausgegeben, ein Wellingtonbaby. Die andere wird als Nanny eingestellt, damit sie trotzdem beim Säugling sein kann. So wäre das Erbe gesichert, und Martin würde in absehbarer Zeit der Scheidung zustimmen.«

Lizzie ließ sich nicht anmerken, wie sehr sie diese Idee anwiderte. Es wäre nur wieder in einen Streit ausgeartet. »Ich fahre morgen nach Paris«, entgegnete sie emotionslos.

»Wenn du das tust, enterbe ich dich.«

»Nichts anderes habe ich erwartet.« Sie blieb ganz ruhig, fühlte sich mutig und voller Tatendrang. Langsam zeichnete sich ein Lächeln auf ihren Lippen ab.

»Was hast du getan?«

»Das, was notwendig war. Ich habe meinen Schmuck verkauft.«

Lady Wellingtons Augen weiteten sich. »Die Tiara?«

Sie hörte förmlich ein Knacken, als die Ketten auseinandersprangen und der Heißluftballon in ihrem Innern an Fahrt gewann.

»Ja, mit der habe ich angefangen. Du hast Sean damals viel Geld gegeben, damit er den Weg räumt. Nun habe ich mir die gleiche Summe beschafft.«

Eine Hautirritation kroch aus dem Dekolleté ihrer Mutter den Hals hinauf bis zu ihrer Stirn. Sie blinzelte, als müsse sie Tränen unterdrücken, und atmete heftig, bis die Rötung wieder verblasste. Ihr ganzer Körper bebte, und ihre Zähne knirschten. Noch nie hatte Lizzie ihre

Mutter so nahe an einem Kontrollverlust erlebt. Schließlich hob Lady Wellington ihr Kinn und tat, als hätte die vorherige Unterredung nicht stattgefunden.

»Kopfweh, ich habe Kopfweh. Entschuldige mich.«

Und so verschwand sie in ihren Gemächern.

Die ganze Nacht bekam Lizzie kein Auge zu. In den frühen Morgenstunden legte sie aufgekratzt ihre letzten Habseligkeiten in ihre Reisetasche. Zuoberst lag ein Baedeker Reiseführer für Paris sowie Colettes *Renée Néré*. Den Professor würde sie an der Victoria Station treffen, von dort aus führen sie nach Southampton, um die Fähre nach Le Havre zu nehmen. Ein großer Tag stand ihr bevor. Das ganze Personal fand sich am Eingang zusammen, um ihr eine gute Reise zu wünschen und ihr beim Gepäck zu helfen.

Aller Aufregung zum Trotz blickte sie betroffen in die Eingangshalle, in der Hoffnung, ihre Mutter würde herunterkommen. Sie wollte ihr so gerne sagen, wie leid es ihr tat, dass es auf diese Weise zum Bruch kommen musste. Dass es nicht ihre Absicht gewesen sei, sie mit dem Schmuck zu kränken, sie aber keinen anderen Ausweg gesehen habe. Dass sie dennoch hoffe, sich im Guten von ihr zu trennen.

Sie wartete vergebens.

Der Chauffeur öffnete die Wagentür. »Ma'am, Sie verpassen Ihren Zug, wenn wir nicht bald fahren.«

Als sie im Auto saß und noch einmal zum Fenster hochblickte, fiel rasch ein Vorhang zurück. In ihrer Brust machte sich ein Ziehen bemerkbar. Keine Wut, keine Frustration, nur tiefes Bedauern.

Der Professor erwartete sie schon. Elegant stützte er sich auf seinen Eschenstock und bot ihr den Arm.

»Guten Tag Lizzie. Na, sind Sie bereit für das Abenteuer Ihres Lebens?«

Mit all ihren Sinnen nahm sie die Umgebung wahr. Sie mochte diese Aufbruchsstimmung in den Bahnhöfen, beobachtete die geschäftigen Leute; Passagiere, die London entweder verließen oder soeben eingetroffen waren, dienstbeflissene Gepäckträger, Schaffner und hart arbeitende Putzmänner. Sie roch das Eisen der Waggons, die Sandwiches in den Auslagen der Essensstände, hörte das Pfeifen der Züge und das Rufen der Zeitungsverkäufer. Erwartungsvoll hakte Lizzie sich bei Tom Moore ein. »Ich glaube, heute schlage ich im Buch des Lebens ein neues Kapitel auf.«

Der Professor lachte und ließ ihr beim Abteil den Vortritt. »Wenn dem so ist, geben wir unser Bestes, dass es ein gutes wird.«

TEIL 2

März 1921 – März 1922

7. KAPITEL
Paris, März 1921

In der kleinen grauen Buchhandlung in der 7 Rue de l'Odéon war es mucksmäuschenstill. Eine ganz eigene Atmosphäre wohnte diesen Räumen inne. Es war die Magie der Bücher, das Beisammensein der Menschen, die ihre Leidenschaft für sie teilten. Die Geheimnisse und Erkenntnisse, die sich zwischen den Buchdeckeln verbargen, die Behaglichkeit, die Inspiration. Es roch nach alten sowie neuen Büchern, nach Ideen, Träumen, Staub, Pergament und dem Holz der Regale.

In »La Maison des Amis des Livres« fand jeder etwas. Von altbewährter Literatur und seltenen Sammelstücken über Schund zu Schmonzetten. Bücher waren Bücher. Es gab keine guten oder schlechten, nur ein breites Angebot für vielfältige Geschmäcker.

Es war früher Abend, und durch die beleuchteten Ladenfenster spähte immer wieder ein Passant herein und beobachtete, wie die Gäste gebannt zum Vorleser blickten. Der Professor las nicht gern im Sessel, das engte ihn zu sehr ein. Daher bevorzugte er einen leeren Tisch, auf den er seine Arme stützen und darunter die Beine ausstrecken konnte.

Es ist erstaunlich, dachte Lizzie, wie das Leben eines

Schriftstellers mit zwei Extremen einhergeht. Zum einen braucht er fürs Schreiben absolute Ruhe, einen Raum für sich, wo ihn niemand stört. Er muss ganz in seine Arbeit versinken, damit es ihm gelingt, die Träume und Gebilde im Kopf auf Papier zu bringen. Man ist versucht, zu denken, es sei eine geeignete Beschäftigung für jemanden, der den Umgang mit Menschen scheute.

Doch da ist noch die andere Seite, und die verträgt sich nicht mit Zurückhaltung: Er muss in Kontakt mit Verlegern, Buchhändlern und Lesern treten, auf der Bühne stehen, sein Werk vorstellen, daraus vorlesen, es besprechen lassen, kritisiert werden – das erfordert eine gewisse Geselligkeit, die Fähigkeit, auf Menschen eingehen zu können. Und eine dicke Haut. Man muss reden, viel reden, Wiederholtes so geistreich und geduldig darlegen, als wäre es einem eben erst eingefallen, Intimes nach außen kehren, Fragen beantworten, fachmännische Auskünfte geben und natürlich sich und sein Werk gebührend feiern. Wie ein Tier nach dem Winterschlaf musste ein Autor raus in die Welt, wenn die Zeit gekommen war.

Das Licht war anders in Paris, stellte Lizzie jetzt fest. Obwohl es noch Winter war, wirkte das Blau des dämmernden Himmels wie ein Vorbote des Frühlings. Man musste kein Romantiker sein, um sich in die Stadt und ihren Ideendunst zu verlieben. Als würde Paris von einem Geist der Kultur bewohnt, als wäre dies Apollons Palast und das Treiben seiner Bewohner ein Ausdruck von Poesie.

Gerade las der Professor vor, wie Adam und Lilith miteinander stritten, weil sie sich ihm nicht so hingeben wollte, wie er es wünschte. »Du hast mir nicht zu befehlen, wie ich mich zu dir legen soll. Ich bin aus Erde geschaffen, genau wie du, wir sind uns ebenbürtig.«

Die Hogarth Press von Mr. und Mrs. Woolf hatte gut daran getan, den Professor auf eine Lesereise zu schicken. Die Leute hier gaben sich sehr international und intellektuell.

Es stimmte zwar nicht, dass alle befreiter von Standesdünkel und konservativen Ansichten waren, doch man respektierte sich hier eher gemäß der Vorstellung: leben und leben lassen.

Neben dem Professor saß die Veranstalterin. Die helle Hautfarbe und das fast platinblonde Haar ließen auf eine Skandinavierin schließen, doch in Wirklichkeit stammte Adrienne Monnier aus den Savoyer Alpen. Sie trug einen langen schwarzen Rock, dicke Wollstrümpfe und einfache Schnürschuhe. Die Füße waren unter ihrem Stuhl angewinkelt, die Hände sittsam auf dem Schoß verschränkt. Eine blütenweiße Bluse mit eng anliegender Weste schmeichelte ihrer üppigen Figur. Die klaren, leicht hervortretenden Augen folgten aufmerksam dem Erzähler, bei manchen Passagen bewegten sich ihre Lippen lautlos mit.

Schon seit sie miteinander bekannt gemacht worden waren, hegte Lizzie den größten Respekt für Adrienne. Die Buchhändlerin sprach fließend Englisch und hatte ihren Buchladen mitten im Krieg eröffnet. Diese eher unscheinbare, schlicht gekleidete Frau, die nur zwei Jahre älter war als Lizzie, leitete ein eigenes Geschäft. Sie trotzte dem Krieg, einer weltweiten Pandemie ebenso wie der beginnenden Hyperinflation, als könne sie nichts davon abhalten, dem Ruf der Literatur zu folgen.

Und sie war damit nicht allein. Das ganze Viertel war bekannt für seine Literaturszene und Künstlertreffpunkte. Nur wenige Schritte entfernt, am Boulevard Saint-Germain, reihten sich die Cafés und Bars und all die prächtigen Lokale, in denen Dichter, Denker, Träumer und Spinner ihre Gedanken streuten und auf Papier brachten.

Auf Rosen war niemand von ihnen gebettet. Die Künstler und Schriftsteller waren arm, und wer konnte sich in Zeiten wie diesen ein Gemälde oder gar ein Buch leisten, wenn man doch nie wusste, wie lange das Geld noch für Brot reichte? Hier bewies Adrienne ebenfalls Spürsinn. Sie ermöglichte ihrer Kundschaft, die Bücher zu leihen, statt sie zu kaufen. Das war ein einzigartiges Modell, welches es so vorher noch nie gegeben hatte. Nicht einmal in den Bibliotheken durfte man Bücher zur Ansicht mit nach Hause nehmen. Die Bibliothekare brachten die Exemplare auf Wunsch in den Lesesaal und ließen die Kundschaft dabei nicht aus den Augen.

Adriennes Vertrauen wurde selten missbraucht. Im Gegenteil, die Leute gaben ihr etwas zurück, weil sie sich wertgeschätzt fühlten. In kurzer Zeit hatte sich ein wahrhaftiger Freundeskreis aus treuen Stammkunden gebildet, die in der Buchhandlung ein- und ausgingen, allen voran André Gide, eine regelrechte Koryphäe. La Maison des Amis des Livres war mehr als ein Geschäft, es war ein Gemeinwesen, ein sicherer Ort, und Lizzie hegte sogleich das Bedürfnis, Teil davon zu werden.

Inzwischen befand sich Lilith am Baum der Erkenntnis und stritt sich mit der Schlange, der sie, im Gegensatz zu Eva, widerstand. »Ich bin bereits ein denkendes Wesen, was sollte der Baum mir zeigen, was ich nicht längst weiß?«

»Hört, hört!«, rief eine der Zuschauerinnen zustimmend.

Beim Ausruf traf Lizzies Blick den des Professors, und er zwinkerte ihr zu, ehe er wieder im Buch versank. Ihn derart zufrieden zu sehen, ließ ihr das Herz aufgehen. Wie er so dasaß in seinem besten Harris Tweed, mit einem seligen Lächeln, das bis zu den Augen reichte – Mr. Moore schien genau dort zu sein, wo er hingehörte.

»Und nun, da Lilith Gottes wahren Namen kannte, erhielt sie unglaubliche Macht. Genügend Macht, um die Schranken niederzureißen, die das Paradies umgab. Doch ihre Freiheit hatte ihren Preis. ›Wenn du Eden verlässt, ist es dir untersagt, länger ein menschliches Wesen zu sein, eine andere wird deinen Platz einnehmen‹, sprach der Herr. ›Du wirst Leid erfahren, nie Kinder bekommen, dein Name wird zuerst verleumdet und dann vergessen.‹ Aber Lilith hatte sich entschieden …« Daraufhin klappte der Professor das Buch zu und blickte in die Runde. »Welchen Weg sie gewählt hat, das ahnen Sie vermutlich schon, meine Damen und Herren, ansonsten hätte Gott, besser gesagt die Kirche, die gehorsame Eva nie erschaffen, die sich den ihr auferlegten Strukturen fügt. Aber wie Liliths Leben danach weiterging, das müssen Sie selbst lesen.«

Applaus folgte, und Adrienne stand auf, um dem Professor zu danken und die Gesprächsrunde zu eröffnen. Zahlreiche Fragen kamen auf, die er gekonnt und charmant beantwortete. Besonders die älteren Damen schienen ihm zugetan, war es doch eher selten, dass ein Mann sich einem solch weiblichen Thema widmete, in welchem sich so viele erkannt und verstanden fühlten. Aber der Professor hatte ja auch schon zu denen gehört, die 1913 am Begräbnis von Emily Davison mit Tausenden Suffragetten mitmarschiert war.

Später folgte die Signierstunde, Getränke wurden ausgegeben, und die Ladenbesitzerin legte eine Schallplatte von Al Jolson auf.

Lizzie hätte schon im Hotel die Gelegenheit gehabt, sich ein Exemplar zu ergattern, doch sie zog es vor, wie alle anderen anzustehen, um es direkt signieren zu lassen.

»Sie waren toll, Professor«, sagte sie, als sie an der Reihe war. Er berührte ihre Hand und kniff wohlwollend die Augen zusammen.

»Aber ...«, sie trat einen Schritt nach vorn und wechselte in einen Flüsterton, »... hatten Sie nicht unglaubliches Lampenfieber? Oder Angst, dass jemandem das Thema missfällt?«

»Meine Liebe, sehen Sie sich um. Die Menschen hier kommen nicht meinetwegen, sondern weil sie der Rive

Gauche zugehören und Literatur lieben. Es ist Nahrung für ihre Seele, ein Stück Poesie für den Nachhauseweg nach einem anstrengenden Tag. Niemand kam hierher, um zu richten.«

Während sie über seine Worte nachdachte, hatte er ihr Buch signiert.

»Es wartet eine kleine Überraschung auf Sie auf der ersten Seite. Aber schauen Sie erst rein, wenn Sie allein sind und einen Moment für sich haben.«

Verwundert nahm Lizzie das Buch an sich und steckte es in ihre Abendtasche. Die nächste Besucherin hatte bereits ihre Geldbörse auf den Tisch geschmettert. »Ich nehme vier.«

Lizzie sah zu, dass sie aus dem Weg kam, und stellte sich etwas abseits hin. Während sie an einem hervorragenden Burgunder nippte, beobachtete sie das Treiben und ging mit zur Seite geneigtem Kopf die Bücherregale durch.

»Eine bemerkenswerte Sammlung«, sagte sie, als Adrienne sich zu ihr gesellte. »Bestimmt haben Sie alle gelesen.«

»Die meisten ja, aber leider reicht die Zeit nicht immer.« Sie hatte eine kräftige, klare Stimme, die hervorragend für Lesungen und Vorträge geeignet war. »Wissen Sie, das Talent einer Buchhändlerin besteht darin, die Kundschaft so zu beraten, dass man ihnen immer das richtige Buch empfiehlt, ohne es selbst gelesen zu haben. Und Sie, Miss Wellington? Was lesen Sie gern?«

Es gab wohl keine geeignetere Frage, um mit bibliophilen Menschen in Kontakt zu treten. Bald waren die Frauen in ein wunderbares Gespräch vertieft.

»Und planen Sie, länger in Paris zu bleiben?«, fragte Adrienne schließlich.

»Mr. Moore wird bald weiterziehen, zuerst nach Strasbourg, dann Basel und anschließend immer weiter bis Wien. Ich allerdings bin mehr auf der Suche nach etwas Dauerhaftem.«

Ein Lächeln erhellte Adriennes Gesicht, als habe sie schon öfters erlebt, wie Reisende hier ihre Zelte aufschlugen. »Dann benötigen Sie auf jeden Fall die richtigen Bekanntschaften.«

»Haben Sie Ratschläge?«

»Für die meisten Amerikaner und Engländer ist ›Shakespeare & Company‹ die erste Adresse. Sie lassen ihre Post dorthin schicken, und da es sogar einen Fernsprecher gibt, können sie Kontakt zu ihren Verwandten aufnehmen.«

»Ist das denn eine Art Vermittlung, dieses Shakespeare & Company?«

»O nein, es ist die amerikanische Buchhandlung meiner Freundin Sylvia Beach in der Rue Dupuytren.« Beim Aussprechen des Namens huschte ein Lächeln über ihr Gesicht. »Schade, sie ist diese Woche auf Geschäftsreise in Dijon, ein Notfall bei der Druckerei. Sie hätte sich die Lesung des Professors sonst auf keinen Fall entgehen lassen.«

»Ein amerikanischer Buchladen in Paris?«, hakte Lizzie nach.

»Nun ja, zuerst hatte sie die Idee, einen französischen

Buchladen in Amerika zu eröffnen, aber dann hätte sie ihre neue Wahlheimat ja schon wieder verlassen müssen. Also gründete sie Shakespeare & Company hier. Das ist die erste Buchhandlung hierzulande, die ausschließlich englischsprachige Bücher verkauft und verleiht. Sie sehen ja selbst, wie viele Amerikaner sich seit dem Krieg in Paris tummeln. Die Leute fliehen vor der Prüderie, vor der Prohibition, der zensierten Kunst und erfreuen sich des starken Dollars.«

Das kam Lizzie bekannt vor. »Das ist mir ebenfalls aufgefallen, ich war angenehm überrascht. Ich liebe Literatur, und da ist es gut, einen Ort zu kennen, wo es Bücher in der Muttersprache gibt.«

»Ich werde Sie gerne bei Gelegenheit mit ihr bekannt machen.«

Eine Aushilfe stupste Adrienne mit hilflosen Gesten an, weil der Champagner auszugehen drohte.

»Ich komme gleich.« Ehe die Ladenbesitzerin ihr zu Hilfe eilte, raunte sie Lizzie zu: »Sie haben ein Leuchten in den Augen, Miss Wellington. Diese Art von Glanz kenne ich von vielen Leuten, die ihr Herz an die linke Seite der Seine verschenken. Natürlich ist es auch auf der Rive Droite schön, ich habe dort viele Jahre als Sekretärin gearbeitet. Aber wer einmal als junger Mensch, vor allem als intelligente Frau ohne familiäre Verpflichtungen, die Rive Gauche betritt, ist ihr sofort verfallen. Man wird ganz fiebrig, ganz benommen von der Wucht der Kreativität. Wenn ich Sie so sehe, habe ich den Eindruck, dieses Fieber hat Sie bereits erfasst.«

8. KAPITEL
Paris, März 1921

»Diese Adrienne Monnier finde ich bemerkenswert«, sagte Lizzie eine Stunde später, als der Professor und sie sich auf den Heimweg machten und sie den Boulevard Saint-Germain entlangschlenderten. Es hatte leicht geschneit, wie eine feine Zuckerglasur legte sich der Schnee auf die kahlen Äste der Stadtplatanen.

»Sie hat mir auch von ihrer Freundin Sylvia Beach erzählt, auf sie bin ich besonders gespannt.«

»Sie werden sie mögen. Wussten Sie, dass sie eine Verlegerin ist?«, fragte der Professor.

Das erklärte, weswegen Adrienne vorhin von einer Druckerei gesprochen hatte. »Was für Bücher sie wohl verlegt?«

»Nur eines, soweit ich weiß. Aber es dürfte eine Lebensaufgabe darstellen. Sie plant, den *Ulysses* von James Joyce herauszubringen. Allein für ihn verwandelt sie ihre Buchhandlung in einen kleinen Verlag.«

Lizzie wurde hellhörig. Sie kannte einige Werke des irischen Schriftstellers und hatte *Dubliners* mit großem Interesse gelesen. Zwar schätzte sie handlungsreiche Geschichten mehr, doch faszinierten sie die inneren Prozesse der joyceschen Erzählform sehr.

»Worum geht es denn?«

»Um eine Parodie der Odyssee«, antwortete der Professor. »Zwei Männer, die sich suchen müssen, weil sie einander brauchen. Der eine sucht und findet im Helden einen Ersatzvater, ähnlich wie Telemach, der andere bestreitet Abenteuer auf einer Irrfahrt. Das Ganze spielt bloß an einem einzigen Tag in Dublin, am 16. Juni 1904. Die Handlungen sind eigentlich ziemlich banal und alltäglich, doch die Geschichte ist sehr komplex, mit vielen Rätseln, Anspielungen, inneren Prozessen und Monologen. So wird jede der achtzehn Episoden in einer völlig andern Erzähltechnik erzählt.«

»Das hört sich ... ungewöhnlich an.«

Der Professor nickte. »Zu ungewöhnlich für die meisten. Wie Sie vielleicht im Bilde sind, darf er sein neuestes Werk weder in Großbritannien noch in Amerika publizieren. Es ist dort wegen Obszönität verboten. Nun ja, davon halte ich nicht viel. Ich habe Teile des Buches gelesen und fand sie nicht obszön. Explizit meinetwegen. Vulgär, aber als bewusstes Stilmittel, der Demaskierung der Illusion zuliebe, aber nicht, um Leser zu erregen.«

Das schätzte sie am Professor. Er konnte über solche Dinge sprechen, ohne es als unpassend einer Dame gegenüber abzutun.

»Wie kamen Sie denn zu diesen Auszügen?«, fragte sie.

»Die amerikanische *Little Review* unter der Leitung von Margaret Anderson druckte einzelne Szenen vorab, bis der Staat dies sanktionierte. Miss Weaver, eine weitere Zeitschriftenverlegerin, scheiterte ebenfalls. Mr. Joyce hat es sogar bei den Woolfs versucht. So wären wir beinahe Verlagskollegen geworden. Leider lehnten sie das Manuskript ab. Virginia fand es nicht überzeugend, und obendrauf gab es keinen Drucker, der den Auftrag annehmen wollte. Die haften ebenfalls, wenn ein Roman verboten wird. Armer Jim, er schreibt über eine Odyssee, und eine solche war offensichtlich auch die Verlagssuche.«

Bevor sie vom Boulevard Saint-Germain in die Rue de l'Ancienne Comédie einbogen, hielt Lizzie inne. »Ich glaube, ich gehe noch ein wenig spazieren.«

»Um diese Uhrzeit? Es ist dunkel und bereits nach neun.«

»Keine Sorge, Professor. Ich finde mich immer zurecht.«

Er legte seine Stirn in Falten und blickte auf die Straße, als müsse er die Gefahren abwägen, die sich in den Gassen verbergen könnten. Doch er fand nichts dergleichen. Warme Lichter schimmerten aus den Lokalen, hier und da drang Jazzmusik zu ihnen, lachende Passanten querten die Straße, und gelegentlich rollte ein Automobil über das glatte Kopfsteinpflaster.

»Na schön, Sie sind jung und haben noch nicht so müde Knochen wie ich. Gute Nacht, Lizzie.«

»Ihnen auch, Professor, bis morgen.«

Allein ging sie den Boulevard Saint-Germain weiter, bis sie in die Rue Dante einbog. Diese schlenderte sie entlang, bis sich vor ihr die Seine öffnete und sie direkt zur Notre Dame blickte.

Der Quai de Montebello gehörte zu ihren Lieblingsorten in Paris. Rechts erstreckten sich die grünen Läden der Bouquinisten, die jetzt natürlich geschlossen waren. Links von ihr befand sich der kleine Park Square René-Viviandi, wo der älteste Baum der Stadt stand, eine Robinie, die mehr als dreihundert Jahre zählte.

Sie betrat die Place Saint-Michel mit dem beleuchteten Brunnen und fand sich fünf Minuten später auf dem Pont Neuf wieder. Von hier sah sie in weiter Ferne den Eiffelturm und rechts davon auf der Rive Droite die Dächer des Louvre.

Die Lichter der Brücke tauchten die vorbeiziehende Seine in ein faszinierendes Orange, als wäre das Wasser an diesen Stellen kein gewöhnliches. Als schwämmen darin Sirenen. Einen Moment glaubte Lizzie, sie singen zu hören.

Es war, als könne sie endlich atmen. Niemand kannte sie oder wusste von ihrer Vergangenheit. Sie war wieder die anonyme Frau wie auf dem Schiff. Keine Verheiratete, Geschiedene oder Gefallene. Sie hatte ihre Freiheit erhalten und würde sich diese durch nichts nehmen lassen. Dabei wurde ihr bewusst, welch Privileg sie genießen durfte. Den Tag frei gestalten! Ohne Verpflichtung Zeit mit sich selbst und der Vielfalt der hiesigen Kultur verbringen!

Woran lag es, dass sie sich so wohlfühlte? An der Tatsache, dass es in dieser weltoffenen Stadt für jeden einen Platz gab? Hier zählten andere Maßstäbe. Nicht Vermögen, Hautfarbe, religiöse Zugehörigkeit oder sexuelle

Neigungen formten einen Menschen, sondern sein Handeln. Lizzie fühlte sich von dieser Haltung angesprochen. Sie wollte hierbleiben, musste es einfach.

Aber es war nicht nur Euphorie. Angst begleitete sie und kroch ihren Hals hoch. Tat sie das Richtige? Was, wenn sie wieder scheiterte? Sollte ihr Geld nicht ausreichen oder sie keine Freunde finden, stand sie vor dem Nichts.

Gerade, als der Mut sie verlassen wollte, spürte sie das Buch des Professors in ihrer Tasche. Unter dem Laternenschein der Brücke nahm sie es heraus und betrachtete es. Ihre Fingerkuppen glitten über den tabakbraunen Leineneinband und den in Goldlettern eingeprägten Titel. Was für ein Gefühl, die Gedanken des Professors nun in der Hand zu halten. Gebannt schlug sie das Buch auf und sog den Geruch der frischen Seiten ein. Dann las sie die Widmung.

Für Elisabeth, so mutig wie Lilith,
so frei wie eine Vagabundin

Ihr Herz zog sich zusammen, Tränen schossen ihr in die Augen. Tief berührt schloss sie das Buch wieder und presste es an die Brust, verblüfft darüber, wie gut der Professor sie kannte.

Ja, sie war mutig, das hatte er vor ihr erkannt. Und sie würde ihren Mut unter Beweis stellen. Hier in Paris. Sie musste zwar wieder von vorn beginnen, aber das war nichts Schlechtes. Denn nach jedem beendeten Kapitel begann ein neues.

9. KAPITEL
Paris, April 1921

Der Koffer lag auf dem Bett und wollte und wollte nicht einschnappen. »Ich ... hätte nicht ... so viele Bücher kaufen ... dürfen«, ächzte der Professor. Mit seinem ganzen Gewicht lehnte er sich auf das Gepäckstück, bis endlich das lang ersehnte Klacken erklang. »Na also!«

Er richtete sich auf und wischte sich den Schweiß von der Stirn. Erst jetzt schien er von Lizzie Notiz zu nehmen, die im Türrahmen stand und an ihrer Zigarettenspitze zog.

»Donnerwetter, Sie sind heute aber *très à la mode*! Ein neues Kleid?«

»Nein, es hat nur auf den richtigen Moment gewartet«, entgegnete sie mit einem Lachen und genoss den angenehmen Stoff ihres Abendkleides, ein wadenlanger Traum aus roter Seide mit schwarzen, orientalischen Ornamenten aus Spitze und Fransen. Dazu trug sie einen Turban mit rubinrotem Stein in der Mitte. Es war der letzte Abend des Professors, und sie wollten ausgehen. Lizzie fühlte sich ausgesprochen wohl in ihrer Haut und strahlte das auch aus.

Obwohl er gerade noch gelächelt hatte, wurde der Blick des Professors auf einmal glasig, so, als beschäftigte ihn etwas. Er winkte sie zu sich und signalisierte ihr, sie möge die Tür hinter sich schließen.

»Wenn ich Ihnen noch eine Frage stellen darf.« Er räusperte sich. »Erlaubt denn Ihre ... finanzielle Situation einen längeren Aufenthalt? Ohne Erwerb und den Segen Ihrer Mutter?«

Er sah sie ratlos an und fügte rasch hinzu: »Vielleicht gestattet Ihre Höflichkeit nicht, mich um Geld zu bitten, aber sollten Sie in Nöten stecken, dürfen Sie nicht zögern, mir mitzuteilen, dass ...«

Wie unbeholfen er sich für einen Schriftsteller und Professor ausdrückt, dachte Lizzie gerührt. »Sie brauchen sich keine Sorgen zu machen. Als mein Vater starb, ging der Titel zwar an seinen Bruder über, jedoch habe ich sein Vermögen geerbt. Einen Teil zumindest. Das ist die Ironie am Ganzen. Er ist nun der mittellose Lord, der wiederum eine reiche Amerikanerin heiraten muss, um zu bestehen.«

Sie schenkte ihm ein fröhliches Lächeln, in der Hoffnung, er würde es dabei belassen, doch so leicht gab er sich nicht zufrieden.

»Aber ging dieses Geld nicht mit Ihrer Ehe in das Imperium der Goldenblooms über, von denen Sie nun keinen Penny erhalten?«

»Vieles ging verloren, das stimmt. Aber ich habe Vorkehrungen getroffen. Sie können mir vertrauen.«

Der Professor atmete hörbar aus. »Dann bin ich ja erleichtert.«

Ihr Lächeln fiel erst in sich zusammen, als er sich abgewandt hatte, um seine Fliege zu richten. Die Hochzeitstiara und der restliche Schmuck hatten ihr zwar das Jahresgehalt eines Bankiers eingebracht, aber es ärgerte sie, dass sie die Tiara nicht schon in Amerika verkauft hatte, denn der Dollar war in Paris weitaus stärker als das Pfund.

Sobald der Professor abgereist war, müsste sie dringend ihre Ansprüche drosseln. Ihre Haute Couture konnte sie schlecht verkaufen, das meiste war ohnehin maßgeschneidert. Aber sie würde von nun an keine kostspielige Garderobe mehr kaufen und alles tragen, bis es auseinanderfiel.

Ihre Bekannten lebten glücklicherweise nicht allzu extravagant, sodass sich Lizzie ihrem Lebensstil anpassen konnte. Auswärts essen gehen hatte hier einen anderen Stellenwert. Viele Wohnungen waren so klein, dass es darin gar keine Küche gab. Die Preise in den Restaurants fielen dementsprechend überraschend günstig aus. Wenn sie bald eine preiswerte Pension in einer der Seitenstraßen von Montparnasse fände, würde ihr Geld für Jahre reichen.

Liebevoll ging sie zum Professor und richtete seine Fliege, an der er nervös herumnestelte. Als sie zurechtgerückt war, zwinkerte sie ihm zu. »Nun denn, sind Sie bereit, Ihren letzten Abend gebührend zu feiern, Professor?«

Er nickte. »Gehen wir.«

Montparnasse. Diesen Namen musste man sich auf der Zunge zergehen lassen. Er klang ein wenig grob, etwas grotesk, was ebenso auf das Viertel zutraf. Künstler, egal ob Taugenichtse oder Genies, hatten sich schon seit geraumer Zeit vom verträumten Montmartre abgewandt und ihre Zelte im Süden der Stadt aufgeschlagen, wo der Wein billiger, die Lokale unterhaltsamer und die Dirnen draller waren. Man trug bunte Gewänder und tat seinen Spleen als Exzentrik ab. Ob Hure oder Aktmodell war keine Frage der Anständigkeit, sondern eine der Bezahlung. Es war ein Schmelztiegel der Vielfalt: Feinstes Tuch traf auf verwaschene Lumpen, Erhabenheit auf Primitivität, viktorianische Biederkeit auf Sittenlosigkeit – es gab Alkoholiker wie Abstinenzler, Arme wie Reiche, Einheimische wie Reisende aus aller Herren Länder.

Wo drüben auf der Rive Droite die ehrwürdigen Bonvivants mit gewienerten Schuhen und Glacéhandschuhen an Edelboutiquen vorbeistolzierten und die Damen Sonnenschirme aus Spitze trugen, spielte an der Rive Gauche eine andere Musik.

Auch zwei Jahre nach den unterzeichneten Verträgen von Versailles befand sich das Land in den Nachwehen des Krieges. Abgemagerte Alte, frierende Frauen, Kinder mit löchrigen Strümpfen und Männer mit Narben und verstümmelten Gliedern gehörten noch immer zum gewohnten Bild.

Dieses Trauma war nur zu bewältigen, indem man sich ständig neu erfand, in der Musik, im Tanz, der Kunst und der Literatur. Es war kein Zufall, dass die Welt sich im

Umschwung befand und aus allen Bereichen neue Strömungen flossen. Die Stimmen waren sich einig: »Die Welt muss kubistischer denken, muss moderner denken.« Mit Frivolität und Leichtsinn glichen sie aus, was in den Kriegsjahren zu kurz gekommen war. Wieso sparen, wenn das Geld ohnehin nichts wert war?

Im »Café de la Rotonde« am Boulevard du Montparnasse perlte eisgekühlter Champagner, Gäste saßen auf roten, samtbezogenen Sitzbänken, lachten und sprachen so laut durcheinander, dass kaum einer sein eigenes Wort verstand. Das Lokal war ein wenig zu elegant für das Viertel. Das lag an der neuen Geschäftsführung, die vor allem den amerikanischen Gästen gefallen wollte und keine Streuner mehr duldete.

Als Lizzie um sich blickte, glaubte sie, dass ihre Brust gleich bersten müsste. Hinter ihnen saß Picasso an seinem Stammtisch. Wie ein Staatssouverän umgab ihn sein Gefolge. Soeben zahlte er die Zeche und lud das ganze Café ein, indem er eine schnelle Skizze anfertigte und dem Kellner auf die Brust klatschte.

»Maestro, würden Sie sie signieren?«, fragte dieser mit zitternden Knien.

Picasso zog an seiner Pfeife, die feurigen Augen taxierten ihn. »Ich möchte die Rechnung bezahlen, nicht das ganze Café kaufen.«

Beim Beobachten dieser Szene musste Lizzie herzhaft lachen. Es blieb nicht unbemerkt. Am gegenüberliegenden Tisch saß eine Schauspielergruppe, die den Bruchstücken ihrer Gespräche nach zu urteilen gerade die Generalprobe eines neuen Stücks feierte. Unter ihnen befand sich eine junge Frau mit kurzen schwarzen Haaren. Als sich ihre Blicke trafen, verschwamm die Umgebung, und Lizzie hatte das Gefühl, die Zeit hätte sich verlangsamt.

Geräusche verstummten, Lichter verblassten, ihr Fokus war ganz auf sie gerichtet, die schöne Unbekannte, die ihr direkt in die Augen blickte. Glänzende Murmeln, so unergründlich wie die Mysterien des Universums. Waren sie dunkelbraun oder golden? Ihr Haar glänzte wie edles Tropenholz, das Gesicht war zierlich und porzellanfarben, die Lippen dunkelrot geschminkt. Aus ihrer ganzen Haltung sprachen Anmut und Würde. Dann zwinkerte die Frau ihr zu. Etwas ging durch Lizzie hindurch, ein Ruck, der sie tief erschütterte.

Ein vorbeigehender Kellner in perfekt sitzender Livree unterbrach diese sonderbare Verbindung, danach nahm alles seinen gewohnten Lauf, und die Frau war in ein Gespräch mit ihrem Sitznachbarn vertieft. Der Bann war gebrochen und ließ Lizzie mit einem seltsamen Gefühl der Leere zurück.

Es dauerte einen Moment, ehe sie sich wieder auf ihre Tischgesellschaft einlassen konnte. Zu Adrienne Monnier und Sylvia Beach hatte sich Ezra Pound gesellt, ein Literaturkritiker und Poet von fünfunddreißig, mit Musketierbärtchen und voluminösem Haar.

»Sie kommen aus London? Da habe ich bis vor kurzem auch gelebt. Schreiben Sie?«

»Gott, nein«, antwortete Lizzie. »Ich wäre niemals so wortgewandt, um etwas auf Papier zu bringen.«

»Gadji beri bimba! Wer braucht Worte, wenn Laute genügen? Sind Sie etwa nicht mit den dadaistischen Werken vertraut? Kennen Sie das Gedicht schon, das ein Freund von mir verfasste? Es lautet A ... B ... C ... D ...«

Während er das gesamte Alphabet aufzählte, schenkte Sylvia ihr ein Stirnrunzeln. »Sie müssen ihn entschuldigen«, flüsterte sie. »Er lebt für die Literatur. Sie ist in seinem Blut, begleitet ihn in jedem Atemzug. Er verschlingt jeden Buchstaben und entdeckt ständig irgendwelche Schriftsteller, von denen man noch nie gehört hat.«

Ezra, inzwischen mit dem Professor in eine Diskussion über den Duktus des inneren Monologs vertieft, bekam von der Unterredung nichts mit, sodass Lizzie und Sylvia ungestört weitersprechen konnten.

Zahlreiche Fragen brannten Lizzie unter den Fingernägeln. »Mr. Moore erzählte, dass er es war, der Mr. Joyce überredete, nach Paris zu kommen. Dann haben Sie sich durch ihn kennengelernt?«

»Es ist etwas komplizierter, aber im Endeffekt stimmt es.« Sylvias Stimme klang hell und fein, beinahe wie ein Glöckchen. Wenn jemand sprach, hing sie aufmerksam an den Lippen dieser Person. Sie trug ein schwarzes Kleid mit weißem Bubikragen und ähnelte damit Colettes berühmter Protagonistin Claudine, das Haar ebenso kurz und gelockt frisiert wie die Romanvorlage. Umso erstaunlicher fand Lizzie, dass die zierliche Sylvia im Krieg als Krankenschwester in Serbien gedient hatte. Eine Frau mit vielen Facetten.

»Wie gut kommen Sie denn mit dem Verlegen des *Ulysses* voran?«, fragte Lizzie neugierig.

Sylvia zögerte einen Moment, als müsse sie sich die Worte sorgfältig zurechtlegen. »Es macht unglaublich Spaß. Wissen Sie, das Geschäftliche interessiert mich nicht so. Da kann Adrienne mehr mitreden. Ich liebe einfach Bücher und verehre Mr. Joyce, das ist alles. Aber die Arbeit kann ganz schön anspruchsvoll sein. Es gilt viele Herausforderungen zu meistern.«

»Die da wären?«

»Es fing damit an, überhaupt einen Drucker zu finden, der es wagt, den *Ulysses* zu setzen. Er darf ja kein englisches Wort verstehen, sonst würde er sofort ablehnen. Nach langer Suche ist Monsieur Maurice Darantière aus Dijon unser Mann. Ezra kannte ihn bereits, da er seine monatliche Zeitschrift bei ihm drucken lässt. Genügend Subskribenten zu finden ist ein weiteres Problem. Das sind Käufer, die im Voraus bezahlen, damit wir überhaupt Kapital für die Herstellung des Buches haben. Dann die gestalterischen Aspekte wie Papierbeschaffenheit oder die Farbe des Einbands. Griechisch Blau soll er sein. Können Sie sich vorstellen, wie viele Facetten von Blau es gibt?«

»Zu viele«, meinte Adrienne, während sie eine Zigarette in ihre verlängerte Spitze steckte. »Das Abtippen ist ein weiteres Problem. Joyce wird von einem schlimmen Augenleiden geplagt. Er ist nahezu blind. Seine Handschrift lässt sich nur schwer entziffern.«

Lizzie riss die Augen auf. »Der ganze Roman ist von Hand geschrieben?«

»Aber ja, so verfahren die meisten Schriftsteller«, erklärte Sylvia. »Die wenigsten besitzen eine Schreibmaschine. Zumal der Arbeitsaufwand die kreative Schaffenskraft stört. Die Tippgeräusche, die ganzen Fehler … Es ist daher unumgänglich, dass das Manuskript von einer Person abgetippt wird, die nichts mit der Geschichte zu tun hat.«

»Was an sich nicht problematisch wäre, würde Mr. Joyce die Finger von seinem Text lassen«, meldete sich Adrienne wieder zu Wort. »Er nimmt die fertigen Seiten und benutzt sie für weitere Überarbeitungen. Als handle es sich um Notizpapier! Ihm ist wohl nicht bewusst, wie viel Zeit es kostet, alles abzutippen.« Sie hielt inne und zündete die Zigarette an. »Ganz zu schweigen davon, dass Syl nicht nur seinen Lebensunterhalt finanziert, sondern den der gesamten vierköpfigen Familie. Täglich auswärts essen, die horrend hohen Trinkgelder …«

Sylvias Augen ersuchten ihre Freundin um Nachsicht. »Darling, wie oft soll ich es dir denn noch sagen? Er ist ein Genie! Er wird Großes vollbringen. Sein Werk wird noch in hundert Jahren die Bücherregale belesener Menschen füllen. Ich muss dieses Buch einfach verlegen.«

»Das sehe ich ja genauso wie du, nur sollte sich eine richtige Mäzenin um seinen Unterhalt kümmern und nicht eine selbsternannte Buchhändlerin, die kaum Ersparnisse hat und sogar ihr Erbe vorziehen musste.«

»Nicht das Erbe, sondern die Mitgift.« Sylvias Stimme klang noch immer hell und unbeschwert, doch aus ihren

Augen blitzte eine Warnung, die Adrienne sofort zum Schweigen brachte. »Du stehst doch hinter mir?«

»Natürlich tue ich das«, versicherte Adrienne etwas versöhnlicher gestimmt. »Und deswegen teile ich dir meine Bedenken mit.«

Für Sylvia war das Thema somit vom Tisch, und sie wandte sich zu Lizzie. »Kommen Sie mal in meinem Buchladen vorbei. Ich habe den Eindruck, die Bücher dort würden Ihnen gefallen.«

»Oh, Sie werden sie lieben«, versicherte Ezra, als er seine Aufmerksamkeit wieder auf die Frauen richtete. »Da fällt mir ein, dass ich noch *Seine erste Frau* in der *Little Review* nachbesprechen will. Mögen Sie als Autor vielleicht darin Stellung nehmen, Mr. Moore?«

»Romane schreiben, das kann ich. Aber eine Besprechung ...« Er hob abwehrend die Hände. »Ich finde, das klingt immer schnell nach Selbstbeweihräucherung.«

»Vielleicht wäre das ja was für Sie, Lizzie?«, schlug Sylvia vor.

»Ich? Aber ...«

»Eine hervorragende Idee«, schloss sich Adrienne an. »Ihnen ist das Buch gewidmet. Keiner versteht es so gut wie Sie. Da wäre es doch schön, wenn die geheimnisvolle Muse sich zu Wort meldet.«

Lizzie runzelte die Stirn und sah den Professor an. »Sie haben das Buch doch geschrieben, bevor ich Sie in Oxford traf?«

»Ja, aber Ihre Anwesenheit und Ihr Aufbegehren haben mich noch einmal beflügelt. Wissen Sie, auch ich neige zu Änderungen in der letzten Minute.« Er zwinkerte Sylvia zu.

Lizzie spürte, wie ihre Ohren heiß wurden. »Ich habe das aber noch nie gemacht.«

Von diesem Einwand wollte Ezra nichts wissen, er fand die Idee ausgezeichnet. »Kommen Sie in das Atelier in der Rue Notre-Dame des Champs. Sie können jederzeit meine Schreibmaschine benutzen. Lassen Sie sich einfach nicht von meinem Fagott aus der Ruhe bringen, welches ich so leidenschaftlich spiele. Und was Ihr Können betrifft: So kulturell interessiert und belesen, wie Sie sind, sind Sie sicherlich viel wortgewandter, als Sie denken.«

Dem stimmte der Professor zu. »Das ist wahr. Sie hätten ihre Aufsätze lesen sollen, als es um die …«

Ehe er in ein peinliches Schwärmen verfiel, raunte Adrienne ihr zu: »Auf Englisch reicht völlig aus, wir haben ja eine große Leserschaft aus Übersee. Die französische Übersetzung kann ich übernehmen.«

Lizzie fühlte sich überrumpelt, aber sie sah ein, dass es keinen Zweck hatte aufzubegehren. Außerdem war sie neugierig. Einen Artikel schreiben! Hätte ihr das jemand vor ein paar Wochen gesagt, hätte sie die Person für verrückt gehalten.

»Also gut, ich mache es. Aber auf eure Verantwortung.«

»Wunderbar«, sagte der Professor. Dabei lächelte er. »Ach Lizzie, ist das nicht schön? Sie führen endlich ein Leben, wie Sie es verdienen, und ich ebenso.«

»Und sie lebten glücklich bis ans Ende ihrer Tage, nur eben nicht zusammen«, kommentierte Ezra und hob das Glas. »Auf den Professor und seine Lilith, die dem Paradies entfloh, um ein eigenes Reich zu schaffen.«

Die Gruppe stieß an.

Lizzie setzte das Glas etwas bedachtsamer an. Glücklich ... über dieses Wort hatte sie schon eine Weile nicht mehr nachgedacht. Es fühlte sich wie ein seltenes Gewürz an, das sie lange nicht geschmeckt hatte.

Als sie bemerkte, dass ihr Tränen der Rührung in den Augen standen, erhob sie sich rasch. »Wenn Sie mich entschuldigen, ich muss das Näschen pudern.«

Geschickt schlängelte sie sich zwischen den Tischen durch und hielt bereits den Griff der Toilettentür in der Hand, als sie eine Stimme hörte.

»Einen hübschen Turban tragen Sie.«

Die Frau von der Theatergruppe schien ihr gefolgt zu sein und sah sie erwartungsvoll an. Vorhin hatte Lizzie über ihre Augen gerätselt, jetzt stellte sie fest, dass sie wie ein warmes Ocker schimmerten.

»Danke ...«

Auf eine Weise, wie es Lizzie noch nie erlebt hatte, war sie dieser Frau ausgeliefert. Nach außen mochten sie sich nur über ein Accessoire unterhalten, aber auf einer Zwischenebene geschah unglaublich viel mehr. Sie kannten sich nicht, und doch kam es ihr vor, als wären sie sich schon einmal begegnet.

Die geheimnisvolle Fremde zündete sich eine Zigarette

an, ohne den Blick von Lizzie zu wenden. »Ich bin Amélie Durant. Und Sie?«

»Lizzie Wellington.«

»Amerikanerin?«

Sie nickte. »Zur Hälfte Engländerin.«

»Das dachte ich mir.« Amélie wechselte problemlos ins Englische.

»Wie meinen Sie das?«

»Sie tragen zwei Seelen in sich. Eine traditionelle und eine moderne. Letztere hat Sie nach Paris geführt.« Sie deutete wieder auf Lizzies Turban. »Wirklich elegant.«

»Und was hat Ihnen meine traditionelle Seite verraten?«

Amélies Mund verzog sich zu einem Grinsen, welches Lizzie nicht einordnen konnte.

»Ihre Schüchternheit. Ihre Aufmerksamkeit. Ich habe gesehen, wie Sie alles genau beobachten.«

»Sie haben mich beim Beobachten beobachtet?«, zog Lizzie sie auf. »Wenn mich das zu einer Traditionellen macht, was sind dann Sie?«

»Ich bin weder Fisch noch Fleisch.« Amélie inhalierte tief, zog die Lippen zu einem spitzen Kussmund zusammen und blies den Rauch seitlich aus. »Ich sehe einfach gerne hübsche Dinge.«

Lizzie spürte ein seltsames Kribbeln in ihrer Brust. Einerseits stieg ihr die Schamesröte ins Gesicht, und sie wollte schnellstmöglich das Thema wechseln, andererseits musste sie überrascht feststellen, dass sie interessiert war. Sehr sogar.

»Wer sagt, dass ich nicht dasselbe tue?«, erwiderte sie.

Das Funkeln in Amélies Augen verriet, dass das Interesse auf Gegenseitigkeit beruhte. Der Blick war bald so intensiv, dass Lizzie ihm nicht länger standhalten konnte. Sie schaute zum Tisch ihrer Gruppe hinüber. Gerade musste Ezra etwas Unterhaltsames gesagt haben, denn der Professor und die Frauen lachten laut auf. Amélie schien ihrem Blick gefolgt zu sein.

»Den d'Artagnan kenne ich. Ist hier wie ein bunter Hund. Aber wer ist der andere Kerl? Ihr Freund?«

Lizzies Wangen wurden noch heißer. »Gott bewahre, nein.«

»Ihr Vater?«

»Schön wär's!« Lizzie wagte es, sich erneut Amélies Blick zu stellen. »Mentor hielte ich für einen passenderen Begriff. Er war mein Hauslehrer.«

»Und was machen Sie in Paris, Lizzie Wellington, Halbamerikanerin?«

»Meiner Liebe zu Büchern frönen. Literaten treffen, die Bibliothèque Nationale und andere Buchhandlungen besuchen und dergleichen.«

»Sie kommen nach Paris wegen der Bücher? Sonderbar, für gewöhnlich erklimmen die Touristen den Eiffelturm oder verprassen ihre Dollars in der Rue de Rivoli.«

Wieder war da dieser Augenaufschlag. Lizzie spürte, wie ihr Herz höher schlug, als säße es ihr direkt unter dem Hals.

»Und Sie, Amélie? Sind Sie Schauspielerin?«

»Überwiegend Tänzerin.« Sie zog erneut an ihrer Zigarette und deutete zu ihren Freunden. »Das sind meine Leute. Soll ich Sie bekannt machen?«

»Ein andermal vielleicht. Heute ist der letzte Abend des Professors in Paris, da gehöre ich ganz seiner Gesellschaft.«

Amélie deutete mit dem Kopf eine Verbeugung an. Nach einem letzten Zug drückte sie die Zigarette aus. Lizzies Augen folgten dem Stummel, dessen Ende ein Ring aus Lippenstift schmückte.

»Dann mache ich Ihnen einen Vorschlag, Lizzie Wellington, die Bücher mehr liebt als Abenteuer: Genießen Sie den letzten Abend mit Ihrem Professor, gehen Sie lesen, bewundern Sie die Bibliotheken und tun Sie, was Sie sonst noch so vorhaben. Und wenn Sie damit fertig sind, besuchen Sie mich im Theater auf der Place de l'Odéon. Sie können es nicht verfehlen. Versprechen Sie mir, dass Sie kommen? Ich würde Sie nämlich gern wiedersehen.«

10. KAPITEL
Paris, April 1921

Ezras Atelier befand sich im Quartier Latin, das wegen der günstigen Wohnungen und der Nähe zur Académie Colarossi beliebt bei Kunststudenten war. Das Licht fiel durch die Südlage ausgesprochen gut, sodass die meisten Mansardenzimmer als Atelier dienten. Von dort breitete sich die Kunst auf den Pflasterstraßen und blühenden Vorgärten aus. Verglichen mit den Vergnügungsvierteln im Montmartre oder dem Boulevard du Montparnasse war es eine unaufgeregte Gegend, als bräuchten die Künstler neben ihrem hektischen, unsteten Leben einen Gegenpol als Ausgleich für ihre Schaffenskraft.

Ezra hatte Besuch, als Lizzie an die angelehnte Tür klopfte. Der andere Herr trug einen grauen Kammgarnanzug und braven Seitenscheitel. Wie Ezra musste er etwa Mitte dreißig sein. Sie steckten ihre Köpfe zusammen und gingen so vertieft einen Text durch, dass sie Lizzie zunächst gar nicht bemerkten.

»Der Anfang muss die Agonie verdeutlichen, Thom. April ist gnadenlos. Nein. April ist erbarmungslos. Auch nicht. April ist der grausamste Monat.« Ezra hielt inne, fixierte einen unsichtbaren Punkt an der Decke und sinnierte. »Ja, das ist gut.«

Lizzies Blick wanderte zum Fenster, auf das die Sonne den tänzelnden Schatten der knospenden Platanen zauberte. Frühlingsbeginn. Lebenserwachen. Das waren die Begriffe, die ihr als erste in den Sinn kamen. Sie wusste nicht, was diese schöne Jahreszeit den beiden Herren angetan haben sollte, dass sie ihr gegenüber eine derartige Abneigung verspürten.

»Warum ist der April so grausam?«, fragte sie.

Erst jetzt blickte der unbekannte Dichter auf. »Der Frühling steht für das Erwachen des Lebens, aber wie soll in einem wüsten Land etwas zum Leben erweckt werden, wenn der Winter alles zerstört hat?«, fragte er ernst.

Und Ezra führte aus: »Der Winter als Allegorie des Krieges. Das Gedicht spiegelt den Zustand der Bevölkerung. Armut, Orientierungslosigkeit, fehlende Perspektiven ...«

»Aber in erster Linie ist es rhythmische Quengelei«, fasste der Fremde zusammen und reichte Lizzie die Hand. »Thom Eliot, hoffnungsloser Poet und Grübler.«

»Lizzie Wellington, keine Poetin, aber ebenfalls hoffnungslos.« Sie lächelte.

»Übrigens, Thom, wenn du das Gedicht veröffentlichst, müssen wir uns noch einen passenderen Rufnamen für dich ausdenken. Du heißt doch Stearns zum zweiten Namen, nicht? Wie wäre es mit T. S. Eliot?«

Der Poet gab sich zögerlich. »Darüber lass uns ein andermal nachdenken. Für heute haben wir genug gearbeitet, und wie ich sehe, wirst du nun anderweitig gebraucht. Sagen wir morgen wieder um die gleiche Zeit?« Mr. Eliot packte die Papiere zusammen, setzte seinen Hut auf und hob ihn kurz an, als er sich verabschiedete.

Ezra rief ihm etwas nach, und die beiden führten noch eine laute Unterhaltung durchs ganze Treppenhaus, bis ein Nachbar die Tür aufriss und »Ruhe!« brüllte. Danach kehrte Ezra mit einem schelmischen Grinsen zurück und klatschte in die Hände. »Nun zu dir, wie darf ich behilflich sein?«

»Du hast doch angeboten, mir bei der Nachbesprechung von *Seine erste Frau* zu helfen.«

»Ach ja, das hatte ich beinahe vergessen.« Mit einer einladenden Geste deutete er durch den Raum. »Sieh dich nur um, du kannst frei nutzen, was du brauchst.«

Erst jetzt bemerkte sie, wie groß und aufgeräumt das Atelier war. An den Wänden entlang reihten sich Tische und Regale, in der Mitte standen auf einem fransigen Teppich zwei Clubsessel. Im hinteren Bereich entdeckte sie sogar ein Bett und ein Sofa.

»Wohnst du hier?«

»O nein, aber zuweilen, wenn ich als Lektor mit einem Schriftsteller am Manuskript arbeite, vergessen wir die Zeit. Es kommt auch vor, dass uns eine Schreibblockade plagt, dann verbarrikadieren wir uns hier, bis der Knoten platzt.«

Bei der Vorstellung musste Lizzie lächeln. Ezra schien tatsächlich für die Literatur zu leben. Seine Hilfsbereitschaft und sein Engagement fand sie bemerkenswert. Sie fühlte sich sogleich wohl in dieser gemütlichen Atmosphäre – trotz der spartanischen Einrichtung.

»Zu viel Schnickschnack lenkt ab«, erklärte er, als sie darauf zu sprechen kam. »Gedanken sind flüchtig, sie verstecken sich gerne. Man braucht Ordnung, damit sie schön sichtbar bleiben.«

Neben Lizzie stand eine Kartonkiste voller Künstlerutensilien. Sie entdeckte Pinsel, Emailfarbe und Gipspulver. Und ... ein Gesicht.

»Ist das eine Maske?«

»Eine Gesichtsprothese aus Kupfer. Vor meiner Ankunft arbeitete hier eine Maskenbildnerin. Das war noch im Krieg. Mrs. Ladd und ihre Assistentinnen fertigten solche Prothesen für Soldaten an, die im Gesicht verletzt waren. Zuerst machte sie einen Abdruck aus Gips, danach aus Kupfer. Ist etwas kompliziert. Jedenfalls habe ich diese Sachen hier beim Aufräumen gefunden. Seit Monaten möchte ich ihr die Kartonkiste nachschicken.« Er schüttelte den Kopf. »Also Lizzie, wollen wir?«

Er rückte einen Stuhl zurecht und deutete ihr, sich zu setzen. Sie folgte ihm zum Schreibtisch, der direkt am Fenster stand. Beim Hinsetzen musste sie vor Zufriedenheit tief seufzen. Ein Arbeitsplatz nur für sie und ihre Ideen! Hier würde sie wunderbar verweilen und ihre Gedanken kreisen lassen.

Und dann – aus dem Nichts – erfasste sie eine lähmende Angst. Etwas Bedrohliches ging von diesem leeren Papier aus. Als hätte es die Worte in ihrem Geist ausgelöscht. Die Selbstzweifel von früher kehrten zurück. Die Passivität der letzten drei Jahre, in denen sie nur als zierende Begleitung ohne eigenen Verstand und höheres

Ziel wahrgenommen worden war – all das nagte an ihrem Selbstbewusstsein. Wie konnte sie nur so töricht sein und einer Buchbesprechung zustimmen? Zumal von einem Menschen, der ihr so wichtig war, dass sie ihn auf keinen Fall enttäuschen wollte? Sie wusste ja nicht einmal, was von ihr erwartet wurde.

»Herrje, ich habe das noch nie gemacht«, flüsterte sie.

Ezra schien derartige Zweifel zu kennen. In seinen Bewegungen lag keine Hast. Geduldig berührte er ihre Schultern und schenkte ihr ein wohlwollendes Lächeln. »Aber du bist sicherlich erfahren bei Korrespondenzen.«

Das stimmte. Sie zog Briefe dem Fernsprecher vor und gab sich bei jedem einzelnen Mühe. In ihnen steckte so viel mehr Wertschätzung als in einem flüchtigen Telefongespräch.

Ezras Augen glänzten im Sonnenlicht, als er meinte: »Nun, was mir immer hilft, ist, mir zu überlegen, wie ich einem guten Freund das Buch empfehlen würde.«

»Ich bin mir nicht sicher, ob ich es einem Freund empfehlen würde«, grübelte Lizzie. »Aber bestimmt einer Freundin.« Plötzlich begann es in ihr zu arbeiten. Sie rief sich das Buch noch einmal ins Gedächtnis, schlug es vor ihrem inneren Auge auf. Versuchte die Stimmung zu erfassen, die Emotionen zu entwirren und so neu anzuordnen, dass sie Lust auf das Buch machten – ohne zu viel zu verraten.

Bereits bei der Lesung hatte sie gestaunt, wie viel mehr die Geschichte in ihr wachrief, als tatsächlich auf den Seiten stand. All die Gefühle, die der Professor erzeugte, ohne sie zur Sprache zu bringen – genau diese Empfindungen musste sie beim Namen nennen. Lizzie verstand jetzt, was für eine Art von Romanbesprechung von ihr erwartet wurde.

»Der Roman ist für Frauen, die Mut haben, eigene Wege zu gehen. Frauen, die die Welt entdecken. Wie bei Colette«, sagte sie schließlich.

Ezra machte zufrieden einen kleinen Diener. »Sehr gut. Vergleiche mit bekannten Schriftstellern sind immer gut, so können die Leser die Richtung des Romans besser einordnen. Schreib das sofort auf.«

Energisch kratzte ihr Bleistift über das Papier, bis Ezra eine entscheidende Frage stellte. »Aber ist die Geschichte denn nur für Frauen? Schließlich ist der Verfasser ein Mann.«

Lizzie bearbeitete mit den Zähnen ihre Unterlippe und starrte auf das Papier. Das war eine gute Frage. Immerhin war Ezra nicht umsonst Kritiker.

»Vielleicht muss man den ganzen Satz umformulieren«, überlegte sie. »Die Geschichte zeigt, dass Frauen noch eine andere Seite haben. Sie sind nicht von Natur aus gehorsame Wesen, sondern werden dazu gemacht. In jeder Eva steckt eine unterdrückte Lilith. Folglich ist das Buch ein Plädoyer für die individuelle Freiheit. Ein Recht auf Existenz. Darum ist das Buch für Frauen geeignet, welche die Tragweite ihres freien Willens erspüren wollen. Und für Männer, die Frauen diese Freiheit zugestehen. Denn von ihnen gibt es noch viel zu wenige.«

»Et voilà«, sagte Ezra. »Ich glaube, jetzt brauchst du mich nicht mehr.«

Einen Moment tauchte in Lizzie die Erinnerung an Kindertage auf, als sie sich unbeirrt an Texten versucht hatte, als sie noch keine Furcht kannte und ihre grüblerischen Gedanken, ihre Sorgen, es allen recht zu machen, sie noch nicht daran hinderten, ihre Worte aufs Papier zu bringen. Sie konnte förmlich sehen, wie das Mädchen, das sie einmal gewesen war, ihr über die Schulter schielte und zufrieden lächelte. Lizzie wurde bewusst, dass sie sich für nichts zu schämen brauchte. Sie war eine selbstständig denkende Frau, die etwas zu sagen hatte. Es gab Menschen, die sich dafür interessierten, was sie schrieb, die lesen wollten, was sie dachte. Endlich hatte sie eine Möglichkeit gefunden, sich auszudrücken. Das Wort war ihr Verbündeter, war ihr Werkzeug.

Liebe Lizzie,

nach einem kurzen Aufenthalt in Strasbourg bin ich gut in Basel angekommen, auch wenn der Frühling hier noch etwas länger auf sich warten lässt. Meine Gastgeber sind sehr freundlich, und wir haben schon zahlreiche Museen besucht. Der Rhein würde Ihnen sicherlich gefallen. Ich finde ihn noch bezaubernder als die Seine. Wenn wir abends auf der Terrasse ein Glas Wein trinken, leuchtet er in sämtlichen Violetttönen. Aus literarischer Sicht ist es hier auch nicht übel.

Und Sie kommen weiterhin gut in Paris zurecht? Obschon ich Sie an meiner Seite vermisse, erfüllt es mich mit Stolz, wie erfolgreich Sie sich durchschlagen. Ich bin schon gespannt auf Ihre Buchbesprechung und überzeugt davon, dass Sie an dieser neuen Aufgabe wachsen werden. Würden Sie mir bitte eine Kopie schicken?

Hochachtungsvoll
Ihr Professor Moore

II. KAPITEL
Paris, April 1921

Sylvia schrie auf und ging hastig in ihrem Laden auf und ab. »Eine Katastrophe ist das, Adrienne! Ich weiß gar nicht, wie es jetzt weitergehen soll!« Dann ließ sie sich auf ihren Stuhl fallen, vergrub das Gesicht in ihrem Taschentuch und schnäuzte kräftig hinein.

Es war das erste Mal, dass Lizzie Shakespeare & Company in der Rue Dupuytren aufsuchte. Eigentlich hatte sie Adrienne die Besprechung von *Seine erste Frau* abgeben wollen, aber sie hatte vor verschlossenen Türen gestanden. Auf einem Zettel an der Eingangstür hing bloß eine Notiz, dass Adrienne spätestens in einer Stunde wieder zurück sei. Kurz entschlossen war Lizzie weitergezogen, um bei Sylvia vorbeizuschauen.

Offensichtlich hatte sie keinen guten Moment erwischt.

Sie hatte kaum Gelegenheit gehabt, den Raum mit all den Büchern, den antiken Möbeln, Zeichnungen und Fotos von Walt Whitman, Edgar Allan Poe und Oscar Wilde zu begutachten, als Sylvia erneut schluchzte. »Verbrannt. Eine ganze Episode! Und auch noch die wichtigste von allen. Wie konnte er das bloß tun? Wie sollen wir jetzt noch veröffentlichen?«

Adrienne, die tröstend ihre Hände auf Sylvias Schultern legte und merkte, dass Lizzie nicht folgen konnte, brachte Licht ins Dunkel:

»Es geht um eine liebe Freundin, die uns beim Abtippen von Joyces Manuskriptseiten hilft. Besser gesagt half. Sie ist nicht die Erste, die sich daran die Zähne ausbeißt. *Ulysses* ist … schwierig, manche Passagen, nun ja … manche Leute würden sagen, dass sie nicht für das weibliche Gemüt geeignet seien. Jetzt ist etwas Fürchterliches passiert. Der Ehemann besagter Freundin hat wohl eine der unanständigen Seiten zu Gesicht bekommen, und in seiner Rage warf er die ganze Episode, welche sie bei sich trug, in den brennenden Kamin.«

»Oje«, sagte Lizzie bestürzt. »Und so eine Episode von *Ulysses* – ist die lang?«

»Über hundert handgeschriebene Seiten.«

»Oh.«

»Diese erneut zu verfassen, würde ihn Wochen, wenn nicht gar Monate kosten«, klagte Sylvia. »Und die Zeit hat er nicht, wir wollen doch im Herbst veröffentlichen. Das ist schon eng gesetzt, ohne dass ein Rüpel Teile davon ins Feuer wirft. Der Roman ist ja noch immer nicht beendet. O Gott! Allmählich glaube ich, dass ich mir zu viel aufgehalst habe. Ich bin doch nur eine einfache Pfarrerstochter aus Princeton«, schluchzte sie, das Taschentuch fest umklammert. »Die Subskribenten wollen bestimmt ihr Geld zurück, das Mr. Joyce bereits ausgegeben hat. Am Ende muss ich noch ins Schuldengefängnis.«

»Das wird auf keinen Fall passieren«, entgegnete Adrienne mit fester Stimme. »Noch ist nichts verloren. Wir werden bestimmt eine Lösung finden.«

»Zunächst einmal muss ich Mr. Joyce diese fürchterliche Geschichte beibringen.« Fahrig wischte sich Sylvia über die Augen und atmete tief durch. Sie schlüpfte in ihren Mantel, zog die unter dem Kragen eingeklemmten Haare heraus und berührte Lizzies Ellenbogen. »Ich wünschte, ich hätte dich unter erfreulicheren Umständen bei mir empfangen dürfen. Nun muss ich dringend meinen Pflichten als Verlegerin nachkommen. Adrienne, my dear, würdest du den Laden bitte schließen, wenn du gehst? Und vergiss nicht, ein Abonnement für Lizzie abzuschließen.«

Danach blieb Lizzie nicht mehr lange. Sie wollte Adrienne nicht aufhalten, die ohnehin zurück zu ihrer eigenen Buchhandlung musste.

»Das hört sich sehr ernst an«, meinte sie, als die beiden Frauen in die Rue de l'Odéon einbogen.

»Ist es. Und Sylvia ist voller Leidenschaft. Was sie tut, das tut sie mit Leib und Seele. Sie will alles richtig machen. Dieser Rückschlag setzt ihr ganz schön zu.«

Lizzie spürte ein enormes Bedürfnis, den Frauen zu helfen. »Wenn ich irgendetwas für euch tun kann ...«

Adrienne blieb stehen und sah sie an. »Das ist sehr lieb von dir. Vielleicht können wir deine Hilfe tatsächlich gebrauchen. Nun sollten wir aber erst abwarten, was Mr. Joyce zu den verlorenen Manuskriptseiten sagt. Gut möglich, dass er eine Lösung weiß. Vielleicht hat er noch die Durchschläge.«

»Ich hoffe es zumindest für euch. Da fällt mir ein, ich habe hier noch die Besprechung.« Lizzie zog die Mappe aus ihrer Tasche und reichte sie Adrienne.

Dankend nahm diese die Papiere an sich. »Ich werde es umgehend lesen und dir eine Rückmeldung geben. Und wie ist es dir dabei ergangen? Fiel es dir schwer, die richtigen Worte zu finden?«

»Anfangs schon, aber nach einer Weile machte es mir Spaß. Ezra ist ein guter Lehrer. Er meinte, ich dürfe wieder einmal für die *Little Review* schreiben.«

Adrienne grinste, als hätte sich eine geheime Selbstprophezeiung erfüllt. »Ich wusste, dass in deinen Adern mehr fließt als Blut. Da ist noch Platz für Tinte und Druckerschwärze.«

Lizzie errötete. »Wir werden sehen.«

Lizzie war unschlüssig, wie sie mit dem angebrochenen Tag weiter verfahren sollte. Sie überlegte, in ein Café zu gehen. Das war als alleinstehende Frau in Paris kein Problem. Auch würde sie sich nicht langweilen. Sie hatte immer ein Buch in der Tasche. Gerade befasste sie sich mit André Gide, einem hervorragenden Denker, dessen Lebensweisheiten in den Ohren wie Poesie klangen. Es war Lizzie, die in einer Fremdsprache las, wichtig, sich bei der Lektüre Zeit zu nehmen, um die Worte richtig zu erfassen. Wenn sie sich dann bewusst zurücklehnte und entspannte, waren die Buchstaben Nahrung für Körper und Geist zugleich.

Doch jetzt hatte sie anderes im Sinn. Sehnsüchtig blickte sie die Rue de l'Odéon hinauf. Die schmale Straße war mit dem hellen und geradlinigen Haustyp nach Georges-Eugène Haussmann gesäumt, der im vergangenen Jahrhundert das ganze Stadtbild geprägt hatte. Zu ihrer Linken erkannte sie die Place de l'Odéon und das Dach des Theaters. Ob Amélie dort war?

Sie hatte seit ihrer Begegnung im Café de la Rotonde öfter an die Tänzerin denken müssen, jedoch nicht den Mut gefunden, sie zu besuchen. Manchmal fragte sich Lizzie, ob sie sich diese Intensität ihrer Begegnung bloß eingebildet hatte. Aber wenn dem so wäre, müsste das Prickeln doch allmählich nachlassen, oder nicht?

Ohne den Entschluss bewusst zu fassen, ging sie die Straße hoch. Das klassizistische Théâtre de l'Odéon erinnerte mit seinen Säulen und dem breiten Dach an einen antiken Tempel, die Gewölbe des Entrees wiederum an die überdachten Geschäfte an der Rue de Rivoli. Schwarzweiß gekachelter Marmorboden und hohe Decken erweckten einen feudalen, herrschaftlichen Eindruck. Treppen links und rechts führten zum Café des Theaters und den oberen Zuschauerlogen. Die Aufführungen fanden erst abends statt, jetzt am Nachmittag waren die öffentlichen Bereiche nahezu leer. Niemand hielt Lizzie auf, als sie neugierig eine der Türen öffnete und das Auditorium betrat.

Die Wucht des Saals überwältigte sie. Die roten Teppiche und Sitzbezüge, die Stockwerke und Galerien, die Kuppel mit der palastähnlichen Deckenmalerei – Lizzie war hingerissen. Unzählige Arbeiter waren zugegen, Bühnenbildner hantierten mit Leinwänden, ein Regisseur gab Anweisungen, Lichtdesigner experimentierten mit der Beleuchtung, Musikanten stimmten ihre Instrumente, und Tänzer und Tänzerinnen warteten auf ihren Probeeinsatz. Gerade eilte eine Kostümbildnerin zur Gruppe, um rasch einen gelösten Ärmel zu fixieren. Kaum hatte sie die Sicherheitsnadel geschlossen, spielte das Orchester die ersten Noten von Vivaldis *Winter* an.

Einen Moment unterbrach die Musik die ganze Kakophonie des Theatertrubels. Im Einklang bewegte sich das menschliche Knäuel, zunächst in kleinen Bewegungen, dann streckten sich Arme und Beine zu immer größer werdenden Kreisen aus. Chaos, das sich allmählich in eine faszinierende Ordnung fügte, einer Pendulumwelle aus Fleisch gleich.

Und da entdeckte Lizzie sie: Amélie war eine von ihnen, mit flatternden, überdimensionalen Ärmeln wie ein Sinnbild des Windes. Mit verblüffender Leichtigkeit und einer bemerkenswerten Körperspannung von Kopf bis Zeh bewegte sie sich grazil und erhaben.

Lizzie vergaß alles um sich herum und verfolgte die Choreographie mit angehaltenem Atem. Als das Stück vorbei war, wachte sie aus ihrer Faszination auf und applaudierte kräftig. »Das war sensationell.«

Amélie lachte und kam auf sie zu.

»Ich dachte schon, Sie kommen nicht. Wie waren Ihre Bibliotheken?« Ungezwungen umarmte sie Lizzie. Bei der Berührung nahm sie einen angenehmen würzigen Duft war. Sie spürte die Hitze von Amélies Körper, ebenso die definierten Muskeln. Es war wie ein Rausch, und als sie die Umarmung löste, wusste sie, dass sie Amélie erneut in den Armen halten wollte. Noch oft. Ein Bedürfnis, das sie restlos überforderte.

»Ich ziehe mich nur schnell in der Garderobe um, danach können wir verschwinden. Kommen Sie mit?«

Ehe sie eine Antwort parat hatte, schnappte Amélie ihre Hand und zog sie mit. Sie folgte ihr durch schmale Gänge, aus denen ihr Komparsen, Schauspieler, Sängerinnen und Tänzer entgegenkamen. Manche kicherten, andere übten mit drakonischem Ausdruck ihre Texte.

In der Garderobe ging es zu wie auf einem Jahrmarkt. Tratsch, Rufe und eingeübte Verse schallten von überall her. Schminke, Haarbürsten und Perücken lagen kreuz und quer. Es roch nach Parfüm, nach offenen Puderquasten und Mottenkugeln. Obwohl es über ein Dutzend Spiegel gab, waren sie hart umkämpft. Kleiderstangen auf quietschenden Rollen mit funkelnden Kostümen wurden hin- und hergeschoben, überall lagen Mäntel und Kleiderhaufen.

»Möchten Sie etwas trinken?«, fragte Amélie.

Ehe Lizzie antworten konnte, hielt sie ein Glas Rotwein in der Hand. Er schmeckte herb und lag schwer im Mund, als würde er ihre Zunge einschläfern.

Amélie zog ihr Kostüm aus und wischte sich den Glitzer aus dem Gesicht, während Lizzie daneben verlegen an ihrem Wein nippte. Eine Mischung aus Neid und Bewunderung erfüllte sie, als sie sah, dass die schöne Tänzerin nur rasch mit den Händen durch ihr kurzes Haar fahren musste, ehe es perfekt in Form war.

Danach schlüpfte Amélie in einen dunklen Rock. Erst bei näherem Hinsehen stellte Lizzie fest, dass es sich dabei um eine weitgeschnittene, gut sitzende Hose handelte. Mit der weißen Bluse und den roten Lippen sah sie jetzt wie eine Garçonne aus.

»Ich dachte, wir könnten das ›Cabaret de l'Enfer‹ besuchen. Wir müssen dazu die Métro nach Montmartre nehmen.«

»L'Enfer, das klingt gefährlich«, hatte Lizzie vorsichtig einzuwenden. Sie stellte das leere Weinglas ab und runzelte die Stirn. Irgendwie wusste sie nicht, was sie davon halten sollte. Einerseits fühlte sie sich überrumpelt und überwältigt von den vielen Eindrücken, andererseits fielen ihr keine Einwände ein, so als würde sie sich freiwillig in einen Strudel ziehen lassen.

»Wir sind ja auch gefährliche Frauen.« Amélie zwinkerte ihr zu.

»Bin ich dafür denn richtig gekleidet?« Lizzie blickte an sich herab. Da sie nicht damit gerechnet hatte, auszugehen, trug sie ein schwarzes, regelrecht biederes Kleid, das Haar zu einem braven Zopf geflochten und hochgesteckt.

Amélie musterte sie und fuhr mit der Zunge über die obere Zahnreihe. »Das haben wir gleich. Wir sind hier immerhin in einer Theatergarderobe.« Sie schnappte sich vom Requisitentisch ein feuerrotes Seidentuch und schlang es Lizzie um den Hals. Dabei musste sich Amélie auf die Zehenspitzen stellen, denn sie war etwa einen halben Kopf kleiner. Anschließend löste sie Lizzies Zopf und kämmte ihr Haar mit den Händen.

Es verwirrte sie auf allen Gefühlsebenen, wie sehr sie diese vertraute Nähe genoss. Auch Amélie bearbeitete Lizzies Haar länger als angebracht und auffallend langsam, bis sie fast in der Bewegung innehielt.

Sollte sie ihre Gefühle ansprechen? Es war das erste Mal, dass sie sich zu einer Frau hingezogen fühlte. Bisher hatte es eine große Liebe mit enttäuschendem Ende und eine unglückliche Ehe gegeben, gefolgt von Affären, die sie nicht zu befriedigen vermochten. Gescheiterte Experimente, um zu vergessen und sich begehrt zu fühlen. Doch ihr Herz war dabei stets stumm geblieben. Aber jetzt raste es so wild und ungestüm, als drohe es, jeden Moment auszusetzen.

»Amélie ...«

Die Tänzerin schreckte hoch und ließ das Haar los. »Ich bin gleich fertig.« Deutlich distanzierter nahm sie von den Requisiten eine dunkle Haarbrosche mit Netzschleier und knipste sie Lizzie ins Haar. Danach fischte sie aus ihrer Handtasche einen Lippenstift.

Sie zitterte, als Amélie ihr die Farbe auftrug, doch diese ließ sich nichts mehr anmerken. Sie hätte genauso gut eine Kostümbildnerin sein können, die nur ihre Arbeit machte. »Sehr gut. Bereit?«

Aus ihrem Blick ließen sich keine Schlüsse mehr ziehen. Vielleicht war es gut, dass Lizzie vorhin nichts gesagt hatte. Bestimmt hatte sie Amélies Freundlichkeit fehlinterpretiert. Und zu ihrer Verwunderung bedauerte sie dies sehr.

12. KAPITEL
Paris, April 1921

Ein gutes Gespräch reihte sich an das nächste. Sie redeten über Triviales wie auch über Tiefgründiges. Es war ein aufregendes Kennenlernen voller Faszination und Bewunderung. Obwohl sie kaum Gemeinsamkeiten aufwiesen, bestand von beiden Seiten großes Interesse, mehr über das Leben der jeweils anderen zu erfahren.

Lizzie merkte gar nicht, wie rasch die Zeit verging. Schon bei Sèvres stiegen sie auf die Linie zwölf bis Pigalle um.

»Wollen Sie nochmals umsteigen oder lieber ein Stückchen zu Fuß gehen?« Dabei schnappte Amélie nach ihrer Hand. Irgendwie klang bei ihr selbst die harmloseste Frage zweideutig. Wenn Lizzie bloß wüsste, was sie davon halten sollte!

»Wenn es nicht mehr allzu weit ist, lieber zu Fuß«, antwortete sie, die den Gestalten in der Métro und dem Geruch von verbrannter Kohle und Urin nicht sonderlich zugetan war. So kehrten sie über den Treppenaufstieg zurück ins Licht.

Sie bummelten durch die Allee des Boulevard de Clichy, zu ihrer Rechten führten steile Wege den Montmartre hinauf. Bisher war Lizzie erst wenige Male in diesem Viertel gewesen. Sie fühlte sich mehr in Montparnasse verankert, dennoch gefielen ihr die malerischen Gassen und geheimen Winkel sehr.

Amélie bewegte sich so grazil und leichtfüßig, als ginge sie auf Federn, als würde das Gesetz der Gravitation bei ihr nicht gelten. Ihr Verhalten stellte für Lizzie ein nicht enden wollendes Rätsel dar. Amélie suchte nach ihrer Nähe, startete aber keine Offensive. Ihre häufigen Berührungen wirkten zufällig und ließen die Absicht dahinter nicht klar genug erkennen. Sie wünschte, Amélie würde es ihr nicht so schwer machen.

Ehe sie weitergrübeln konnte, kamen sie einen Katzensprung vor dem »Moulin Rouge« zum Stehen. »Et voilà. Willkommen in der Hölle.«

Lizzie riss die Augen auf, als sie vor dem Cabaret stand. Ihr fehlten die Worte. Als Erstes fiel ihr das riesige, gefräßige und mit scharfen Zähnen bestückte Maul in der Fassade auf. Alles entsprach den Vorstellungen der Hölle. Geschnitzte Teufel, sich im Fegefeuer windende Gestalten, Fackeln und Wurzelranken zierten das Haus. Gleich nebenan das Pendant dazu, das »Cabaret du Ciel«. So was sah man nicht alle Tage.

Ein als Satan verkleideter Concierge nahm seinen Dreizack zur Seite. »Treten Sie ein und seien Sie verdammt, meine Damen!«

Lizzie kannte nichts, was dieses Lokal an Bizarrheit übertraf. Im hinteren Bereich gab es eine Orgel, auf der ein verkleideter Mephistopheles Chopins Etüden spielte und dabei mit dem Kopf zitterte, als würde er einen Anfall erleiden.

»André Breton hat im vierten Stock sein Atelier«, erklärte Amélie.

»Das überrascht mich nicht.«

»Sind Sie mit dem Surrealismus vertraut?«

»Weniger, als ich es gern wäre«, antwortete Lizzie. »Ich hörte, sein Mentor Apollinaire war der Namensgeber der Bewegung. Mir gefällt ihre erfrischende Sicht auf die Dinge. Sie sind so befreit von Normen und Standesdünkel.«

Amélie grinste. »Ich dachte mir schon, dass Ihnen das gefällt. Sagen Sie, was halten Sie von Freud?«

»Nicht viel, um ehrlich zu sein. Was er zum Beispiel über den Penisneid schreibt, halte ich für ziemlich fragwürdig.«

So gingen die Gespräche weiter, die sich bald sehr vertraut anfühlten. Schließlich gab Amélie einem vorbeiziehenden Teufel ihre Bestellung auf. »Ich hätte gern ein brodelndes Glas geschmolzene Sünder mit einem Schuss Schwefelverstärker.«

»Für mich dasselbe«, schloss sich Lizzie an, ehe sie Amélie fragend ansah. »Und was habe ich jetzt bestellt?«

»Wollen Sie sich nicht lieber überraschen lassen?«

Lizzie schenkte ihr einen wissenden Blick. »Ich habe die Karten gern auf dem Tisch liegen.«

Amélie sah sie an und lächelte, als habe sie verstanden, was Lizzie eigentlich damit sagen wollte. »Es handelt sich um Kaffee mit Schlagsahne und einem Schuss Cognac.«

Der hervorragend schmeckte, wie Lizzie wenig später feststellte, als die Getränke kamen.

»Auf gefährliche Frauen.« Amélie prostete ihr zu und trank, setzte die Tasse ab und leckte sich mit der Zungenspitze die Sahnereste von der Oberlippe. »Woher sprechen Sie eigentlich so gut Französisch?«

»Ich war schon einmal in Paris. Gemäß meiner Mutter, um gutes Benehmen zu lernen.«

Für wenige Sekunden konnten sie das Minenspiel beherrschen, doch dann prusteten beide gleichzeitig los.

»Gutes Benehmen? Nein, das glaube ich ja nicht.« Amélie legte den Kopf in den Nacken und lachte. Ein lebensfrohes, für eine Frau ungewohnt gutturales Lachen. Lizzie schloss diesen Klang sofort in ihr Herz.

»Aber so war es. Mutter wollte nicht, dass ich mich mein Leben lang hinter Büchern verstecke und deswegen die heiratswilligen Kandidaten verpasse. Sie schickte mich durch die halbe Welt, an die Wiener Reitschule, zur Ballettschule nach Prag, zum Gesangsunterricht in Berlin, schließlich nach Paris. Nur schoss sie dabei über ihr Ziel hinaus ... Ich habe Spaß entdeckt.«

»Das sieht man«, stimmte Amélie ihr zu, ehe sich ihr Blick veränderte. »Ach, ich wäre gern mehr unterwegs. Mein Traum ist es, eines Tages mit einer eigenen Gruppe auf Tournee zu gehen. Ich vergöttere den Tanz, man kann mit ihm so viel ausdrücken.«

»Sie sind wirklich gut, wie kam es zu diesem Talent?«, wollte Lizzie wissen.

In Amélies Augen entdeckte sie ein Funkeln. »Meine

Mutter war eine Primaballerina, die ihr Debüt in St. Petersburg machte. Sie hatte Pläne.« Sie sprach leise und wirkte ergriffen, doch vom einen auf den anderen Moment zogen ihre Mundwinkel nach unten, und das Leuchten verschwand. »Dazu gehörte es allerdings nicht, den traurigen Augen eines jüdischen Bühnenbildners zu erliegen, von dem sie schwanger wurde. Dadurch erlangte ihre ohnehin kurzweilige Karriere ihr vorzeitiges Ende.«

»Verstehe.«

Amélie schluckte. »Danach war sie ein gefallener Engel, fortan zu einem gewöhnlichen Leben bestimmt. Ihre unerfüllten Träume musste ich für sie erreichen, obwohl sie nicht einmal wusste, womit sie die Tanzstunden bezahlen sollte. Vor zwei Jahren ist sie schließlich an der Spanischen Grippe gestorben.«

Betroffen stellte Lizzie ihre Tasse ab. »Das tut mir leid.«

Ein bittersüßes Lächeln huschte über Amélies Gesicht. »Es war eine schwierige Beziehung, doch ich vermisse sie. Wir hatten nur einander.« Sie machte eine wegwerfende Handbewegung, die damit endete, dass ihre Hand auf Lizzies Arm fiel. »Aber nun zu Ihnen. Erzählen Sie mir etwas Fröhliches. Warum Literatur?«

»Ich brauche sie einfach, um zu leben. Durch sie fühle ich. Manchmal sind es auch die Geschichten hinter den Geschichten, an denen ich Gefallen finde. Wussten Sie zum Beispiel, dass Flaubert sich bei *Madame Bovary* so stark in die Figur hineinversetzte, dass er genauso an Langeweile litt wie sie? ›Madame Bovary c'est moi‹ soll er geklagt und noch wochenlang den Geschmack von Arsen auf der Zunge gespürt haben. Das Buch hat mich gelangweilt, und ich war versucht, es wegzulegen. Aber durch dieses Hintergrundwissen verstehe ich nun, weshalb Flaubert so schrieb. Madame Bovarys Leben war so öde wie der Erzählstil. Natürlich, die berühmte Kutschenszene war genial. Es lag auf der Hand, was im Gefährt geschah, und doch erwähnt Flaubert es mit keinem Wort. Diesen Geschichten wohnt ein besonderer Zauber inne, und ich liebe sämtliche Bücher, die mich in eine fremde Welt forttragen. Allein sie zu berühren hat etwas Berauschendes. Ihr Duft, die Aufregung, sie kennenzulernen ...«

Verwirrt hielt Lizzie inne und trank einen Schluck Kaffee. Sie hatte den Faden verloren und wusste einen Moment nicht, ob sie wirklich noch von den Geschichten sprach. In Amélies Augen erkannte sie dieselbe Sehnsucht. Die ganze Welt schien sich in ihnen zu spiegeln. Die goldene Iris glich dem verklärten und verträumten Blick eines Rehs.

»Was ist?«, fragte Lizzie, als sie bei Amélie einen Anflug von Schüchternheit zu bemerken glaubte. Diese neigte den Kopf, als wären ihr die rosigen Wangen unangenehm. Schau an, dachte Lizzie. Da ist jemand gar nicht so selbstbewusst, wie sie mich glauben lassen will.

Einen Moment schwiegen sie beide.

»Sie wollten vorhin die Karten auf dem Tisch haben, also zeige ich Ihnen jetzt mein Blatt«, sagte Amélie schließlich. »Sie sind eine Geschichtenerzählerin, Lizzie.

Ich könnte stundenlang zuhören. Das Problem ist nur, dass ich so ständig den richtigen Moment verpasse, Sie zu küssen.«

Da geschah es. Ehe sie sich's versah, fühlte Lizzie Schmetterlinge auf ihren Lippen. Amélie küsste sie behutsam, als wäre sie eine zerbrechliche Rose. Sie seufzte leicht und duftete herrlich, wie ein frischer Frühling auf dem Land nach einem Regenschauer. Noch nie hatte Lizzie eine Frau geküsst, und sie fragte sich, warum eigentlich erst jetzt.

Danach kannte Amélie keine Hemmungen mehr. Die Schüchternheit war Entschlossenheit gewichen.

»Ich will dich«, hauchte sie. Ihre Lippen waren sanft und weich und von der Intensität ihrer Begierde leicht geschwollen. Hitze schoss durch Lizzies Körper. Ja, sie wollte Amélie auch.

»Ist es denn weit bis zu dir?«

»Zufälligerweise wohne ich hier in der Nähe.«

Lizzie hob kritisch eine Augenbraue. »Zufälligerweise? Es war von Anfang an deine Absicht, mich zu verführen.«

»Stimmt es denn nicht, dass du mit derselben Absicht mitgekommen bist?«

13. KAPITEL
Paris, April 1921

Amélie wohnte nur einen Fußmarsch von wenigen Minuten vom Cabaret entfernt. Sie wechselten am Boulevard die Straßenseite und bogen in eine Seitengasse, die sachte bergauf Richtung Cimetière de Montmartre führte. Es war ein steiles, leicht schiefes, mit Efeu zugewuchertes Häuschen aus rotem Backstein. Man merkte dem Quartier an, dass es bis vor wenigen Jahrzehnten noch ein eigenes Dorf gewesen war, das nicht zur Stadt gehörte. Die volkstümlichen Pflastersteine, Wäscheleinen, Trinkbrunnen und bepflanzten Vorgärten gestatteten der Zeit, gemächlicher als andernorts voranzuschreiten.

Die Wohnung lag im obersten Stockwerk. Meist hatten früher die Dienstboten zuoberst gelebt, weswegen die Räume dort kleiner und schlechter isoliert waren. Dies wirkte sich allerdings günstig auf den Mietpreis aus.

Oben angelangt, hatte die Anstrengung des Treppensteigens die Lust ein wenig außer Kraft gesetzt, sodass sich die Frauen nun beinahe schüchtern ansahen. An den Wänden entdeckte Lizzie Bilder, Zeitungsausschnitte, Zeichnungen und Fotografien von berühmten Tänzerinnen, von La Goulue über Anna Pavlova bis hin zu Cléo de Mérode.

»Bist das du?« Sie deutete auf eine Skizze, die eine Szenerie in der Ballettschule darstellte. Kleine Mädchen im Tutu dehnten sich und wärmten die Muskeln auf. Eines davon stand im Vordergrund, den Rücken zum Betrachter gekehrt.

»Als ich noch in den Tanzunterricht ging, war da oft ein alter Mann, der einen Skizzenblock dabeihatte und uns beobachtete«, erzählte Amélie. »Er hat mich nie gekümmert, ich war ja mit Tanzen beschäftigt, aber meine Lehrerin ging sehr ehrfürchtig mit ihm um. Sie nannte ihn ›Maestro‹ und sagte uns immer, wir sollten ihn nicht stören, weil es eine Ehre für uns sei, dass er uns zusehe. Ich dachte, er wäre Komponist oder so. Eines Tages schenkte er mir diese Skizze.«

Da sah Lizzie die Unterschrift.

Degas, 1901

»Du meine Güte. Es sieht gar nicht aus wie die Bilder, die ich von ihm kenne.«

»Es ist natürlich nicht so impressionistisch wie seine anderen Werke, aber ich liebe es.«

Lizzie betrachtete das Mädchen genauer. Auch wenn man sein Gesicht nicht sah, erkannte sie Amélies schon damals ausgeprägte Körperbeherrschung. Wie sie ihre Beine dehnte, ihre Verbissenheit. Er hatte sie gut getroffen.

Beim nächsten Bild handelte es sich um die Fotografie einer Tänzerin in weiter Tunika. Ihre Pose erinnerte an die Bewegungen einer Tempeldienerin.

»Wer ist das?«

»Das ist Isadora Duncan. Sie hat mir das freie, natürliche Tanzen beigebracht. Sie führt den Tanz zurück zu einem göttlichen Ursprung, als es noch keine Verzerrung, keine unnatürliche Verbiegung gab. Ballett, sagt sie, sei Ausdruck von Degeneration, ein Tanz der lebenden Toten.«

»Aber du hast doch Ballett getanzt?«, erwiderte Lizzie verwirrt.

»Ja, weil man die Regeln beherrschen muss, um sie zu brechen.«

Lizzie spürte, dass der Moment gekommen war, die Initiative zu ergreifen. Sie suchte Amélies Hand, fühlte die zartgliedrigen Finger, die sich spielerisch mit den ihren verschränkten. Sie umklammerte ihr Handgelenk, wo sie deutlich ihren Puls spüren konnte. »Und verstoßen wir gegen irgendwelche Regeln?«

Als Antwort küsste Amélie sie voller Zärtlichkeit. Ihre Nähe fühlte sich an, als würde die Sonne auf Lizzie scheinen. »Nicht, wenn wir es sind, die die Regeln schreiben.«

Das Aufklappen des Feuerzeugs und das Zünden der Funken durchbrachen die Stille. Glut leuchtete auf und tauchte Amélies Augenpartie in ein glühendes Rot, während sie an der Zigarette zog.

Schweigend beobachtete Lizzie sie und lächelte selig. Sie hatte das Gefühl, im Himmel zu sein. Noch immer war sie von Amélie und ihrer Zärtlichkeit überwältigt. Lustvoll und wohlig zugleich hallten die Ereignisse der letzten halben Stunde in ihrem Körper nach.

»Möchtest du auch ein Glas Wasser?«

Amélies Fürsorge rührte sie. Schon vorhin, als sie sich geliebt hatten, hatte sie sich stets erkundigt, ob es Lizzie gut gehe und sie es bequem habe. Das Glas war in einem Zug geleert. Danach teilte sie mit ihr die Zigarette.

Sie lagen nahe beieinander, die Beine unter der Bettdecke verschlungen. Das alte Parkett knarzte, aus der Wohnung unterhalb drangen nachbarschaftliche Geräusche, irgendwo spielte ein Grammophon die Gnossiennes von Erik Satie.

Lizzie genoss diese Wärme und Geborgenheit, die sie in Amélies Armen spürte. Aber sie wusste auch, dass sie nicht erwarten durfte, weiterhin erwünscht zu sein. »Was hast du für den Rest des Abends vor?«, fragte sie in einem um Ahnungslosigkeit bemühten Ton.

Amélie nahm Lizzie die Zigarette wieder ab und traf den Nagel auf den Kopf. »Was ich *allein* vorhabe? Was hältst du davon hierzubleiben, und wir lernen uns ein wenig besser kennen?«

»Das fände ich schön.« Aufs Wort sank Lizzie tiefer in die Matratze und streckte die Beine aus. Es gab eine Frage, die ihr unter den Nägeln brannte und die bei neuen Bekanntschaften noch immer sehr früh fiel. Die Antwort darauf gab weitaus tiefere Einblicke, als eine Abhandlung über die Herkunftsfamilie und welche Schule man besucht hatte.

»Wie hast du den Krieg verbracht?«

»Als Stiefelverkäuferin auf der *Butte*.«

Erstaunt sah Lizzie sie an. »Dein Ernst? Damit hätte ich nun wirklich nicht gerechnet.«

»Ja, das war manchmal unsere einzige Einnahmequelle, als Mutters Gicht sie immer mehr ans Bett fesselte. Ich hatte keinen anderen Luxus, dazu reichte das Geld nicht. Tanzen, das war alles, was ich wollte, und so habe ich es zum Zentrum meines Schaffens gemacht.«

Allmählich begriff Lizzie die prekäre Situation, in der Amélie gelebt hatte. »Es war nicht so, dass wir arm waren«, stellte diese sogleich klar, als hätte sie Lizzies Gedanken erraten.

»Wir hatten zwar nicht viel, aber so ging es allen zu dieser Zeit. Die Winter waren hart. Fürs Essen stand man stundenlang an oder fischte aus den Küchenabfällen der Grands Hotels, die nach wie vor ihre Lieferungen erhielten und Umsatz machten. In den Museen tummelten sich viele Obdachlose, weil es freien Zugang zu beheizten Räumen gab. Die Cafés, wie du sie jetzt kennst … das war zuvor alles anders. Man hat in ihnen möglichst viel Zeit verbracht, entsprechend lebhaft ging es im ›Dôme‹ und der ›Rotonde‹ zu. Die glatt rasierten Kellner in den eleganten Livreen kamen erst viel später.«

»Du warst den ganzen Krieg über in Paris?«

»Ich habe die Stadt noch nie verlassen«, antwortete Amélie mit tonloser Stimme, in der etwas Schmerzvolles nachhallte.

Plötzlich schämte Lizzie sich. Da hatte sie im l'Enfer von ihren Reisen durch Europa, ihrem einengenden, aber privilegierten Zuhause erzählt, als wäre das schlimmer zu ertragen gewesen als Hunger und Kälte. Sie hatte immer ein wärmendes Feuer, genug zu essen und eine teure Garderobe zur Auswahl gehabt. Und Amélie?

»Hab kein Mitleid mit mir. Ich habe trotzdem mehr gesehen als manch anderer. Ich höre den Menschen zu. Male mir in Gedanken ihre Welt aus, aber in meinen Farben.«

Das erklärte ihren verträumten Blick, die Aufmerksamkeit, mit der sie ein Gespräch verfolgte, dieses Lächeln, wenn sie sich etwas vorstellte, während aus ihren Augen gleichzeitig ein Hauch von Sehnsucht und Melancholie sprach.

»Ich bin sicher, die Farben in deinem Kopf sind wunderschön«, flüsterte Lizzie. »Zu träumen ist eine wundervolle Sache.«

Amélie lächelte. »Manchmal hat mich ein Künstler mit zu sich genommen, um mich zu malen. Mutter dachte, ich träfe mich mit einem Liebhaber, und hat mich verprügelt, bis mal einer sich bei ihr über die blauen Flecken beschwerte. Die meisten waren anständig, ein wenig wirr im Kopf vielleicht, und dem Wein sehr zugetan, aber es war herrlich, ihnen bei der Arbeit zuzusehen. Wie sie die Gemälde bezwingen mussten, als wären sie ihr Feind. Wie sie sich anschließend freuten, wenn sie eines verkauften, weil sie damit Essen und weitere Farbtuben kaufen konnten. Es gab natürlich auch solche, die nach dem Malen abfällig ein paar Münzen drauflegten und mich dann mit bedeutungsvollen Augen ansahen. Aber ich mache mir nichts aus Männern, das war schon damals so.«

»Ich mir allem Anschein nach auch nicht mehr«, scherzte Lizzie.

Da kniff Amélie die Augen leicht zusammen und berührte ihren nackten Ringfinger. »Aber verheiratet warst du. Ich kann an deinem Finger noch den Abdruck des Ringes sehen.«

Mit nur einem Satz war der Bann gebrochen. Martin war der Letzte, an den Lizzie jetzt erinnert werden wollte. Aber es war zu spät.

»Oje, habe ich was Falsches gesagt?«

»Ich war nicht verheiratet. Ich bin es noch«, antwortete Lizzie knapp. »Er ist noch viel zu wütend auf mich, um mich freizugeben. Aber ich bereue es nicht. Ich bin froh, ihm und seinen Gräueltaten entkommen zu sein.«

Sie hörte wieder das schrille Klingeln des Telefons im Londoner Stadthaus ihrer Mutter, das in den ersten Tagen von Lizzies Aufenthalt sturmgeläutet hatte. Nicht immer hatte sie die Kraft gehabt ranzugehen, und jedes Mal, wenn sie es tat, bereute sie es im Nachhinein. »Du magst jetzt zwar am anderen Ende der Welt sein, aber du kannst dich nicht von mir befreien. Ich besitze dich mit Leib und Seele. Wir wissen beide, dass ich dich gebrochen habe.« Martin war ein schlechter Verlierer, der in seinem verletzten Stolz vor nichts haltmachte.

»War er gewalttätig?«, fragte Amélie.

Ein Schauer erfasste Lizzie. »Wenn es nur das gewesen wäre …« Sie schluckte. »Es geschah am helllichten Tag nach einem Streit. Die ganze Dienerschaft bekam es mit. Danach war ich bis heute nicht mehr in der Lage, etwas zu empfinden. Das mit dir … Noch nie habe ich mich so geborgen gefühlt.« Ihre Stimme versagte. Das Geständnis trieb ihr Tränen in die Augen, und ein Schwall Gefühle entlud sich über sie. »… zum ersten Mal fühle ich mich weiblich. Obwohl ich meinen Körper so lange gehasst habe.«

Sie wollte den Blick senken, doch Amélie legte ihr sanft die Hand an die Wange, sodass sie wieder zu ihr aufsehen musste. »Oh, Lizzie. Ich kenne keine Frau, die weiblicher ist als du.«

Und dann tat Amélie etwas, das noch kein Mensch zuvor getan hatte. Sie heilte Lizzie mit ihren Küssen. Trocknete ihre Tränen, verbannte ihren Schmerz und vertrieb Martin mitsamt seinen Gräueltaten.

Er hatte sie vielleicht gebrochen, aber nicht zerstört. Es hatte nur den richtigen Zeitpunkt und den passenden Menschen gebraucht, der sie wieder zusammensetzte. Und das tat Amélie so behutsam, so sorgfältig und akribisch, dass die Bruchstelle von da an nie mehr gesehen ward.

14. KAPITEL
Paris, Mai 1921

»Mr. Joyce meint, sein New Yorker Anwalt sei die Lösung unseres Problems«, verkündete Sylvia eine Woche später im Außenbereich des »Café de Flore«.

Im Gegensatz zur Vorwoche war sie die Ruhe selbst, als hätte es nie den Vorfall der verlorenen Circe-Episode gegeben.

Es war einer dieser wunderbaren Frühlingstage, an denen es in der Sonne schon richtig heiß wurde und das Leben der Cafés sich auf den gesamten Boulevard Saint-Germain ausbreitete. Der Geruch der blühenden Platanen und Blumenkästen war so intensiv, dass er gar die Autoabgase und Pferdeäpfel überdeckte.

»Es war Ezras Idee«, fuhr Sylvia fort und deutete auf den Mann der Stunde, der zufrieden sein Glas hob. »Er kennt Mr. Quinn durch seine Kollegin, die die *Little Review* in New York betreibt. Margaret Anderson publizierte letztes und vorletztes Jahr gekürzte und zensierte Episoden des *Ulysses*. Quinn verteidigte die Zeitschrift, als sie wegen Verbreitung von Obszönität verklagt wurde. Zwar verlor er den Fall, doch er war vom Werk so angetan, dass er Mr. Joyce den Roman kapitelweise abkaufte. Immer, wenn Mr. Joyce eine Episode fertigstellt, schickt er sie nach New York. Darum ist Mr. Quinn bereits im Besitz der verlorenen Circe-Episode.«

»Das ist unglaubliches Glück«, staunte Lizzie. »Ist dir das bewusst, liebe Sylvia?«

»Tja, wie es scheint, ist das Schicksal auf unserer Seite«, entgegnete die Buchhändlerin mit einem Schmunzeln. »Zunächst war Mr. Quinn allerdings alles andere als kooperationsbereit und sogar ein wenig unflätig. Er wollte nichts davon wissen, uns die Seiten zu leihen, aber letztendlich konnten wir uns einigen, dass er sie abfotografiert und uns die Abzüge schickt. Der *Ulysses* ist also bald wieder vollständig.«

»Garçon! Bringen Sie uns Ihren besten Champagner, den Sie in unserer Preisklasse zu bieten haben«, rief Ezra aus. »Lasst uns die Rettung des *Ulysses* feiern.«

Sie stießen miteinander an, doch statt zu trinken, stellte Lizzie ihr Glas wieder ab und drehte den Stil zwischen ihren Fingern. So glücklich diese Wendung auch sein mochte, etwas stimmte für sie nicht. »Damit ich das richtig verstehe. Mr. Joyce verkauft sein Manuskript stückweise an einen Anwalt. Aber gleichzeitig soll es in Paris verlegt werden?«

Sylvia sah sie irritiert an. »Nun, der Autor ist ja der Besitzer seines Werkes. Er kann damit verfahren, wie es ihm beliebt.«

Lizzie runzelte die Stirn. »Mir kommt das nur etwas sonderbar vor. Ein Händler verkauft ein Unikat ja auch nicht an zwei verschiedene Käufer.«

»Aber es ist ja kein Unikat, wenn er das Manuskript mehrfach ausführt.«

»Ich weiß nicht, Sylvia. Als Verlegerin, die einen solch großen Aufwand betreibt wie du, würde ich Exklusivität am Recht des Manuskripts voraussetzen. Bist du denn überhaupt nicht abgesichert?«

Adrienne beugte sich beunruhigt nach vorn. Auch sie schien Bedenken zu haben, kam aber nicht zu Wort.

»Ach, ich bin einfach froh, dass wir die fehlende Episode doch noch bekommen«, winkte Sylvia ab. »Gerade Circe ist so wichtig. Dort findet ein großer Wendepunkt der Geschichte statt. Mr. Joyce wäre niemals in der Lage, diesen erneut zu schreiben. Es ist die letzte Episode der Odyssee, des zweiten Teils. Pandämonium und Wiedergeburt zugleich, wo Leopold Bloom und Stephen Dedalus endlich aufeinandertreffen und aus einem Bordell fliehen.«

Lizzie, Adrienne und Ezra nickten, als wüssten sie ganz genau, was ihre Freundin meinte.

Sylvia fuhr fort: »Hätte Mr. Joyce nicht bereits Teile davon verkauft, wäre dieser Abschnitt für immer verloren. Und da es sich sogar um die Reinschrift handelt, dürfte es ein Leichtes sein, sie abzutippen.«

Lizzie und Adrienne sahen einander an, als dächten sie über das Gleiche nach. Wenn Sylvia ohne rechtliche Absicherung dieses Manuskript verlegte, wer sagte dann, dass sie nicht eines Tages auf einem Schuldenberg sitzen bliebe, sobald Mr. Joyce einen noch lukrativeren Verleger fand?

»Lizzies Einwände sind durchaus berechtigt«, stimmte Adrienne ihr vorsichtig zu. »Darüber musst du dir doch Gedanken gemacht haben, Schatz.«

Sylvia machte ein Gesicht, als hielte sie die Bedenken für abwegig. »Ach, solche rechtlichen Dinge interessieren mich nicht. Ich bin keine Anwältin, habe nie etwas Geschäftliches gelernt. Das ist auch nicht wichtig. Dafür liebe ich Bücher umso mehr.«

Lizzie war sich nicht sicher, ob sie Sylvia für wagemutig oder naiv halten sollte. Unabhängig davon hegte sie tiefe Bewunderung für sie und ihren unglaublichen Schaffensdrang. Noch nie war sie einem Menschen begegnet, der so bedingungslos an das Gute glaubte wie sie. Das war eine Fähigkeit, zu der Lizzie aufsah. Es erinnerte sie an die gut gesinnte, beseelte Weltanschauung, die man als Kind besaß und viel zu früh verlor. Sylvia war voller Vertrauen, Loyalität und Entschlossenheit, und das machte sie zu einer einzigartigen Persönlichkeit. Dass ihr die Verlegung des *Ulysses* gelang, war Lizzie ein wichtiges Anliegen.

Unlängst waren Adrienne und Sylvia ihr ans Herz gewachsen. Sie besuchte die Buchhandlungen, so oft es ging. Für sie waren es Orte der Ruhe und der Schaffenskraft zugleich. Ein Buch öffnete nicht nur das Tor in eine neue Welt, es öffnete auch die Menschen. Die Geschichten regten zum Nachdenken an, boten die Möglichkeit, sich auszutauschen. Man offenbarte plötzlich etwas von sich, teilte eine Erinnerung, ein Empfinden, das ohne Buch vielleicht nie zur Sprache gebracht worden wäre.

All diese guten Gespräche, die Weisheit der Bücher und der intellektuelle Diskurs taten Lizzies Seele gut. Wo andere zur Genesung in die Berge oder zu einem Kurort aufbrachen, musste sie bloß von Büchern umgeben sein. Ohne ein Buch unter dem Arm oder in der Tasche fühlte sie sich nackt und unsicher.

Es begann zufällig und recht ungezwungen, dass Lizzie ihren Freundinnen im Betrieb aushalf. Doch sie fand in der Arbeit große Befriedigung, zumal die beiden Frauen auf jede Hilfe angewiesen waren. Wenig später luden Adrienne und Sylvia sie bei sich auf ein Abendessen ein und fragten, ob sie Lust habe, zu festen Zeiten bei ihnen eingestellt zu sein.

Lizzie, die noch nie in ihrem Leben zuvor einer bezahlten Tätigkeit nachgegangen war, zögerte keine Sekunde.

Den Bestand pflegen, Bücher versorgen und zwischendurch darin blättern, die Begegnung mit den Kunden und Autoren, das Organisieren von Lesungen, das Bewerben der Buchhandlung – all das schien eine ungeahnte Lücke in Lizzie zu füllen. Sie fühlte sich endlich vollkommen. Ihre persönliche Meinung war gefragt, und sie konnte eigene Ideen einbringen. So hatte sie bald den wöchentlichen Lesetipp eingeführt, bei dem sie eine persönliche Bücherauswahl präsentierte und schön platzierte.

Lizzie als Buchhändlerin. Eine Rolle, in der sie sich kaum wiedererkannte. Und dann war da auch noch Amélie, mit der sie sich seit einem Monat traf. Lizzie war überglücklich.

Jetzt tauchte sie aus ihren Gedanken auf und schenkte ihre ganze Aufmerksamkeit dem *Ulysses*.

»Dann muss der Drucker in Dijon nur noch das richtige Blau für den Umschlag finden?«, hakte sie nach.

»Und Joyce seinen Roman beenden«, fügte Ezra hinzu.

»Und dein Umzug in die Rue de l'Odéon steht dir auch noch bevor«, sagte Adrienne.

»Kinder, Kinder, eins nach dem anderen«, entgegnete Sylvia vergnüglich, während sie ihre Arme ausstreckte und den einen um Adrienne und den anderen um Ezra legte. »Rom wurde auch nicht an einem Tag erbaut. Den Termin der Veröffentlichung haben wir ja jetzt auf nächstes Jahr verschoben. Das ist schon mal besser so, obwohl es mir Kopfzerbrechen bereitet, wie ich das den Subskribenten erklären soll.«

Adrienne benetzte ihre Lippen. »Aber eine Sache haben wir vergessen, Syl. Wer wird die restlichen Seiten abtippen? Sowohl Circe als auch den dritten Teil, an dem Mr. Joyce noch arbeitet?«

Es war nur ein kurzer Blick, den Ezra mit Lizzie austauschte. Aus seinen Augen sprach Ermutigung.

»Was, wenn ich das übernehme?«, fragte sie.

Sofort riss Sylvia die Augen auf. »Das würdest du tun?«

»Nun ja, ich bin doch inzwischen sowieso täglich bei euch und helfe im Laden mit. Warum nicht noch ein klein wenig mehr tun?«

»Du hast doch gar keine Schreibmaschine.«

»Aber ich habe eine, die Lizzie benutzen darf«, antwortete Ezra. »Und inzwischen schlägt sie sich ganz wacker, seit sie mit mehr als bloß zwei Fingern tippt.«

»Tzz«, machte Lizzie und stieß ihm mit dem Ellenbogen in die Seite.

Gerührt fasste sich Sylvia ans Herz, gleichzeitig legte aber Adrienne die Stirn in Falten. »Dir ist bewusst, wie er schreibt? Es grenzt manchmal sehr an Unflätigkeit.«

»Ich bin aus hartem Holz geschnitzt, glaub mir«, entgegnete Lizzie resolut.

»Wunderbar!« Schon war Sylvia aufgestanden. »Ich schwinge mich gleich aufs Fahrrad und fahre zu Mr. Joyce, um seine Manuskriptseiten abzuholen.«

Adrienne hielt Sylvia zurück. »Das lass mal schön bleiben. Jetzt ist der Zeitpunkt gekommen, an dem sie ihn persönlich kennenlernen soll. Wer sich dem großen Mr. Joyce opfert – und glaub mir Lizzie, ein Opfer wird es sein –, der hat eine persönliche Audienz bei ihm verdient.«

15. KAPITEL
Paris, Mai 1921

Als Lizzie in die Rue du Cardinal Lemoine einbog, kam ihr ein streunender Hund entgegen und schnupperte aufdringlich an ihrem Rock. Sie wurde das Tier fast nicht los, und als der Strolch endlich davontrottete, hörte Lizzie kurz darauf einen Schrei. Eine Passantin wollte unbedacht die Straße überqueren, und ein Bierkutscher konnte die Zügel gerade noch rumreißen. Seine Schimpftiraden konterte sie, indem sie ihren Blumenstrauß in die Höhe hielt, als würde sie ihm durch die Blumen mit Prügel drohen.

Lizzie ging weiter und bemerkte ein Knirschen unter ihren Schuhen. Sie war auf das Glas eines zerbrochenen Fensters getreten.

Hatte sie sich bei der Adresse geirrt? Dieses Viertel war alles andere als ein Ort, an dem man einen Schriftsteller wie James Joyce vermuten würde. Die Häuser schienen zwar von solider Baukunst, doch die Straße führte weiter zur Place de la Contrescarpe, wo es viele Kneipen und schlecht geführte Restaurants gab und wo Alkoholiker sowie Clochards herumlungerten, oftmals gestrandete Existenzen aus dem Krieg. Schon um diese Uhrzeit fand sie die Gegend unbehaglich, aber nachts würde sie sich erst recht nicht hierher wagen. Von der Rue Mouffetard waberte der Gestank von Exkrementen, verwesendem Fisch und anderen Unappetitlichkeiten aus der teilweise noch oberirdisch angelegten Kanalisation. Wahrscheinlich holte Mr. Joyce von hier seine Inspiration für die »authentischen« Szenen, vor denen Adrienne sie gewarnt hatte. Anders konnte sie sich das gar nicht vorstellen.

Sie wollte schon unter einem Vorwand umkehren, als nur wenige Schritte später ein Kontrast folgte, der Sonnenschein nach einem Platzregen glich: Blumen- und Kräuterverkäuferinnen, Korbflechter, Gemüse- und Fischverkäufer bevölkerten die Straße. Fliegende Händler zogen ihre Karren hinter sich her und bewarben ihre Ware. Kinder spielten mit Murmeln und Stöcken, sprangen Seil oder zeichneten mit Straßenkreide Markierungen für ihre Hüpfspiele. Ein junger Mann zog mit seinem Schuhputzkasten durch die Gegend und versprach, für wenige Münzen die Schuhe wieder wie neu glänzen zu lassen. Frauen mit untergehakten Weidenkörben sammelten sich in kleinen Trauben und tratschten, ein älterer Herr spielte Drehorgel – kurz: Eine herrliche Geschäftigkeit entfaltete sich vor ihrer Nase.

Auf einmal fürchtete sich Lizzie nicht länger. Sie begriff, dass es wahrscheinlich kein echteres, lauteres, schmutzigeres und lebendigeres Paris gab. Diese Straßen gehörten zu den ältesten der Stadt, manches Fundament stammte aus der Gründungszeit Lutetias, geformt mit bloßen Händen. Ein Mauerwerk, das unnachgiebig blieb und dem Wandel der Zeit trotzte. Wie könnte ein Schriftsteller, der über das wahre, ungeschönte Leben schrieb, nicht hier, in diesem Mittelpunkt, seine Zelte aufschlagen?

Ein schmales Treppenhaus, in dem es auf jeder Etage nach anderen intensiven Gerüchen roch, führte zur Wohnung. Es dauerte eine Weile, bis eine Frau mit dunklen, fast drahtigen Haaren öffnete. Ein ausdrucksstarkes Gesicht mit dicken Augenbrauen, hervorgerecktem Kinn und süffisant geschwungenen Lippen ließ Lizzie nur einen Schluss fassen:

»Sie müssen Nora Joyce sein.«

»Sehr angenehm, und Sie sind wohl Jims neue Schreibhilfe. Da haben Sie sich aber auf etwas eingelassen, das sag ich Ihnen.« Ihr Lachen klang unerwartet boshaft.

»Sie haben das Manuskript gelesen?«, fragte Lizzie und biss sich sogleich auf die Zunge. Was für eine überflüssige Frage im verzweifelten Versuch, eine Konversation zu eröffnen.

»Nicht eine Seite«, erwiderte Nora unwirsch. »Ich mache mir nichts aus Büchern. Ein Mann mit einem richtigen Beruf wäre mir lieber gewesen.« Sie verdrehte die Augen und ließ Lizzie eintreten.

Lizzie neigte den Kopf und deutete damit eine leichte Verbeugung an, um ihren irritierten Blick zu verbergen.

Es war eine dieser Wohnungen, in denen es unglaublich viel zu entdecken gab, weil sie mit allerlei Zierrat, Kuriosa und Souvenirs vollgestopft waren. Die Möbel wirkten schon älter, teilweise etwas ramponiert von den vielen Umzügen. Zwischen all dem entdeckte sie ein Familienfoto und betrachtete es eingehender.

»Das sind unsere Kinder, Giorgio und Lucia«, erklärte Nora hinter ihr. »Kommen genau nach dem Vater. Der eine will singen, die andere tanzen. Brotlose Kunst. Und ich darf die Familie zusammenhalten.«

Diese Einblicke, die Mrs. Joyce ihr, einer Fremden, gewährte, zeugten von tiefer Verbitterung. Lizzie wusste nicht, was sie erwidern sollte, und starrte stattdessen auf die Fotografie. Im Hintergrund glaubte sie, den Zürichsee zu erkennen. »Sie sind wohl schon an vielen Orten herumgekommen?«

»Dublin, Triest, Zürich und jetzt Paris, man könnte meinen, dass wir Landstreicher seien«, bestätigte Mrs. Joyce mit verschränkten Armen. »Zu Jims Büro geht's da lang.«

Etwas verwirrt und vor den Kopf gestoßen klopfte Lizzie an besagter Tür an. Sie horchte überrascht auf, als ein unerwartet klares »Herein« erklang.

Mr. Joyce saß in Schieflage am Schreibtisch, als befände er sich schon so lange dort, dass ihm die Erschlaffung seines Körpers entgangen war. Als er Lizzie mit einem Blick durch dicke Brillengläser bedachte, schüttelte er mit einem Ruck die Schläfrigkeit ab und erhob sich eilig, um ihr die Hand zu reichen.

»Miss Wellington, ich habe Sie bereits erwartet. Bitte setzen Sie sich. Möchten Sie Tee? Nora! Haben Sie den Weg auf Anhieb gefunden? Bitte entschuldigen Sie die Unordnung. Ich vergesse mich manchmal, wenn ich von der Macht des Wortes ergriffen werde. Nora! Ah, hier bist du ja, Liebste. Mach uns bitte Tee. Für mich einen Schwarztee und für Sie, Miss Wellington?«

»Für mich auch.«

Die beiden setzten sich, und einen Moment sahen sie sich schweigend an. Das hieß, sie musterten sich so unauffällig wie möglich. Es roch nach einer Mischung aus Papier, angestauter Luft und einem vollen Aschenbecher. Zwischen ihnen ruhte ein schwerer Papierstapel von mindestens zwei Bögen. Unleserliche, nahezu hieroglyphenartige Zeichen aus dickem Kohlestift füllten das oberste Blatt bis zum Rand. Manche Wörter oder gar ganze Absätze waren durchgestrichen, andere umkreist und mit Anmerkungen versehen.

Das war es also, das Meisterwerk, das angeblich einmal zur Weltliteratur gekürt würde, wenn man Sylvias Prophezeiung Glauben schenkte.

Lizzie unterdrückte den Impuls, sofort nach den Seiten zu greifen. Es fühlte sich wie eine Falle an, wie fremdes Eigentum, das ihr nicht gehörte. Um sich abzulenken, zündete sie sich eine Zigarette an und bot Mr. Joyce ebenfalls eine an. Als er sich eine nahm, betrachtete sie seine langfingrige, blasse Hand, die vorhin so entkräftet die ihre geschüttelt hatte.

Während sie das Bürozimmer mit ihrem Zigarettenrauch schwängerten, suchte Lizzie vergebens eine Schublade, in der sie Joyce zuordnen konnte. Er hatte diese in Falten gelegte Stirn, die Lizzie von vielen großen Denkern kannte, und erinnerte sie an einen Maulwurf mit Spitzbärtchen. Harmlos und zerstreut, aber mit einem fiebrigen Blick voller Ideen und Selbstzweifel. Sein Erscheinen war etwas ramponiert, die Weste fadenscheinig, doch alles wirkte sehr gepflegt.

Besonders überrascht war sie von seinen Manieren und diesem, für einen Iren, sehr sauberen Englisch. Ein typisches Lehrerenglisch. Langsam und überdeutlich rollten die Wörter über die Zunge, als wöge er vorher jedes einzelne sorgfältig ab, um es treffsicher zu platzieren. So, als würde er selbst das Gesprochene ständig redigieren.

Irgendwo in der Nachbarschaft bellte ein Hund, ein Glas ging zu Bruch, und ein Kind plärrte.

Lizzie aschte ab. »Sie haben sich eine … interessante Wohnadresse ausgesucht. Erinnert der Stadtteil Sie an Dublin? Wohnen Sie hier, um in Stimmung für Ihr Buch zu bleiben?«

Gelassen nahm Mr. Joyce einen tiefen Atemzug. »Paris ist eine Ruine. Genau so fühle ich mich. Wie ein abgestürzter Trinker.«

Ihre geliebte Stadt eine Ruine? Was wusste dieser Mr. Joyce mit seinen vorgetäuschten Manieren schon von Paris, dem Ort, an dem sie, Lizzie, ihre Freiheit gefunden hatte. Dass viele Schriftsteller tranken, mochte zwar ein erfülltes Klischee sein, doch es fiel ihr schwer, sich ihn als ungehobelten Trinker vorzustellen.

Zielsicher wanderte ihr Zigarettenstummel in den Aschenbecher. Die handgeschriebenen Papierseiten zwischen ihnen kamen ihr wie eine Mauer vor. »Ich bin hier, um Ihre Manuskriptseiten zu holen«, führte Lizzie ihn zurück auf den eigentlichen Grund ihrer Anwesenheit.

Auch Mr. Joyce zerquetschte seinen Zigarettenstummel im Aschenbecher.

In der Zwischenzeit hatte Nora Tee gebracht und beiden eingeschenkt.

»Danke, Liebes.«

Sie murrte nur und verließ den Raum wieder.

Entweder ignorierte Joyce ihren passiven Protest, oder er nahm keine Notiz davon. Seine von den Brillengläsern stark vergrößerten Augen blinzelten Lizzie an. »Das ist ein gewaltiges Unterfangen, das gegenseitiges Vertrauen erfordert. Mit diesen Seiten lege ich in gewisser Hinsicht mein Leben in Ihre Hände. Sind Sie dem wirklich gewachsen? Ich frage Sie das mit vollem Ernst, nicht um Sie zu beleidigen. Im Gegenteil, ich will Sie schützen. Einige Ihrer Vorgängerinnen kamen mit dem Inhalt nicht zurecht. Eine warf mir das abgetippte Bündel vor die Haustür, nahm Reißaus und ward nie mehr gesehen.« Er zuckte mit den Schultern und schürzte die Lippen. »Dabei hätte ich ihr gern ein Trinkgeld gegeben.«

Lizzie schenkte ihm ein süffisantes Lächeln. »Sie unterschätzen mich, Mr. Joyce.«

»Und die gepfefferten Stellen? Sie werden Dinge lesen, bei denen es mir eigentlich unangenehm ist, dass Damen sich damit herumschlagen müssen.«

»Ich bin nicht aus Zucker. Ich habe de Sade gelesen. Außerdem geht es bei Ihrem Werk nicht um Pornographie und Lust, sondern um das Suchen und Finden von Zugehörigkeit.«

Er lächelte, als habe sie eine Prüfung bestanden.

»Hat Miss Beach Sie vorgewarnt, dass meine Handschrift kaum leserlich ist?«

»Das hat sie. Sie hat es nur etwas … behutsamer formuliert.«

»Und dennoch möchten Sie sich damit auseinandersetzen?« Er deutete auf den Papierstapel.

»Wo käme der Mensch hin, scheute er die Arbeit? Würde ich um alles Unbequeme einen Umweg machen, wo bliebe dann der Reiz, überhaupt zu leben?«

Endlich gab er sich zufrieden. Er blickte auf den Papierstapel, nickte und schob ihn nahezu apathisch in ihre Richtung. Es klang kaum wie Papier, sondern mehr wie Geröll, das sich träge von der Felswand löste.

»Aber ich habe Sie gewarnt, Miss Wellington. Dieses Manuskript wird Ihr Leben verändern.«

Gelassen nahm Lizzie den Papierstapel an sich, stand auf und begab sich zur Tür. »Das mag sein, Mr. Joyce. Aber viel wahrscheinlicher verändert es das Ihre, weil es Frauen gibt, die Ihnen helfen, dass daraus«, sie klatschte ihre Hand auf den Stapel, »ein Buch wird.«

Liebe Lizzie,

nun kennen Sie also den großen Mr. James Joyce. Was für eine Gelegenheit, einem Genie über die Schulter zu blicken und die Geschichte hautnah miterleben zu dürfen. Für gewöhnlich nehmen wir Bücher als fertiges Produkt wahr.

Was mühelos geschrieben wirkt, braucht Zeit und Muße. Worte sind simpel und doch mächtig. Ich bin sicher, dass eine aufregende und lehrreiche Zeit auf Sie wartet. Aber passen Sie auf, dass Sie nicht unter die Räder geraten – er hat das Talent, Leute zu überfahren, ohne dass man es bemerkt.

Hochachtungsvoll
Ihr Professor Moore

16. KAPITEL
Paris, Juni 1921

Lizzie bemühte sich um Geduld, doch ihre Finger wollten nichts davon wissen und trommelten auf die glatt polierte Theke von Shakespeare & Company. Seit drei Stunden hielt sie für Sylvia die Stellung. Sie spürte, wie sich ihre Füße in den Boden stemmten und allmählich taub wurden. Nicht zum ersten Mal passierte ihr das. Sie sollte sich angewöhnen, keine Stöckelschuhe mehr zu tragen, nicht umsonst waren ihre Freundinnen Verfechterinnen von flachen Schnürschuhen. Außerdem musste sie dringend pinkeln, was der Ungeduld nicht gerade Abhilfe verschaffte.

Eigentlich hätte der Laden seit fünf Minuten geschlossen sein sollen, doch da Sylvia sehr nachsichtig mit ihrer Kundschaft umging, wagte Lizzie es nicht, den Herrn hinauszudrängen. Außerdem hatte sie keinen Ladenschlüssel bei sich, um das Geschäft zu schließen.

Nur noch ein Kunde befand sich im Laden, offensichtlich war ihm die Uhrzeit nicht bewusst oder aber gleichgültig. In aller Ruhe betrachtete er die Bücher von Melville und H. G. Wells, blätterte darin, hob mal das eine, mal das andere in die Höhe, als müsse er abwägen, für welches er sich entscheiden sollte.

»Sie dürfen gerne beide nehmen«, sagte Lizzie mit einem bemühten Lächeln.

Endlich kam er zu ihr und hielt ihr den Roman von H. G. Wells entgegen.

»Ah, *Die Zeitmaschine*. Viel Vergnügen im Jahr 802 701«, kommentierte sie, während sie die Karteikarte aus dem Buch zog, das Datum stempelte und in das Register des Kunden legte. Sie begleitete den Herrn bis zur Tür, um sicherzugehen, dass er nicht noch weitere Bücherschätze entdeckte, und drehte bei seinem Verlassen das Ladenschild.

Draußen vor dem Schaufenster stand Amélie, die auf sie wartete und fragend die Achseln zuckte. Lizzie steckte den Kopf zur Tür hinaus.

»Wo bleibst du denn? Wir sind spät dran.«

»Ich weiß, aber es dauert wohl noch, bis ich gehen kann. Macht es dir was aus, kurz reinzukommen? Ich muss mir rasch die Nase pudern.«

Als Lizzie von der Toilette kam, stand sie Adrienne gegenüber. Wie jeden Tag kam sie direkt nach ihrem Ladenschluss herüber zu Shakespeare & Company. Obwohl beide Läden zur selben Uhrzeit schlossen, war sie schneller beim Kassenabschluss und konsequenter, was die Öffnungszeiten betraf.

»Ihr seid noch hier? Wo ist Sylvia?«

»Bei Mr. Joyce, sie wollte um halb da sein.«

Adrienne seufzte. »Nun, man kommt doch nie rechtzeitig von ihm los. Geht nur, ich passe auf, bis sie zurück ist.«

»O vielen Dank. Jetzt schaffen wir es vielleicht doch noch rechtzeitig. Ich besichtige heute ein Zimmer an der Rue Bréa.«

»Ah, bei Madame Milhaud«, erinnerte sich Adrienne. Seit Lizzie so oft zu Ezra ins Atelier kam, hatte sie eine Schwäche für das Quartier Latin. Als ihre Freundinnen davon erfuhren, dass sie eine Pension in der Gegend suchte, hatten sich beide umgehört. Madame Milhaud war Stammkundin bei La Maison des Amis des Livres und überaus weltgewandt.

In dem Moment kam Sylvia mit einem solch großen Bücherstapel herein, dass sie Amélie übersah und beinahe in sie hineingestolpert wäre. »Tut mir leid für die Verspätung. Ich wurde *gejoycet*. Festgenagelt und mit Aufgaben beladen. Dann habe ich die Vermieterin des Ladens auf der Straße getroffen und ihr bei der Gelegenheit erzählt, dass ich Ende des Monats kündigen werde und in die Rue de l'Odéon ziehe. Und plötzlich war es so spät.«

»Das ist aber nicht nett von dir, so die Zeit zu vergessen«, tadelte Adrienne sie. »Lizzie hätte fast Ihren Termin verpasst.«

»Entschuldige bitte. Ich wünsche dir viel Erfolg. Lass uns wissen, wie es gelaufen ist.«

Auch Adrienne wünschte ihr alles Gute. »Wenn es klappt und du Hilfe bei Administrativem und Formalitäten brauchst, melde dich.«

»Ein Angebot, das ich an deiner Stelle annehmen würde«, bestätigte Sylvia, als sie ihren Bücherstapel ächzend auf der Theke abstellte. »Sie hat damals alles geregelt, als ich einzog.«

»Und bald brauchst du mich wieder, wenn der Umzug deines Ladens ansteht.«

Die Frauen sahen einander kurz liebevoll an und schienen ihr Umfeld vergessen zu haben.

»Da fällt mir ein, ich muss noch dringend Kartonkisten organisieren. Ach, wie sehr ich diesen Tag herbeisehne! Unsere Läden in derselben Straße. Und im neuen Schaufenster werden die Bücher wunderbar zu sehen sein«, schwärmte Sylvia.

Bald waren sie in ihre eigenen Umzugspläne vertieft, und Lizzie stahl sich mit Amélie davon.

Madame Milhaud arbeitete in den Galeries Lafayette als Vorgesetzte in der Kosmetikabteilung und besaß südwestlich des Jardin du Luxembourg ein behagliches, in warmen Farbtönen eingerichtetes Reihenhaus.

»Du kommst nicht mit?«, fragte Lizzie, als Amélie ihren grauen Hut festhielt und die Fassade hochblickte. Sie zögerte.

»Das ist zwar Paris, aber nicht alle sind Beziehungen wie der unseren gegenüber offen. Wäre doch schade, wenn dir deswegen ein ansprechendes Zimmer entgeht.«

Davon wollte Lizzie nichts wissen. Madame Milhaud war schließlich mit Sylvia und Adrienne befreundet, das hieß was.

»Sollte ich hier wohnen, wirst du früher oder später bei mir übernachten«, schlussfolgerte sie, während sie am Treppenaufsatz kehrtmachte und Amélies Hand ergriff.

Die Schmetterlinge im Bauch waren viel zu frisch, um an die Beschwerlichkeiten ihrer Liebe zu denken. »Ich will nicht an einem Ort leben, an dem du nicht willkommen bist. Außerdem musst du mich doch beraten.« Sie küssten sich heimlich im Hauseingang, ehe sie die Klingel betätigten.

Madame Milhaud, eine Dame um die vierzig mit voluminösem rotem Haar begrüßte sie. Noch immer hatte Lizzie bei der Vorstellung einer Witwe eine ältere Frau im Kopf, dabei sollte der Krieg sie längst eines Besseren belehrt haben.

Freundlichkeit und Wohlwollen waren die ersten Begriffe, die ihr einfielen, als sie Madames gepflegte Hand ergriff und den Duft von Elizabeth Ardens Gesichtswasser wahrnahm. Auch ihre Frisur und das Tagesmake-up saßen tadellos.

»Guten Tag, ich bin Lizzie Wellington. Freut mich, Sie kennenzulernen«, stellte sie sich auf Französisch vor. »Und das ist meine Gefährtin Amélie Durant, Tänzerin im Théâtre de l'Europe. Sie begleitet mich heute.« Beim Wort *Gefährtin* sahen sich die Verliebten kurz an.

Das Gesicht von Madame Milhaud zeigte keine Anzeichen von Abneigung, im Gegenteil. Sie lächelte wissend und machte eine einladende Geste. »Wie nett. Kommen Sie herein.«

Das war schon die dritte Pension, die Lizzie besichtigte. Einmal war das Zimmer zwar ansprechend, aber die Vermieterin griesgrämig, ein andermal war es umgekehrt gewesen. Doch dieses Mal hatte Lizzie bereits beim Eintreten ein gutes Gefühl in der Bauchgegend. Sogleich fiel ihre Aufmerksamkeit auf die Decken mit Stuckverzierung und das frisch gebohnerte Fischgrätparkett. Alles war farbenfroh und modern eingerichtet, die Möbel wirkten hochwertig und klug kombiniert, die Bilder kubistisch und originell. Im schönen Erker mit bodentiefen Fenstern tummelte sich ein kleiner Dschungel aus Zimmerpflanzen, und aus einem hängenden Vogelkäfig zwitscherte ein Wellensittich.

»Ich dachte, ich zeige Ihnen zuerst die Räumlichkeiten. Anschließend mache ich uns einen Tee, und wir plaudern ein wenig?«

Das Zimmer war bereits möbliert, auf dem Bett lag eine selbst genähte Patchworkdecke. Zusammen mit dem niedlichen Frisiertisch, dem Kleiderschrank, einem kleinen Kamin und – das Wichtigste – einem Bücherregal verfügte der Raum über alles, was Lizzie zum Leben benötigte. Auch Amélie nickte zustimmend. »Und hier könntest du noch ein zweites Regal hinstellen, wenn das erste voll ist.«

»Was früher der Fall sein wird, als mir lieb ist«, entgegnete Lizzie.

Ein mildes Lächeln umspielte Madames Lippen. »Frühstück ist in der Miete inbegriffen, ich muss diese Sachen ja ohnehin einkaufen. Dreimal in der Woche kommt Geneviève, das Dienstmädchen, vorbei. Heutzutage wollen die Mädchen ja kaum noch im Haus wohnen. Zudem gibt es weniger zu tun, seit es elektrische Entstaubungsapparate und dergleichen gibt. Mein Zimmer führt zur Hofseite, Ihres zur Straßenseite. Ich hoffe, das macht Ihnen nichts aus?«

Lizzie schob den Vorhang zurück und öffnete das Fenster, doch es war nicht mehr als ein laues Lüftchen, das die Geräusche der Straße zu ihr wehte, zumal hier ebenfalls einige Platanen standen und für etwas Grün sorgten. »Nein, das stört mich überhaupt nicht. Ich finde das Haus sehr ansprechend.«

Ein Lächeln huschte über das Gesicht der jungen Witwe.

»Dass Sie die Miete bezahlen können, hat mir Adrienne bereits versichert. Was mir jedoch besonders am Herzen liegt, ist, dass wieder etwas Leben in das Haus einzieht. Seit Jacques gefallen ist, ist es hier so ruhig.«

Ein Schleier aus Trauer fiel über ihre Augen, und sie schluckte. Tiefe Sorgenfalten zeichneten ihr Gesicht. Man musste Monsieur Milhaud nicht gekannt haben, um zu ahnen, wie viel er Madame bedeutet hatte.

»Ich dränge mich natürlich niemandem auf und achte die Privatsphäre, aber es wäre schön, wenn meine Untermieterin gelegentlich ein Abendessen mit mir einnimmt oder abends im Wohnzimmer von ihrem Tag erzählen mag. Denn ich glaube, Sie haben vieles zu berichten, bei Ihrer spannenden Tätigkeit als Buchhändlerin und Verlagsassistentin.«

Buchhändlerin und Verlagsassistentin, wiederholte Lizzie in Gedanken. Wie es schien, war Adrienne nicht um Worte verlegen gewesen, um ihr einen guten Leumund zu verleihen.

»Sie haben gut reden. Eine Vorgesetztenfunktion in den Galeries Lafayette, da werden Sie bestimmt einiges erleben.«

Madame bedachte Lizzie und Amélie wie zwei wiedergefundene Freundinnen. »Ist das nicht wunderbar? Da stehen drei ambitionierte Frauen, wie es sie sicherlich schon früher gegeben hat. Nur ausleben konnten sie es nicht. Doch die Zeiten haben sich geändert. Nie war es leichter, eigene Wege zu gehen.«

Manchmal passte es einfach auf Anhieb. Lizzie war sich sicher, ihr neues Zuhause gefunden zu haben.

»Dann zeige ich Ihnen jetzt die restlichen Räumlichkeiten«, fuhr Madame Milhaud fort. »Wenn Sie mir bitte folgen würden?«

17. KAPITEL
Paris, Juni 1921

»Das lief ja wie am Schnürchen!«, rief Amélie begeistert, als sie nach der Besichtigung durch den Jardin du Luxembourg spazierten. Es war früher Abend, und ein wunderbarer Frühlingstag neigte sich dem Ende zu. Die Pflanzenwelt präsentierte sich in voller Blütenpracht, und es roch nach Flieder und Magnolien. Die Blätter leuchteten in satten Grüntönen wie die Dschungelgemälde von Henri Rousseau. Mütter schoben ihre Kinderwagen über den Kies, Männer spielten Boule, Künstler hatten ihre Staffeleien aufgestellt, und ein Akkordeonspieler unterhielt die Leute mit französischen Chansons.

Lizzie fühlte sich großartig und voller Tatendrang. Und die Schmetterlinge erst, die sie in sich trug. Amélie verdrehte ihr den Kopf. Aber sie stellte sie auch oft vor ein Rätsel. An manchen Tagen wirkte sie fröhlich und lebenshungrig, während andere Tage derart von Melancholie geprägt waren, dass sie es bis abends nicht aus dem Bett schaffte. Sie konnte in der »Brasserie Lipp« vier Schokoladen-Éclairs hintereinander verputzen, um anschließend auf den Räucherlachs zu verzichten, weil der dazugehörende Dip dick mache.

Ihr Geschmack war sehr universell. Sie bewunderte

Künstler und Sänger, von denen Lizzie noch nie etwas gehört hatte, und verabscheute alle, die durch den Erfolg ihre Seele verloren hatten. Auf eine nahezu rührende Art vermochte sie das Wort »scheußlich« auszusprechen. Ein Wort, das sie für alles Mögliche verwendete. Für den Eiffelturm, für den Louvre, sogar ein erlesener Wein blieb nicht vor diesem Urteil verschont. Aber gegen Madame Milhauds Wohnung hatte sie nichts einzuwenden.

Lizzie sah sie an. »Siehst du, es war richtig, dass du mitgekommen bist.«

Plötzlich huschte ein Schatten über den Park, und Amélie hielt sie zurück. Aus ihren Augen sprach eine Vehemenz, die Lizzie an ihr noch nicht kannte. »Aber Schatz ... Du musst trotzdem vorsichtiger sein, was uns betrifft. Es mag nicht verboten sein, aber das macht nicht alle tolerant. Im Theater ist es was anderes, in deinen Literaturkreisen vielleicht auch, aber außerhalb existiert noch eine andere Welt.«

Während Amélie sprach, hörte Lizzie ihr nachdenklich zu. Es stimmte, sie durfte von sich nicht auf andere schließen und erwarten, dass sich alle für sie und ihr Glück freuten. Der Krieg mochte zwar Fortschritte gebracht haben, aber nicht alle schafften es, mit der immer schneller voranschreitenden Zeit zu gehen. Manche blieben auf der Strecke, waren durch Angst und Verluste dünnhäutiger geworden. Aggressiver.

Die Leute waren politischer als vor dem Krieg, Meinungen begannen sich zu spalten. Gut möglich, dass sie bisher tatsächlich ein wenig zu blauäugig durch Paris gewandelt war. Bei Adrienne und Sylvia wusste man einfach, dass sie ein Paar waren, aber sie blieben dabei sehr diskret. Nie küssten sie sich in der Öffentlichkeit, selten in den Buchhandlungen, sofern kein Kunde zugegen war. Kürzlich hatte Lizzie sogar gehört, wie Adrienne ihre Lebensgefährtin bei einem Anlass als »meine schwesterliche Freundin« vorgestellt hatte. Amélie hatte recht. Sie musste auf der Hut sein.

»Danke, ich werde mehr darauf achtgeben«, erwiderte Lizzie ernst, wobei ihr ein wenig flau wurde. Gerade jetzt hegte sie ein großes Bedürfnis, Amélie in die Arme zu nehmen und sie zu küssen. Sie wollte ihr Haar riechen, ihren Hals streicheln, ihr nahe sein …

»Lass uns doch von etwas anderem reden«, schlug ihre Freundin wesentlich fröhlicher gestimmt vor, und auch die Wolken hatten sich wieder verzogen. »Wie läuft es eigentlich mit dem Abtippen von diesem … wie hieß er nochmals?«

»James Joyce, und ich kann nicht glauben, dass du noch nie von ihm gehört hast!« Lizzie lachte, doch sogleich entwich ihr ein schwerer Seufzer. »Die Zusammenarbeit mit einem Autor und die interessanten Gespräche sind das eine. Die bereiten mir großes Vergnügen, und bei Ezra geht's ebenfalls immer lustig zu, auch wenn er mit seinem Fagott manchmal nervt. Aber es ist ganz schön anstrengend.« Lizzie hielt inne und suchte nach den richtigen Worten. »Manchmal kann ich gar nicht glauben, zu was ich da zugestimmt habe. Das ist, wie wenn man vor dem Kilimandscharo steht, zur Spitze hinaufblickt und erst einmal leer schluckt.«

Bei dem Vergleich musste Amélie lachen. Ein sanfter Windstoß wehte durch ihr kurzes Haar. »Natürlich, so betrachtet erschlägt dich die Wucht von dem, was dir bevorsteht. Doch man erklimmt den Kilimandscharo nicht an einem Tag, sondern bereitet sich darauf vor, teilt die Bergsteigung in Etappen ein und rastet zwischendurch. Vor allem macht man das nicht im Alleingang.«

Aber Lizzie fand in ihren Worten keinen Trost. Wenn sie daran dachte, wie sehr die Zeit drängte und wie viel Arbeit noch auf sie wartete, bekam sie es mit der Angst zu tun.

»Und was, wenn es zu anspruchsvoll ist?«

»Ach, Schatz, du liebst es doch. Du bist umgeben von Schriftstellern und Buchhändlerinnen. Natürlich wird es dir gelingen.« Amélies Worte klangen so überzeugt, dass Lizzie ganz verlegen wurde.

»Zeigst du dich immer so zuversichtlich?«

Ihre Geliebte sah sie lange an. Eine Wärme sprach aus ihren Augen, die Lizzie wie die Sonnenstrahlen auf ihren Wangen spürte.

»Auf der Bühne habe ich schon viele kommen und gehen sehen. Denen, die scheiterten, fehlte ein gewisser Schneid, den die Erfolgreichen hatten. Ich habe gelernt, dieses gewisse Etwas zu erkennen. Bei dir kann ich es auch sehen. Das Schicksal hat auf einen Augenblick wie diesen gewartet. Du kannst das, Lizzie. Nutze diese Chance!«

18. KAPITEL
Paris, Juli 1921

Im darauffolgenden Monat fand der Umzug von Shakespeare & Company in die Rue de l'Odéon statt, wo Sylvia einen größeren Laden beziehen konnte. Dass ihr altes Lokal nicht viel zu bieten hatte, war allen bewusst. Wie schäbig die ehemalige Wäscherei aber tatsächlich war, in der sie 1919 ihre Bücher provisorisch untergebracht hatte, wurde erst deutlich, als sie in das neue Geschäft einzogen.

Sylvia strahlte bei der Schlüsselübergabe. Man betrat den Laden über eine steile Stufe, links und rechts hatte es zwei hohe Schaufenster, die sie bis zum Rand mit Ausstellungsexemplaren schmücken wollte.

»Ich dachte, ich würde mein altes Kabäuschen vermissen, aber wenn ich mir das hier so ansehe, werde ich rasch darüber hinwegkommen. Seht doch, was für ein hübscher Kamin! Dort will ich unbedingt eine Fotogalerie mit Porträts von meinen liebsten Schriftstellern aufhängen. Von euch natürlich auch. Ach, wie herrlich hoch die Decken reichen! Da kann ich Regale hinstellen, für die es eine Leiter braucht«, schwärmte sie.

»Nur überleg dir gut, welche Bücher du dort oben hinstellst. Am besten solche, die nie einer braucht«, antwortete Lizzie schmunzelnd.

Zwischen dem Packen der Kisten, dem Transport der Möbel und dem Einrichten der Räumlichkeiten arbeitete sie in jeder freien Minute an der Entzifferung des *Ulysses* und daran, diesen abzutippen. Es kam oft genug vor, dass sie Schwierigkeiten hatte, gewisse Absätze richtig zu deuten und zu korrigieren. Und da Mr. Joyce kein Telefon besaß, blieb ihr nichts anderes übrig, als vorbeizufahren und sich zu erkundigen. Murmelnd sichtete er ihre Unterlagen, blickte nachdenklich aus dem Fenster, bis er Lizzies Anwesenheit scheinbar vergessen hatte, und machte Ergänzungen oder strich ganze Passagen wieder durch, was sie wiederum zähneknirschend hinnahm.

Wenn sie bei ihm war, spannte er sie gleich für weitere Tätigkeiten ein. Kam sie für ein rasches Anliegen zu ihm, konnte sie damit rechnen, dass der halbe Tag vorbei war, ehe sie seine Wohnung wieder verließ. Er hatte diese Fähigkeit, Leute festzunageln, ohne dass die wussten, wie ihnen geschah. Ob sie ihm noch ein wenig aus dem aufgeschlagenen Buch vorlesen könne? Es sei sowieso aus der Leihbücherei, und sie dürfe es anschließend gleich zurückgeben, das wäre fein. Und, das sei ihm jetzt zwar unangenehm, aber könne sie Sylvia um den nächsten Honorarvorschuss bitten? Seine Familie müsse schließlich auch von etwas leben, Miss Beach verstehe das bestimmt.

Dann verließ Lizzie ermattet die Wohnung und wusste gar nicht mehr, wo ihr der Kopf stand. Geschweige denn dass sie noch Energie hatte, sich im Dämmerlicht über den Tisch zu lehnen und Manuskriptseiten abzutippen, die Joyce am Folgetag ohnehin wieder mit einer kurzen, herzlosen Bewegung zusammenstreichen würde.

Jeweils abends besuchte sie Amélies Aufführungen, weil sie ihr gegenüber loyal sein und sie ebenfalls bei ihren Bemühungen unterstützen wollte, doch meist döste sie auf dem Zuschauerplatz ein. Sie fand nicht einmal Zeit für einen Frisörtermin, dabei hätte sie ihr Haar so gerne zu einem Bob geschnitten, zu dem sie endlich bereit war.

»Zuerst hast du über Sylvia geurteilt, weil sie sich so von diesem Schriftsteller einnehmen lässt, und nun bist du selbst in seine Fänge geraten«, pflegte Amélie in ungnädigem Ton zu sagen, wenn Lizzie sie mal wieder versetzte. Besonders ärgerte sie sich darüber, dass sie offensichtlich nicht dazu in der Lage war, den Arbeitsaufwand richtig einzuschätzen. Behauptete sie etwa, Amélie solle ruhig schon ins Bett gehen, sie komme gleich nach, schlich sie sich meist erst in den frühen Morgenstunden zu ihr unter die Decke.

»Ich weiß ja, dass ich ein Problem damit habe. Ich komme so langsam voran, dass es mich wirklich frustriert.«

»Nun, das ist nicht verwunderlich bei diesem Schreibstil.« Amélie hatte ihre Lesebrille aufgesetzt, nahm ein loses Blatt und legte die Stirn in Falten. Sichtbar gelangweilt gab sie es Lizzie zurück.

»Lass uns am Abend tanzen gehen. Ich brauche Musik, ich brauche Bewegung. Und du auch. Ich glaube, wenn du noch länger hier sitzen bleibst, verwächst du mit dem

Stuhl.« Sie zog Lizzie zu sich hoch und kniff ihr in den Hintern.

»Aua!«

»Ich meine es ernst. Dass du viel beschäftigt bist, ist das eine, aber dass es zulasten unseres Liebeslebens geht, werde ich nicht akzeptieren.«

Seufzend gab Lizzie nach und strich ihr Haar zurück. »Na schön, du sagst mir, was du von diesem Absatz hältst, danach essen wir zu Abend im Dôme und gehen anschließend auf ein Tänzchen in den Bal Bullier?«

»Ich weiß noch etwas Besseres.«

Aus dem Abendprogramm wurde nichts. Amélie hatte auf ein erfülltes Liebesleben bestanden, und in dieser Hinsicht konnte sie sehr beharrlich sein.

Zwei Wochen später war Sylvias Buchhandlung vollständig umgezogen. Der neue Laden war nicht nur größer, sondern dem von Adrienne so nahe, dass die Frauen einander gegenseitig auf die Ablage blicken konnten. Zur Buchhandlung gehörte in der oberen Etage eine Zweizimmerwohnung, sodass Sylvia auch privat umzog und ihren Daueraufenthalt im Hotel »Palais Royal« beendete.

Zuletzt kam das Aushängeschild, ein Gemälde von Shakespeare, an seinen neuen Platz. »So, das wäre geschafft.«

Sylvia stieg von der Leiter und betrat mit ihren Freundinnen den Laden. Die Farbe roch noch ganz frisch. Zwei

Helferinnen räumten Bücher ein, Adrienne kontrollierte mit ausgestrecktem Daumen und zusammengekniffenem Auge, dass die Bilder und Fotografien gerade aufgehängt wurden.

Ganz die Buchhändlerin, konnte Sylvia nirgends vorbeigehen, ohne hier etwas gerade zu rücken und dort eine Anweisung zu geben.

»Mit Oscar Wilde ab in die irische Ecke. Stevenson kommt nicht ins Alphabet, sondern ins Abenteuerregal. Hier.« Sie nahm Myrsine, einer griechischen Aushilfe, die *Schatzinsel* aus der Hand und begab sich damit zum richtigen Gestell. Das *S* befand sich weit unten, und Sylvia musste sich bücken. Da geschah es. Als sie aufstehen wollte, schreckte sie plötzlich zurück. Einen Moment noch blieb sie regungslos in der Hocke, ehe sie sich an den Rücken fasste und einen Schmerzenslaut ausstieß. Sofort eilte Adrienne ihr zu Hilfe. Ohne sie hätte es Sylvia wohl kaum mehr geschafft, sich zu erheben.

»Das sieht mir nach einem bösen Hexenschuss aus.«

»Den kann ich jetzt aber so gar nicht gebrauchen«, stöhnte Sylvia.

»Cheri, so was kommt nie zur richtigen Zeit«, erwiderte Adrienne, während beide davonhumpelten.

Auch am Abend, nachdem Lizzie den ganzen Nachmittag weiter ausgepackt und eingeräumt hatte, ging es Sylvia nicht besser. Mit einem Gesicht wie drei Tage Regenwetter lag sie in der Wohnung oben in ihrem Bett und schlürfte ihren Tee.

»Was mache ich jetzt, Lizzie? Ich sollte morgen im Zug

nach Dijon sitzen und mich mit Monsieur Darantière treffen. Wie es aussieht, hat er endlich das richtige Blau für den Umschlag gefunden. Auch sonst gibt es so allerhand zu besprechen. Die Aufmachung, der Umbruch, die Auflage. Ach, ich ertrage es nicht, dass sich schon wieder alles verzögert. Ich habe Adrienne gefragt, ob sie hinfahren würde, aber sie will nichts davon hören. Dass gleich beide Buchhandlungen geschlossen sind, können wir uns nicht leisten.«

»Dann fahre ich morgen nach Dijon.« Lizzie setzte sich zu ihr an die Bettkante und sah sie ernst an. »Wann fährt der Zug?«

»Bist du mir wirklich nicht böse?«, fragte Lizzie später am Abend Amélie. Eigentlich hätte sie bei ihr übernachten wollen, doch da sie am nächsten Morgen schon früh an der Gare de Lyon stehen musste, entschied sie, direkt nach dem Abendessen zu gehen, um noch in Ruhe zu packen.

»Natürlich finde ich es schade. Aber ich weiß doch, wie wichtig das für dich ist. Das ist das Leben, Lizzie. Wenn man in einer Branche wie der unseren unterwegs ist, muss man offen für Unvorhergesehenes sein. Du würdest mich doch umgekehrt ebenso unterstützen, nicht wahr?«

»Ja, schon …« Lizzie wollte noch mehr sagen, wurde aber von Amélies Stöhnen aus dem Konzept gerissen. Mit schmerzverzerrtem Gesicht massierte diese ihre verkrampften Waden. Zu Hause trug sie zu jeder Gelegenheit bunte Beinstulpen und Wollsocken, weil sie sich für ihre geschundenen Füße schämte. Jetzt zog sie mit aller Behutsamkeit die Socken aus und verzog den Mund. Suchend tastete ihre freie Hand nach der Vaseline.

»Lass mich das machen.«

»Das solltest du nicht sehen.«

»Keine Widerrede.« Lizzie robbte ans andere Ende des Bettes und entfernte vorsichtig die von den aufgeplatzten Blasen verklebten Wollreste der Socke. Allein der Anblick schmerzte. Diese wunderbare Frau, die vom Scheitel weg Perfektion, Anmut und Schönheit verkörperte, zahlte hier an den Zehen den hohen Preis dafür. Eiterbläschen, Schwielen und abgestorbene Haut. Zehennägel, die in kleinen Stummeln über dem entzündeten Nagelbett ragten … Ein Pflaster hielt lose am Fußspann, darunter verbarg sich eine Kruste getrocknetes Blut.

»Ich glaube, der linke Nagel hält nicht mehr lange.«

»Solange er das noch tut, lass ihn dran«, presste Amélie hervor.

Schweigend nahm Lizzie die Vaseline, rieb sie zum Erwärmen zwischen den Händen und verteilte sie auf die geschundenen Füße. »Die Schmerzen müssen schlimm sein. Wie hältst du das aus?«

Allmählich entspannte sich Amélie und lehnte sich wieder zurück. »Das frage ich mich nicht. Ich weiß nur, dass ich sie aushalten muss, wenn ich weiterkommen will.«

»Da klage ich dir mein Leid mit dem *Ulysses*, während du ein viel größeres Opfer bringst.«

»Oh, deines wird genauso schmerzhaft sein. Man wird es nur nicht so sehen wie bei mir. Deine Schwielen und Blasen befinden sich hier.« Amélie beugte sich vor und tippte Lizzie an die Stirn. »Kopfschmerzarbeit ist das. Aber das macht nichts. Wir konzentrieren uns ja nicht auf den Schmerz, sondern auf die Befriedigung, die unser Schaffensdrang auslöst, nicht wahr? Fahr also guten Gewissens nach Dijon. Ich hole dich nächste Woche am Bahnhof ab.« Sie küsste sie. »Du und ich, wir haben Ziele. Nur darauf kommt es an.«

Dieser Satz hallte in Lizzie seltsam nach. Auch noch, als sie später zurück nach Hause fuhr. Amélie hatte recht, wenn man wirklich etwas von ganzem Herzen wollte, zahlte man, ohne zu zögern und ohne Furcht, den Preis dafür.

Nur wie weit würden sie gehen, um ihren Träumen zu folgen? Und käme irgendwann der Punkt, an dem es auf die Kosten ihrer Liebe ging?

19. KAPITEL
Dijon, Juli 1921

In der Druckerei surrte es wie in einem mechanischen Bienenstock. Der Geruch von Druckerschwärze, Metall, Maschinenöl und Papier erfüllte die Fabrikhalle. Die Luft war so greifbar und dick, dass man meinte, sie mit dem Messer durchschneiden zu können. Hatte draußen im Schatten der Bäume noch ein angenehmer Wind für Kühle gesorgt, knallte hier drin die Nachmittagssonne durch die Sheddächer. Mit hochgekrempelten Ärmeln arbeiteten Schriftsetzer an den Linotype-Setzmaschinen, setzten und gossen danach die Zeilen und ordneten sie zu ganzen Seiten, sogenannten Druckstöcken, an. Andere bedienten die dampfbetriebenen Schnellpressen, kontrollierten die Papierzufuhr und trugen die gedruckten Rohbögen zur Weiterverarbeitung ins obere Stockwerk zur Buchbinderei.

Mitten unter ihnen befand sich Monsieur Darantière, der Chefdrucker, der über seine Fabrik wachte. Sollte es so etwas wie Reinkarnation tatsächlich geben, dann war er in einem früheren Leben bestimmt ein Ochse gewesen. Jedenfalls war er so kräftig gebaut wie einer. Man konnte sich förmlich vorstellen, wie er vor wenigen Jahren mit dem Gesicht voller Schlamm im Schützengraben lag und unverwüstlich wie ein gallischer Krieger Jagd auf die »Boches« gemacht hatte. Ein Tier von einem Mann, das nicht kaputtzukriegen war, nicht der Sportlichkeit wegen, sondern der schieren Masse, die ihn ummantelte.

Als er Lizzie in ihrem städtischen Kostüm mit Sonnenhut und Netzhandschuhen eintreten sah, erhellte sich sein Gesicht, und er pfiff eilig den Vorarbeiter zu sich, damit dieser das Kommando übernahm.

Er bewegte sich breitbeinig und schwerfällig auf sie zu und atmete gepresst. Ehe er ihr die Hand reichte, wischte er sie nachlässig an seinem Lappen ab. Die von Zigaretten vergilbten Fingernägel waren rissig, die Finger selbst schwielig und voller Druckerschwärze.

»Sie sind das Mädchen aus Paris? Na, dann kommen Sie mal mit.«

Als Erstes zeigte er ihr im verstaubten, aber herrlich nach Papier, Druckerschwärze und Kaffee duftenden Büro, was er während seiner Reise durch Deutschland gefunden hatte. »Da haben wir es. In Berlin gab es endlich das Blau, das Miss Beach sucht.«

Lizzie beäugte die Farbprobe. Um einen Vergleich zu haben, hatte Sylvia ihr die griechische Flagge mitgegeben, die für üblich über der Buchhandlung flatterte. Sie hielt beides übertrieben nahe vor ihre Augen und verglich die Farben. Eine fehlerhafte Beurteilung würde verheerende Folgen haben. Schließlich wagte sie es zu nicken. »Tatsächlich, Sie haben sie gefunden! Aber es scheint mir das falsche Papier zu sein …«

»Das macht nichts. Ich kann die Farbe auf weißen Karton lithografieren. Das Innere der Umschläge wäre dann zwar weiß, aber dafür stimmt der Rest.«

Die Auflagen hatten sie schnell besprochen. Geplant waren drei verschiedene Ausgaben, die unterschiedlich kosten würden, damit der *Ulysses* einerseits für Sammler und Buchliebhaber interessant, aber auch für die kleinen Leute erschwinglich war: hundert Exemplare auf dem teuren Holland-Papier, hundertfünfzig auf Vergé-d'Arches und siebenhundertfünfzig auf gewöhnlichem Papier.

Der Chefdrucker stieß ein kehliges Lachen aus. »Tausend Bücher insgesamt? Da bekommt man ja Schwielen vom vielen Signieren!«

Bis zum Abend lernte Lizzie die Druckerei genauer kennen. Darantière führte sie an die Pressen, erklärte ihr die Prozesse und zeigte die Setzkästen.

Die Eindrücke und Gerüche von Papier, Ruß und Tinte, das Rattern der Maschinen, das Hämmern und die Schneidegeräte offenbarten ihr eine vollkommen neue Welt. Was für ein Zauber dahintersteckte, damit das Wort eines Schriftstellers einmal aufgeschlagen und gelesen werden konnte. Lizzie, die inzwischen gut mit Joyces Handschrift zurechtkam, erkannte die Zeilen kaum noch, als Darantière ihr einen Probeabzug zeigte.

Und da spürte sie es zum ersten Mal so intensiv, dass sich die Härchen an ihren Armen aufstellten: Direkt vor ihren Augen entstand etwas Großartiges.

20. KAPITEL
Paris, August 1921

In derselben Woche, in der Lizzie aus Dijon zurückkam, besuchte sie mit Amélie das »Louxor«, ein nagelneues Kino, welches der ägyptischen Architektur nachempfunden war. Die Eröffnung selbst war ein genauso großes Ereignis wie der Film, den sie sich ansehen wollten. Die prächtige Einrichtung aus Tropenholz und Samt, die Mosaike und Teppiche – das alles entsprach dem Geschmack einer Gesellschaft, die sich spätestens seit Howard Carters Ausgrabungen im Ägyptenfieber befand.

Es lief der neue Film von Charlie Chaplin. Nach *The Kid* spielte er in *Die feinen Leute* eine Doppelrolle. Wie immer an Seite der bezaubernden Edna Purviance, die dem Tramp den Kopf verdrehte.

An diesem Abend führte Lizzie nicht nur ihr neues Kleid, ein knielanges Plisseekleid mit Fransensaum und langen schwarzen Seidenhandschuhen aus, sondern auch ihre frisch geschnittene Kurzhaarfrisur. Wie ihr modisches Vorbild Irene Castle trug sie ihr blondes Haar zu einem gelockten Bob, der knapp auf Höhe der Lippen endete. Der Schnitt gab ihr ein unbeschwertes Gefühl von Leichtigkeit. Zusammen mit Rouge und Lippenstift fühlte sie sich attraktiv und frei. Amélie schien es zu gefallen, denn sie konnte kaum die Finger von ihr lassen.

»Ich habe uns Karten für die hinterste Reihe besorgt, da sieht uns keiner, wenn wir uns küssen.«

»He, ich habe Geld für diesen Film gezahlt. Das andere können wir zu Hause tun«, witzelte Lizzie. Sie schlängelte sich mit Amélie durch die Sitzreihen und hatte dabei die Jacke lässig um die Schultern gelegt.

»Und wie war es bei Sylvia und Adrienne?«

»Verrückt, da ist man eine Woche weg, und schon steht bei ihnen der ganze Laden auf dem Kopf. Die Dadaisten waren da und haben einen Fotografen mitgeschleppt. Man Ray heißt der, ein sehr freundlicher Mann. Er wird von einer jungen Frau namens Berenice Abbott begleitet. Die beiden sind gut. Nun möchte Sylvia, dass sie unseren Freundeskreis fotografieren und die Porträts in der Buchhandlung ausstellen.«

»Bücherei, Bibliothek, Verlag und jetzt noch Fotogalerie? Dieser Frau wird es wohl nie langweilig.« Amélie zwinkerte ihr amüsiert zu.

Sie hatten kaum ihre Plätze eingenommen, da setzte die Intromusik ein, und der Film begann. Hand in Hand lachten sie mit dem Publikum und tauschten hier und da einen heimlichen Kuss aus.

Gerade entdeckte der Tramp nach einem missglückten Golfspiel eine einsame Ehefrau, in die er sich sofort unsterblich verliebte, da zupfte Amélie Lizzie am Ärmel.

»Sieh nur, Colette ist da.«

Lizzies Herz setzte aus, und sie schnappte nach Luft. »Wo?«

»Schhh. Zweite Reihe vor uns, ganz links. Und ... oh, wie es aussieht, hat sie ihren Stiefsohn gerade zum neuen Liebhaber gekürt.«

Tatsächlich, Colette und der Jüngling küssten sich, als sie glaubten, unbeobachtet zu sein.

»Ich muss ihnen nachher auf jeden Fall guten Tag sagen. Ihre Bücher haben mein Leben verändert. Außerdem ist sie eine enge Freundin von Natalie Clifford Barney. Ihre Soireen sollen legendär sein. Sie hat zwar einen etwas unschicklichen Ruf, aber alle bedeutsamen Schriftsteller gehen bei ihr ein und aus. Wenn ich mich da einklinken könnte ...«

»Und wozu?«

Als Antwort legte Lizzie ihre Stirn in Falten. »Und wenn das Anna Pavlova wäre, würdest du ruhig auf deinem Sitz bleiben? Eben. Wir müssen nachher unbedingt zu ihr gehen. Aber unauffällig, sie soll uns nicht für auflauernde Schmeichlerinnen halten.«

Den Rest des Films bekam Lizzie kaum mit. Sie rutschte auf ihrem Sitz hin und her, zupfte an ihrem Kleid herum, und als die Lichter wieder angingen, huschte sie eilig aus dem Kinosaal, um vor dem Eingang zu warten, bis Colette zufällig an ihr vorbeigehen würde.

Amélie zog an ihrer Zigarettenspitze und grinste. »Du müsstest dich sehen. Schlimmer als meine Bewunderer nach einer Aufführung. Wie hat dir der Film überhaupt gefallen?«

»Ja, ja, ganz gut. Da ist sie!« Als ihr Vorbild, eingehakt bei ihrem Liebhaber, die Treppe herunterkam und auf die Tür zusteuerte, fasste sich Lizzie ein Herz und sprach sie an.

»Colette! Bitte verzeihen Sie die Störung. Ich wollte Ihnen bloß sagen, dass ich eine glühende Bewunderin Ihrer Romane bin. Als Jugendliche habe ich Ihre Claudine-Reihe verschlungen. Und *Renée Néré* – ohne dieses Buch hätte ich mich wohl nie getraut, meinen Weg fern der Konventionen zu gehen. Es hat meine Sichtweise grundlegend verändert.«

Sie wollte noch mehr sagen, erschrak sich aber über ihre eigene Flatterhaftigkeit. Ihr Kopf fühlte sich heiß an, bestimmt war er puterrot. Glücklicherweise schien Colette den Umgang mit einer aufgeregten Leserschaft gewöhnt zu sein. Sie lächelte nachsichtig und reichte Lizzie die Hand.

»Da haben Sie das richtige Buch gewählt. *Renée Néré* ist bisher mein persönlichstes Werk. Jede Frau, die sich darin wiedererkennt, ist mir willkommen. Sie sind …?«

»Elisabeth Wellington. Und das ist Amélie Durant.« Sie schob ihre Freundin in Colettes Richtung und schämte sich für ihre verschwitzte Hand.

»Wellington sagten Sie? Ich meinte, diesen Namen schon einmal gehört zu haben.«

Lizzie verschlug es beinahe die Sprache. »Vielleicht lesen Sie die *Little Review* von Ezra Pound? Ich stelle dort wöchentlich ein Buch vor, das mir besonders gefällt.«

»Aber natürlich. Sie sind eine von Joyces Hebammen.«

Bei diesem Bild musste Lizzie schmunzeln. Gleichzeitig fühlte sie sich zutiefst geehrt, dass sich eine Frau wie Colette ihren Namen merkte.

»Ach, ich schreibe nur seine Texte ins Reine und lektoriere sie ein wenig.«

»Keine falsche Bescheidenheit. Wer mit einem Mr. Joyce in Berührung kommt, braucht ein dickes Fell. Für mich wäre das nichts mehr – so im Schatten eines Mannes zu stehen.« Dabei lächelte sie ihren Stiefsohn entschuldigend an. »Aber gewiss ist es eine wertvolle Lehrzeit für Sie.« Sie sah Lizzie an, und ihre schmalen Lippen verzogen sich zu einem Lächeln. Sie hatte diesen bestimmten, für sie charakteristischen Blick, bei dem sie ihr spitzes Kinn leicht nach vorn reckte. Unter einem tief sitzenden Hut musterten Lizzie kluge, wachsame Augen. »Und gefällt Ihnen dieses Abenteuer?«

»Wie sehr, kann ich gar nicht in Worte fassen. Sprachlosigkeit ... das muss Ihnen als Schriftstellerin fremd sein.«

»Oh, ich kenne dieses Gefühl allzu gut. Je mehr man für etwas brennt, umso schwieriger wird es, sich richtig auszudrücken. Denn das Empfinden ist so individuell, dass wir nicht immer die passenden Worte dafür finden. Und manchmal kennen wir sie auch noch gar nicht.«

Lizzie nickte ergriffen und fühlte sich leicht wie eine Feder. Sie glaubte davonzufliegen.

»Wenn Sie mit dem *Ulysses* durch sind, kommen Sie doch mal in die Rue Jacob zu Natalie. Wir treffen uns jeden Freitagnachmittag bei ihr.«

»Das … das wäre mir …« Sie räusperte sich. *Lizzie, reiß dich zusammen*, schalt sie sich. »Ich komme sehr gerne.«

»Wunderbar. Dann wünsche ich Ihnen und Ihrer Begleitung noch einen schönen Abend.«

»Ihnen ebenso.«

Einen Moment blieb Lizzie verdattert stehen, ehe Amélie sie weiterzog.

»Ist das soeben wirklich passiert?« Sie griff nach Amélies Hand.

»Du warst unglaublich süß, wie du an ihren Lippen gehangen hast. Aber weswegen bist du rot geworden?«

Lizzie fuhr sich über die Wangen. »Ach, ist mir das peinlich.«

Amélie lachte und hakte sich bei ihr unter. »Und wen von beiden fandest du attraktiver? Sie oder ihn?«

»Wie bitte?«

»Nun ja, dieser Stiefsohn sieht nicht schlecht aus. Und für gewöhnlich bist du ja mit Männern zusammen.« Amélie schlug einen amüsierten Ton an, doch ihre Blicke bohrten sich regelrecht in Lizzies Augen. Rasch fügte sie hinzu: »Weißt du, für mich ist der Fall klar. Ich würde sie wählen, weil ich schon immer Frauen gewählt habe. Aber bei dir ist es anders. Du magst Frauen und Männer, das bedeutet für mich doppelt so viel Konkurrenz. Ich weiß nie, wann ich mir Sorgen machen muss.«

Lizzie blieb stehen und zwang Amélie, es ihr gleichzutun. »Ich sage dir jetzt etwas, das dich völlig überraschen und bis in die Fundamente deiner Vernunft erschüttern wird. Wen ich wählen würde, spielt keine Rolle, denn ich bin mit dir zusammen.« Sie sahen sich an, und Lizzie wischte ihr eine Strähne aus dem Gesicht. »Amélie, ich ...«

In dem Moment blendete sie ein Blitzgewitter von Kameras. Journalisten, die schon länger einen Skandal rund um Colette und deren Stiefsohn witterten, hatten die Schriftstellerin entdeckt. Sie riefen ihren Namen und machten Fotos von ihr, während Lizzie und Amélie beide nur wenige Meter hinter ihnen standen.

»Die Berühmtheit hat ihren Preis«, murmelte Lizzie, noch sichtlich benommen von den vielen Blitzen.

»Du hast recht«, bestätigte Amélie. »Komm, lass uns verschwinden, ehe es kein Durchkommen mehr gibt.«

21. KAPITEL

Paris, August 1921

Bei La Maison des Amis des Livres lagen Papierstapel auf dem Tisch. Es war unerträglich heiß, die Blusen der Frauen weiter geöffnet als üblich, und immer wieder musste ein Papierbogen als Fächer dienen. Seit Stunden beugten Adrienne und Lizzie sich über die Unterlagen und lasen Joyce einzelne Passagen für die Korrektur vor. Wenn Ezra schon Besucher in seinem Atelier hatte und drüben bei Shakespeare & Company Sylvia mit Künstlern, Schriftstellern und ihrer amerikanischen Kundschaft beschäftigt war, verzogen die drei sich hierher, um in Ruhe zu arbeiten.

Joyce saß dabei etwas abseits von ihnen in einem Sessel, als könne er sich so eine räumliche Distanz zur Geschichte verschaffen, und kaute auf seiner Pfeife. »Und dann … nein, so funktioniert das nicht, streichen Sie alles nach dem letzten Absatz – wir müssen subtiler vorgehen. Schreiben Sie lieber …« Während er sprach, blickte er ins Leere und zeichnete mit der Hand Wellen in die Luft, um die Dialoge zu betonen.

»Hier sollten wir die Substantive hervorheben«, schlug Lizzie vor, und Adrienne meinte mit gerunzelter Stirn: »Was ist mit den Füllwörtern? Hier können wir einige streichen.«

»Auf keinen Fall! Sie dienen der Katharsis. Diese Passage lebt von überflüssigen Wörtern, um zu zeigen, wie Bloom sich fühlt.«

So ging das weiter, bis Sylvia anklopfte. Ihr Gesicht war leicht gerötet, drüben in ihrer Buchhandlung schien es mal wieder außerordentlich heiter zuzugehen.

»Du, Lizzie, da ist jemand am Fernsprecher für dich. Eine Lady Wellington.«

Lizzie stand ruckartig auf. Was wollte denn ihre Mutter von ihr? Was sie wohl dieses Mal angestellt hatte? Ihr wurde bewusst, dass sie außer einer Geburtstagsgrußkarte im Mai seit ihrem Streit nichts von ihr gehört hatte.

Beim Öffnen der Tür zu Shakespeare & Company schallten ihr Lärm und Gelächter wie in einer vollbesetzten Bar entgegen. Man Ray, der junge Fotograf aus New York, war zu Gast und hatte seine Dadaisten mitgebracht. Er nutzte die Bücherei gleich als Kulisse für die Porträtfotos der Freunde und Schriftsteller von Shakespeare & Company. Doch mit André Breton, Louis Aragon und Salvador Dalí im Schlepptau wurde daraus schnell eine feuchtfröhliche Angelegenheit. Der eine rezitierte die Gedichte von Apollinaire, der andere nahm die Fotografie von Oscar Wilde von der Wand, küsste sie und reichte das Bild weiter. Kiki de Montparnasse, das Partygirl der Stunde, war da, denn Man Ray vergötterte ihre Anmut. Allerdings war sie betrunken, und wie immer, wenn ihr der Alkohol eingefahren war, glaubte sie, auf einen Tisch steigen zu müssen und sich tanzend zu entkleiden.

Oje, ihre Mutter musste sich diesen ganzen Affenzirkus mitangehört haben, während sie am anderen Ende der Leitung wartete.

»Mutter?«

»Weißt du, wie Lady Schermerhorn mich gestern Abend bei einer Gala begrüßte? ›Na, Alice‹, sagte sie. ›Was darf es dieses Mal sein? Alkohol? Scheidung? Lesbierinnen?‹«

Lizzie bemühte sich, keinen Laut von sich zu geben, doch ihr Puls beschleunigte sich dramatisch. Die Neuigkeiten über ihr Liebesleben waren bis nach London gelangt. Das verwunderte sie zwar, aber sie tat ihrer Mutter den Gefallen nicht, mit Verblüffung zu reagieren. Also spielte sie die Ahnungslose. »Ja, ich finde es auch schön, deine Stimme zu hören. Klär mich auf. Was soll mein Vergehen sein?«

»Tu nicht, als wüsstest du nichts davon. Diese Schriftstellerin war in der Zeitung wegen ihres Liebhabers. Du bist im Hintergrund zu sehen. In einem viel zu kurzen Kleid! Ist dir nicht bewusst, dass nur Huren und Tänzerinnen knielange Kleider tragen?« Jeden Satz hatte sie wie eine Dampfwalze ausgestoßen, nun herrschte eine bedrohliche Stille am anderen Ende der Leitung.

»Das Kleid hatte Fransen, die bis zu den Waden reichten. Das trägt man so. Wenn du tatsächlich eine Frau von Welt wärst, wie du immer behauptest, wüsstest du das, Mutter«, spielte Lizzie die Unschuldige und genoss es dabei, ihre Mutter noch mehr zu reizen.

»Da war eine Frau bei dir!«, bellte Lady Wellington.

»Tatsächlich? Ja, stimmt. Ich war mit einer Freundin dort.«

»Berührst du die Gesichter all deiner Freundinnen mit solchen Schlafzimmeraugen?«

Allmählich begriff Lizzie, was ihre Mutter gesehen hatte. Ihre Wangen begannen zu glühen. Nicht, weil sie sich für Amélie schämte, sondern weil sie nicht bereit war, ihrer Mutter von ihrer Beziehung zu erzählen. Sie würde es ohnehin nicht goutieren. »Nun ja, da habe ich ihr wohl gerade eine Haarsträhne aus dem Gesicht gestrichen«, versuchte sie sich rauszureden.

»So sieht es aber nicht aus. Es wirkt eher so, als wärst du mit dieser ... mit dieser Frau ...«

»Ja, was denn?«

»Intim!«

»Nun, dann sieht es eben so aus. Deswegen rufst du mich an?«

»Weil ich es wissen will.«

»Was denn?«

»Ob ...« Ihre Mutter geriet ins Stocken. »Ob es stimmt. Sag mir, Elisabeth, bist du mit dieser Frau befreundet?«

Sachte fuhr Lizzie mit der Zungenspitze über die Oberlippe und blinzelte unschuldig. »Ja, wir sind sehr gute Freundinnen, das ist wahr.«

»Unterlasse diese Spiele mit mir! Lebst du mit dieser Frau zusammen?«

Lizzies Züge veränderten sich auf einen Schlag. »Ich wüsste nicht, was dich das angeht.«

»Das heißt also ja.«

Ihr widerfuhr eine Erkenntnis: In Zeiten, in denen gleichgeschlechtliche Liebe in vielen Ländern geahndet wurde, musste sie wahrhaftiger sein als bei den heterosexuellen Paaren. Die Liebenden mussten sich ihrer Gefühle absolut gewiss sein, es bedeutete immer ein Wagnis. Sie wollte nicht wissen, was los wäre, wenn dieses Foto von Amélie und ihr in England gemacht worden wäre. Ein Teil von ihr fürchtete sich vor den Konsequenzen und hatte die Warnung noch immer im Ohr, die ihre Freundin im Jardin du Luxembourg ausgesprochen hatte. Aber ein anderer Teil von ihr hätte es am liebsten von den Dächern geschrien. Ja, sie liebte Amélie, und sie würde zu ihr stehen.

»Ihr Name ist Amélie, und sie ist eine begabte Tänzerin. Aber das interessiert dich natürlich nicht, oder? Dir geht es nur um deine eigene Haut. Deine Schnüffelnase wittert den Gifthauch eines Skandals, in den ich dich mal wieder verwickeln könnte. Nun, da hast du ihn. Vielleicht willst du ihr ja auch Geld anbieten, damit sie mich verlässt.«

Lizzie hätte mit einem wuchtigen Gegenangriff gerechnet. Mit einer Wutrede. Aber am anderen Ende der Leitung blieb es unheimlich still.

»Bist du noch da?«

Nach einem weiteren Moment des Schweigens vernahm Lizzie ein scharfes Schnappen nach Luft. »Wenn dem so ist«, begann ihre Mutter mit gedehnter Stimme, »dann weiß ich nicht, was ich dazu noch sagen soll.«

Und plötzlich merkte Lizzie, dass sie diese Gleichgültigkeit mehr schmerzte, als wenn Lady Wellington sich gegen sie auflehnen würde. Ihre Kehle wurde ganz eng.

»Wäre es denn abwegig, dich für mich zu freuen? Ich führe hier ein ganz anderes Leben, Mutter.«

»Ja, und wie anders, das beginne ich allmählich zu begreifen.«

Als Lizzie aufgelegt hatte, stellte sie fest, dass ihr Tränen in den Augen standen. Zu allem Überfluss entdeckte sie Sylvia, die mit verschränkten Armen im Türrahmen stand. Wie lange lauschte sie schon?

»Und, hat sie dich enterbt?«

Demnach lange genug. »Ja, mal wieder.«

Langsam löste sich Sylvia von der Tür. »Meine Eltern brauchten auch ihre Zeit, bis sie das mit Adrienne und mir akzeptieren konnten. Die Tochter eines Pfarrers! Adriennes Eltern waren von Anfang an offener. Wir verbringen sogar oft das Wochenende bei ihnen auf dem Land. Aber das ist immerhin Frankreich und nicht das puritanische Amerika oder das postviktorianische England.«

»Sie gibt mir die Schuld am Scheitern der Familie«, sagte Lizzie. Ihre Kehle zuckte. Sie wollte nicht traurig sein, aber sie konnte ihrem Herz nicht vorschreiben, wie es fühlen sollte.

»Es ist immer leicht, anderen die Schuld zuzuweisen.«

»Das Ärgerliche daran ist, dass ich mich überhaupt nicht rechtfertigen kann. In ihrer Logik ist und bleibt sie im Recht. Ich bin die Böse und bekomme nicht einmal die Chance, mich zu erklären.«

»Dieses Gefühl kenne ich nur zu gut. Ich für meinen Teil habe gelernt, dass es nichts bringt, etwas richtigzustellen. Wenn man das tun muss, liegt ohnehin schon etwas im Argen. Du kannst noch so viel reden, wenn dir das Gegenüber nicht zuhören will. Darum lebe ich damit. Seither macht es mir nichts mehr aus. In erster Linie ist es doch wichtig, dass es dir gut geht. Solange du weißt, dass du in Ordnung bist, höre nicht auf die anderen. Dann sei für deine Mutter eben die Böse. Was ist schon dabei?«

Amélie erzählte sie fast eine Woche lang nichts von dem Telefonat. Sie wollte nicht, dass ihre Freundin sich Vorwürfe machte. Doch eines Abends schenkte sie ihr in der Theatergarderobe reinen Wein ein.

»Warum hast du mir das nicht früher erzählt? Tut mir leid, dass du wegen mir in Schwierigkeiten geraten bist«, beteuerte Amélie sogleich.

»Siehst du, das war der Grund. Ich will nicht, dass es dir leidtut. Wir sollten uns eher freuen, dass sie es jetzt weiß.«

Danach öffnete Lizzie ihre Tragetasche und förderte eine flache Schachtel mit edler Schleife zutage. »Wie sehr ich sie verärgert habe, zeigt sie mit diesem Geschenk.«

»Sie schickt dir ein Geschenk, weil du sie verärgert hast? Was bekommst du, wenn du sie zufriedenstellst?«

»Jetzt warte und sieh selbst.« Lizzie entfernte den Deckel. Ein prächtiges Abendkleid funkelte sie an. Eines aus der Vorkriegsära, eine Botschaft aus der alten Ordnung. Ein schwerer, dunkelvioletter Seidensatin, der sich wie eine zweite Haut an den Körper schmiegte. Dazu perlenbestickte Bordüren, eine fliederfarbene Taillenschärpe und ein feines Überkleid aus Spitze. Sie wollte gar nicht wissen, wie viel es gekostet hatte. Davon könnte sie wahrscheinlich drei Monate leben.

Amélies Augen leuchteten. »Es ist wunderschön. Diese Stoffbahnen, diese Handwerkskunst bei den Stickereien und diese Naht.« Etwas enttäuscht fügte sie hinzu: »Schade, solche Kleider sehen leider nur mit festgeschnürtem Korsett gut aus.«

»Was denkst du, warum meine Mutter es mir geschenkt hat? Nicht nur was ich auf dem Zeitungsfoto mache, sondern auch, was ich trage, stieß auf ihr Missfallen. Sie meinte, das nächste Mal könnte ich gleich in Nachtwäsche ausgehen.«

»Verstehe. Was hast du jetzt vor? Warum bringst du es ins Theater?«

»Weil du hier eine Nähmaschine hast.« Sie breitete das Abendkleid auf einem leeren Tisch aus und faltete den Stoff so, wie sie es später gerne anpassen würde. »Auf Wadenlänge gekürzt, den Ausschnitt schneidern wir rund, und die Schleppe teilen wir in viereckige Stücke und bringen die Zipfel seitlich auf Hüfthöhe an.«

»Du bist doch verrückt.« Amélie schüttelte den Kopf.

»Nein, es ist etwas anderes.« Lizzie unterbrach ihre Arbeit und sah ihrer Geliebten tief in die Augen. »Als ich meiner Mutter das mit uns erzählte und ihr sagte, wie ernst es mir sei, da wurde mir wieder bewusst, wie sehr ich dich liebe. Wann immer ich dieses Kleid trage, werde ich mich an dich erinnern.«

Amélie riss die Augen auf. »Du ... du liebst mich?« Sie blickte Lizzie sprachlos an und begann heftig zu atmen, als wäre sie kurz davor, in Panik zu geraten. Plötzlich weinte sie.

O weh, Lizzie hatte sie offenbar überrumpelt, war zu voreilig gewesen. Ein Messer stach tief in ihr Herz. Würde Amélie sie verlassen, weil sie die Liebe nicht erwidern konnte? Ihr drohte, schwindelig zu werden.

»Das war eine schlechte Idee. Bitte vergiss das wieder.«

»Ver ... vergessen?«, schluchzte Amélie auf. »Auf keinen Fall! Wohl eher streiche ich den Tag rot in meinem Kalender an.«

Lizzie fühlte sich zutiefst verunsichert. »Aber warum weinst du?«

Jetzt wischte sich ihre Geliebte die Tränen aus den Augen. Sie lächelte verlegen. »Weil es wunderschön ist, Lizzie.« Sie schluckte und schüttelte den Kopf. »Ich habe das nur schon sehr lange nicht mehr gehört. Und noch länger niemandem mehr gesagt.«

»Du musst es nicht erwidern, wenn du es nicht so empfindest«, sagte Lizzie vorsichtig.

»Jetzt stell dich doch nicht so dumm an. Natürlich liebe ich dich! Ich liebe dich, seit du mich im Theater überrascht hast, seit du im l'Enfer über Literatur philosophiertest und ich dich in den Armen hielt. Es ist nur ... Liebe ist etwas sehr Gewaltiges. Sie ist mit vielen schönen

Gefühlen verbunden, aber sie öffnen auch die Tore jener Emotionen, die ich zu verbannen versuche. Angst, Eifersucht, Unglück.«

»Das ist das Wagnis, welches man eingeht, wenn man liebt«, flüsterte Lizzie, während sie Amélie einen Kuss auf die Stirn hauchte. »Fürchteten wir uns vor allen Gefahren, könnten wir uns gleich in einem Erdloch verstecken. Es bedeutet nicht, dass wir furchtlos sind, aber das Bedürfnis zu leben gewinnt Überhand.«

Amélie lächelte, doch es war nicht so unbeschwert wie zuvor. Etwas beschäftigte sie, etwas, von dem Lizzie nichts wusste. Aber sie wollte diesen besonderen Augenblick nicht zerstören.

»Du hast recht«, erwiderte sie, wobei sie nicht ganz überzeugt klang. »Manchmal kann ich wirklich töricht sein.« Ihre Lippen bebten noch, als sie Lizzie küsste. »Ich liebe dich.«

22. KAPITEL
Paris, November 1921

Ein Dreivierteljahr war vergangen, seit Lizzie in Paris angekommen war und das Leben von einer neuen Seite kennengelernt hatte. Inzwischen war sie ein bekanntes Gesicht in der Literaturszene, ihre Schritte waren entschlossen. Stets trug sie einen Stapel Manuskriptseiten an die Brust gepresst. Sie schrieb weiterhin kleine Artikel für Ezras *Little Review* und half ihren Freundinnen im Laden aus. Daneben arbeitete sie am *Ulysses* oder verrichtete Botengänge für Mr. Joyce.

Das grüne Licht aus Dijon hatte ihn so euphorisch gestimmt, dass ihn ein nie dagewesener Schub erfasste und das Manuskript um die neunzigtausend Wörter an Umfang zulegte. Im Oktober war endlich Schluss, der *Ulysses* komplett. So dachten jedenfalls alle.

Doch kaum erhielt Joyce die Druckfahnen zur Einsicht, griff er zu seinem Stift und bekritzelte sie mit Anmerkungen und Korrekturen. Als Lizzie sich aufgebracht auf den Weg machen wollte, um ihm klarzumachen, dass dies die Druckfahnen wieder völlig durcheinanderbringen würde und sie neu gesetzt werden müssten, stellte Sylvia sich allerdings auf seine Seite.

»Er soll so viele Fahnen bekommen, wie er verlangt.«

»Dir ist aber bewusst, dass du den Drucker trotzdem bezahlen musst? Wenn dir deswegen das Geld ausgeht, hat Mr. Joyce am Ende gar nichts von seinem *Ulysses*.«

Auch Adrienne empörte sich. »Einen Schriftsteller derart zu verwöhnen – das wäre der Untergang eines jeden Verlags.«

»Das ist wahr«, gab Sylvia offen und ohne einen Hauch von Unsicherheit zu. »Und aus diesem Grund empfehle ich es keinem, so vorzugehen. Aber der *Ulysses* ist nun mal etwas Besonderes. Jede Zeile, die durch Mr. Joyces Korrekturen besser wird, ist das Geld wert.«

Am Ende lief es darauf hinaus, dass Mr. Joyce zugab, ein Drittel seines Romans auf den Druckfahnen geschrieben zu haben. Er und Sylvia hatten den Umfang des Manuskripts völlig unterschätzt. Die Produktionskosten würden fast doppelt so teuer ausfallen wie geplant, während der Verkaufspreis schon feststand. Für den Schriftsteller ging nach wie vor ein Traum in Erfüllung, doch für Sylvia würde nichts dabei herausspringen. Sie konnte froh sein, wenn sie am Ende überhaupt noch aus den roten Zahlen kam.

Als der Roman gegen Jahresende tatsächlich beendet war, begann für die Frauen die eigentliche Arbeit. Das Manuskript musste beworben werden. Das hatten sie natürlich schon früher aufgegleist, aber damals hatten sich die Leser und Leserinnen noch viel leichtfertiger für einen Kauf ausgesprochen.

Inzwischen hatte so mancher seine Meinung wieder geändert. Nicht alle wagten, den *Ulysses* zu erwerben und sichtbar ins Regal zu stellen; es mussten falsche Einbände her, um die pikante Lektüre hinter harmlosen Titeln zu verbergen. Gekürzte und zensierte Vorabdrucke erschienen in unabhängigen Zeitschriften. Wöchentlich boten die Buchhändlerinnen Lesungen im kleinen Kreis an, sodass Mr. Joyce den Leuten einen Vorgeschmack bieten konnte.

Valery Larbaud, Dichter, verschriebener Bewunderer des Meisterwerks und Stammgast im La Maison des Amis des Livres hatte eine weitere Idee. Er übersetzte Teile des Buches ins Französische. Um die Werbetrommel noch einmal gründlich zu rühren und das Werk in der Französisch sprechenden Welt bekannt zu machen, wollte er im Dezember eine Lesung halten.

»Wir müssen aber dringend darauf hinweisen, um welche Art von Buch es sich beim *Ulysses* handelt. Nicht dass noch Eltern mit ihren Kindern oder den konservativen Schwiegereltern vorbeikommen«, empfahl Lizzie.

Die Programmhefte erhielten also den Hinweis, dass die Inhalte von *Ulysses* gewagt seien und die teilweise derbe Ausdrucksweise Anstoß erregen könnte. Wie das so bei verbotenen Dingen war, weckte die Warnung umso mehr das Interesse der Leute.

Am Abend des 7. Dezember war Adriennes Buchhandlung so voll, dass Gäste wieder abgewiesen werden mussten. Der arme Larbaud, der nicht mit einer solch großen Zuschauerzahl gerechnet hatte, bekam Lampenfieber und war so nervös, dass er einen Schnaps brauchte. Obwohl er die Textstellen selbst übersetzt hatte, war er plötzlich um seine eigenen Worte verlegen und schaffte es nicht, sie vor dem aufmerksamen Publikum in den Mund zu nehmen. Wie er schweißgebadet sich mit einem Taschentuch die Stirn abtupfte und schüchtern nach einem Glas Wasser verlangte, amüsierte die drei Frauen so sehr, dass sie sich zusammenreißen mussten.

Selbst Mr. Joyce hatte einen roten Kopf, als er in der zweiten Hälfte des Abends von Adrienne nach vorne gezerrt wurde. Das Bild des verlegenen Schriftstellers, der so wortgewandt ein Abbild von Dublin erschuf und dabei sämtliche Facetten einfing, prägte sich ins Gedächtnis der Menschen ein. Die Lesung erwies sich als Erfolg. Schon am nächsten Tag berichteten Zeitungen international von der bevorstehenden Veröffentlichung, und die Zahl der Vorbestellungen schoss in die Höhe.

Die Werbemaßnahmen um Joyce trugen Früchte und verschafften dem Verlag Shakespeare & Company eine Bekanntheit, der Sylvia nicht gerecht werden konnte.

Vielen Schreiberlingen war nicht bewusst, dass der Laden in erster Linie eine Buchhandlung war und nur für Joyce eine Ausnahme machte. Voller Hoffnung kamen sie vorbei und stellten ihr Manuskript vor. Sylvia versäumte meist den richtigen Zeitpunkt, um das Missverständnis aufzuklären. Als literarisch interessierte Person warf sie trotzdem immer einen Blick auf die Papiere, zeigte manche Seiten sogar Adrienne, nur um kurz darauf kopfschüttelnd den Sachverhalt zu erklären.

Lizzie hatte Mitleid mit den hoffnungsvollen Schriftstellern. Manche Texte waren wirklich nicht zu gebrauchen, aber einige Autoren hatten Talent, das zurückzuweisen ihr schwerfiel. Wie etwa bei jenem jungen Herrn, der an einem verschneiten Nachmittag, als es draußen so bissig kalt war, dass der Kamin schon den ganzen Tag brannte, vor Sylvia und ihr stand.

Sein Name war Lawrence Bennet, ein Londoner Geschäftsmann auf Durchreise. Er hatte gekräuseltes blondes Haar und trug eine Brille, die sein Gesicht an das einer jungen Eule erinnern ließ. Seine Hände waren blass und der Händedruck schlaff wie bei einem Menschen, der nicht mehr an sich glaubte, es vielleicht nie getan hatte.

»Es geht in meiner Geschichte um ein Mädchen, das magische Buntstifte besitzt. Was sie mit ihnen zeichnet, wird wahr. Das gilt aber nur, wenn die Person, die den Wunsch äußert, reinen Herzens ist. Das Mädchen zieht durch die Dörfer und lernt neue Orte und Menschen kennen, die in unterschiedlichsten Verhältnissen leben. Dabei begreift der Leser, wie sehr wir uns im Kern nach den gleichen einfachen Dingen sehnen, wenn wir erst einmal losgelöst von materiellen Werten sind.«

Die Frauen sahen sich an.

»Eine Geschichte voller Lebensweisheit«, murmelte Lizzie kaum hörbar und sah von der handgeschriebenen Leseprobe auf.

Mr. Bennet erwiderte ihren Blick. »Das wäre das schönste Kompliment, das Sie mir machen könnten.«

»Ist es denn eher ein Buch für Kinder oder Erwachsene?«, fragte sie, da sie auf unerklärliche Weise sehr gerührt war von dieser Erzählung. Im gleichen Moment schalt sie sich. Warum tat sie ihm das an und stellte Fragen, die nur falsche Hoffnungen schürten? Sylvia würde es ohnehin ablehnen. Lizzie sollte dringend lernen, ihre Wundernase mehr für sich zu behalten.

»Nun, ist man denn jemals zu alt für ein Kinderbuch? Oder wird man viel eher irgendwann wieder alt genug, um sich erneut an Kinderbüchern zu erfreuen?«

Sylvia tippte zunächst nur zaghaft auf die Blätter.

»Das hört sich wunderbar an, aber leider«, fast schwerfällig landete ihre Hand nun auf dem Stapel, und sie schob ihn zurück, »verlege ich keine anderen Werke als jene von Mr. Joyce.«

»Verstehe.« Mit gesenktem Blick machte Mr. Bennet einen Schritt auf die Theke zu und wollte das Manuskript wieder an sich nehmen, da wanderte Lizzies Hand dazwischen.

»Ich bin zwar keine Verlegerin. Aber dürfte ich es lesen?«

Sein Gesicht erhellte sich. »Gewiss, Sie können es gerne behalten.«

Während Mr. Bennet das Lokal verließ, steckte Lizzie unter Sylvias wachsamen Blick die Manuskriptseiten ein.

»Lizzie Wellington, was hast du damit vor?«

»Das, was mein Beruf ist. Ich lese.«

23. KAPITEL
Paris, Dezember 1921

In den letzten Dezembertagen arbeitete Sylvia so intensiv an den Vorbesprechungen, Vorbestellungen und Druckfahnen des *Ulysses*, dass sie phasenweise für Stunden nicht aus ihrem provisorischen Büro kam, welches sie sich im hinteren Teil des Ladens eingerichtet hatte. Meist besetzte Lizzie die Theke und führte die Buchhandlung allein. Sie verlieh und verkaufte Bücher, versorgte jene, die zurückgebracht wurden, kontrollierte Karteikarten, machte Inventur, bestellte über Kataloge neue Exemplare, schloss neue Mitgliedschaften ab, plante Lesungen oder notierte ihre Gedanken für neue Buchbesprechungen. Dass es draußen schneite, als mal wieder ein junger Mann die Buchhandlung betrat, bemerkte sie zunächst gar nicht.

Er war etwas größer als eins achtzig, sportlich gebaut und hatte dunkles, fast schwarzes Haar. Das glatt rasierte Gesicht empfand sie auf Anhieb als sympathisch, seine Lippen verzogen sich zu einem kleinen Lächeln, während er sich umschaute. Er wirkte ein wenig wie ein Kind, das sich im Süßwarenladen verirrt hatte und sich mit eiserner Disziplin zur Zurückhaltung zwang. Lizzie gab ihm Zeit, sich umzusehen.

»Sie haben eine bemerkenswerte Bücherauswahl«, sagte er nach einer Weile und deutete mit einem anerkennenden Nicken auf *Moby Dick*. »Herman Melville. Ich hätte nicht gedacht, ihn jenseits des Atlantiks vorzufinden.«

Ein Amerikaner, der neu in der Stadt ist, stellte Lizzie fest. Wenn ihn nicht bereits sein Akzent aus dem mittleren Westen verraten hatte, dann spätestens diese Bemerkung.

»Bücher sind wie treue Freunde. Mit ihnen ist man selbst in der Fremde zu Hause«, sagte sie.

Sie sah seinem fiebrigen Blick an, dass ihm ähnliche Gedanken durch den Kopf zu gehen schienen. Schon oft hatte Lizzie dieses Phänomen beobachtet, dieses »Nach-Hause-Kommen« der Kundschaft, ihr Loslassen, wenn sie beim Betreten der Buchhandlung den Staub der fernen Länder abwischten und sich in die wohlige, bekannte Welt der Bücher begaben.

Bücher bedeuten Geborgenheit, egal, wo man lebt, dachte sie.

Der Mann sah sich noch weiter um, kehrte schließlich aber zu *Moby Dick* zurück und nahm das Buch in die Hand. Als Lizzie den Preis nannte, bemerkte sie sein Zögern. Seine Finger trommelten auf den Buchrücken. Auch diesen Ausdruck kannte sie: Er musste dieses Buch haben.

»Sie können es leihen, wenn Sie Mitglied werden. Soll ich Sie aufnehmen?«

Sein schüchternes Lächeln verriet seine Verlegenheit. »Gerne, leider habe ich aber überhaupt kein Geld dabei.«

»Sie sind ohne Geld unterwegs?«

»Nun, ich habe den ganzen Vormittag geschrieben und nur einen Spaziergang gemacht. Das hilft mir beim Nachdenken. Dabei lerne ich gleich die Stadt ein wenig besser kennen. Meine Frau und ich sind gerade erst hierhergezogen.«

»Sie sind Schriftsteller?«

»Sportkorrespondent für den *Toronto Star*. In meiner freien Zeit schreibe ich Kurzgeschichten.«

Lizzie sah ihn lächelnd an. Amélie hatte davon gesprochen, dass manche Menschen einen gewissen Schneid hatten. So langsam entwickelte sie ein Gespür dafür, diese Leute zu erkennen. Sie konnte seinen Ehrgeiz förmlich riechen. Obwohl er sich ruhig verhielt, strotzte er vor Energie. Das war kein gewöhnlicher Kunde.

»Sie sind doch die Verlegerin von Mr. Joyce. Oder nicht?«

»Nicht ich, sondern Sylvia Beach.« Lizzie deutete mit dem Daumen zu Sylvia, die, nachdem sie das Wort »Schriftsteller« gehört hatte, hervorgetreten war und den Neuankömmling interessiert musterte.

»Nur nicht so bescheiden, Lizzie. Sie ist mir eine wertvolle Hilfe. Das organisatorische Herz hinter dem ganzen Unterfangen. Leider verlegen wir keine Bücher, falls dies der Grund ist, weshalb Sie hier sind.«

»Oh, nein, nein. So weit bin ich noch lange nicht. Ich suche noch nach der richtigen Erzählstimme, nicht nach einem Verlag. Das kommt vielleicht später einmal.«

»Ja, gut Ding will Weile haben.« Er und Lizzie lächelten

sich an, und der Fremde schien sich in der Gesellschaft der beiden Frauen wohlzufühlen, denn er begann ein wenig von sich zu erzählen.

»Jedenfalls verfolge ich gerade eine eigene Theorie.«

Sylvia verschränkte die Hände vor sich. »Und wie lautet die?«

Der Mann blinzelte kurz, als erwache er aus einem Tagtraum. »Mein Ansatz ist, dass ich durch das bewusste Weglassen bestimmter Dinge die Gefühle beim Leser verstärke. In vielen Romanen wird zu viel erklärt, zu viel beschrieben. Das beschränkt die Vorstellungskraft. Der Leser bekommt alles auf dem Silbertablett, wie er zu fühlen oder sich vorzustellen hat. ›Der Mann ist traurig‹ – das ist so banal. Aber wenn wir seinen Kummer zeigen, indem er allein viel trinkt oder sich einen Strick um den Hals schlingt, erlebt das der Leser viel intensiver. Du fragst dich, warum trinkt er? Warum will er sich das Leben nehmen? Aber das musst du selbst herausfinden. Der Roman wird zu einem Eisberg, nur ein Bruchteil dessen, was sich abspielt, steht tatsächlich geschrieben.«

Lizzies Gesicht erhellte sich. »Das ist … eine interessante Beobachtung.«

Der junge Mann schien sich zu freuen, dass seine Ansicht auf Zustimmung stieß, und wandte sich wieder den Büchern zu.

»Wäre es sehr unangebracht, zu fragen, ob Sie diese für mich zur Seite legen können?«, fragte er, nachdem er sich umgesehen hatte. »Ich werde rasch heimkehren und das Geld für die Mitgliedschaft holen.«

In seinen Händen hielt er ein weiteres Buch.

Sylvia neigte den Kopf zur Seite, um den Titel zu lesen. »Ah, Sie haben die neueste Übersetzung von *Krieg und Frieden* entdeckt. Constance Garnett hat das sehr gut hinbekommen. Das ist bei Übersetzungen leider nicht immer selbstverständlich.«

»Sie haben sie gelesen?«

Als Antwort hob Sylvia bloß die Augenbraue. »Junger Mann, Sie stehen vor einer Buchhändlerin. Was glauben Sie denn!«

Er errötete leicht. »Ich habe ebenfalls nur Gutes davon gehört. Ezra Pound meinte, um Literatur wahrhaftig zu verstehen, muss man mit der russischen beginnen.«

Als der Name ihres gemeinsamen Freundes fiel, wusste Lizzie, dass Sylvia ihn in ihr Herz schließen würde. »Und nun wollen Sie diesem Rat folgen?«

»Ja, und ich will wissen, wie Tolstoi über den Krieg schreibt. Ob er ihn so darstellt, wie ich ihn empfunden habe.«

»Sie haben gedient?«, rief Lizzie erstaunt aus. Er sah noch viel zu jung aus, um gekämpft zu haben.

»Im letzten Kriegsjahr, ja. Ich habe mich auf dem Papier älter gemacht, als ich wirklich bin, falls Sie mit Ihrer Verwunderung darauf anspielen. Ich wollte als Kriegsreporter hin und bin in Italien selbst im Trommelfeuer gelandet. Danach habe ich die meiste Zeit im Lazarett verbracht. Granaten. Wollen Sie die Narben an meinen Beinen sehen?«

Er setzte sich in der Leseecke auf ein Sofa, schlüpfte aus

seinen Stiefeln und zog langsam die Hosenbeine hoch. Dunkle, gekräuselte Haare verwischten die meisten Spuren, doch wenn er sie ein wenig beiseiteschob, erkannte Lizzie die hellen Linien der alten Wunden.

Auch Sylvia schenkte ihm einen bewundernden Blick, wechselte aber wieder das Thema: »Um zurück auf die Bücher zu kommen. Sie können sie schon jetzt mitnehmen und die Kaution ein andermal zahlen.« Dabei nickte sie mit einem gütigen Lächeln.

»Aber ich bestehe darauf. Ich wohne nicht weit von hier.«

»Dann nehmen sie diese jetzt, und nachher können Sie gleich Dostojewskis *Spieler* sowie *Söhne und Liebhaber* von D. H. Lawrence mitnehmen«, schlug Sylvia vor. »Ich sehe doch, wie Sie mit beiden Büchern liebäugeln, junger Mann.«

Sylvias Schlagfertigkeit schien ihm zu gefallen. »Na schön, aber lassen Sie mich wenigstens die Kontaktdaten ausfüllen. So ist immerhin das schon erledigt.«

»Selbstverständlich.« Sie nickte Lizzie auffordernd zu, und diese griff zur Füllfeder und nahm eine leere Karteikarte zur Hand.

»Wie lautet denn Ihr Name?«

»Hemingway. Ernest Hemingway.«

24. KAPITEL
Paris, Dezember 1921

»Wo hat er nur mein Leben lang gesteckt? Er ist so unterhaltsam. Sein Temperament bringt richtig Schwung. Diese Beobachtungsgabe, dieser Humor!«, erzählte Lizzie, als sie eines Abends mit Amélie die Vergnügungsorte in Montmartre unsicher machte.

In einem brandneuen Tanzlokal spielte eine Gruppe Afroamerikaner ungebändigten Jazz, zu dem die Leute ausgelassen und etwas bizarr tanzten. Während es bei Lizzie aussah, als hätte sie zwei linke Füße, hatte Amélie bald den Dreh raus. Gerade setzten sie sich für eine Verschnaufpause an einen freien Tisch und bestellten Shrimps im Cocktailglas.

»Und er war von Anfang an Feuer und Flamme für den *Ulysses*. Er macht sich sogar mit seinem Freund, Robert McAlmon, auf die Suche nach weiteren Subskribenten. Sie gehen einfach auf Partys zu irgendwelchen Leuten, trinken mit ihnen, und sobald sie sich ihrer Aufmerksamkeit gewiss sind, holen sie die Papiere hervor und überzeugen ihre meist betrunkenen Opfer, den *Ulysses* vorzubestellen. Wir Frauen sind einfach viel zu zurückhaltend und anständig für derart Gerissenes.«

Amélie nahm eine Crevette, hielt sie am Schwanz fest und biss den Rest ab. Zu ihrem Paillettenkleid trug sie ein goldenes Stirnband, welches ihre Augen betonte. »Das hört sich mir nach reichlich Begeisterung an.«

»Und sein Schreibstil!«, schwärmte Lizzie, die so erregt war, dass sie an Essen nicht denken konnte. »Ich durfte einige Auszüge lesen. Ezra ist ebenfalls begeistert. Er hilft Hem beim Schreiben, und als Gegenleistung bringt Hem ihm das Boxen bei.«

»Hem«, wiederholte Amélie in einem seltsamen Ton. »Sag mal, vermisst du es, mit einem Mann zusammen zu sein?«

»Ich … Wie kommst du jetzt darauf?« Die Frage kam so unerwartet, dass Lizzie errötete.

»Nun, früher warst du mit Männern zusammen. Und du hast ihnen nie abgeschworen, wie es mir scheint. Was hat sich geändert, als wir uns kennengelernt haben? Was war der Grund, weshalb du dich in mich verliebt hast?«

Lizzie sah sie unverwandt an. »Na, du warst der Grund.« Während alle um sie herum tanzten, legte sie die Stirn in Falten. »Ob du eine Frau oder ein Mann bist, spielt für mich keine Rolle. Früher habe ich all das gar nicht hinterfragt. Es war immer klar, dass ich einmal einen Mann heiraten würde. Aber dann wurde mir bewusst, wie facettenreich die Liebe sein kann. Dass sie nicht von einem Geschlecht abhängig sein muss. Ich habe mich nicht dazu entschieden, von nun an Frauen zu lieben. Ich habe mich zu dir und deiner Persönlichkeit hingezogen gefühlt, und zufälligerweise bist du eine

Frau.« Da begriff Lizzie, was Amélie Sorge bereiten könnte. »Sag bloß nicht, du bist eifersüchtig.«

»Und wenn ich es bin?« Ihre Geliebte streckte ihr die Zunge raus, dann starrte sie in ihr Cocktailglas. »Ich weiß, dass es albern ist. Aber ich fühle einfach eine gewisse Sorge, wenn du mit Hem«, beim Aussprechen seines Namens verdrehte sie die Augen, »unterwegs bist. Er scheint ein ziemlicher Haudrauf zu sein. Bei all diesem Gebaren über Männlichkeit frage ich mich eben, wie ernst er denn die Weiblichkeit nimmt.«

»Sehr, da kannst du unbesorgt sein.« Lizzie legte ihre Hand auf Amélies. »Selbst wenn er Interesse hätte, würde er es nicht wagen, mir Avancen zu machen. Ansonsten würde er zu viele Frauen wütend machen, auf deren Unterstützung er beim Schreiben angewiesen ist. Was ist mir dir? Warst du mal mit einem Mann zusammen?«

»Nur beim ersten Mal. Ich kannte ihn von der Theaterschule. Er war für die Bühnenbeleuchtung zuständig. Was soll ich sagen? Ein bisschen unliebsames Gerammel zwischen Requisiten und Bühnenbildern, das war's.«

»Das war's?«, wiederholte Lizzie argwöhnisch. »Sonst nichts?«

Amélie schnitt eine Grimasse. »Schatz, ich habe von da an Frauen bevorzugt. Ich denke, die Frage dürfte sich hiermit beantwortet haben.« Sie schnippte den Schwanz der Crevette weg, und beide mussten lachen. Ihre Hände verschränkten sich. Liebevoll sahen sie einander an.

»Sag mal, hättest du Lust im Frühling einige Tage in den Süden zu fahren?«, wechselte Lizzie das Thema. »Ich muss mal die Stadt aus der Lunge bekommen, und wie ich hörte, soll es an der Riviera sehr schön sein. Malerische Fischerdörfer, azurblaues Wasser ... und es ist dort so schön warm.«

Doch die erwartete Begeisterung blieb aus. Amélie drehte ihr Glas am Stiel und senkte den Blick. »Ehrlich gesagt weiß ich noch nicht, was im Frühling ...«

Plötzlich klatschte eine Pranke so unerwartet auf Lizzies Schulter, dass sie zusammenzuckte.

»Du bist ja auch hier«, rief ein betrunkener Ezra mit einer leicht bekleideten Kiki de Montparnasse im Arm. Die Farbe ihrer herzförmigen Kussmundlippen glich der einer reifen Kirsche. Kikis Augenbrauen waren komplett abrasiert, stattdessen hatte sie mit Kajalstift zwei hochgeschwungene, runde Bögen gezeichnet, die ihr einen konstanten Ausdruck der Überraschung ins Gesicht brannten.

»Wir sitzen da drüben bei Breton und Soupault«, säuselte sie. »Da sie wieder einmal über den Unterschied zwischen Dadaismus und Surrealismus streiten, haben wir jetzt eine viel interessantere Frage aufgegriffen.«

Ihr und Ezras Blick trafen sich. Dieser schnappte nach Luft und rief: »Sex als Stilmittel! Müssen Sexszenen immer eine literarische Absicht haben, oder dürfen sie einfach der Unterhaltung dienen? Und wie pikant ist pikant genug? Was ist deine Meinung dazu?«

Lizzies Augen formten sich zu Schlitzen, ein wenig verärgert über die Unterbrechung. »Dass ich für diese Art von Gespräch eindeutig nicht betrunken genug bin.«

»Dem können wir rasch Abhilfe verschaffen«, erwiderte Ezra gelassen und bestellte zwei Martini.

Doch als der Kellner die Getränke servierte, waren er und Kiki bereits verschwunden. Offensichtlich war bei den Dadaisten ein ernsthafter Streit ausgebrochen, den sie zu schlichten versuchten. Ezra mit seiner rhetorischen Begabung, Kiki, indem sie lasziv um die Gruppe tanzte und ihre zwei persönlichen Stilmittel zu entblößen begann.

Kopfschüttelnd beobachtete Lizzie die Szene. Sie seufzte und drehte sich wieder zu Amélie. Ezras Begegnung hatte sie so aus dem Konzept gerissen, dass sie den Gesprächsfaden von vorhin nicht mehr aufzunehmen vermochte. Im Hintergrund spielte die Band gerade einen fröhlichen Jazzsong an.

»Du wolltest mir etwas sagen?«

»Ach, nicht so wichtig«, winkte Amélie ab, streckte den Arm nach ihr aus und zog sie ruckartig mit. »Komm, lass uns tanzen. Zu dieser Melodie schwingst sogar du das Tanzbein mit etwas mehr Eleganz.«

25. KAPITEL
Paris, Dezember 1921

Kurz vor Weihnachten traf sich die Gruppe für ein Abendessen in der »Closerie des Lilas«. Es war ein herrlich eingerichtetes Lokal mit Leuchtreklamen. Im Sommer gab es einen begrünten Außenbereich voller Pflanzenkübel und Flieder, jetzt stand dort ein reich geschmückter Tannenbaum. Im Innern dominierten dunkle Ledersitze und goldene Messingstangen. An der Cocktailbar knisterte dezente Schallplattenmusik. Der Bereich im Wintergarten sorgte dank Spiegeln, weiteren Pflanzen und geflochtenen Korbstühlen mit grünen Tischtüchern auch im Winter für helles Ambiente.

Schon als Lizzie mit Amélie durch die Drehtür eintrat und sich eine wohlige Wärme über ihre eiskalten Wangen und Finger legte, fühlte sie sich heiter.

Sie waren zu acht, die anderen waren bereits eingetroffen und hatten Platz genommen. Gegenüber von Sylvia und Adrienne saß das Ehepaar Joyce. Nora trug ein elegantes Wollkostüm mit einem Nerz über den Schultern sowie einen Glockenhut, den eine extravagante Fasanenfeder zierte, daneben saß ihr Ehemann im Kammgarnanzug, mit Fliege und Brille.

Lizzie warf Hadley Hemingway einen Blick zu. Sie unterschied sich von Nora wie Tag und Nacht und hatte kurzes blondes Haar. Sie schminkte sich nicht, war sportlich gebaut und ihr Gesicht hatte einen gesunden, natürlichen Teint. Die Kleidung diente eher dem Zweck als der Mode. Lizzie mochte sie auf Anhieb. Es amüsierte sie, die Ehepaare zu vergleichen, die aus ähnlichen finanziellen Schichten stammten und nur drei Hausnummern entfernt voneinander wohnten. Während die Joyces durch ein ausgeklügeltes System aus Vorschüssen, Krediten und Vertröstungen zu ihrem Geld kamen und dennoch ständig über ihre Verhältnisse lebten, nichts sparten und täglich auswärts essen gingen, pflegten die Hemingways einen viel vernünftigeren Umgang mit Geld. Sie hatten keine Gönner und konnten sich dennoch jährliche Reisen sowie gelegentliche Wetteinsätze auf der Pferderennbahn leisten. Als Journalist beim *Toronto Star* schien man nicht schlecht zu verdienen. Vor allem war Hemingway dadurch beim Schreiben unabhängig und nicht auf Almosen angewiesen.

»Und was macht die bevorstehende Publikation, Mr. Joyce?«, fragte Hadley über ihren Austernteller hinweg.

»Dank diesen Damen ist alles so, wie es sein soll«, entgegnete der irische Schriftsteller, während er an seinem Schweizer Weißwein nippte. Er zwinkerte Sylvia und Lizzie zu. »Wenn ich mich nicht irre, befindet sich der *Ulysses* genau jetzt in Produktion.«

»Amen!«, rief Adrienne, die sich an diesem Abend noch als ziemlich trinkfest erweisen würde.

»Ach, Mr. Joyce, ich bin so froh, dass wir es nun endlich geschafft haben.« Sylvia tätschelte seine blutleere Hand, und ihre Augen glänzten.

»Was werden Sie nach der Veröffentlichung tun, Miss Beach?«, fragte Hemingway. »Werden Sie weitere Romane verlegen?«

»O Gott, nein!«, antwortete Sylvia mit hochrotem Kopf. Sie hatte sich bei der Frage direkt verschluckt, hielt die Serviette an ihren Mund und winkte ab. »Das war eine wunderbare, wenngleich anstrengende und somit einmalige Erfahrung. Ich fühlte mich einfach dazu berufen, Mr. Joyce zu unterstützen und dieses Buch auf die Welt zu bringen. Aber ich konzentriere mich danach lieber auf mein eigenes Baby, nämlich die Buchhandlung Shakespeare & Company. Natürlich will auch das Privatleben gepflegt werden, welches in letzter Zeit ein wenig zu kurz gekommen ist.«

Bei den Worten blickte sie liebevoll zu Adrienne hinüber, während Lizzie gleichzeitig Amélies Nähe spüren konnte.

»Wobei es ja nicht so ist, dass wir keine Anfragen von weiteren Schriftstellern bekommen«, pflichtete Adrienne bei. »Besonders von Autoren, die Erotika schreiben. Die denken, da Sylvia den *Ulysses* verlegt, wird sie mit allen Wassern gewaschen sein.« Den Seitenhieb, den sie von ihrer Geliebten kassierte, ließ sie sich nicht anmerken.

Der Abendgesellschaft, besonders Mrs. Joyce, war die Bemerkung überaus peinlich. Doch Adrienne redete sich erst warm: »Manche kommen nur deswegen in die Buchhandlung und fragen direkt, wo denn die gepfefferten

Bücher seien. Lizzie hat daraufhin einem Kunden mal Alcotts *Little Women* mitgegeben. Er hatte wohl einen pornographischen Text erwartet und ward nie mehr gesehen.«

»Aber Lizzie«, stieß Amélie aus. Lachend legte sie ihre Hand auf Lizzies Knie. Ihre Finger legten sich um ihre, und ein Ziehen wanderte von Lizzies Brust in ihre Leibesmitte. Sie wollte Amélie nahe sein, ihre Verbundenheit mit allen Sinnen spüren und den Emotionen freien Lauf lassen, doch ihre Geliebte erwiderte den Blick nicht. Überhaupt schien sie an diesem Abend gedanklich weit weg zu sein. Sie lächelte zwar und machte ein paar geistreiche Bemerkungen, aber wirkte immer wieder unaufmerksam.

»Jedenfalls tut es mir leid, dass ich mich nicht um Ihre Werke kümmern kann.« Entschuldigend blickte Sylvia zu Hemingway. »Doch ich konnte etwas anderes für Sie tun.« Sie lächelte vielversprechend. »Gertrude Stein will Sie kennenlernen.«

In Hemingways Begeisterungsruf hinein murmelte Sylvia leise in Lizzies Richtung: »Das ist wahrscheinlich der letzte Dienst, den ich ihm erweisen konnte.«

Damit spielte sie auf einen unschönen Zwischenfall an, der sich diese Woche zugetragen hatte. Die große Mäzenin Gertrude Stein war zu Shakespeare & Company gekommen und hatte in einer theaterreifen Aufführung bekanntgegeben, dass sie ihre Mitgliedschaft kündigen und fortan eine Buchhandlung an der Rive Droite aufsuchen würde. Gertrude hatte es Sylvia verübelt, dass sie sich von Mr. Joyce so vereinnahmen ließ, denn dadurch vernachlässige sie ihre anderen literarischen Beziehungen. Zudem gefiel ihr der *Ulysses* nicht, besser gesagt: Sie mochte nicht, dass ihn ein mittelloser, trinkender Ire geschrieben hatte.

Lizzie hatte Sylvias Gelassenheit bewundert, die nie schlecht über jemanden sprach, sich dafür aber auch nicht gängeln ließ. Sie hatte schlicht erwidert, es sei Gertrudes gutes Recht, ihr Abonnement zu kündigen. Ihr Ungemach solle jedoch auf keinen Fall das Urteil über einen jungen, talentierten Schriftsteller trüben. Ob sie nicht kurz in diesen vielversprechenden Stapel hineinschauen wolle? Dabei schob sie ihr einige Kurzgeschichten von Hemingway zu.

So hatte Gertrude die Buchhandlung verlassen und dabei ganz vergessen, weshalb sie eigentlich verärgert gewesen war. Sylvia war zwar nun um eine Kundin ärmer, hatte dafür wieder einmal einem jungen Schriftsteller den Weg in die Pariser Literaturszene geebnet.

Hemingway sah sie aus großen Augen an. Er konnte sein Glück gar nicht fassen. »Das ist, was ich an dieser Stadt so liebe. Man kommt mit nichts als Träumereien hierher und sieht zu, wie sie sich zu etwas Wahrhaftigem entwickeln.«

»Ich weiß nicht, ob das explizit an Paris liegt«, wandte Amélie ein. »Ich für meinen Teil habe es satt. Der Lärm, all die neuen Geschäftsführer, die ihre Cafés in piekfeine Lokale umwandeln, die Kunst, die immer absurder wird ... Wie war das Leben denn so in Zürich, Mr. Joyce? Stimmt es, dass dort alles unfassbar teuer ist?«

Lizzie sah sie überrascht an. Was redete Amélie da? Paris satthaben? Doch ihre Freundin hielt ihren Blick auf Mr. Joyce gerichtet.

»Teuer, ja, aber ansehnlich. Und man sieht die Alpen, in denen es sich wunderbar Ski fahren lässt. Fahren Sie Ski, Madame?«

»Gott bewahre! Ich bin doch nicht lebensmüde«, erwiderte Amélie und verdrehte die Augen.

»Und Sie, Mr. Hemingway?«, fragte Joyce, der sich von der direkten Antwort sichtbar eingeschüchtert fühlte.

»O ja, mit Begeisterung. Hadley und ich fahren jedes Jahr in die Berge. Nächsten Monat zieht es mich aber zuerst für einen Zeitungsartikel nach Lausanne. Anschließend wollen wir ebenfalls in den Schnee, nicht wahr, Liebes?«

Für gewöhnlich würde Lizzie, kaum hatte sich das letzte Paar verabschiedet, mit Amélie den Abend Revue passieren lassen. Sie liebten es, danach ihre Eindrücke und Beobachtungen zu teilen. Ein wenig Tratsch und Lästerei gehörten selbstverständlich dazu. Dieses Mal aber schwiegen sie, während sie über den nächtlichen Boulevard du Montparnasse schlenderten und nach einem Taxi Ausschau hielten. Auf der Straße standen überall Kohlebecken, damit sich die Leute wärmen konnten.

»Seit wann hast du denn Paris satt?« Kleine Dampfwölkchen folgten Lizzies Worten.

Erst sagte Amélie nichts. Sie seufzte, als hätte sie schon

damit gerechnet, dass diese Frage kommen würde. Ihre Augen wirkten müde und leer. »Isadora Duncan wird nach Russland auswandern.«

»Die Erzfeindin des Balletts reist in die Heimat Tschaikowskis?« Lizzie lachte auf, doch Amélie ging auf den Scherz nicht ein. Da bekam sie es mit der Angst zu tun. »Und was macht sie dort? Und was mich noch viel mehr interessieren würde: Was hat das mit dir zu tun?«

»Sie gründet dort eine Tanzschule. Sie hat mich gefragt, ob ich mitkommen will. Du weißt, sie war wie eine Mutter für mich, nachdem meine starb. Sie ... sie hatte es selbst nicht leicht. Der Verlust ihrer Kinder, die Alkoholsucht, das Hin und Her mit den Männern ...«

Lizzie versuchte, Haltung zu bewahren, aber etwas in ihr bebte. Es war diese Gewissheit, die Übelkeit, kurz bevor sich ein Unglück ereignete. Der Wein brodelte wie eine Giftmischung in ihrem Magen. Sie wusste, was kommen würde, und während sie Amélies weiteren Ausführungen lauschte, glaubte sie einen Riss in ihrer Brust zu spüren.

»Ich habe Frankreich noch nie verlassen. Ich bin schon achtundzwanzig, für eine Bühnentänzerin ist das alt. Darum muss ich in die Zukunft blicken und überlegen, was ich im Leben noch erreichen will. Und in Russland bietet sich vielleicht etwas an.«

»Und wann soll das sein?«

Amélie zögerte und knubbelte an ihren Fingernägeln rum. »Schon nächste Woche.«

Lizzie dämmerte etwas. »Als ich dir im Theater sagte, dass ich dich liebe und du geweint hast ...«

»Da stand dieses Angebot bereits im Raum. Ich fühlte mich geschmeichelt, aber überrumpelt. Meine Gefühle waren echt, nur hatte ich nicht damit gerechnet, dass es so ernst mit uns werden könnte.«

Waren. Sie sprach schon in der Vergangenheitsform. Amélie würde sie also tatsächlich verlassen. Lizzie blieb fassungslos stehen. In ihrem Hals bildete sich ein Kloß, den sie nur schwer runterbekam.

»Und wenn ich mitkomme? Ich könnte mich vielleicht irgendwie einrichten. Die russische Literatur ist zwar schwermütiger, aber ...«

»Das kommt nicht infrage, du gehörst hierher«, unterbrach Amélie sie sanft, aber vehement. »Ich sehe doch, wie glücklich du hier bist, wie ausgeglichen du bei den anderen bist. Du sagst zwar stets, du wüsstest noch nicht, wofür das alles gut sein soll, aber ich sehe, was sich da abzeichnet. Du steckst Punkte auf einem Gelände ab. Wie ein Bauherr, der etwas Großes im Sinn hat. Die Buchbesprechungen und Rezensionen, die du schreibst. Die Arbeit in den Buchhandlungen und bei *Ulysses*. Die Geschäftsreise nach Dijon und die Kontakte, die du knüpfst ... Das ist nicht die Ablenkung einer gelangweilten Frau, die gegen ihre Mutter aufbegehrt, sondern der Anfang von etwas ganz Großem. Du hast das mit Herz getan.«

Sie schluchzte auf, was Lizzie nur noch mehr das Herz zerbrach. Sie wollte Amélie in die Arme nehmen, sie trösten und vom Schmerz heilen, den sie sich selbst auferlegte. Aber etwas hielt sie zurück, und so schwieg sie und lauschte den Worten ihrer Geliebten. Doch sie drangen nicht mehr zu ihr. Sie spielten keine Rolle mehr, waren ohne jede Bedeutung. Der Fall war klar, und so nickte sie, ohne verstehen zu wollen.

Bittere Tränen flossen Lizzies Wangen herab, sie fühlte sich fürchterlich vor den Kopf gestoßen.

»Ich liebe dich, Lizzie, ja ich liebe dich von ganzem Herzen, mehr als ich jemals zuvor einen Menschen geliebt habe. Und genau darum darf ich nicht egoistisch handeln und dich nicht von deinen Zielen abhalten, nur damit du mitkommst. Das steht mir nicht zu.«

Amélie streckte die Arme nach ihr aus. Lizzie wich ihr aus, bis Amélie verzweifelt ausrief: »Du darfst mich nicht abweisen!«

Schließlich stürzte Amélie sich in Lizzies Arme und übersäte sie mit tränennassen Küssen. Aber all das änderte nichts. Ihre gemeinsame Zeit würde enden, war unwiederbringlich abgelaufen.

26. KAPITEL
Paris, Dezember 1921

Es war noch dunkel, als Lizzie in den frühen Morgenstunden auf wackeligen Beinen heimkehrte. Die Straßen waren vereist, und jetzt, da der kürzeste Tag im Jahr immer näher rückte, legte sich ein Hauch von Melancholie über die noch schlafende Stadt.

Auch Amélie hatte noch geschlafen, als Lizzie gegangen war. Für üblich war dies die Uhrzeit, in der sie sich noch einmal genüsslich im Bett umdrehen und an ihre Partnerin schmiegen würde, doch nicht dieses Mal. Nie wieder. Es war alles gesagt, durchgekaut bis zum bitteren Ende. Die Beziehung jetzt noch bis zur Abreise aufrechtzuerhalten, hätte es nur schlimmer gemacht. Amélie hatte es verdient, ihrer Zukunft erwartungsvoll entgegenzutreten, nicht zaudernd. In all der Zeit war sie so wundervoll zu Lizzie gewesen, hatte sie unterstützt und sich bedingungslos für sie eingesetzt. Jetzt war Amélie an der Reihe. Eine Chance wie diese ergab sich kein zweites Mal. Umso wichtiger, dass sie sie ohne schlechtes Gewissen ergriff. Auch wenn es unsäglich schwerfiel und noch so wehtat: Lizzie musste sie gehen lassen und ihr gestatten, sich auf diese Reise zu freuen.

Die Trennung verlief so wie bei den meisten Paaren,

die sich zwar liebten und wertschätzten, für die eine gemeinsame Zukunft aber aussichtslos war: mit Tränen, Wohlwollen und Leidenschaft, bis die Nähe nicht mehr auszuhalten war und man Abstand brauchte. Abstand, der einem helfen würde, die darauffolgenden Tage zu überstehen. Dann, wann immer der Schmerz des Verlusts zuschlug und das schreiende Herz in seinem eigenen Blut ertrank.

Jetzt suchte Lizzie nach ihrem Schlüssel. Im anderen Arm hielt sie die Milchflaschen, die sie dem Milchmann soeben vor dem Eingang abgenommen hatte. Er war der einzige Mensch gewesen, den sie auf dem Heimweg auf der Straße angetroffen hatte. Auf eine sonderbare Weise hatte seine Anwesenheit sie getröstet und ihr das Gefühl gegeben, nicht allein zu sein.

Vorsichtig stellte sie die Glasflaschen im Hausflur ab und schlich auf Zehenspitzen durch den Flur. Als sie das Wohnzimmer mit der offenen Doppeltür passierte, hörte sie jemanden aufschrecken.

»Gott sei Dank, Sie sind zurück! Ich hatte mir Sorgen gemacht.« Madame Milhaud saß im Morgenrock in ihrem Sessel und fasste sich ans Herz. Im Kamin glomm schwache Glut.

»Waren Sie etwa die ganze Nacht hier unten?«

»Das fürchte ich, meinen Schmerzen nach zu urteilen. Ach, ich bin töricht, ich weiß«, beteuerte die Vermieterin in einem entschuldigenden Ton. Sie richtete sich auf und rieb sich den Rücken. »Es ist nur so, für gewöhnlich geben Sie Bescheid, wenn Sie außerhalb übernachten. Aber da ich nichts von Ihnen hörte, war mir nicht wohl bei der Sache. Es ist so dunkel dieser Tage.«

Gerührt sah Lizzie ihre Vermieterin an. »Das wäre doch nicht nötig gewesen. Tut mir leid, dass ...«

»Sie müssen sich sicherlich nicht für meine blühende Phantasie entschuldigen. Sie sind eine erwachsene Frau und schulden mir keine Auskunft. Es ist nur so ... aber Kindchen, was haben Sie denn?«

Lizzie hatte geglaubt, stark genug zu sein, aber die Contenance hatte sie verlassen. Sie wusste nicht, woran es lag. An der Trennung, die noch wie eine frische Wunde klaffte, oder an der Tatsache, dass ihre Vermieterin liebevoller und fürsorglicher zu ihr war, als es ihre eigene Mutter je gewesen war.

»Amélie und ich mussten eine schwierige Entscheidung fällen. Wir haben uns getrennt, und ich ... ich fühle mich so verloren.«

»Ach Herzchen, das tut mir sehr leid.« Mit wenigen Schritten war Madame bei ihr und schloss sie fest in die Arme, wie ein Schwan, der sein Küken sicher im Gefieder verwahrte. Lizzie ließ sich in ihrer Fürsorglichkeit und Sanftheit einhüllen und legte ihren bleischweren Kopf auf die Schulter ihrer Vermieterin.

»Es ist immer schlimm, verlassen zu werden. Doch egal, wie dunkel die Stunde und wie schwer das Herz sein mögen, Sie sind nie allein. Vergessen Sie das nicht.« Madames Worte und der Duft ihres Haaröls hatten eine beruhigende Wirkung. Einige Minuten lang ließ Lizzie ihren Tränen freien Lauf wie der Himmel bei einem heftigen Schauer. Doch Platzregen waren nie von Dauer. Nachdem die Wolken gewütet und sich entleert hatten, kehrte Ruhe ein.

Madame machte keine Anstalten, die Umarmung zu lösen, sie bot Lizzie so lange Schutz, wie sie diesen brauchte. Ohne Eile oder altkluge Ratschläge war die Vermieterin einfach für sie da. Und als die Wolken sich allmählich verzogen und sie wieder ruhig atmen konnte, hob Lizzie verwundert ihr Kinn. Sie hatte auf dem Sekretär einen dicken Papierumschlag entdeckt und wischte sich die Tränen aus dem Gesicht.

»Ist das für mich?« Ihre Stimme klang noch immer verheult.

»Es kam gestern am Abend, als Sie schon aus waren. Ein Monsieur Bennet hat es vorbeigebracht.«

Lizzie brauchte ein wenig, bis sie begriff. »Sein Manuskript!«

Sie hatte gar nicht mehr an den jungen Schriftsteller gedacht. Nachdem sie seine Leseprobe in einem Rutsch gelesen und sich Notizen gemacht hatte, hatte sie mit ihm Kontakt aufgenommen und gefragt, ob er ihr das gesamte Manuskript schicken könnte. Es kam genau zur rechten Zeit. So konnte sie sich in die Arbeit stürzen und darin Ablenkung finden.

»Da haben Sie ja ganz schön was vor«, staunte Madame Milhaud in Anbetracht der Dicke des Umschlags. »Werden inzwischen nur noch so umfangreiche Bücher geschrieben?«

»Das täuscht. Abgetippt und auf Normseiten formatiert, ist es vielleicht noch die Hälfte, wenn überhaupt, und davon fällt meist noch mal ein Fünftel weg, weil Stellen gestrichen werden, die sich wiederholen, langatmig oder nicht relevant für die Geschichte sind«, murmelte Lizzie geistesabwesend, während sie sich setzte, die Papiere aus dem Umschlag fischte und die Kanten auf ihren Knien zu einem bündigen Stapel klopfte.

Sie sah Madame Milhauds Lächeln hinter ihrem Rücken nicht.

»Ich sehe schon«, sagte diese. »Sie werden hier glückliche Stunden verbringen. Ich für meinen Teil gehe jetzt hoch und lege mich noch ein, zwei Stündchen hin.«

Doch Lizzie hörte sie bereits nicht mehr. Sie hatte zu lesen begonnen.

Liebe Lizzie,

bei Ihnen ist im Moment viel los. Da ist zum einen der Erfolg, der in immer geringerer Entfernung auf Sie wartet, aber da ist auch die Ungewissheit. Eine Trennung ist schmerzvoll – vor allem, wenn eine sachliche Entscheidung sie herbeiführte, während das Herz doch etwas ganz anderes will. Das Schlimme ist ja, dass die Gefühle nicht einfach aufhören zu bestehen. Man muss sie sich mit viel Geduld und Zeit abgewöhnen. Doch Sie werden daran nicht zugrunde gehen, davon bin ich überzeugt. Sie sind mit Ihrem Leben derart im Reinen, dass die Liebe nicht mehr als eine Nebenrolle darstellt. Bedenken Sie auch, dass Krisen uns mehr prägen als die unbeschwerten Zeiten. Wir können dabei viel über uns lernen.

Herzlichen Dank für die Leseprobe von Mr. Bennet. Sie haben mit Ihrer Einschätzung völlig recht. Die Geschichte hört sich sehr vielversprechend an. Ich habe mir erlaubt, sie der Hogarth Press vorzulegen. Mal sehen, was Virgina von der Romanidee hält.

Hochachtungsvoll
Ihr Professor Moore

27. KAPITEL
Paris, Februar 1922

Der Tag brach eben erst an, als Lizzie, Adrienne und Sylvia an einem Donnerstagmorgen um halb sieben, zitternd vor Kälte, am Bahnsteig der Gare de Lyon standen. Es herrschte eine seltsame, verschlafene Stimmung am Bahnhof. Die wenigen Pendler, die schon unterwegs waren, steckten ihre Hände in die Manteltaschen und zogen gedankenverloren an ihnen vorbei. Die Rufe der Zeitungsverkäufer erhielten noch keine Konkurrenz vom täglichen Treiben und hallten laut durch die Halle. Frisch gebackene, noch warme Brötchen in den Auslagen der Konditoreien verströmten einen unwiderstehlichen Duft.

Um die Wartezeit erträglicher zu gestalten, steckte Lizzie Zigarette um Zigarette an und zitterte dabei. Sylvia trat wie ein ungeduldiges Kind von einem Fuß auf den anderen. »Und was, wenn es doch nicht geklappt hat?«

»Das hat es ganz bestimmt«, beruhigte Adrienne sie mit verschlafener Stimme. Sie wärmte ihre Hände an einer Packung frischer Maronen und schielte dabei zu Lizzie, die ihre heimliche Skepsis teilte.

Bis zur letzten Minute hieß es seitens der Druckerei, dass man nichts versprechen könne und die Setzer in Verzögerung seien.

Nun war die Stunde der Wahrheit gekommen. Schwer und gemächlich fuhr der Zug aus Dijon in den Bahnhof ein und stieß Unmengen an Dampf aus. Bald tauchten die ersten Mäntel, Schirme und Hüte aus der grauen Wolke, doch niemand schenkte den drei Frauen Beachtung. Diese reckten ungeduldig ihre Hälse mal in die eine, mal in die andere Richtung. Schließlich kam ein Schaffner in einem dunklen Übermantel auf sie zu. Im Arm hielt er ein Päckchen. »Eine Lieferung für Miss Beach!«

Sylvias Stimme klang eine Oktave höher als sonst. »Das ist es, das ist es!«, piepste sie und strahlte. Sie presste das Paket wie einen Säugling fest an ihre Brust, ging einige Schritte Richtung Ausgang, überlegte es sich aber wieder anders. »Lasst es uns gleich hier öffnen.«

Zu dritt setzten sie sich auf eine Bank, mit Sylvia in der Mitte.

»Ihr macht es ja noch kaputt, das arme Paket«, scherzte Lizzie. So ungeduldig hatte sie ihre Freundinnen noch nie erlebt. Sylvia riss den Karton auf, entfernte eilig das zerknüllte Packpapier, und dann, als das griechische Blau des Umschlags aufblitzte, konnte selbst Lizzie nicht länger ruhig bleiben. Mit angehaltenem Atem sah sie, wie Sylvia das erste Exemplar des *Ulysses* in ihre zierlichen Hände nahm und es ehrfürchtig betrachtete. Sie brach in Tränen aus. Wie eine Kostbarkeit gab sie das Buch weiter und nahm ein zweites aus dem Päckchen.

Lizzie schlug das Exemplar vorsichtig auf, nahm das Geräusch wahr, als der Karton des Umschlags zum ersten Mal aufklappte, und was sie sah, war wunderschön.

Es musste sonderbar ausgesehen haben, wie die drei auf der Bank saßen, zwei Bücher hielten und dabei heulten und gleichzeitig jubelten, aber das kümmerte sie nicht. Sie hatten es geschafft, drei Frauen aus der Rue de l'Odéon hatten den *Ulysses* nach langer Odyssee endlich verlegt. Wahrlich eine Meisterleistung. Das war alles, was in diesem Augenblick zählte.

Auf einmal sprang Sylvia auf und legte die Bücher wieder in die Kartonschachtel.

»Was hast du jetzt vor?«, fragte Adrienne.

»Ein Exemplar kommt ins Schaufenster von Shakespeare & Company, und das andere bringe ich gleich zu Mr. Joyce. Kommt ihr mit?«

Es roch nach frisch aufgebrühtem Kaffee, als sie eine halbe Stunde später bei Joyce eintrafen und ihm persönlich sein Geburtstagsgeschenk überreichten. Die Kinder schliefen, Nora stand im Morgenmantel und mit Lockenwicklern im Haar vor ihnen an der Tür. Sie hatte den Milchmann erwartet und war alles andere als erfreut über diesen unerwarteten Besuch. Während sie regelrecht in ihr Schlafzimmer flüchtete, um sich passabel zu machen, setzten sich Sylvia, Adrienne und Lizzie im Wohnzimmer um Joyce herum und überreichten ihm das Paket.

»Der zweite, zweite, zweiundzwanzig. Was für ein Glückstag!«

Obwohl er an diesem Tag vierzig wurde, strahlte er wie ein kleines Kind. Er hielt sich das Buch ganz nah vor die Augen, fuhr mit den Fingern über den Einband und schnappte sich die Lupe, um sein eigenes Werk zu bewundern. »Meine lieben Frauen, was haben Sie für Arbeit geleistet! Nach so vielen Jahren halte ich den *Ulysses* endlich in den Händen. Nora, schau nur!«

Wie Nora die rasche Verwandlung gelungen war, würde ein Rätsel bleiben. Wie aus dem Ei gepellt stolzierte sie ins Wohnzimmer und setzte sich auf jenen freien Platz, der von ihrem Mann am weitesten entfernt war. Sie nahm das Buch nicht einmal in die Hände, welches er ihr so erwartungsvoll entgegenstreckte, und bemerkte spitz: »Dann will ich hoffen, es rentiert sich endlich, dass ich einen Taugenichts geheiratet habe statt eines Anwalts.«

»Da ist aber gehörig dicke Luft zwischen den beiden«, stellte Lizzie fest, als sie in Shakespeare & Company eintrafen.

Während Sylvia sogleich damit beschäftigt war, ihren *Ulysses* hübsch im Schaufenster auszustellen, packten Lizzie und Adrienne die Croissants aus, die sie unterwegs geholt hatten.

»Nun ja, ich kann Nora schon verstehen«, meinte Adrienne. »Er treibt es manchmal wirklich auf die Spitze. Letztens hat sie mir anvertraut, dass er sie sogar darum gebeten habe, ihm fremdzugehen, damit er Material für seine Figur Molly Bloom bekommt.«

»Nun redet nicht so über die beiden«, entgegnete Sylvia, doch für wahre Empörung war sie viel zu gut gelaunt. »Es erfordert nun mal ein großes Opfer, wenn man ein Stück Weltliteratur schreibt.«

»Dennoch, so etwas tue ich nie wieder.« Adrienne lehnte sich zurück und biss in ihr Croissant.

»Nein, ich auch nicht.« Geräuschvoll ließ sich Sylvia in ihren Sessel fallen. »Ich werde nie mehr ein Buch verlegen, hörst du, Adrienne? Nie mehr. Aber die Erfahrung war trotzdem schön.«

»Was ist mit dir, Lizzie? Bist du froh, dass es endlich vorbei ist, das ewige Abtippen, das Korrigieren der Druckfahnen, die ständigen Botengänge?«

»Ich ... äh, na ja ...« Lizzie strich ihren Rock glatt. Sie dachte an das Manuskript von Mr. Bennet, das sie so gern gelesen hatte, dass es sich nun im Lektorat der Hogarth Press befand. Sie hatte sich regelrecht dafür verantwortlich gefühlt, dem jungen Autor bei der Verlagssuche zu helfen. Nun wurde dieser Traum tatsächlich wahr.

Jetzt blickten zwei erschöpfte, aber zufriedene Augenpaare sie an und warteten auf eine Antwort.

»Um ehrlich zu sein, ich habe es geliebt.«

»Tatsächlich?«

Sie hatte ihren Freundinnen nie gestanden, wie sehr sie der Prozess von der Romanidee bis zum fertigen Buch faszinierte. Alles so nahe mitzuverfolgen. Seit sie einen Blick hinter die Kulissen geworfen hatte, sah sie Bücher mit anderen Augen. Es war, als würde sie das Zahnräderwerk einer Uhr betrachten, das viel interessanter war als das Zifferblatt selbst. Sie las in jeder freien Minute, egal was. Von Schund bis hin zur elitären Weltliteratur, analysierte alles, untersuchte jedes Wort, jedes Detail und jede Metapher. Wenn sie las, arbeiteten im Hintergrund ununterbrochen ihre Gedanken, und sie machte Notizen, wenn etwas sie bewegte. Früher war Lektüre für sie eine Flucht gewesen, nun war sie Nahrung für den Geist. Sie musste sie einfach verschlingen. Ohne Literatur hungerte sie.

Dass Sylvia den *Ulysses* in ihr Schaufenster gestellt hatte, bereute sie bereits, als sie Shakespeare & Company um zehn Uhr öffnete. Vor dem Laden hatte sich eine Schlange gebildet. Jemand hatte das Exemplar gesehen, und sofort verbreitete sich die Nachricht unter allen Subskribenten. Sylvia schaffte es kaum, die erwartungsvollen Gesichter zu enttäuschen und die Leute nach Hause zu schicken. Als die Letzten fort waren und sie den *Ulysses* geknickt wieder hinter der Ladentheke verwahrte, stürmte ein weiterer Kunde herein, das Haar wirr, der Blick wild.

»Sylvia, Lizzie!«

»Ezra, du nicht auch noch. Ich habe schon vorher alle abgewiesen. Das ist erst das Ausstellungsexemplar. Dein *Ulysses* kommt nächste Woche.«

»Ich bin nicht deswegen hier«, entgegnete er gehetzt. »Es geht um Hemingway. Er hat mir gerade eine schreckliche Sache telegrafiert.«

Bestürzt fasste sich Lizzie an die Brust. »Großer Gott, hat er sich beim Skifahren verletzt? Ist etwas mit Hadley?«

»Nein, nein, schlimmer.« Bedrohlich weiteten sich seine Augen. »Er hat alles verloren, was er je geschrieben hat.«

28. KAPITEL
Paris, März 1922

Das Warenschiff stieß schwarze Luft in den bleigrauen Himmel und passte nur knapp unter den Brücken der Seine durch. Das Tuten übertönte jegliches Geräusch, und als es wieder verstummte, wirkte die Welt für einen Moment ungewöhnlich still. Die Wellen machten sich zu den Ufern auf und schwappten gegen die Quais. Es roch nach Fluss, nach Fisch und einem Hauch von Abgasen. Hemingway und Lizzie saßen an der Spitze der Île de la Cité, auf dem Square du Vert Galant unter einer Trauerweide. Für März herrschten erstaunlich milde Temperaturen.

»Siehst du die Angler? Wie gekonnt sie die Angelschnur ins Wasser werfen und wie sie sich zurücklehnen, wenn ein Fisch angebissen hat? Ich mag das Fischen. Und das Jagen. Im Einklang mit der Natur sein, sich in das Tier hineinversetzen, denken, wie es denkt. Der Kampf zwischen Mensch und Tier, und dieses Gefühl von Stärke, wenn man es erbeutet. Es ist wie beim Stierkampf. Wenn der Torero das Tuch schwingt, wenn seine Muskelkraft ...«

»Was genau ist passiert?«, unterbrach Lizzie ihn, da sie das Jagen und Töten von Tieren verabscheute und nicht hergekommen war, um sich einen Vortrag darüber anzuhören.

Da ließ Hemingway die Schultern sacken, ein nahezu erschreckendes Bild. Normalerweise strotzte er vor Vitalität und Scharfsinn, aber jetzt schien es, als spräche sie mit einem gebrochenen Mann.

»Es ist weg, Liz. Alles, was ich je geschrieben habe.«
Und so erzählte er ihr die ganze Geschichte: Nachdem er für einen Artikel schon früher als Hadley nach Lausanne gereist war, sollte sie ihm nachreisen. Beim Packen nahm sie sämtliche Papiere mit. Es war eine gut gemeinte Absicht, damit er während des Urlaubs weiterschreiben konnte. Und dann geschah das Unvorstellbare: Der Koffer wurde noch in Paris am Bahnhof gestohlen.

Hemingway warf einen Stein ins Wasser und scheuchte einen Erpel auf. »Sie kam zu mir und weinte Sturzbäche, ich dachte, nichts auf der Welt könnte solche Tränen rechtfertigen. Sie kann doch nicht alles in diesen Koffer gepackt haben, aber genau so war es. Die Originale, die Durchschläge, alles ist weg.« Zur Betonung seiner Worte deutete er mit der Hand einen Schnitt an.

»Oh, Hem ...«

Er räusperte sich. Schluckte. Kämpfte um seine Stimme. »Und ich kann ihr nicht einmal böse sein, sie macht sich selbst die schlimmsten Vorwürfe.«

Lizzie wollte zuversichtlich sein. Ein paar wenige Geschichten gab es noch, die zum Zeitpunkt des Verlusts bei Bekannten im Umlauf waren.

»Du hast noch *Oben in Michigan* bei Gertrude Stein.«

»Die mochte sie nicht. Diese Frau regt mich manchmal wirklich auf, auch wenn sie es nett meint. Zuerst sagt sie, ich solle meinen Beruf als Reporter kündigen, um mich ganz aufs Schreiben zu konzentrieren, und dann macht sie mich fertig. Als ich ihr das an den Kopf warf, schimpfte sie über unsere gesamte Generation. Sie sagte, wir hätten unseren Kampfgeist im Krieg verloren. Dass wir zu viel trinken, zu viel feiern und zu viel vögeln. Ja, wir seien eine verlorene Generation. Ohne Rückgrat, ohne Halt.«

Verloren ... Das Wort hallte nach. Lizzie blickte zum Fluss, und eine tiefe Sehnsucht erfasste ihr Herz. Sie vermisste Amélie noch immer, obwohl sie sich mit den besten Absichten voneinander verabschiedet hatten. Manchmal wusste sie, dass ihre Trennung eine vernünftige, eine gute Entscheidung gewesen war. Man durfte sich der Liebe wegen nicht im Weg stehen, sonst würde sie früher oder später von Frustration und Missgunst überschattet. Man würde einen einst geliebten Menschen eines Tages hassen. Was für eine schreckliche Vorstellung. Also redete sich Lizzie ein, dass es gut so war, dass sie dennoch eine schöne Zeit hatten, unabhängig davon, ob Amélie die Richtige war oder nicht.

Es sollte sie auch zum Alleinsein ermutigen. Dass Beziehungen zwar einen hohen Stellenwert im Leben genießen durften, man aber die wichtigste Beziehung immer noch mit sich selbst führte. Nur gab es Tage, da fiel ihr diese Haltung unglaublich schwer, und sie verspürte eine gewisse Sehnsucht nach Häuslichkeit, obschon sie eben jene verachtete. Lizzie vermisste ein Gegenüber, körperlich wie intellektuell. Dann fühlte sie sich in der Tat verloren und hinterfragte ihren ganzen Lebensstil.

Verloren kam sie sich auch vor, wenn sie daran dachte, dass Sylvias Tage als Verlegerin gezählt waren. Für sie war das Projekt abgeschlossen, eine einmalige Sache. Shakespeare & Company würde sich nicht erneut in einen Verlag verwandeln. Also hieß das für alle: zurück in den Alltag, ohne sich den Kopf über diesen oder jenen Satz zu zermartern. Keine Publikationen, Druckerfahnen und Zeitdruck mehr. Kein Hochgefühl, wenn man seinem Ziel einen Schritt näher kam, was all das Stänkern, Bangen und Zögern wieder wettmachte. Nun fehlte ihr etwas.

Rasch schüttelte sie die Gedanken ab. Sie war nicht hergekommen, um über ihre Gefühle zu sinnieren. Ein guter Freund brauchte ihre Hilfe.

»Da wäre da noch *Mein Alter*«, knüpfte sie an. »Das hast du doch für eine Anthologie eingereicht.«

»Kam vom Verlag zurück, weil die Erzählungen doch nicht veröffentlicht werden.«

»Reiche sie bei weiteren Verlagen ein. Eine Absage allein bedeutet gar nichts. Du kennst doch Marcel Proust. Niemand wollte den ersten Teil von *Auf der Suche nach der verlorenen Zeit* verlegen. Nur ein kleiner Verlag wagte es, eine Zusage zu machen, sofern Monsieur Proust die Herstellungskosten selbst übernahm. Und jetzt hat er für den zweiten Teil den Prix Goncourt gewonnen, die höchste Literaturauszeichnung Frankreichs.«

Hemingway schien resistent gegen ihre Aufmunterungsversuche zu sein. Lizzie kaute auf ihrer Unterlippe, ehe sie einen neuen Versuch startete. »Und *Schonzeit*? Das hast du mir gegeben. Ich habe es hier in meiner Mappe.« Schon hatte sie die Papiere aus ihrer Tasche gefischt, doch Hemingway wollte nichts davon wissen und winkte ab.

»Du hast gesagt, dir gefalle das Ende nicht.«

Lizzie schnaubte. »Ja, aber nur, weil sich der Mann das Leben nimmt.«

Abermals schüttelte Hemingway den Kopf. »Ach, das hat doch alles keinen Zweck, Liz. Ich werde nie Schriftsteller.«

Resigniert atmete sie aus. Sie war mit ihrem Latein bald am Ende. Seufzend legte sie den Arm um ihn und den Kopf auf seine Schulter. »Natürlich wirst du Schriftsteller«, sagte sie sanft. »Du bist es doch schon. Jetzt erst recht, du hast nämlich gar keine andere Wahl mehr.«

Hemingway verzog den linken Mundwinkel zu einem gequälten Lächeln. »Du bist wirklich freundlich, aber das alles habe ich mir doch schon selbst eingeredet. Meine Freunde mit Lügen getröstet, an die ich selbst nicht glaube. Dass es besser sei, seine Vergangenheit zurückzulassen und so weiter. Soldatengeschwafel, Mut, den man sich zuspricht, selbst wenn die Sache noch so hoffnungslos ist. Aber in meinem Innern fühle ich mich, als wäre ich gestorben. Es ist schlimm, alles zu verlieren und dann zuzusehen, wie andere ihren Durchbruch feiern. Der *Ulysses* ist perfekt. Es steckt so viel Wahrheit in diesem Buch. Nichts wird beschönigt.«

»Nun hör aber auf!« Lizzie löste die Umarmung und sah ihn streng an. »Der *Ulysses* ist nicht perfekt.«

Hem musterte sie, als sähe er sie zum ersten Mal. »Aber ...«

»Du hast mich nie nach meiner Meinung zum Buch gefragt. Nur weil ich gerne daran gearbeitet habe, bedeutet das nicht, dass mir das Buch gefallen hat. Nun, ich bin der Meinung, wenn man nichts Gutes zu sagen hat, sollte man lieber schweigen.«

»Aber jetzt schweigst du nicht länger?«

»Wenn es dich davon abhält, ihn als Vorbild für deinen Schreibstil zu nehmen, dann werde ich eine Ausnahme bei dieser Regel machen. Ich finde den *Ulysses* unmöglich! Irgendwelche schlauen Köpfe mögen von mir aus kommen und behaupten, dass mir das Buch demnach zu anspruchsvoll sei und ich es nicht richtig verstehe, aber ich denke, dass ich mir durchaus selbst eine gewisse Intelligenz zuschreiben kann. Ich kann ihn nicht lesen, beim besten Willen nicht, so interessant die Idee oder so bedeutungsvoll die Botschaft dahinter ist. Es sträubt sich in mir alles dagegen. Wenn ich lese, dann aus Vergnügen. Ich will meinen Geist erweitern, ihm nicht Kopfschmerzen bereiten. Sylvia ist völlig verarmt, weil der Roman so teuer wurde und Joyce so verschwenderisch ist. Abgesehen davon ist das Buch voller Tippfehler, weil die Setzer in Dijon kein Englisch verstehen und in der Eile geschlampt haben.«

Immer noch erfüllte sie Ärger, wenn sie daran dachte. Sieben Tippfehler pro Seite! Wofür hatte sie überhaupt so sorgfältig gearbeitet? Sie hasste Pfusch. Sylvia und Mr. Joyce sahen es hingegen gelassener. »Das werden die Leute schon verschmerzen«, hatte ihre Freundin gesagt und ihr dabei jovial auf die Schulter geklopft. »Dann lege ich dem Buch eben eine Karte bei, in der ich mich für die Tippfehler entschuldige. Sobald es eine neue Auflage gibt, korrigieren wir das Manuskript nochmals.« Dennoch fand Lizzie diesen Makel sehr ärgerlich.

»Das sagst du doch nur, weil du Joyce nicht magst«, schnaufte Hemingway.

Sie horchte auf. Es stimmte, sie mochte ihn nicht. Es verärgerte sie, dass es ihm immer wieder gelang, seine Mitmenschen wie ein Parasit auszusaugen. Auch bei ihr hatte er es versucht. Eines Tages stand er unangekündigt bei Madame Milhaud im Salon. Lizzie habe doch eine einflussreiche Mutter, ob sie nicht hier und da ein paar Fäden für sein Buch ziehen könne?

Sie hatte abgelehnt und danach all seine Larmoyanz in einer nahezu aggressiven und aufdringlichen Weise abbekommen. Seither sprach er nur das Nötigste mit ihr. Allmählich verstand sie, warum alle früher oder später bei ihm nachgaben. Weil der Kampf zu sehr anstrengte. Aber deswegen einzuknicken war für Lizzie keine Option. Dann war sie eben die Böse, es wäre ja nicht das erste Mal.

»Das ist wahr«, räumte sie jetzt ein. »Meine Begeisterung für ihn hält sich in Grenzen, aber ich kann sehr wohl zwischen Sympathie für den Autor und Bewunderung für das Werk differenzieren. Nun, in diesem Fall liegen mir beide nicht.«

Hemingway stand die Verwirrung ins Gesicht geschrieben. »Aber meine Geschichten hast du stets gelobt.«

»Weil sie gut sind.« Sie sah ihn voller Aufrichtigkeit an. »Hem, du hast deine Schriftstücke verloren, aber nicht dein Talent. Dieses fiel dir nicht einfach in den Schoß, sondern du hast es dir hart erarbeitet. Deine Beobachtungsgabe, deine Techniken, das alles trägst du in dir. Du wirst wieder schreiben, besser schreiben. Und du wirst Erfolg haben. Hörst du? Konzentriere dich darauf. Was du brauchst, ist ein Lichtblick, eine Idee. Komm, lass uns in ein Café gehen, da können wir in Ruhe über alles nachdenken.«

Sie stand auf und hielt Hemingway erneut die Mappe mit seiner Kurzgeschichte hin. Er musste nur danach greifen. Nach dem Schreiben war vor dem Schreiben. Joyce war passé, jetzt folgte Hemingway. Er zögerte, und als sie einander ansahen, merkte sie, dass in seinem Blick eine Veränderung vorging.

»Vielleicht streiche ich das Ende bei *Schonzeit*, und der Mann erhängt sich doch nicht. Dir zuliebe will ich das tun«, sagte er zögerlich, während er die Papiere ansah. »Aber nur weil ich es weglasse, bedeutet das nicht, dass es nicht passiert. Unser Handeln schlummert schon lange in uns, bevor wir es umsetzen. Du musst das als Leser begreifen, selbst in die gefrorene See hineintauchen, um zu erkennen, wie tief der Eisberg reicht – und wo er endet.«

»Wir sind aber nicht am Ende, hörst du?«

Endlich schnappte er sich die Mappe und kam ebenfalls auf die Beine. Da war es wieder, das schalkhafte Grinsen. »Da hast du recht, Lizzie. Wir haben gerade erst begonnen.«

29. KAPITEL
Paris, März 1922

Sehr geehrte Miss Wellington,

es ist noch nicht lange her, da war ich kurz davor, mein Manuskript dem Kamin zu verfüttern. Zu oft wurde ich abgewiesen, zu selten ernst genommen. Gewiss können Sie nachempfinden, wenn ich Ihnen meine Hoffnungslosigkeit schildere, die ich verspürte, als mein Buch bei Shakespeare & Company abgelehnt wurde. Doch Sie haben an mich und mein Manuskript geglaubt, was mir dazu verhalf, wieder Mut zu fassen.

Letzte Woche erhielt ich die ersten Tantiemen der Hogarth Press. Ein Betrag, der mich zwar nicht reich macht, mir jedoch ermöglicht, mich auf weitere Geschichten zu konzentrieren.

Seien Sie versichert, dass ich nicht vergessen habe, wem ich das alles zu verdanken habe. Was Sie taten, taten Sie leidenschaftlich und unentgeltlich, doch erlauben Sie mir, Ihnen diesen Scheck zuzustellen, denn es würde mir eine große Freude bereiten, Ihnen eine Provision auszuzahlen.

Es grüßt Sie freundlich aus London
Lawrence Bennet

»Du hast das Geld hoffentlich angenommen«, sagte Adrienne, als Lizzie ihr einige Tage später von dem Brief erzählte. Draußen regnete es. »Es ist nur gut und recht, dass er deine Unterstützung zu schätzen weiß. Ich wünschte nur, Sylvia hätte dich für deine ganze Mithilfe beim *Ulysses* bezahlt. Aber sie ging selbst leer aus, und es wäre ihr nie in den Sinn gekommen, etwas zu verlangen. Ich liebe sie, aber in dieser Hinsicht ist sie eine miserable Geschäftsfrau.«

Adrienne lächelte und bediente kurz eine Kundin, die für die Ausleihe an der Theke wartete. Danach wandte sie sich wieder zu Lizzie. »Sylvia und ich hatten ja keine Ahnung, wie viel dir das bedeutet. Ich habe das Gefühl, deine Mitarbeit beim *Ulysses* war erst der Anfang.«

»Das wäre gut möglich. Letzte Woche nahm Colette mich mit zu Natalie Clifford Barney.« Lizzies Stimme bebte vor Aufregung. Noch immer war sie ganz bezaubert von diesem unvergesslichen Abend.

Während Kellner Gurkensandwiches, Tee und Weißwein serviert hatten, war die Salonière in einem figurbetonten bodenlangen Kleid mit einem Drink in der Hand von Gast zu Gast geschwirrt und hatte mit ihnen geredet. Der Salon war zum Bersten mit intellektuellen Exzentrikern gefüllt; Literaturpreisträger neben Varietétänzerinnen, mittellose Kunstschaffende und millionenschwere Mäzeninnen. Frauen mit Monokel und Zylinder, Männer, die offen zu ihren Beziehungen zu anderen Männern standen. Eine ganz eigene Gesellschaft formierte sich bei Miss Barney, die das Spiel der Konventionen so gut beherrschte, dass sie schonungslos damit brach. Wen Lizzie alles kennengelernt hatte! Colette hatte ihr ihren jüngsten Schützling vorgestellt, einen zwanzigjährigen Reporter namens Georges Simenon, den sie nur ihren *petit Sim* nannte. Ganz zu schweigen von Marcel Proust, der zwar kränkelte und nur wenig sprach, mit seinen geschriebenen Worten jedoch eine ganze Nation prägte.

Verträumt tauchte Lizzie aus ihren Erinnerungen auf. »Es ist sonderbar, Adrienne. Ein Jahr lang habe ich geschuftet, ohne Fortschritte zu bemerken. Aber nun liegt etwas in der Luft. Ich spüre es, wie man an einem kalten, klaren Tag den Schnee spürt. Ich … ich möchte Literatur wirklich zu meinem Beruf machen. Zu meinem Leben.«

Adrienne konnte das gut verstehen. Sie stapelte einige Bücher auf ihren Arm und drehte sich dabei elegant zu Lizzie.

»Du hast eine Kraft freigesetzt. Nun bekommst du endlich etwas dafür zurück.«

Am Nachmittag arbeitete Lizzie bei Shakespeare & Company, als das Telefon läutete. Sylvia ging ran und sog hörbar die Luft ein.

»Eine Elisabeth Goldenbloom?«, fragte sie in ahnungslosem Ton und bewusst laut genug, damit Lizzie sie hörte und signalisieren konnte, ob sie zu sprechen sei oder nicht.

Lizzie erstarrte. Es gab nur zwei Menschen, die sie noch immer so nannten: ihre Mutter und Martin. Auf beide hatte sie wenig Lust. Aber es hatte keinen Zweck, vor ihnen davonzulaufen. Man musste sich seiner Vergangenheit stellen, um weiterzukommen. Sie würde sich nicht mehr so einschüchtern lassen wie noch vor einem Jahr. Also nickte sie und streckte ihren Arm Richtung Telefon aus.

»Ja, sie ist gerade reingekommen. Einen Moment«, beteuerte Sylvia, ehe sie ihr den Hörer gab und ihr kurz die Hand drückte. Sie sah sie verständnisvoll an, ehe sie im vorderen Ladenbereich verschwand und ihre Kundschaft beriet.

»Wellington?«, rief Lizzie demonstrativ in den Hörer.

»Da du an diesem Namen offensichtlich so hängst, wird es dich freuen, dass du ihn tatsächlich in Bälde wieder annehmen wirst«, antwortete ihre Mutter mit einem bedauernden Seufzen. »Deine Scheidungspapiere sind eingetroffen.«

Lizzie brauchte einen Moment, um zu begreifen, um ganz bewusst zu spüren, wie eine letzte Last von ihr abfiel, einem schweren Schuh gleich, den man nach einem langen Arbeitstag endlich abstreifte. Sie konnte es noch gar nicht glauben. Sie war frei. Jetzt sogar auf dem Papier.

»Oh, wie schön.«

»Schön?«, bellte ihre gereizte Mutter. »Auf jeden Fall schön für dieses Flittchen. Nun, da ein Kind da ist, will Martin den Jungen unbedingt legitimieren und seine Geliebte heiraten.«

Obwohl Lizzie ihre Mutter nicht sehen konnte, ahnte sie, wie sie gerade am anderen Ende der Leitung die Lippen schürzte.

»Jetzt hast du endlich erreicht, was du immer wolltest«, sagte sie ungnädig. »Da habt ihr was zu feiern, du und deine lesbische Geliebte.«

»Sie ist nicht mehr meine Geliebte«, antwortete Lizzie mit einem bitteren Ton. »Schon seit Ende letzten Jahres nicht mehr. Sie ist fort.« Plötzlich bereute sie ihre Worte, und es kam ihr vor, als hätte sie sich die Zunge verbrannt. Wieso erzählte sie ihrer Mutter das alles? Hatte sie nicht schon zur Genüge auf ihr herumgetrampelt? Weshalb bot sie ihr auf dem Silbertablett eine Gelegenheit, ihr eine Standpauke oder einen Vortrag zu halten?

»Das tut mir leid.«

Lizzie schnappte nach Luft und glaubte, sich verhört zu haben. »Dir tut es leid?«

Pause.

»Es ist nie erquicklich, verlassen zu werden«, antwortete Lady Wellington knapp und so, als wäre das Thema damit vom Tisch. Dennoch blieb eine gewisse Spannung in der Luft.

»Wie ich gehört habe, ist dank deiner Mithilfe ein Buch erschienen?«

»Das ist wahr«, antwortete Lizzie noch völlig irritiert.

»Nun, ich werde es gewiss nicht lesen. Ich hörte, dieser Ire sei ein Lustmolch, und noch dazu ist es zumindest in England verboten. Ich gebe zu, dass es mir missfällt, dass ein Schundroman mit unserem Namen in Verbindung gebracht wird.«

Lizzie verdrehte schweigend die Augen und hoffte, das Gespräch würde bald beendet sein. »Ist sonst noch etwas?«

Auf der anderen Seite wurde es kurz still. »Man sollte nicht außer Acht lassen, dass es trotz allem ein paar positive Stimmen über dieses Buch gibt.« Wieder stockte sie. »Das hast du gut gemacht.«

Ehe Lizzie blinzeln konnte, hatte ihre Mutter aufgelegt. Ratlos hielt sie den Hörer noch einen Moment am Ohr, ehe sie ebenfalls auflegte. Es schien ganz so, als würden jetzt tatsächlich neue Zeiten anbrechen.

TEIL 3

September 1924 – Mai 1925

30. KAPITEL
Paris, September 1924

Es war nur ein kühles Lüftchen, das unter goldenem Sonnenschein durch die Rue Bréa wehte, doch wer aufmerksam war und den Windzug auf den Wangen spürte, dem entging nicht, dass der Jahreszeitenwechsel begonnen hatte. Es war einer jener ruhigen Samstagnachmittage, an denen das Klappern der Pferdehufe besonders nachhallte und Kinder in den Innenhöfen spielten, während Mütter in kleinen Trauben auf Holzbänken saßen, Kartoffeln schälten, Hühner rupften oder die gewaschene Wäsche aufhängten. Der Duft der Seife mischte sich mit dem Herbstwind und wehte durch das geöffnete Fenster in Lizzies Zimmer.

Sie riss die Tür auf und eilte hinaus. Sie nahm sich nicht einmal mehr die Zeit, das Grammophon auszuschalten. Während sie sich eilig einen Seidenschal überwarf, den fliederfarbenen Glockenhut schnappte, Lippenstift, Mascara, Puder und Kamm in ihre Tasche fegte und ein Buch unter ihren Arm klemmte, spielte oben die neueste Platte von Fletcher Henderson unbeirrt weiter.

Sie hatte diesen neumodischen Tanz geübt, der aus der amerikanischen Ostküste seinen Weg nach Europa gefunden hatte und sich Charleston nannte. Ein fürchterlich schräger, aber witziger Tanz, bei dem man augenblicklich gute Laune bekam, obwohl man sich dabei die Knie verdrehte. Doch Lizzie hatte die Zeit vergessen. Jetzt musste sie dringend zu Adrienne.

In der heutigen Lesung war ein Jungautor mit dem poetisch klingenden Namen Michel Georges-Michel zu Gast, ein dreißigjähriger Schriftsteller. In *Les Montparnos* beschrieb er das Leben eines Künstlers während der Kriegsjahre in Montparnasse.

Lizzie sollte die Lesung betreuen und hatte das Buch vorab gelesen, damit sie auf die Inhalte Bezug nehmen konnte. Es faszinierte sie, wie Georges-Michel eine Gegend zum Leben erweckte, die nicht mehr Teil dieser Welt schien und von einer Zeit handelte, als die Bohème noch in ihrer Reinform existierte. Obwohl sie die damalige Welt gerne kennengelernt hätte, stimmte es sie traurig, wie die Protagonisten sich selbst im Weg standen und ihren Geniegeist im Alkohol ertränkten.

Es kamen knapp vierzig Leute zur Lesung, darunter Hemingway mitsamt Nachwuchs. Der kleine Bumby war nahezu bei jedem Besuch dabei und bezirzte die überwiegend kinderlosen Frauen. Selbst Gertrude Stein war kaum wiederzuerkennen. Sie schaukelte den Jungen auf ihren Knien und ging ganz in ihrer Rolle als Patentante auf. Durch Bumby wurde sie milder und versöhnlicher. Der Streit mit Sylvia war längst vergessen.

Außerdem kamen Bekannte aus der Kunstszene, wie etwa Moise Kisling, Chaim Soutine oder der Kunsthändler Leopold Zborowski. Schließlich tauchten sie alle als Nebenfiguren im Roman auf und waren neugierig auf ihren Auftritt. Lizzie begrüßte den Schriftsteller und stellte ihn in wenigen Sätzen vor, eine Formalität, denn die meisten kannten Georges-Michel als Aussteller von Picasso und Matisse.

Der Autor fand sich rasch zurecht und plauderte ungezwungen mit den Gästen. Das war vor der Lesung eher ungewöhnlich. Die meisten Schriftsteller, die sie bisher betreut hatte, waren unerwartet schüchtern oder nervös gewesen.

Nachdem Georges-Michel einige Worte über sein Werk erzählt hatte, begann er, Ausschnitte aus seinem Buch zu lesen. Jeweils nach einer Szene übergab er das Wort an Lizzie, die ihm Fragen stellte. Diese machte hier eine Bemerkung und stellte dort eine Frage, die er geflissentlich beantwortete. Dabei gaben sie sich spontan, obwohl natürlich alles im Voraus abgesprochen wurde. Sie bekundete ihre Bewunderung und wie bildhaft das Montparnasse der Kriegsjahre vor ihrem inneren Auge erschien.

Schließlich stellte sie die Frage, die wohl alle am meisten interessierte: »Steckt hinter Modrulleau, dem schwarzgelockten Helden, in Wahrheit Modigliani?«

Selbstverständlich verneinte er dieses offene Geheimnis.

Der Bücherverkauf nach der Lesung lief gut, schon jetzt war spürbar, dass Georges-Michel einen Nerv getroffen hatte. Er tauschte sich mit seinem Publikum aus, und man fand sich in kleinen Plaudergrüppchen zusammen.

»Gehst du nachher mit zur Feier?«, fragte Adrienne, als sich die Buchhandlung allmählich leerte und sie mit dem Aufräumen begannen. »Es sind alle im Café de la Rotonde eingeladen.« Sie deutete auf Georges-Michel und seine Künstlerfreunde, die sich draußen versammelt hatten. Offensichtlich warteten sie auf ein paar Leute, ehe sie weiterzogen.

»Wohl eher nicht. Ist es nicht ironisch, dass der Kubismus in einem Café entstand, das Rotonde heißt?«, sinnierte Lizzie und seufzte. »Aber noch mehr Anekdoten über Kunst ertrage ich heute nicht.«

Während Adrienne den Boden fegte, stellte Lizzie die benutzten Gläser in eine Kiste, damit sie diese oben in der Wohnung abwaschen konnte.

Draußen setzte sich die Gruppe in Bewegung. Unter lautem Gelächter bewegten sie sich Richtung Jardin du Luxembourg.

»Da gehen sie hin«, sagte Adrienne verträumt, während sie dem Autor und seinen Freunden aus dem Fenster nachblickte und den Kopf auf den Besenstil stützte. Die Melancholie in ihrer Stimme war Lizzie nicht entgangen. »Hast du dich jemals gefragt, was die in uns sehen?«

Lizzie zuckte mit den Achseln. »Ich weiß nicht. Eine helfende Hand vielleicht? Die, die ihnen den Rücken freihalten?«

»Findest du das nicht unglaublich traurig? Dass wir nicht mehr sind? Keiner blickt hinter die Kulissen. Sieht die Stunden der Mühe, honoriert den Aufwand, den wir leisten, damit die anderen bekannt werden. Komm, ich zeig dir was.« Adrienne ließ Besen und Kehrschaufel liegen und winkte Lizzie in den hinteren Ladenbereich. Dort knipste sie ihre Tischlampe an und öffnete die zweitunterste Schublade. Zutage kam ein Stapel handgeschriebener Texte, Verfasser unbekannt.

Lizzie nahm den ersten, den sie zu fassen kriegte, und ihre Augen huschten über das Papier. Was sie las, fing sie schon mit den ersten Zeilen ein. Eine wunderbare, sinnliche Sprache führte sie auf einen philosophischen Spaziergang über den Sinn des Lebens. Der Text überzeugte nicht durch blumige Wortgewandtheit oder erhabene Ausdrucksweise, sondern mit überwältigend schlichter Klarheit. Jedes Wort war wahr, und mit dieser Wahrheit ging eine Lebenssehnsucht einher, die Lizzie einen wohligen Schauer über den Rücken jagte. Nie zuvor hatte sie etwas derart Poetisches und zugleich Weibliches gelesen.

»Hast du das geschrieben, Adrienne?«

Diese hob bloß ihr Kinn. »Sag erst, wie du es findest.« Doch ihre Augen hatten sie verraten. Die Texte trugen ihre Handschrift.

»Das ... das ist wunderschön«, flüsterte Lizzie. »Adrienne, ich hatte ja keine Ahnung, dass du schreibst.«

»Schon seit ich eine junge Mademoiselle war«, gestand diese mit einem bescheidenen Lächeln.

»Du solltest selbst dort am Tisch sitzen und Lesungen geben. Weiß Sylvia davon?«

»Nein, du bist die Einzige. Seien wir ehrlich, sie mag bibliophil sein, aber von der Qualität der Literatur hat sie keine Ahnung, das gibt sie ja selber zu. Ich wollte nur einmal eine ehrliche und fachliche Meinung dazu einholen.«

»Und nun, da du diese bekommen hast?«

Adrienne zuckte mit den Achseln.

»Darf ich die restlichen Texte lesen?«

»Bitte.«

Und damit vertraute Adrienne ihr ihren wahrscheinlich wertvollsten Schatz an.

31. KAPITEL
Paris, Oktober 1924

Lizzie hatte einmal nachgezählt, wie viele ihrer Freunde adoptiert waren. Sämtliche Nichtfranzosen, die wie sie nach Paris immigriert waren und ohne die die Stadt nicht dieselbe wäre. Sie verstand, weshalb es die Menschen aus allen Ecken der Erde hierherzog. Nirgends war es leichter, den Geist zu entfalten und seinen eigenen Willen durchzusetzen. Es war die Heimat der Außenseiter, die hier auf einmal Teil einer Gemeinschaft waren und Anschluss unter Gleichgesinnten fanden. Paris kannte kein Tabu und keine Grenzen. Die Stadt war der Treffpunkt lebenshungriger Seelen.

Umso erstaunter war sie, als einer ihrer Freunde beschloss, seine Wahlheimat für immer zu verlassen.

»Ich bin hier nicht mehr glücklich, Lizzie«, wiederholte Ezra im Atelier, als sie ihn mit Hemingway und dem kleinen Bumby besuchte, um ihn umzustimmen. Aber Ezra blieb beharrlich.

»Die Leute regen mich auf. Jeder glaubt, jeden mit seinem Intellekt übertrumpfen zu müssen. Und Dorothy wird jedes Mal zur Furie, wenn ich mich mit einer anderen treffe. Dabei wusste sie von Anfang an, dass ich nicht monogam lebe«, knurrte er, während er Papiere sortierte und in Kisten stapelte, ohne seine Besucher anzusehen. Hem und Lizzie sahen sich nur schweigend an. Wenn Letzteres ein ernsthafter Grund sein sollte, schien es eher unklug, dass Olga, die schwangere Geliebte, mit nach Rapallo zog.

»Ich brauche einfach Abstand von den Weibern. Überall mischen sie sich ein. Außerdem sind mir die vielen Lesben hier zuwider.«

Hem schnappte empört nach Luft, als wollte er etwas erwidern, doch Lizzie verdeutlichte mit einem Blick, dass er lieber schweigen solle. Sie hatte gelernt, dass es nichts brachte, mit Ezra über seine Ansichten zu streiten. Der Mann hatte in den letzten Monaten viel Verbitterung erlebt, und diese bot ihm Nährboden für Unzufriedenheit, die wiederum in Ablehnung und Missgunst mündete.

Seit geraumer Zeit schien er einen Unmut gegenüber allem Möglichen zu verspüren und willkürlich eine Menschengruppe herauszusuchen, auf die er seinen Zorn ablassen konnte: die Schwarzen, die Juden und jetzt die Lesben. Dabei folgte der Hass keiner klaren Linie, sobald es um sein persönliches Umfeld ging, war das etwas anderes. Sonst würde er wohl kaum Natalie Clifford Barney zu seinen besten Freundinnen zählen und Louis Armstrong als Idol verehren.

»Er wird zu einem richtigen ungalanten Rüpel«, hatte Lizzie sich schon einmal bei Sylvia und Adrienne beschwert. Die beiden nahmen es nicht allzu ernst. Adrienne sprach von einer *crise de nerfs*. »Manches klingt auf Französisch einfach stilvoller.«

Auslöser dieser *crise de nerfs* war eine Messerattacke im Sommer während eines Abendessens gewesen. Ein offensichtlich unter Drogen stehender Surrealist hatte versucht, Ezra in den Rücken zu stechen. Nur dank Robert McAlmons schneller Reaktion konnte der Täter überwältigt werden. Für Ezra war das ein Wendepunkt. Er wollte nichts mehr mit Paris zu tun haben. Selbst auf Partys ließ er sich nicht mehr blicken.

»Du wirst uns fehlen, Kumpel«, beteuerte Hemingway jetzt, die Hände in die Hosentaschen gesteckt. Sie waren nicht nur beste Freunde, sondern Nachbarn, seit die Hemingways in der Rue Notre-Dame-des-Champs neben einer Sägerei wohnten. Ezras Wegzug setzte ihm zu, doch er versuchte, es hinter Gelassenheit zu verbergen. »Wer wird dir in Rapallo das Boxen beibringen? Und wo sollen wir jetzt noch hingehen, wenn wir eine Auszeit von der Welt brauchen? Wenn es dieses Atelier nicht mehr gibt?«

Ezra reagierte nicht und schnappte sich sein Fagott. Nach einer raschen Tonleiter baute er es auseinander und legte es in den dazugehörigen Koffer. »Was dich betrifft, Liz, am besten klärst du mit meiner Nachfolgerin Margaret Anderson, wo und wann du deine künftigen Artikel für die *Little Review* abgibst. Jetzt hat dieses Frauenzimmer doch noch ihre Zeitschrift in Paris bekommen. Ich hoffe nur, sie macht hier nicht so ein Durcheinander wie mit der New Yorker Ausgabe. Wenigstens wird sie dich ein wenig besser bezahlen können.«

Eine bessere Bezahlung hätte Lizzie gerade nicht gleichgültiger sein können. Sie hob den kleinen Bumby hoch, als er anfing, die Bücher aus den Schachteln zu räumen und sie in den Mund zu nehmen, und trat vor Ezra. »Es ist schwierig, einen Freund bei seiner Weiterreise zu unterstützen, wenn man doch im Herzen wünscht, es würde alles beim Alten bleiben.«

Endlich drehte Ezra sich um und seufzte. »Ich weiß.« Geräuschvoll ließ er sich in einen Sessel fallen. »Was haben wir hier alles erlebt, nicht wahr? An jedem Tag war etwas los. Ich weiß noch, wie du hier das erste Mal eine Besprechung geschrieben hast, Lizzie. Du warst so verloren wie ein Vögelchen, das aus dem Nest gefallen ist.«

»Das ist gar nicht wahr«, entgegnete sie.

»Du hattest Angst vor der Schreibmaschine!«

Alle drei mussten lachen, und Ezra versank tiefer in seinem Sessel. »Weißt du was? Behalte die Schreibmaschine. Oder wenn du willst, behalte das ganze Atelier.«

Sie sah ihn aus großen Augen an. »Bist du sicher?«

Ezra machte eine wegwerfende Handbewegung und ließ den Arm wieder auf die Armlehne fallen. »Du arbeitest doch, oder nicht? Du bist nicht wie dieser Hurensohn hier«, er zeigte auf Hemingway, »der nur noch mit Windelwechseln und Fläschchenauswaschen beschäftigt ist und nicht zum Schreiben kommt. Da muss die Frau nun arbeiten und das Geld heimbringen.«

Jetzt war es Lizzie, die Hemingway verteidigen wollte und von ihm mit einem mahnenden, jedoch verletzten Blick zurückgehalten wurde.

»Ja, schon«, antwortete sie zögerlich, mit einer Zornesfalte auf der Stirn. In Momenten wie diesem war Ezra ihr völlig fremd.

»Nun, dann nimm das Atelier.«

Liebe Lizzie,

die Welt steht nie still, etwas, das wir mal freudig, mal schmerzlich feststellen müssen. Dinge ändern sich, und da der Mensch Gewohnheiten mag, fällt es ihm schwer, diese Veränderungen zu akzeptieren. Sie haben das schon richtig erkannt. Paris ist ein Zentrum sozialer Gefüge. Aber dieses bleibt nur stabil, weil manche Menschen darunter mehr als nur gewöhnliche Glieder sind. Sie sind Bindeglieder und halten die Menge zusammen. Fehlt eines, verliert man sich wieder. Ezra war ein solches Bindeglied. Sie haben einen guten Freund verloren, und ich verstehe, dass sein Verhalten Sie verunsichert und verletzt. Bitte nehmen Sie sich seinen Groll nicht zu sehr zu Herzen und machen Sie sich keine Vorwürfe. Seine Probleme betreffen nicht Sie, und darum müssen Sie eine Grenze ziehen. Wir können Menschen nicht ändern, nur unsere Art, wie wir mit ihnen umgehen. Das Leben ist ein Pfad, den wir entlangschreiten. Mit Umwegen, Hindernissen und Abzweigungen. Manche Abschnitte gehen wir allein, andere gemeinsam. Änderungen im Gefüge haben zur Folge, dass man die Rollen neu verteilen muss. Ezra hinterlässt eine Lücke, aber mögli-

cherweise sind Sie es, die diese wieder füllt. Vielleicht werden Sie das neue Bindeglied. Sie besitzen jetzt ein Schreibatelier. Ein Refugium nur für Sie und Ihren Geist. Wer weiß, was sich daraus ergibt?

Hochachtungsvoll
Ihr Professor Moore

32. KAPITEL
Paris, November 1924

»Da zieht er dahin, unser Brummbär«, sagte Sylvia eine Woche später, nachdem die Gruppe am Bahnhof Ezra verabschiedet hatte und zurück in die Rue de l'Odéon kehrte. »Ich weiß nicht«, fügte sie mit einem Seufzer hinzu, »ob Italien der richtige Ort für ihn ist. Versteht mich nicht falsch, das Land ist wunderbar, die Leute sind freundlich, und Venedig …« Wieder seufzte sie und suchte dabei nach Adriennes Hand, um in Erinnerungen an ihre letzte Reise zu schwelgen. »Aber was dort gerade passiert, stimmt mich traurig. Mit diesem Mussolini ist nicht zu spaßen. Und er ist nicht der Einzige. Überall scheinen kleine Brandherde zu lodern. Auch in Deutschland macht einer von sich reden. Der wurde zwar verhaftet, hat aber viele Anhänger.«

»Ach, das sind nur Großmäuler«, winkte Adrienne ab. »Und im Grunde genommen passt das doch ganz gut zu Ezra. Er war in letzter Zeit wirklich unerträglich.«

»Aber lange Zeit war er ein sehr guter Freund«, verteidigte ihn Sylvia. »Das muss doch mehr Gewicht haben als seine Einstellung.«

»Ja, als Freund sollten wir ihn in Erinnerung bewahren

und für ihn hoffen, dass er sich wieder fängt. Wir leben in einer sich schnell drehenden Welt«, erwiderte Lizzie.

Beim Betreten von Shakespeare & Company rannte ihnen sogleich ein kleiner Terrier entgegen und wedelte fröhlich mit dem Schwanz.

»Du guter Junge. Hast du auf uns gewartet?« Sylvia hob das Hündchen hoch und ließ sich von ihm das Gesicht ablecken. »Ja, Mami hat dich auch vermisst.«

Grinsend betrachtete Lizzie die beiden Frauen mit ihrem Ersatzkind. Die Tatsache, dass Adrienne ihr einen Hund geschenkt hatte, obwohl Joyce doch Angst vor Hunden hatte, ließ sie unkommentiert. Manchmal musste man sein Revier mit subtilen Methoden verteidigen, und seit der Schriftsteller berühmt war und seine alten Freunde gegen neue eingetauscht hatte, setzte er ohnehin nur noch selten einen Fuß in den Buchladen.

»Und was macht ihr heute Schönes?«, fragte Sylvia.

Lizzie grinste. »Adrienne begleitet mich in mein Atelier.«

Mein Atelier. Wie gut sich das anhörte. Obwohl sie vage blieb, schien Sylvia den Braten zu riechen.

»Ihr zwei mit eurer Geheimniskrämerei. Na schön, tut, was ihr tun müsst. Ich wollte ohnehin ein paar Rückgabeerinnerungen schreiben.« Das Hündchen wurde wieder auf den Boden gesetzt, und Sylvia griff zu einem Stapel vorgefertigter Kärtchen. Darauf war die Karikatur von Shakespeare abgebildet, der sich die Haare ausriss, weil er seine Bücher vermisste, die die Leihfrist überschritten hatten. *Bitte bringen Sie ... möglichst bald zurück.* Sylvia musste bloß noch die Titel eintragen. Bald war sie so in ihre Arbeit vertieft, dass sie nur geistesabwesend nickte, als Lizzie und Adrienne Shakespeare & Company verließen.

»Riecht nach frischer Farbe«, bemerkte Adrienne beim Eintreten in die 70 bis Rue Notre-Dame-des-Champs.

»Ich fürchte, es war höchste Zeit, die Wände neu zu streichen. Sie waren ganz gelb von den vielen Zigaretten, die hier drin geraucht wurden«, erklärte Lizzie, während sie sich sogleich selbst eine Kippe in den Mund steckte. »Der Boden ist ebenfalls frisch gebohnert.« Ihre Stöckelschuhe hallten durch den Raum, als sie das Atelier durchquerte und eines der Fenster öffnete.

Ihre eigenen vier Wände. Das war ein gutes Gefühl. All das Potenzial, welches sie in diesem Atelier sah, versetzte sie in Aufregung.

Ezra hatte es ihr für eine lächerliche Summe überlassen, im Gegenzug hatte sie sich um die ganze Räumungsarbeit gekümmert.

Sie hatte noch immer Erspartes von ihren Diamanten, damit wollte sie sich neue Bücherregale, Sitzmöbel, ein Tagesbett und Arbeitstische kaufen. Für ihren Unterhalt kam sie längst selbst auf. Ihr Pensum bei den beiden Buchhandlungen, die Erträge für die Artikel und Rezensionen der *Little Review* und die gelegentlichen Provisionen von Autoren, die sie vermitteln konnte, reichten für ihr bescheidenes Leben aus.

»Ich möchte eine gemütliche und zugleich antreibende Atmosphäre schaffen. Mit Teppichen, Kissen, Pflanzen und vielen Büchern. Vielleicht sogar einem Grammophon ...«

»Willst du hier wohnen oder arbeiten?«

»Wer hier arbeitet, soll sich wohlfühlen.«

Sie machte Feuer und bot Adrienne einen Stuhl an, der als Übergangslösung diente, bis die neuen Sessel kamen. Das Gemeinschaftsbad lag im Flur auf einem Zwischenstockwerk. Von dort füllte Lizzie Wasser in ihren Teekocher und setzte diesen auf die Kochplatte ihres Heizrohrs. Dann gesellte sie sich zu Adrienne und ließ die Katze aus dem Sack.

»Ich habe mir Folgendes gedacht. Wir sollten eine Lesung organisieren.«

»Für wen?«

»Für dich!«

Erstaunt sah Adrienne sie an. »Sei nicht albern, ich bin keine Autorin.«

»Tatsächlich?« Sie öffnete ihre Tasche und reichte ihrer Freundin die Gedichte und Essays zurück. »Ich sehe das anders, seit ich die hier gelesen habe.«

Wortlos nahm Adrienne die Papiere an sich und kaute dabei auf ihrer Unterlippe. »Natürlich, ich fände es schön, mal selbst eine Lesung zu halten. Aber ich weiß doch gar nicht, ob ich das kann.«

Lizzie prustete los. »Du bist wie die unterschätzte Zweitbesetzung einer Hauptdarstellerin. Du kennst die genaue Abfolge, jede Zeile. Nur auf der Bühne warst du noch nie. Adrienne, ich sage dir das nicht, weil ich dir schmeicheln will. Die Texte sind wirklich gut.«

»Und was sollen denn die Leute denken, die plötzlich meinen Namen auf dem Prospekt lesen? Das fühlt sich an, als würde ich mich an der eigenen Kundschaft bereichern, nur weil ich die Reichweite und Beziehungen habe.«

»Das ist sicherlich nicht der Fall, aber wenn es dir so wohler ist, hätte ich einen Vorschlag: Wir verlieren kein Wort darüber, dass du die Verfasserin bist. Wir behaupten, es sei der Text eines berühmten Schriftstellers, Größenordnung Proust oder Joyce.«

»Weil die beiden sich so gut vertragen haben?«, unterbrach Adrienne sie voller Ironie. »Ach, der arme Marcel. Ich bin noch immer traurig, dass er von uns gegangen ist.«

»Ich auch, aber lenk nicht vom Thema ab.« Lizzie rückte mit dem Stuhl nach vorn. »Ein berühmter Schriftsteller, der etwas Neues probieren will. Da sein Verleger dies für ein Risiko hält, möchte der Autor sich die Meinung des Publikums einholen. Darum ist der Verfasser anonym und bei der Lesung nicht anwesend, was erklärt, weshalb du die Geschichten vorträgst. Wir verlangen natürlich kein Eintrittsgeld, weil wir die Leute ja an der Nase herumführen. Dafür sehen wir zu, dass wir Janet Flanner einladen, damit sie in *Letters from Paris* darüber berichten kann.«

Lizzie nahm in Adriennes Zügen eine minimale Veränderung wahr. »Das erinnert mich fast ein wenig an meine Anfangszeit im Buchhandel, als ich bloß mit A. Monnier unterzeichnet habe, um mein Geschlecht zu verheimlichen. Aber ich mache das nicht allein.«

Lizzies Grinsen verging ihr augenblicklich. »O nein!«

»Du bist geübt darin. All die Artikel und Rezensionen, die du bereits geschrieben hast.«

»Es ist ein großer Unterschied, ob man Geschichten bespricht oder selbst verfasst. Eine Schriftstellerin bin ich nun wirklich nicht. Nicht in diesem Leben und nicht im nächsten.«

Mit einer gehobenen Augenbraue machte Adrienne deutlich, dass sie die Ausrede nicht akzeptierte.

»Dann wirst du eben eine. Wenn ich was schreibe, musst du auch.«

Da pfiff der Teekocher, und Lizzie sprang auf, um nach hinten zu flüchten.

»Drück dich nicht vor einer Antwort«, rief Adrienne ihr hinterher.

Zaghaft kehrte Lizzie mit dem Tablett und dem Tee zurück.

»In Ordnung, abgemacht.«

33. KAPITEL
Paris, November 1924

»Ich danke dir, dass du kommen konntest. Ich hätte sonst wirklich nicht weitergewusst.« Hadley öffnete die Tür über dem Sägewerk und ließ Lizzie in die Wohnung eintreten.

»Dafür doch nicht. Ich passe gerne ein paar Stunden auf den kleinen Mr. Bumby auf.« Das Kleinkind erkannte sie sogleich und reagierte mit einem Strahlen.

»Wo ist Hem?«

»Drüben in der Closerie des Lilas am Schreiben. Er hat zwar wie immer angeboten, den Kleinen im Kinderwagen mitzunehmen, aber es gibt bessere Orte für Babys, als den ganzen Tag im Café zu verbringen.«

»Da hat deine Mutter aber recht«, sagte Lizzie zu Bumby und nahm ihn in die Arme. »Wir machen einen Spaziergang im Park und füttern dort die Enten mit altem Brot. Was hältst du davon?«

»Du bist wundervoll zu Kindern«, sagte Hadley lächelnd. »Wolltest du nie welche?«

»Hat sich nicht ergeben«, entgegnete Lizzie achselzuckend. Sie hatte gemerkt, dass dies manchmal die einfachste Erklärung war. Nicht alle mussten wissen, dass sie erstens eine Gebärmutterentfernung und zweitens keinen ausgeprägten Kinderwunsch hatte. Sie liebte Kinder, aber sie gab sie genauso gern abends wieder ihren Eltern zurück.

»Umso größeres Glück für mich, da du so Zeit für Bumby hast«, erwiderte Hadley. »Ich bin wirklich froh. Tatie ist im Moment so ... ruhelos.«

»Sein bester Freund ist eben erst nach Italien gezogen«, erklärte Lizzie. »Das kann einen schwer belasten. Es ist ja nicht nur die räumliche Distanz, sondern auch, dass Ezras Überzeugungen aus ihm einen völlig fremden Menschen gemacht haben. Ich denke, einen Freund auf diese Weise zu verlieren, steht einem gebrochenen Herzen in nichts nach.«

»Ich weiß, das meine ich nicht. Es ist irgendwie alles. Das Schreiben, das nur vor sich dahinplätschert, das Familienleben ...«

Lizzie schwieg und nickte. Ihr waren diese Veränderungen ebenfalls nicht entgangen. Sie sah die Leere in Hemingways Augen, sobald er sich unbeobachtet fühlte. Wenn er mit seinem kleinen Sohn in die Buchhandlung kam und alle Mr. Bumby in Beschlag nahmen, ihn verhätschelten und davon schwärmten, was für ein Glück er mit einem solch tollen Vater habe. Dabei rückte genau dieser immer mehr in den Hintergrund. Lizzie sah, wie der fehlende Erfolg ihn nervös machte und zu Dummheiten verleitete. Bisher verdiente er mit den Kurzgeschichten einen bescheidenen Lebensunterhalt, mit dem er ohne Hadleys Unterstützung die Familie nicht versorgen könnte. Was er brauchte, war ein richtiger Roman, doch er sagte von sich selbst, dass er zurzeit gar nicht in der Lage sei, Derartiges zu leisten.

»Das Schreiben war einfacher, als ich Gertrude Stein noch nicht kannte«, pflegte er oft mit einem schweren Seufzer zu sagen. »Sie mag ja bei vielem recht haben, aber wer recht hat und darauf pocht, kann ziemlich anstrengend sein.«

»Und du weißt, dass er etwas jünger ist als ich«, fuhr Hadley fort. »Manchmal sehe ich es in seinem Blick, diese Sehnsucht nach mehr.«

»Du meinst sexuell?«

»Nicht unbedingt. Mehr so ein Durst nach dem Leben. Er ist fünfundzwanzig, und irgendwie scheint für ihn schon alles vorbei zu sein.«

Lizzie fühlte sich ein wenig vor den Kopf gestoßen. Sie mochte Hadley, keine Frage, aber Hemingway war für sie wie ein kleiner Bruder. Noch nie hatte Hadley sich ihr so anvertraut, und Lizzie war zu perplex, um darauf angemessen zu reagieren.

»Das geht sicherlich vorbei, wenn er endlich ein Buch schreibt, das verlegt wird, meinst du nicht?«

»Das ist auch so eine Sache. Alles dreht sich nur noch um das Schreiben. Ich will ja eine gute Ehefrau sein und hinter ihm stehen. Aber manchmal frage ich mich, ob ein gewöhnlicheres Leben nicht besser für uns wäre. Wenn er einfach nur als Journalist arbeiten und ein geregeltes Einkommen nach Hause bringen würde.«

»Natürlich, das wäre immer wünschenswert. Aber das, was ihr habt, ist etwas sehr Wertvolles. Ihr seid losgelöst von all dem, was sich gehört und was nicht. Das verleiht eurer Ehe Stärke.«

Für einen flüchtigen Augenblick glaubte Lizzie, eine Träne in Hadleys Augenwinkel zu sehen. Als würde sie sich erinnern, wie es früher gewesen war, als ihr diese Unbeständigkeiten nichts hatten anhaben können.

»Du hast recht, Lizzie. Ich liebe Tatie so, wie er ist. In ein paar Tagen fahren wir ohnehin nach Schruns. Ich hoffe, dort findet er wieder ein wenig zu sich. Aber ... aber könntest du mir einen Gefallen tun? Wenn wir aus den Ferien zurück sind ... Pass auf ihn auf. Nicht, dass du ihm hinterherspionieren sollst. Aber sei ihm eine Freundin. Hilf ihm, dass er sich nicht zu sehr verliert.«

Ein Gefallen, den Lizzie unmittelbar nach der Rückkehr der Familie bereute. Es war ein eisigkalter, verschneiter Abend im neuen Jahr, und Hemingway wollte sie unbedingt mit zu einem Boxkampf nehmen. Schon als er ihr sagte, sie solle besser keinen zu teuren Schmuck tragen oder am besten ganz darauf verzichten, bekam sie ein ungutes Gefühl. Als er zur Sicherheit ein altes Jagdmesser einsteckte, erbleichte sie.

»Und Hadley weiß, wohin wir fahren?«

Er wandte sich zu Lizzie um, die vor dem Eingang der Station Notre-Dame-des-Champs stehen geblieben war. »Sie begleitet mich regelmäßig. Aber heute muss sie auf Mr. Bumby aufpassen«, antwortete er achselzuckend.

Lizzie wäre es lieber gewesen, sie hätte mit Hadley tauschen und die Kinderfrau sein können. »Ist es dort gefährlich?«

»Ach, was heißt schon gefährlich. Bleib einfach bei mir und verhalte dich ruhig.«

Sie fuhren mit der Métro in den nordöstlichen Teil der Stadt, der Lizzie wenig behagte. Die Straßen befanden sich in einem ähnlich schäbigen Zustand wie die Bewohner; schmutzig, heruntergekommen und vor ihrer Zeit gealtert. Die Marktverkäufer waren gerade dabei, ihre Buden abzuräumen. Überall blieb Abfall zurück. Niedergetrampelte Blumen, faules Obst, ein verlorener Schuh – Lizzie fragte sich bei solchen Begegnungen immer, wie man überhaupt unbemerkt einen Schuh verlieren konnte. Es stank nach Fisch und Schlachterabfällen. Ein paar aufdringliche Verkäufer versuchten, ihnen ihre letzte Ware anzudrehen, während sie den Bettlern keine Beachtung schenkten, die schon den ganzen Tag auf die Reste hofften.

Nach dem Markt wurde es nicht besser. Lizzie erkannte sogleich wieder, was Émile Zola in *Der Totschläger* so detailliert geschildert hatte. Aus dem Urin an den Hauswänden waberte der Geruch von billigem Gin und anderem Fusel, dem Lebenselixier der Gestalten, die hier ein gestrandetes Dasein fristeten. Es lag keine zwei Jahrzehnte zurück, da trieb eine Serienmörderin, die »Menschenfresserin aus der Goutte d'Or«, hier ihr Unwesen.

Seit der Industrialisierung schossen Fabriken und Bahngleise wie Pilze aus dem Boden. Während die Arbeiter zwölf, vierzehn Stunden täglich zu einem Hungerlohn schufteten, streunten die Kinder unbeaufsichtigt herum oder wurden von Banden rekrutiert, welche die Straßen kontrollierten und die Polizei schmierten.

Sie betraten die alte Gießerei, in der der Boxkampf stattfinden sollte. Sogleich wallte ihnen Lärm und Gelächter entgegen. Der Geruch von Schweiß und Metall brannte sich in Lizzies Nase und betäubte sie beinahe. Hinzu kam die Hitze, doch außer ihr schien sich niemand daran zu stören. Acht von zehn Personen waren Männer, die anderen entweder die Freundinnen der Boxer oder Prostituierte. Münder mit schiefen, gelben Zähnen grinsten sie an, die in löchrigen Fäustlingen bekleideten Hände umklammerten Alkoholflaschen trüben Inhalts. Angeekelt stellte Lizzie sich auf ein Bein und beklagte ihren schönen, mit Perlmutt versehenen Schuh, mit dem sie soeben in eine klebrige Pfütze voller ausgespuckten Kautabak getreten war. Damit war der Abend ruiniert, bevor er begonnen hatte.

»Boxen also, ja?«, fragte sie mit einem gequälten Lächeln.

»Es wird dir gefallen. Frag mich alles, was du willst«, murmelte Hem, während er sie auf eine freie Sitzbank drängte. Woher die Flasche Whisky stammte, aus der er direkt trank und die er ihr ebenfalls hinhielt, war ihr ein Rätsel.

Mit verzogenem Gesicht lehnte Lizzie einen Schluck ab und versuchte, das Beste aus dieser Exkursion herauszuholen. Warum auch immer er glaubte, ein Boxkampf wäre etwas für sie. Sie war noch nie an einem solchen Ort gewesen. War es nicht primitiv, sich zu schlagen? Aber wenn sie schon einmal hier war, konnte sie sich die Kämpfe ja ansehen. Schlimmstenfalls machte sie daraus einen Artikel.

Um einen freien Blick auf den Ring zu erhaschen, lehnte sie sich mal nach links, mal nach rechts. Gerade schleiften ein paar Männer einen Kämpfer weg, der K. o. gegangen war und auf dem Holzspan eine blutige Spur hinterließ. Lizzie kräuselte die Lippen und ließ sich von Hemingway über die Unterschiede der Gewichtsklassen instruieren. Zwei neue Boxer traten in den Ring. Kräftige Pfiffe, aber auch Buhrufe ertönten, denn einer von ihnen war ein schlanker Afroamerikaner mit lockigem Haar.

»Das ist Edward Connan, ein Junge aus Louisiana, lebt erst seit wenigen Monaten hier. Mittelklasse. Man sieht es ihm nicht an, aber es heißt, er sei sein Gewicht in Gold wert. Verdammt schnell, vorzügliche Beinarbeit. Zermürbt die Gegner, indem er jedem Schlag ausweicht, nur um im richtigen Moment zurückzuschlagen. Aber drüben hatte er einen schlechten Start. Die lassen in den USA keine Schwarzen gegen Weiße antreten.«

Erstaunt ließ Lizzie ihren Blick zwischen den beiden Kontrahenten schweifen. »Wie bitte? Aber mit welcher Begründung nicht?«

Hem lachte auf. »Seit wann folgt Rassismus irgendeiner Logik? Aber hier ist das anders. Da kann kämpfen, wer will, sofern die Gewichtsklasse stimmt. Siehst du, wie sie ihre Hände vor den Augen des Schiedsrichters in Bandagen wickeln? Das ist, damit man sieht, dass sie keine unerlaubten Gegenstände wie Nägel oder Scherben mitführen.«

Interessiert beobachtete Lizzie das Spektakel. Die Boxhandschuhe der Männer wirkten überdimensional. Bis dahin hatte der Afroamerikaner mit seinen erstaunlich sanften Gesichtszügen und dem dünnen Schnurrbärtchen sympathisch gewirkt, doch nun setzte er eine Gewittermiene auf, die Lizzie Angst einjagte.

»Das nennt sich ›Stare Down‹. Es geht darum, wer den Blick länger hält. Das sagt schon vieles über den Kampfverlauf aus.«

»Herrgott, die bringen sich ja um«, rief Lizzie aus, als wenig später Connan einen heftigen Kinnhaken austeilte. Sie wusste nicht, was sie mehr ekelte; das Blut, das dabei herumspritzte, oder die viele Spucke, welche die Geschlagenen durch die Luft schleuderten.

»Ach, das sind nur Gesichtsmassagen. So sahen Ezra und ich oft aus.« Kaum hatte er es ausgesprochen, sprang er auf und feuerte seinen Favoriten an: »Los, Connan! Lass dir nicht die Deckung nehmen! Er schlägt immer zweimal hintereinander zu!«

»Und das hilft dir beim Schreiben?«, fragte Lizzie, die sich vor Schreck an die Brust gefasst hatte.

Hem setzte sich wieder, musste ihre Frage aber überhört haben. Links und rechts von ihnen tobte die Meute, sodass sie regelmäßig erschrocken zusammenzuckte oder herumgeschoben wurde. Sie wollte nur noch nach

Hause, sich in ihr Bett verkriechen und ihre Nase in ein Buch stecken, welches Frieden und Behaglichkeit versprach. Ja, sie war eine emanzipierte Frau, die gerne Neues entdeckte, aber das war nun wirklich nichts für sie. Außerdem ging der ganze Ausflug auf Kosten ihrer Schreibzeit. Wenn sie nicht bald eine Kurzgeschichte verfasste, würde Adrienne einer Lesung ihrer eigenen Texte niemals zustimmen.

Doch Hemingway schien in seiner eigenen Welt zu sein. Weder ging er auf ihre Fragen ein, noch erklärte er weitere Boxbegriffe. Bis Connan gewonnen hatte, war sein Whisky ausgetrunken, und die geröteten Augen verlangten nach mehr. »Rutsch mal rüber, Liz. Muss schiffen.«

Und weg war er. Verschluckt von einer feiernden, schreienden, trinkenden und stinkenden Menschenmasse. Auf der Sitzbank wurde es ungemütlich. Weil einige Leute gehen wollten, musste Lizzie aufstehen, damit sie sich an ihr vorbeidrängen konnten. Ehe sie sich's versah, stolperte sie ebenfalls in die Menge. Zu allem Überfluss gab es Streit bei den Buchmachern. Wie es schien, waren einige Leute nicht damit einverstanden, wie der Schiedsrichter entschieden hatte. Es war so voll und laut, dass sie schier die Orientierung verlor. Tapfer kämpfte sie sich mit den Ellenbogen voran. Wer meinte, sie unsittlich anfassen zu müssen, bekam etwas auf die Finger.

Aber jetzt, da der Kampf vorbei war und es ein Weilchen dauerte, bis die Nächsten antraten, setzte sich Bewegung in die Menge, und man richtete seine Aufmerksamkeit wieder auf andere Dinge. Lizzie wurde bewusst, wie sehr sie, die feine Dame mitten unter dieser Horde, angestarrt wurde.

Es dauerte nicht lange, bis der erste Kerl einen unbeholfenen Vorstoß wagte. Mit einer völligen Selbstverständlichkeit legte er den Arm um sie und hauchte ihr seine Bierfahne ins Gesicht.

»Na Püppchen, hast du was Schönes für mich?«

»Das ist 'ne Edelnutte. Die kannst du dir ja doch nicht leisten«, johlte jemand.

»Doch, wenn wir zusammenlegen!«

Lizzie wand sich aus seinem Griff, ihr Herz begann zu rasen. Noch hatte sie die Oberhand, konnte mit ein paar galanten Bemerkungen den Schwerenöter von sich weisen, doch es war sehr unangenehm, die Situation drohte schnell zu kippen. Ohne Begleitung fühlte Lizzie sich entblößt und zur Schau gestellt, wie eine Frierende ohne Mantel. Und Hemingway kam und kam nicht zurück. Sorge und Zorn zugleich erfüllten sie. Erneut kam ihr der Kerl nahe. Im Hintergrund hörte sie, wie eine Frau jemanden rief.

»Jenny! Jenny! Hier bist du ja!« Da Lizzie sich nicht angesprochen fühlte, drehte sie sich verblüfft um, als sie eine zarte Hand auf ihrer Schulter spürte und in die großen braunen Augen einer schwarzen Frau in ihrem Alter blickte. Sie sprach mit dem leicht heiseren Akzent einer Südstaatlerin. »Wir haben uns doch hinter dem Boxring verabredet, nicht davor.« Sie zwinkerte ihr zu.

Jetzt fiel der Groschen. »Oje, ich Dummerchen. Ich hab mich schon gefragt, warum du nicht längst hier bist.

Aber zum Glück hast du mich gesehen. Bringst du mich zu den anderen?«

»Sicher. Komm mit.«

Schon hatte sie Lizzies Hand geschnappt und sie von den betrunkenen Männern weggezogen. Erleichtert atmete sie aus und ließ sich von der Unbekannten etwas abseits führen.

»Alles in Ordnung bei Ihnen?«

»Mir fehlt nichts, nur ein kleiner Schreck.« Obwohl Lizzie lächelte und den Zwischenfall herunterspielte, pochte ihr Herz.

»Ich habe gesehen, wie die Männer zudringlich wurden, und nicht lange überlegt, was zu tun ist.«

»Dafür bin ich Ihnen sehr dankbar.« Lizzie betrachtete die junge Frau eingehender. Wie der Boxer von vorhin hatte sie gekräuseltes Haar, welches bei ihr aber bis zum Kinn reichte. Um das runde Gesicht schmiegte sich ein blaugrauer Glockenhut. Am meisten zogen Lizzie ihre Augen in den Bann. So vieles lag in ihnen; Witz und Charme, aber auch eine Klugheit, die viel Lebenserfahrung erkennen ließ. Sie war klein und zierlich, doch von ihr ging eine Souveränität aus, dass man sich besser nicht mit ihr anlegen wollte.

»Ich fürchte, von nun an lautet Ihr Name Jenny, wenn Sie hier sind.« Die Unbekannte grinste sie an. »Und wie heißen Sie wirklich?«

»Lizzie. Aber ich versuche, mich an meinen neuen Namen zu erinnern, wenn ich wiederkomme. Obwohl ich das für sehr unwahrscheinlich halte. Und Sie sind?«

»Jolene Connan.«

»Connan? Wie der Boxer vorhin?«

»Ganz genau. Hier ist ja unser Gewinner!«, stieß sie mit einem kratzigen Lachen aus, als in diesem Augenblick Edward vor ihnen auftauchte und sie umarmte. Er hatte sich inzwischen umgezogen und trug ein an den Armen hochgekrempeltes Hemd mit Hosenträgern und Schiebermütze. Seine Lippe war leicht geschwollen von einem Schlag, doch es schien ihn nicht zu kümmern. »Du warst spitze, Brüderchen. Ach, bin ich stolz auf meinen Teddy!«

»Wie ein Teddy sehen Sie aber nicht aus. Eher wie ein Grizzlybär«, scherzte Lizzie und reichte ihm die Hand.

»Nennen Sie mich Ed«, gab er amüsiert zurück.

»Herzlichen Glückwunsch, Ed. Ein toller Kampf, soweit ich das beurteilen kann.«

»War das Ihr erster Boxkampf?«, fragte er. »Wie hat es Ihnen gefallen?«

Sofort legte Jolene einen Finger auf seine Lippen. »Bleib lieber still. Ich glaube, sie steht noch ein wenig unter Schock.«

»Das ist gar nicht wahr.« Verlegen winkte Lizzie ab.

»Ein kräftiger Drink wird den Schrecken schon wieder aus Ihren Knochen treiben. Wir treffen uns in einer halben Stunde mit ein paar Freunden in der ›Dingo Bar‹. Wollen Sie ein Taxi mit uns teilen?«

Zuerst hätte Lizzie beinahe abgelehnt, doch ihr fiel kein Grund ein. Die beiden gefielen ihr. Sie war sich sicher, dass sie mit ihnen einen unterhaltsamen Abend verbringen würde.

»Ich kenne die Bar, sie liegt gleich bei mir um die Ecke. Sehr gerne.«

Plötzlich tauchte ein Ausdruck von Stolz auf Eds Gesicht auf. »Meine Schwester tritt dort manchmal auf.«

»Ed! Schhh!« Jolene hob abwehrend die Hände.

»Was denn? Das muss dir doch nicht peinlich sein. Wie willst du Zuhörer gewinnen, wenn du dich nie traust, von deinen Auftritten zu erzählen?«

»Sie sind Sängerin? Wie Alberta Hunter?«

»Oh, ich bewundere sie.« Jolene faltete ihre Hände und verdrehte ekstatisch die Augen.

Allmählich kehrte Lizzies gute Laune zurück. »Dann muss ich Sie unbedingt einmal hören.«

Lachend schob Ed sie beide Richtung Tür.

Beim Hinausgehen entdeckten sie endlich Hemingway. Er saß an der Bar und schien Lizzie ganz vergessen zu haben. Mit einer ausgebrannten Kippe zwischen den Lippen und einem anerkennenden Gesichtsausdruck befühlte er den Bizeps eines neuen Kumpels, der sich mit ihm zusammen betrank.

»Na, was ist, wollen wir auch mal in den Ring und uns prügeln, Meister?«

34. KAPITEL

Paris, April 1925

Von da an traf sich Lizzie öfters mit den Zwillingen Jolene und Ed. Nie hatte sie zwei lustigere und lebensfrohere Menschen kennengelernt. Bald sahen sie einander nicht nur an den Samstagabenden, sondern auch unter der Woche.

Sie lachten viel und verbrachten eine gute Zeit miteinander. Manchmal tanzten sie ganze Nächte durch, nur um beschwipst im Morgengrauen durch die Gärten zu flanieren und zu philosophieren. Aber es ging nicht nur ums Feiern; sie besuchten Veranstaltungen, Museen oder kamen zu Lesungen, die entweder in La Maison des Amis des Livres oder in Shakespeare & Company stattfanden.

Besonders Jolene wurde Lizzie innerhalb kürzester Zeit eine gute Freundin. Sie schätzte ihren frechen, ehrlichen Charakter, sie war die Art von Gefährtin, die man sich schon als Mädchen wünschte. Dabei hatte ihr das Schicksal bisher alles andere als gut zugespielt. Vielleicht kam daher der Lebensmut, denn jetzt durfte sie all das nachholen, was ihr früher verwehrt geblieben war. Wie Lizzie war sie bereits einmal verheiratet gewesen, doch ihr Mann hatte sie geschlagen, und sie war von ihm weggelaufen. Eine zweite Ehe war so kurz nach der Hochzeit gescheitert, dass man sie noch annullieren konnte. Mit einem dritten Mann war sie noch immer verheiratet, aber sie lebten getrennt und hatten sich seit über einem Jahr nicht mehr gesehen. Lizzie fragte sie einmal, woher diese Heiratswilligkeit kam.

»Weil jede Ehe das kleinere Übel war. Ein Versuch, an mehr Rechte zu gelangen. Ich möchte über mein Leben bestimmen, tun, was ich tun will. Mich selbst erschaffen. Diesen Kampf habe ich bis heute nicht aufgegeben.« Und wie Lizzie war sie dafür sogar in ein anderes Land immigriert, wo dies besser möglich war.

»Der wichtigste Mann in meinem Leben ist und bleibt mein Bruder. Ed und ich waren zwei Strolche, haben alles zusammen gemacht und uns gegenseitig beschützt. Unsere Mutter war auf sich allein gestellt und schuftete hart. Als Teddy und ich sieben waren, gab sie uns weg. Ich arbeitete bei einer feinen Lady, führte die Hunde und Kinder spazieren. Einmal hatte ich zu heißes Spülwasser eingelassen, und die Teller sind zersprungen. Die Lady war sehr wütend und hat daraufhin meine Hände in das Wasser getaucht. Ich hatte mich schrecklich verbrüht. Teddy verbrachte seine Kindheit mehr oder weniger auf der Straße. Als Laufbursche, als Zeitungsjunge, als Schuhputzer ... Es war nicht leicht für uns. Verachtung und Ablehnung begleiteten uns ständig. Wir brauchten beide etwas, um unsere Trauer und Wut rauszulassen. Ed entdeckte für sich das Boxen, ich das Singen. In der Musik fand ich

Zuflucht, das war die einzige Möglichkeit, meine Stimme zu erheben.«

Als Lizzie in der Dingo Bar Jolenes tiefe und rauchige Stimme gehört hatte, war in ihr das erste Mal der Verdacht aufgekommen, dass sie mehr für die junge Sängerin empfinden könnte. Ein Gefühl, das sie länger nicht mehr in ihrem Herzen gespürt hatte.

Gewiss, ab und an hatte es eine Affäre oder eine kurze Beziehung gegeben, sowohl mit Männern als auch mit Frauen. Ein ernsthaftes Verhältnis war Lizzie meist zu kompliziert. Es gab zu vieles im Vorfeld klarzustellen, was wiederum sämtliche Romantik verdarb.

Aber jetzt, da sie Jolene kannte, hatte sich etwas verändert. Lizzie hatte einfach nur dagestanden, atemlos ihrer Darbietung auf der Bühne gelauscht – und es war um sie geschehen. Verträumt hatte sie bewundert, wie Jolenes Körper eins mit der Musik wurde, wie ihre Arme durch die Rauchschwaden der Zigaretten schwebten und die Pailletten ihres Kleides im gedimmten Licht wie sterbende Sterne flackerten. Etwas in ihrer Stimme berührte Lizzie tief im Herzen, und sie musste hemmungslos weinen, ohne den Grund dafür zu kennen.

War es Schmerz, war es Sehnsucht? Oder gar eine unerfüllte Liebe? Die Gefühle verwirrten sie, und sie schob sie rasch wieder beiseite. Sie wollte nichts riskieren, zumal Jolene ständig von den »süßen Jungs« sprach, mit denen sie sich hier und dort traf. Also genoss Lizzie einfach nur die innige Verbundenheit. Freundschaften konnten genauso intensive Gefühle auslösen. Jolenes Bekanntschaft empfand sie als eine wertvolle Bereicherung, nach der sie sich, ohne es zu wissen, schon lange gesehnt hatte.

Die Frage war nur, ob ihr das auf Dauer reichen würde.

Nach einem ruhigen Arbeitstag in Adriennes Buchhandlung schlossen die beiden den Laden und zogen die Vorhänge zu. Eine Notwenigkeit, wenn man nach Feierabend seine Ruhe haben wollte, denn es gab immer wieder Kundschaft, die glaubte, dass die Öffnungszeiten für alle anderen, nur nicht für sie selbst galten. Danach gönnten Adrienne und Lizzie sich eine kurze Kaffee- und Zigarettenpause, ehe sie an der Ladentheke Platz nahmen.

»Wie ist es dir ergangen?« Adrienne deutete auf die Papiere, die vor ihnen lagen. Es war Lizzies Kurzgeschichte für die Lesung.

»Ich ...« Sie strich ihre feuchten Hände am Rock ab. »Ich fürchte mich ein wenig vor deinem Lektorinnenblick.«

»Ach, der war sehr wohlwollend. Siehst du, ich habe sogar einen grünen Stift genommen anstelle eines roten.« Sie zwinkerte ihr zu und hielt ein Blatt in die Höhe.

Lizzie neigte den Kopf, um sich einen Überblick über die zahlreichen Anmerkungen zu verschaffen. Wie konnte es sein, dass ihr Text, nachdem sie doch geglaubt hatte, das Beste aus ihm herausgeholt zu haben, noch so viele Schwachstellen beinhaltete?

Die Geschichte handelte von einer Bäuerin, die auf ihren Mann wartete, der vom Krieg heimkehrte. Doch als er auf dem Hof eintraf, war sie davon überzeugt, dass der Mann ein Fremder war. Sie erkannte ihn nicht wieder. Ihm erging es ähnlich. Erst mit der Zeit lernte das Paar, zu sich zu finden und ihre alten und neuen Leben zu akzeptieren und zu vereinen. Eine Geschichte über das Loslassen und Sich-Wiederfinden. Adrienne gefiel die Idee.

Sie gingen Adriennes Anmerkungen durch, die alle einleuchtend und nachvollziehbar waren. Manche Wörter wurden mit noch passenderen ersetzt, Schachtelsätze aufgebrochen, Wortwiederholungen gestrichen.

»Wichtig ist, dass du mit den Änderungen einverstanden bist. Es geht nicht darum, dich zu kritisieren, sondern das Beste aus der Geschichte herauszuholen. Aber du bist die Autorin und sollst dich jederzeit darin wiedererkennen.«

»Das tue ich. Wirklich. Du hast mir dabei sehr geholfen, ich danke dir.«

»Das Schreiben gleicht einem Rohdiamanten, Lizzie. Das Kostbare war bereits hier drin versteckt.« Sie trommelte mit dem Finger auf das Papier. »Es brauchte nur einen Feinschliff, damit man es sieht.«

Lizzie nickte zufrieden. »Nun zu deiner Geschichte.«

Die Frauen lächelten einander verschwörerisch an. Nachdem sie Adriennes Text, einen Essay über Kameradschaft und Hilfsbereitschaft, durchgegangen waren, trafen sie die letzten Vorbereitungen für die Lesung.

Am frühen Samstagabend war Lizzie mit ihren neuen Freunden Jolene und Ed im Café Deux Magots verabredet. Obwohl sie pünktlich war, gab es von den Zwillingen zunächst keine Spur, und sie entschied sich, draußen unter der grünen Markise zu warten. Die frisch geschnittenen Haare kitzelten ihren Hals und Nacken, und sie spürte eine wohlige Aufregung. Als sie Jolene in raschen Schritten die Straße heruntereilen sah, malte sich ein breites Lächeln in ihr Gesicht.

Zur Begrüßung drückte Jolene sie, sodass Lizzie einen Moment den betörenden Duft ihres Haaröls wahrnahm, welches sie so mochte.

»Hallo Liebes, Teddy verspätet sich ein wenig. Sollen wir drinnen auf ihn warten?«

»Ja, es ist schon recht voll.«

Es wurde gerade ein Tisch in der Mitte des Cafés direkt unter der Säule mit den beiden holzgeschnitzten chinesischen Händlern frei, welche die Namensgeber des Deux Magots waren.

»Oh, Picasso und sein Gefolge sind da. Das erklärt den ganzen Rummel«, bemerkte Lizzie. Nach ein paar neugierigen Blicken auf die Berühmtheiten und aufgeregtem Geflüster verflog das Interesse, und die beiden Frauen widmeten sich anderen Dingen.

»Du trägst einen schönen Armreif«, stellte Jolene fest.

»Danke.« Lizzie witterte die Gelegenheit, ihr ganz nebensächlich einen Hinweis zu geben. »War ein Geschenk meiner letzten Freundin.«

Dabei stimmte das gar nicht, sie hatte den Armreif

selbst in den Galeries Lafayette gekauft. Warum hatte sie gelogen? Das sah ihr doch gar nicht ähnlich.

Perplex blickte Jolene sie an. »Freundin?«, fragte sie, wobei sie die letzte Silbe betonte.

Lizzie zuckte mit den Achseln. »Ja. Ist das ein Problem?«

»Nein ... natürlich nicht.«

»Da seid ihr ja!«

Der Blickwechsel der Frauen wurde jäh unterbrochen, als Ed zu ihnen stieß. »Entschuldigt die Verspätung. Habt ihr gesehen, dass Picasso da ist?«

Lizzie lächelte, doch sie musste sich dazu zwingen. Sie brauchte Zeit, um nachzudenken, um sich ihrer Gefühle zu vergewissern. Jolene wirkte verlegen und mied ihren Blick, drehte sich leicht von ihr weg. Verachtete sie Lizzie für das, was sie war? Der Gedanke zog ihr das Herz zusammen.

Noch etwas bemerkte Lizzie: Im Lokal gab es Getuschel über sie und ihre Begleitung. »Wir werden beobachtet«, stellte sie mit trockener Stimme fest.

Eine Gruppe junger Männer pöbelte in ihre Richtung. »Die gehören nicht vor, sondern hinter den Tresen!«

Schockiert blickte Lizzie zu den Geschwistern, die ruhig wirkten, ihre Gelassenheit jedoch nur vortäuschten. Ed winkte ab. »Achtet nicht auf die, das ist es nicht wert.«

Das Gerede und die blöden Sprüche konnten sie noch ignorieren, nicht aber die Tatsache, dass kurz darauf einer der Männer aufstand und in ihre Richtung torkelte.

Sein Gesicht war gerötet vom Alkohol, die Augen blutunterlaufen.

»Sagt mal, seid ihr taub? Ihr Wilden gehört nicht hierher.« Er drehte sich zu seinen Freunden um, um sich johlende Bestätigung einzuholen, dann beugte er sich zu ihnen über den Tisch.

»Über dich reden wir erst gar nicht«, maulte er Jolene an, die das Wort erheben wollte. »Und was dich betrifft, meine Schuhe müssten mal geputzt werden.« Während er sprach, streifte er Eds Schulter und stellte den Fuß auf Eds Stuhl ab. Wenn der Kerl wüsste, wen er da gerade provozierte, würde er tunlichst das Weite suchen, dachte Lizzie.

»Bleib friedlich, Kumpel«, raunte Ed nur, und auch Lizzie stimmte ein: »Komm schon, das ist doch nicht nötig. Geh zurück zu deinen Freunden und lass uns in Ruhe.«

Er lachte sie aus, und blies ihr dabei direkt seine Alkoholfahne ins Gesicht. »Du hast mir nichts zu sagen. Wer sich mit solchen abgibt, hat keine Ehre.«

»Wag es nicht, sie zu beleidigen!« Jolene stand abrupt auf. »Was ist eigentlich dein Problem? Suchst du Streit?«

Ein Kellner eilte herbei. »Junger Mann. Bitte reißen Sie sich zusammen.« Unter seinem gebügelten und gestärkten Hemd spannten sich die Muskeln an.

»Ich trinke aber nicht mit einer schwarzen Schlampe im gleichen Lokal!«

Plötzlich holte er aus und schlug nach Jolene. Ab da ging alles sehr schnell. Während sie dem Schlag auswich, sprangen Ed, Lizzie und weitere Gäste auf, um den Unruhestifter ruhigzustellen. Selbst Picasso und einer seiner Freunde eilten herbei. Als der Betrunkene erneut zuschlagen wollte, fing Ed die Faust ab und verpasste ihm mit einem gezielten Schlag auf die Nase einen Denkzettel, an den er sich noch lange erinnern würde.

Während der Angreifer sich keifend an die blutige Nase fasste, beförderten die Kellner ihn und seine Kumpanen an die frische Luft.

»Was für ein Schlag«, jubelte Picasso, der Ed daraufhin anerkennend die Hand schüttelte, während sein Freund Jolene ins Visier nahm.

»Ist Ihnen etwas zugestoßen, Madame?«

»Nein, mir fehlt nichts.«

»Ich entschuldige mich für meine Gattung. Derartiges ist unverzeihlich. Erst recht, weil Sie doch so bezaubernd sind.« Er küsste ihre Hand.

Nur mit Mühe konnte Lizzie den Impuls unterdrücken, die Augen zu verdrehen. Sie kannte Picassos Freund. Sein Name war Javier Josserand, und er war ein berüchtigter Playboy, der stets Smoking trug und mit seinem Charme die Frauen im Sturm eroberte. Der hatte ihr gerade noch gefehlt.

»Damit wir diesen Zwischenfall so rasch wie möglich vergessen, wollen Sie drei uns vielleicht die Ehre erweisen und sich unserer Gesellschaft anschließen?«

Während Lizzie ablehnen wollte, konnte Jolene kaum an sich halten. »Das wäre wundervoll.«

Der restliche Abend erwies sich als ziemlich anstrengend. Das Ruhmlicht der Helden warf einen langen Schatten über Lizzie und ihre Absichten, Jolene nahe zu sein. Javier bestimmte allein, wohin es ging und was sie taten, und alle schienen davon begeistert zu sein. Während ständig Leute hinzukamen und in unterschiedlichen Konstellationen wieder aufbrachen, folgte Lizzie Javier und den Zwillingen mit düsterer Miene.

In den frühen Morgenstunden landeten sie in einer verrauchten Bar, in der langsame Jazzmusik gespielt wurde. Jolene und Javier tanzten eng umschlungen, während Lizzie und Ed ihnen vom Tisch aus zusahen.

»Wieso bist du so schlecht gelaunt?«, fragte er geradeheraus.

»Ach, immer noch wegen dieses blöden Zwischenfalls«, wich Lizzie aus, was natürlich stimmte, aber nicht der einzige Grund war. »Ich meine, was sind das bloß für Leute, die schon am frühen Abend betrunken sind und nur Ärger machen?«

Sie schüttelte den Kopf. Sie verachtete Trinker. Ihr Kontrollverlust und dieses animalische Verhalten widerten sie an. Und ihre Ausdünstung erst!

»Es waren noch Kinder. Ihre Väter sind nicht aus dem Krieg heimgekehrt oder schwer gezeichnet. Ihnen fehlt die Orientierung. Ich beneide sie nicht um dieses Schicksal.«

»Hast du gedient?«

Er nickte. »Für ein Land, das uns nicht haben wollte. Was für eine Verschwendung von Zeit und Leben. Aber damals dachten wir, wir könnten die Welt verändern. Endlich Teil von ihr werden. Was waren wir für Idioten.«

»Dennoch finde ich dein Verständnis diesen Leuten gegenüber sehr bewundernswert. Du warst ruhig, hast dich erst zur Wehr gesetzt, als es handgreiflich wurde.«

»Es ist selten derjenige der Klügere, der zuerst zuschlägt.« Ed lächelte. »Weißt du, dich mag dies vielleicht schockiert haben, aber drüben kam das täglich vor.«

»Amerika, das Land der Freiheit«, spottete Lizzie voller Zynismus. Betroffen blickte sie auf die Tischfläche. Bevor sie die Zwillinge kennengelernt hatte, hatte sie sich kaum Gedanken um die Rassentrennung gemacht, obwohl sie zwei Jahre in New York gelebt hatte. Man musste ihr allerdings zugestehen, dass die Situation im Süden weitaus prekärer war als in Manhattan, wo sie gewohnt hatte.

Sie hatte den Blicken der Kellner und Barbesitzer nie Beachtung geschenkt, die afroamerikanische Gäste mit einem Ausdruck offener Geringschätzung in einem separaten Bereich geführt oder ganz abgewiesen hatten. Ihr waren die Kinder der Unterdrückten nie aufgefallen, die zu Fuß den weiten Weg zur Schule zurücklegen mussten, während die der Privilegierten mit dem Bus fuhren. Sie hatte in den Zeitungen über Lynchmorde gelesen, verstört den Kopf geschüttelt und die Sache wieder vergessen.

Als Frau, die sich untergraben fühlte, hatte sie ihre eigenen Kämpfe gekämpft und dabei außer Acht gelassen, dass es noch weit mehr Ungerechtigkeit gab. Wenn schon für Lizzie Paris der Ort der Freiheit und Selbstentfaltung war, wie musste es wohl den beiden Geschwistern gehen? Eine Stadt, die ihnen nicht länger vorschrieb, wo sie sich setzen durften und wo sie Zugang zu Trinkwasser hatten?

»Dann ist es hier immer noch besser?«

»Um Welten«, antwortete er knapp. Sein Lächeln stimmte sie wieder fröhlicher. Diese unbesonnene Art – trotz all dem – war einfach ansteckend.

Doch im nächsten Moment sah Lizzie, dass Jolene und Javier sich innig küssten. Zorn flammte in ihr auf, weil er sie halten durfte und sie nicht. »Muss das denn sein? Solltest du als Bruder nicht dazwischengehen und das unterbinden?«

Ihre Worte amüsierten Ed offenbar. »Meine Schwester ist eine starke Persönlichkeit und hat ihren eigenen Kopf. Du hast sie ja vorhin gesehen. Wir haben versucht, ruhig auf den Typen einzureden, während sie gleich mit dem Kopf durch die Wand wollte. So ist Jolene. Sie lässt sich von niemandem vorschreiben, was sie tun oder lassen soll.«

»Ja, sie ist wirklich bezaubernd.« Lizzie ließ den Kopf hängen und spielte mit ihren Fingern.

»Du magst sie sehr, nicht wahr?«

Erschrocken hielt sie den Atem an. Sie wollte sich nicht verraten, nicht jetzt schon, und ihr wurde ganz flau. Doch ihr Schweigen war ihm Antwort genug.

»Lizzie, ich will dir keine falschen Hoffnungen machen. Jolene ist ein Freigeist, wir haben keine Geheimnisse voreinander. Auch nicht in diesen Belangen.« Er deutete auf das sich küssende Paar. »Und ich habe noch nie mitbekommen, dass sie für Frauen dasselbe empfindet wie für Männer.«

»Du erzählst es ihr doch nicht?« Flehend sah sie Ed an. Ihr wurde ganz anders, das Herz raste. Sie bekam Kopfschmerzen und fühlte sich ertappt. Es ging ihr alles viel zu schnell, und nun wusste Ed bereits Bescheid.

Ed zwinkerte ihr zu. »Da gibt es nichts zu verraten.«

Eigentlich hätte sie erleichtert ausatmen müssen, doch etwas in seinen Worten ließ sie schwer schlucken. Er hatte recht, es gab nichts zu verraten, weil es zu nichts führen würde. Jolene würde ihre Gefühle nie erwidern. Lizzie würde sie höchstens als Freundin verlieren, wenn sie einen Vorstoß wagte.

Vielleicht war es besser, sich zurückzunehmen und zu sammeln. Manchmal musste sich die Liebe auf eine im Kopf reduzieren. Möglicherweise war alles einfach nur eine kurze Laune, und die Sache erübrigte sich in ein paar Wochen von selbst.

Sie tauchte aus ihren Gedanken auf, als Ed ihr versöhnlich die Hand hinhielt. »Na, was ist? Wollen wir tanzen?«

Ein wenig Ablenkung konnte sie nun wirklich gebrauchen, und so folgte sie ihm aufs Tanzparkett.

35. KAPITEL
Paris, Mai 1925

Es war eine gewöhnliche Lesung an einem Freitagabend, wie Adrienne, Sylvia und Lizzie sie schon hundertfach durchgeführt hatten. Keine Veranstaltung, die zum Bersten gefüllt war, wie wenn etwa ein André Gide oder Paul Valéry auftraten, doch das war den Frauen gerade recht, so war die Atmosphäre etwas gemütlicher. Die Stühle standen halbkreisförmig im La Maison des Amis des Livres, und die Tulpen an der Theke machten Lust auf Frühling. Auf antiken Etageren frohlockten bunte Macarons, die Adrienne selbst gebacken hatte. Zudem gab es ein kleines Buffet mit Knabbereien und Wein.

Es kamen die alteingesessenen Freunde der beiden Buchhandlungen der Rue de l'Odéon. Jene zwei Dutzend, die selbst schrieben und nie eine Lesung verpassten, egal, worum es ging. Natürlich waren all die weiblichen Expats dabei, wie etwa Janet Flanner und Djuna Barnes. Hemingway hatte einen Kater und plauderte mit Joyce über den Bewusstseinsstrom. André Gide mit Sylvia über Verkaufszahlen.

Adrienne, die sich normalerweise gesprächig und gelassen gab, sagte kaum ein Wort, lächelte verlegen und schien sich eher vor den Leuten zu verstecken. So kannte

Lizzie sie gar nicht. Wenn selbst Adrienne nervös war, sollte sie sich lieber anstrengen.

Bald war es neunzehn Uhr, und obwohl noch vereinzelte Stühle frei geblieben waren und einige Besucher sich vielleicht noch verspätet hereinschleichen würden, war dies der Moment, vor dem sich Lizzie jedes Mal ein wenig fürchtete. Sie begrüßte die Gäste und eröffnete die Lesung. Es war immer das gleiche, ab da vergaß sie alles, nicht einmal ihren Namen wusste sie noch. Sie sprach, ohne zu überlegen, suchte Blickkontakt mit den Leuten, bedankte sich für ihr Kommen. Laut Adrienne und Sylvia trat sie stets souverän auf, doch selbst merkte sie davon nichts.

Schließlich ging sie zum Inhalt der Lesung über und erzählte einige erfundene Worte über den unbekannten Schriftsteller, der sich hinter den Pseudonymen Burt-Sollier verbarg. Es handelte sich um die Mädchennamen der Mütter von Adrienne und Lizzie. Nicht unbedingt, um ihnen Respekt zu zollen, sondern weil es Namen waren, die durch die Ehe verlorengingen. Die Idee, sich so zu nennen, kam von Adriennes engem Freund Léon-Paul Fargue, dem Einzigen, der eingeweiht war und der Lesung ebenfalls gebannt lauschte.

Lizzie begann die Geschichte über den heimkehrenden Soldaten zu lesen. Sie hatte den Text so gut einstudiert, dass sie es sich erlauben konnte, immer wieder in das Publikum zu blicken und nach einer Regung Ausschau zu halten.

Herrje, sie hören mir tatsächlich zu, dachte sie und las

weiter. Die Geschichte dauerte eine Viertelstunde. Adrienne hatte ihr geraten, als Anfängerin nicht länger zu lesen, da sonst die Stimme zu versagen drohte und das Publikum schläfrig wurde. Nur ein geübter Erzähler hielt eine gewisse Zeitspanne durch. Dennoch vollbrachte Lizzie eine solide Leistung, und sie war froh, als sie nach ihrem Wasserglas greifen durfte und erwartungsvoll zu Adrienne blickte.

Dann kam diese an die Reihe. Sie war eine richtige Erzählkünstlerin, der man das geschulte Vortragen anmerkte. Die Gäste lauschten ihr aufmerksam. Ohne den Hauch einer Verlegenheit oder Unsicherheit legte Adrienne ihre Geschichte vor.

»Bravo!« Sylvia stand auf und applaudierte, nachdem die letzten Worte vorgelesen waren, andere taten es ihr gleich.

»Diesen Schriftsteller muss ich kennenlernen. Er schreibt so wahrhaftig, so klar«, lobte Hemingway.

Weitere Bücherfreunde bekundeten ihre Bewunderung. Nahezu einstimmig war man sich einig: Burt-Sollier sollte man sich merken. Sein Erzählstil fühlte sich so vertraut an, dass bald die unvermeidliche Frage aufkam: »Wer steckt hinter diesem Genie?«

»Dieses Geheimnis dürfen wir nicht lüften«, erwiderte Lizzie rätselhaft.

»Kommt schön, Mädels. Uns könnt ihr es doch sicherlich sagen.«

Adrienne schüttelte den Kopf. »Bedaure, aber ...« Sie verstummte und blickte hilfesuchend zu ihrem Freund

Fargue, der den Blick leider missverstand und wohl dachte, es läge an ihm, die Identität der beiden aufzulösen.

»Die zwei sind es«, rief er, woraufhin Adrienne die Augen schloss und Lizzie ihm einen strafenden Blick zuwandte.

»Nein, nimm uns nicht auf den Arm«, entgegneten die Gäste und winkten ab. »Adrienne und Lizzie sind wundervoll, keine Frage. Aber Burt-Solliers Text hat jemand geschrieben, der der Literatur mehr gewachsen ist.«

Lizzie drehte sich ruckartig um. »Wie bitte? Woher wollt ihr wissen, dass wir nicht in der Lage sind, so zu schreiben?«

Auch die weiblichen Gäste wirkten verärgert über diese Bemerkung, seufzten genervt und verdrehten die Augen. »Ihr habt das wundervoll gemacht«, bestärkten einige sie. Doch es blieb eine seltsame Stimmung, beklemmende Ruhe kehrte ein. Man biss sich auf die Lippen, keiner wagte es, das Wort zu ergreifen. Nur Sylvia sah ganz erstaunt zu ihren Freundinnen und lächelte. In ihren wässrigen Augen schimmerten Tränen des Stolzes.

Was Lizzie aber in Adriennes Blick sah, versetzte ihr einen Stich in die Brust. Sie sah aus wie ein wundes Tier. Verbitterung, Verachtung – und das Schlimmste, Enttäuschung.

»Welche Unverschämtheit! Habt ihr das gehört? ›Von jemandem geschrieben, der der Literatur mehr gewachsen ist‹«, äffte Sylvia später den Gast nach, als alle gegangen waren. Sie hatten die Lesung noch mit einem Glas Wein ausklingen lassen, aber die Stimmung war sehr verhalten gewesen.

»Lass es gut sein«, antwortete Adrienne mit schwacher Stimme. Sie schloss die Augen und massierte ihre Stirn.

»Hätte Fargue doch bloß den Mund gehalten«, knurrte Lizzie, obwohl sie wusste, dass nicht er der Grund für ihren Zorn war. Es war die Enttäuschung darüber, wie die anderen reagiert hatten. Als fürchteten sie, die beiden könnten ihnen etwas wegnehmen. Sie verfügten über ein klares Bild, wie Frauen zu sein hatten, und dass sie ihnen die Aufmerksamkeit stahlen, gehörte nicht dazu. Eigentlich war sie dankbar, dass er mit der Wahrheit rausgerückt war, auch wenn es wehtat, nun den eigenen Freundeskreis zu hinterfragen. Wieso sollten sie sich verstecken, während andere Schriftsteller mit weitaus weniger Talent sich im Ruhm sonnten?

»Eure Anteilnahme in Ehren, aber ich möchte jetzt allein sein.«

»Bist du sicher, meine Liebe?«, fragte Sylvia mit sorgenvoller Stimme.

»Ja, bitte. Geht.«

Nur widerwillig standen Lizzie und Sylvia auf und begaben sich zur Tür.

»Eins muss ich euch lassen«, hatte Sylvia beim Hinausgehen einzuwenden. »Ihr habt etwas Bedeutsames geleistet. Lasst euch das von niemandem schlechtreden. Von niemandem, hört ihr?«

Als Lizzie sich noch einmal umdrehte, sah sie, dass Adriennes Gesicht tränennass war.

36. KAPITEL
Paris, Mai 1925

Um sich vom Kummer abzulenken, entschied Lizzie, etwas trinken zu gehen. Sylvia wollte nicht mit, sondern lieber in der Wohnung auf Adrienne warten. Es kam ihr eigentlich ganz recht, einen Moment für sich allein zu sein. Auch wenn sie sich vor ihren Freundinnen nichts hatte anmerken lassen, so fühlte sie sich vom Verlauf der Lesung ebenfalls niedergeschlagen und gekränkt. Als es zu regnen begann, spannte Lizzie den Schirm auf. Im monotonen Takt klackerten ihre Absatzschuhe auf dem Asphalt, während sie grübelte.

Sie mochte heute nicht in die Rotonde, und so ging sie weiter und überquerte die Kreuzung. Zögerlich blieb sie in der Rue Delambre vor der Dingo Bar stehen. Sicherlich würde sie Jolene antreffen. An den Wochenenden trat sie immer auf.

Nach zwei Monaten mit unzähligen Treffen, waren zwei Wochen gefolgt, in denen sie kaum etwas voneinander gehört hatten. Das war teilweise der Vorbereitung der Lesung geschuldet, doch Lizzie wusste, dass dies nur die halbe Wahrheit war. Sie hatte Abstand gebraucht, ihr war alles zu intensiv und aussichtslos geworden. Das Hochgefühl zu Beginn war einer Verwirrung gewichen und letztendlich zu Schmerz geworden. Aber Jolene hatte sie immer verstanden, und Lizzie sehnte sich an diesem Abend nach Zugehörigkeit, also gab sie sich einen Ruck, schloss den Regenschirm und trat ein.

Schon schallte ihr Jolenes Stimme entgegen, die von Trompete, Klarinette und Schlagzeug begleitet wurde. Lizzie spürte das vertraute Kribbeln im Bauch, als sich ihre Blicke trafen. Sofort hob sich ihre Stimmung. Sie lauschte den Jazzklängen und fühlte, wie der Rhythmus durch ihren ganzen Körper ging und dieser sich zu bewegen begann. Allmählich verblasste Adriennes verweintes Gesicht vor ihrem inneren Auge.

Jolene zwinkerte ihr zu, während sie sang. Lizzie winkte zaghaft zurück und sah sich um. Hinten an einem Vierertisch entdeckte sie Hemingway mit einigen Freunden. Obwohl er nur eine knappe Stunde vor ihr die Buchhandlung verlassen hatte, schien es, als würde er schon seit Ewigkeiten dort sitzen. Er verhielt sich aufgedreht und ausgelassen, was sie auf törichte Weise verärgerte.

Er lachte über einen Witz, den sein Tischnachbar eben gemacht hatte, dann entdeckte er Lizzie und schrie: »Hey, Lizzie! Kennst du schon Scott?« Er schlug seinem Tischnachbarn auf die Schulter, dieser reichte ihr schmunzelnd die Hand, als sie zu ihnen an den Tisch trat.

»Lizzie Wellington.« Sie kam nicht umhin, die Attraktivität des Fremden zu bemerken. Mit seinem blonden Haar, dem fein geschnittenen Gesicht und dem tadellos sitzenden Anzug, der ihn gleich als Amerikaner verriet, hätte er glatt als Filmschauspieler durchgehen können.

»Scott Fitzgerald, sehr erfreut. Das ist meine Ehefrau Zelda.«

Lizzie nickte der blonden Schönheit zu, die jedoch eine Schnute zog und gelangweilt an ihrem Drink schlürfte, ehe sie sich wieder dem blonden Mann zuwandte.

»Der Scott Fitzgerald? Der *Die schönen und Verdammten* geschrieben hat? Und der bald ein anderes Werk veröffentlicht, nicht wahr?«

Hem wirkte aufgeregt, als hätte er nach Ezra endlich wieder einen Kompagnon gefunden.

»Tatsächlich? Welches denn?«

»Der Titel ist noch geheim, aber es geht um einen Mann namens Nick, der Wertpapiere verkauft und auf Long Island neben einem geheimnisvollen Millionär wohnt, auf dessen Grundstück täglich Partys stattfinden. Man meint, er sei dekadent und oberflächlich, aber eigentlich versucht er nur, seine verlorene Liebe wiederzufinden«, antwortete Scott.

Ehe sie sich's versah, fand sich Lizzie in einer literarischen Debatte wieder. Zelda war die Erste, welche die Flucht ergriff.

»Oh, das ist mein Lieblingslied«, rief sie aus, als Jolene und ihre Band ein neues Stück anspielten. Sie kippte ihren Drink herunter, kontrollierte den Sitz ihrer Haare, schnappte sich ihr Handtäschchen und wischte die Reste des verdächtigen weißen Pulvers vom Tisch, dann war sie auch schon auf der Tanzfläche.

Lizzie aber war von Scott hingerissen. Was er von der Verlagswelt auf der anderen Seite des Atlantiks zu berichten hatte, war hochinteressant. Wie sie erfuhr, war bereits sein erster Roman, *Diesseits vom Paradies,* ein großer Erfolg gewesen. Seit einem Jahr lebte das Paar an der südfranzösischen Riviera.

»Ich vermisse New York kein bisschen«, betonte er, wobei Lizzie zu hören glaubte, wie er leicht lallte. »Die ewigen Partys auf der einen Seite, die Prohibition auf der anderen ...«

Obwohl es keinen ersichtlichen Grund zum Feiern gab, bestellte er eine Flasche erstklassigen Chardonnay. Hem war nicht verlegen, die Gunst der Stunde zu nutzen und den bekannten Schriftsteller mit Fragen zu löchern. Er wollte alles über die Zusammenarbeit mit einem großen Verlag wissen und wie diese beim Lektorat vorgingen.

»Natürlich nehme ich die Änderungsvorschläge meines Lektors an. Er weiß besser als ich, was funktioniert. Vor allem, was sich verkauft.«

Hemingway sah ihn aufgebracht an. »Aber dadurch verliert der Roman seine Wahrhaftigkeit. Schreiben sollte Freiheit bedeuten. Alles andere ist Betrug an der Kunst. Ehe man sich's versieht, endet man in Gissings *New Grub Street,* wo heruntergekommene Schreiberlinge alles auf Papier bringen, wenn nur das Geld stimmt. Schreiben sollte aber nicht dem Kommerz dienen.«

»Ein Stück weit muss es das aber, weil Kommerz Geld bedeutet. Und das wiederum ist es, was deine losen Seiten nun mal zusammenhält, wenn du veröffentlicht werden willst.«

»Das ist Verrat an der Kunst! So machst du dich zu einer Hure.«

»Alle, die schreiben, sind Huren. Huren der Literatur«, antwortete Scott gleichgültig und leerte seinen Drink. »Wir kehren unser Intimstes nach außen, passen es auf Wunsch an und verdienen damit Geld. Aber es ist komplexer, als du denkst. Du magst die Mutter deiner Geschichte sein, die, die es über Monate hinweg unter ihrem Herzen getragen und zum Leben erweckt hat. Aber ohne die richtige Hilfe enden viele Geburten tödlich. Du wirst es verstehen, wenn du selbst einen Roman geschrieben hast.«

Damit hatte er einen wunden Punkt getroffen, und Hemingway zuckte zusammen. »Ich werde einen ganz wahrhaftigen Roman schreiben, und dann werde ich dir widersprechen«, gab er verletzt zurück.

»Sehr gut, und wenn es so weit ist, gebe ich dir die Anschrift von Maxwell Perkins. Salut!« Scott hob sein neu gefülltes Glas in die Höhe und prostete Lizzie zu.

»Entschuldigt mich.« Zu einem anderen Zeitpunkt hätte sie dem Gespräch sicherlich begeistert gelauscht und dem Schriftsteller mindestens so viele Fragen gestellt, wie Hemingway es tat, doch heute war ihr nicht danach. Es widerte sie regelrecht an, wie die Männer sich über das Schreiben und den Erfolg austauschten, während es Adrienne zu Hause elend ging und sie von Sylvia getröstet werden musste.

Da förderten sie und ihre Freundinnen seit Jahren alle Schriftsteller der Umgebung, und als Dank wollten diese nichts davon wissen, wenn die Frauen selbst zur Feder griffen? Bisher hatte es Lizzie nie gekümmert, wie viel Zeit und Arbeit sie investierte, wenn sie etwa ein Manuskript gegenlas oder ihre Beziehungen walten ließ, damit es das eine oder andere Buch zu einem Verlag schaffte. Ein schlichtes Dankeschön oder das Glänzen in den Augen der Autoren waren ihr Anerkennung genug. Aber diese Undankbarkeit, die sie heute Abend erfahren musste, machte sie niedergeschlagen. Wenn sie offensichtlich nur dazu gut war, zu helfen und zu dienen, dann war es das mit ihrer Leidenschaft für Literatur. Sie mochte zwar nur ein Lasttier sein, doch auch diese hatten ihren Stolz.

»Harter Tag heute?«

Obwohl ihre Laune nach wie vor zu wünschen übrig ließ, ging es ihr augenblicklich besser, als Jolene sich zu ihr setzte.

»Wenn du wüsstest.«

Als wäre das schon Antwort genug, hob Jolene zwei Finger und bestellte Whisky für beide. »Na los, raus mit der Sprache.«

Da war wieder diese Vertraulichkeit, ihre aufmerksame Teilnahme, die Lizzie so vermisst hatte – und der sie aus dem Weg gehen musste, wenn sie sich nicht noch mehr an ihren Gefühlen schneiden wollte. Ob es möglich war, Jolene eines Tages nur als Freundin zu sehen?

Lizzies Whisky war ausgetrunken, bevor Jolene erstaunt blinzeln konnte. Erst, nachdem sie den zweiten erhalten und gekippt hatte, begann sie zu reden.

»Es geht um eine Lesung, zu der ich eine Freundin gedrängt habe. Sie schreibt wirklich fesselnd und erfrischend, und ich fand, dass es Zeit wäre, dass andere in den Genuss ihrer Literatur kommen sollten. Es geschah mit den besten Absichten.«

»Aber die Geschichte kam nicht gut an?«

»Sie kam sogar sehr gut an, bis die Gäste erfuhren, wer die Verfasserin war.« In kurzen, schnaubenden Sätzen fasste Lizzie die Ereignisse des Abends zusammen. Dabei spürte sie, wie die Hitze ihr in den Kopf stieg und ihr der Alkohol einheizte. Schon bei der Lesung hatte sie ein Glas Wein gehabt, am Tisch vorhin zwei weitere, von denen sie in ihrer stummen Rage nichts gespürt hatte. Nun verschwand ihr Ärgernis langsam hinter einem schummrigen Schwindel. Es fühlte sich an wie Karussellfahren.

»Vorsicht, du Trinkspecht, jetzt machen wir eine kleine Pause«, sagte Jolene, als Lizzie ein drittes Mal mit dem Barmann Augenkontakt aufnahm und dieser bereits die Flasche für den Ausschank griffbereit hielt. Als er aber Jolenes mahnenden Blick bemerkte, ging er rasch fort und bediente andere Gäste.

»Du bist verletzt, das verstehe ich. So ging es mir schon oft.«

Mit hängenden Schultern seufzte Lizzie. »Das ist das eine, aber ich habe Adrienne involviert. Habe sie gedrängt, etwas zu tun, was sie nicht wollte. Hätten wir bloß nie gelesen.«

»Jetzt hör aber auf, ihr wart bei dem Ganzen doch

nicht das Problem, sondern die anderen, die euch in einem bedrohlichen Licht gesehen haben. Wenn ihr ebenfalls Schriftstellerinnen werdet, wer kümmert sich dann noch um ihre Schreibe und streichelt ihnen den Bauch?«

Es brauchte mehrere Sekunden, bis Lizzie darauf reagieren konnte. Sie sah Jolene mit aufgerissenen Augen an.

»Ganz genau! Die haben in uns eine Konkurrenz gesehen. Aber es wäre lächerlich, wenn wir uns davon verunsichern ließen. Wir haben ebenfalls das Recht, uns Gehör zu verschaffen. Und wir haben die Mittel dazu.«

Jolene beugte sich zu ihr herüber. Das hatte sie schon öfters getan. Sie umarmt, hier und da zufällig berührt, beim Lachen eine Hand auf ihren Arm gelegt, was bei Lizzie jedes Mal Herzklopfen ausgelöst hatte. Aber seit dem Abend, an dem sie gesehen hatte, wie Jolene und Javier sich heftig küssten, hatte sie den ganzen Berührungen keine tiefere Bedeutung mehr beigemessen. Immerhin wusste sie seither, dass Jolene nicht an ihr interessiert war.

Aber jetzt – vielleicht lag es am Alkohol – fühlte sich die Berührung nicht mehr rein freundschaftlich an. Lizzie umarmte sie ebenfalls, spürte ihre Wärme, diese Geborgenheit, atmete ihren Duft ein – und dann geschah das vielleicht schrecklichste Missverständnis in ihrem Leben: Sie erwiderte einen Kuss, der keiner war.

Jolene schreckte auf, drehte den Kopf zur Seite, und ehe Lizzie sich's versah, hatte sie ihren Hals geküsst.

Himmel, was hatte sie getan? Sie spürte auf einen Schlag ihre Trunkenheit. Vor lauter Scham sehnte sie sich ein Loch herbei, in welchem sie verschwinden konnte.

»Lizzie, wieso hast du das getan?«

»Es tut mir so leid ...« Es war, als könnte sie nicht mehr klar denken. Als hätte ihr der Schrecken die Worte von der Zunge geschabt.

»Hör zu, Lizzie, vielleicht muss ich etwas klarstellen.«

»Jolene! Hier steckst du ja.« Ed schob sich zwischen Lizzie und Jolene, er wirkte gehetzt. »Du solltest längst Backstage sein. Die Band wartet für den nächsten Auftritt auf dich.«

»Oje, die Zeit!«

Schneller hätte Jolene nicht davonlaufen können. Sie blickte nicht einmal zurück, war verschwunden, noch ehe Lizzie ihre Tränen wegblinzeln konnte. Ihr war zum Heulen zumute, und resigniert stürzte sie den Whisky hinunter, den Jolene hatte stehen lassen.

Ed blieb eine Weile bei ihr. Offensichtlich hatte er von dem peinlichen Zwischenfall nichts mitbekommen, denn er plauderte gut gelaunt über Belangloses. Lizzie konnte ihm kaum folgen, sie war betrunkener, als ihr lieb war, und verletzter, als sie zugeben wollte. Als wenig später Jolene die gewitzte Sängerin gab, die mit dem Publikum schäkerte und es bezirzte, wurde ihr alles zu viel. Sie schnappte sich ihre Tasche und kletterte umständlich vom Barhocker. Ihre Umgebung drehte sich.

»Ich mach die Biege.«

»Ja, aber sicherlich nicht allein«, stellte Ed klar, nachdem er nun doch von Lizzies Zustand Notiz genommen hatte und in ihre blutunterlaufenen Augen sah. »Ich begleite dich.«

»Du gehst schon?« Hemingway war ebenfalls aufgestanden und kam zu ihnen. Und im Gegensatz zu Ed hatte er von seinem Tisch aus sehr wohl gesehen, was zwischen ihr und Jolene vorgefallen war.

»Ja, es ist schon spät«, nuschelte sie, während sie blind ihre Arme nach hinten ausstreckte, um sich von Ed in den Mantel helfen zu lassen.

»Und wer ist das?«, fragte Hemingway in einem fast eifersüchtigen Ton und steckte die Hände in die Hosentaschen.

»Kennst du doch. Das ist der Boxer aus der Gießerei.«

»Ed Connan. Sehr erfreut.«

Hemingways reservierte Reaktion überraschte Lizzie. Immerhin war er im Ring doch ein großer Bewunderer von Ed gewesen, doch er sagte nur: »Tut mir leid, aber das wird nichts. Ich begleite dich.«

»Hem!«, rief Lizzie aus. »Was ist denn mit Fitzgerald?«

»Der hat Knatsch mit Zelda.« Er zuckte die Achseln und hob die Hand. »Lizzie, ich liebe dich wie eine Schwester, und der hier ist ein Fremder. Ich kann dich nicht mit einem Fremden gehen lassen.« Und an Ed gerichtet: »Nichts für ungut, Kumpel.«

»Deine Vor- und Nachsicht in Ehren, aber das hast nicht du zu entscheiden«, erwiderte Lizzie genervt.

Auch Ed verschränkte die Arme. »Du bist doch der, der sie schon drüben beim Boxkampf sitzen ließ. Tja, und ich kann nun mal nicht darauf vertrauen, dass du sie wieder irgendwo auf Sauftour vergisst.«

Lizzie schüttelte den Kopf. Für dieses Platzhirschgehabe fehlten ihr nun wirklich die Nerven. »Macht euch nicht lächerlich. Dann kommt eben beide mit, oder lasst mich allein gehen«, maulte sie. Ohne auf sie zu warten, stiefelte sie davon.

»Schön«, funkelte Ed seinen Kontrahenten an, ehe er Lizzie folgte.

»Bestens«, rief Hemingway selbstgefällig und eilte ihnen nach.

Sämtliche Gedanken an Jolene schob Lizzie weit beiseite, und so bestand der Heimweg daraus, dass sie den Jungs ihre betrunkenen Ansichten zur Lesung darlegen musste – zum dritten Mal.

»Wir sollen den Männern doch nur dienlich sein, so wie Eva Adam gehorcht hatte. Aber wir sind nicht Eva, wir sind Töchter der Lilith! Von Gott verbannt, weil wir eine Bedrohung waren. Weil wir nach mehr forderten«, rief sie. »Man will uns den Mund verbieten, aber das nehmen wir nicht hin, niemals!«

»Lizzie, jetzt ist aber Ruhe! Du weckst ganz Paris auf«, zischte Hemingway.

»Das ist auch so etwas«, bellte sie. »Wenn ihr nachts Scherereien macht, ist das völlig akzeptabel, aber wenn wir ...« Sie unterbrach sich, da sie an einem Antiquitätengeschäft vorbeikamen und sie aus den Augenwinkeln einen Gegenstand entdeckt hatte. Etwas umständlich taumelte sie zurück und drückte ihre Nase am Schaufenster platt.

»Herrgott, Lizzie, das kann bis morgen warten«, tadelte Hemingway ungnädig.

»Was ist denn?«, fragte Ed und folgte ihrem Blick. Er legte seine Hände um die Augen, um besser zu sehen.

Aber Lizzie ging nicht darauf ein, in ihrem betrunkenen Kopf arbeitete es. »Hat jemand Papier und Stift?«

Beide Männer sahen sie achselzuckend an.

»Hat hier jemand, ein Schriftsteller vielleicht, Papier und Stift?«, wiederholte sie ungeduldig.

Kopfschüttelnd riss Hemingway eine leere Seite aus seinem Notizheft und reichte ihr dazu einen Bleistift.

Lizzie schrieb etwas aufs Papier und warf es durch den Briefschlitz der Haustür. Mit einem seligen Lächeln drehte sie sich zu Ed und Hemingway um, streckte die Arme aus und ließ sich von ihnen wieder stützen.

»An diesen Geleitschutz könnte ich mich gewöhnen«, kreischte sie vergnügt, während sie zu dritt in die Dunkelheit taumelten.

37. KAPITEL
Paris, Mai 1925

Kopfschmerzen. Furchtbare Kopfschmerzen. Als würde ein Bildhauer eine Statue in ihren Schädel meißeln. Und Durst, unsäglicher Durst, als wäre sie innerlich vertrocknet. Stöhnend setzte Lizzie sich auf, was sie sofort bereute. In ihrem Magen brodelte eine explosive Mischung, die immer wieder aufstieß. Sie hatte seltsam geträumt, konnte sich aber nicht an Einzelheiten erinnern.

Ein Blick in den Spiegel ihres Schminktisches offenbarte ihr übernächtigtes und von Schminke verschmiertes Antlitz. Ganze Nester befanden sich in ihren Haaren. In ihren Strümpfen entdeckte sie eine Laufmasche, die sie fürchterlich ärgerte. Sie hatte in ihrem Kleid geschlafen, welches nun nach Rauch und fettigem Essen stank. Ein sofortiger Fall für die Reinigung – sobald sie wieder vollends Herrin ihrer Sinne war, denn schon nach wenigen Schritten merkte sie, dass sich noch genügend Restalkohol im Körper befand, um sie ins Schwanken zu bringen.

Sie krallte sich am Türrahmen ihres Zimmers fest und nahm das Badezimmer am anderen Ende des Flures ins Visier. Es schien ihr, als befände sie sich auf einem alten Schiff, das kurz davor war unterzugehen. Unten hörte sie

Männerlachen. Auch das noch. Aber vorerst wollte sie nichts damit zu schaffen haben. Jetzt hangelte sie sich erst mal an der Wand entlang ins Badezimmer. Als sie dieses erreicht hatte, ließ sie Wasser in die Badewanne ein, drehte den Gasbrenner auf und blieb die nächste Dreiviertelstunde dort.

In einem etwas frischeren, aber immer noch elenden Zustand schlich sie gegen elf die Treppe hinunter. Himmel, einen solchen Kater hatte sie nicht mehr gehabt, seit Hemingway vor zwei Jahren auf der Pferderennbahn einen größeren Betrag gewonnen hatte, der am Folgetag bereits zur Hälfte wieder ausgegeben war. Sie müsste es inzwischen besser wissen, schließlich wurde sie bald einunddreißig.

»Guten Morgen, Lizzie«, hörte sie zwei Männerstimmen.

Als hätten ihre Füße Wurzeln geschlagen, blieb sie stehen. Vor ihr saßen Hemingway und Ed am Frühstückstisch und scherzten gelassen, als wären sie beste Freunde, während Madame Milhaud ihnen Kaffee einschenkte.

»Da ist sie ja, die Unruhestifterin. Was man für Sachen über Sie hört«, tadelte die Vermieterin sie in einem Tonfall, der mehr Amüsement als Strenge verriet.

»Morgen«, entgegnete Lizzie zerknirscht. Sie setzte sich hin und murmelte ein Dankeschön, als Madame Milhaud ihr eine volle Kaffeetasse hinhielt. Schon der Duft des Getränks hatte etwas Vitalisierendes, das sie aus den Fängen des schlimmen Katers befreite.

»Hab ihr hier übernachtet?«, fragte sie die Männer verdutzt.

»Zugegeben, als ich mitten in der Nacht ein Poltern hörte, als würden die Hunnen das Haus stürmen, war ich zunächst verärgert«, erklärte die Vermieterin. »Ich bin ja nun wirklich nicht von gestern und weiß, wie die jungen Leute sind. Aber dass Sie gleich zwei Männer dabei hatten – nichts für ungut, meine Herren – da fragte ich mich schon einen Moment, was denn in Sie gefahren ist.«

»Die Verlotterung der Sitten«, jaulte Hemingway, offensichtlich noch immer überdreht. »Aber bei näherem Betrachten musste deine Vermieterin feststellen, dass nicht du uns angeschleppt hast, sondern umgekehrt. Das hat sie wiederum milde gestimmt, nicht wahr, Madame? Ein vorzügliches Omelett übrigens.«

Er schnappte sich die Hand der Vermieterin und deutete einen Handkuss an.

»Oh, Ernest, Sie sind ja ein ganz Schlimmer!« Lachend setzte sich Madame Milhaud hin und reichte Lizzie ein Croissant. Der herrliche Duft ließ sie herzhaft hineinbeißen, doch sofort drohte sich ihr Magen umzudrehen.

»Da haben Sie gehörig über die Stränge geschlagen, wenn Sie nicht einmal die besten Croissants von Paris vertragen«, staunte Madame. »Jedenfalls, nachdem die Herren so anständig waren, und Sie nach Hause gebracht haben, konnte ich sie unmöglich guten Gewissens wieder raus in die Nacht schicken.«

Das schrille Läuten der Türglocke ließ sie zusammenfahren.

»Ich gehe schon«, sagte Madame Milhaud und nahm die Serviette vom Schoß.

»Ich entschuldige mich auch kurz«, verkündete Ed, ehe er geräuschvoll den Stuhl zurückrückte und das Badezimmer aufsuchte.

Hemingway und Lizzie waren nun allein.

»Na, geht es dir besser, Kleines?«

»Ein wenig«, murmelte sie. Wieder musste sie an Jolene und den missglückten Kuss denken, und das Elend holte sie von Neuem ein.

»So kenne ich dich gar nicht, Lizzie. Was war gestern los?«

Gerade, als sie antworten wollte, kam ihre Vermieterin mit tiefer Stirnfalte und sichtlich irritiertem Ausdruck zurück ins Esszimmer. »Da ist ein Lieferant für Sie an der Tür. Er sagt, er sei ein Antiquitätenhändler aus der Rue de la Grande Chaumière.«

Kurze Zeit später standen sie mit langen Gesichtern vor dem Haus, während der Händler bereits den Motor seines Lieferwagens ankurbelte und mit einer stolzen Summe, die Lizzie ihm ausgezahlt hatte, von dannen zog. Sie hatte ihren Blitzgedanken auf dem nächtlichen Heimweg völlig vergessen. Was für eine törichte Idee! Das Gerät war nicht einmal gewartet. Aber sie hatte sich nicht getraut, einen Rückzieher zu machen.

»Das müssen Sie mir genauer erklären«, sagte Madame Milhaud.

Nahezu synchron zündeten sich Hemingway und Lizzie eine Zigarette an.

»Ist es das, was ich denke?«, fragte er, während er sich an seinen Bartstoppeln kratzte.

»Ich fürchte, ja.«

»Und das wäre?« Ed tippte mit dem Finger auf die Metallplatte. Überrascht bemerkte er die Druckerschwärze an seinen Fingerspitzen und zerrieb sie zwischen Daumen und Zeigefinger.

»Eine handbetriebene Druckerpresse.« Genauer genommen handelte es sich um eine rund einhundertjährige Stanhope-Presse, die alles andere als zeitgemäß war. In Darantières Druckerei hatten sie eine moderne Schnellpresse gehabt, bei der der Druckzylinder über das Papier rollte und danach eine weitere Leerlaufumdrehung machte. So musste der Zylinder nicht jedes Mal wieder angehalten werden. Was Lizzie aber hier angeschafft hatte, war kaum moderner als Gutenbergs Erfindung. Alles wurde noch von Hand bedient. Sie konnte selbst kaum glauben, was sie da gekauft hatte.

»Offensichtlich fand ich heute Nacht, dass es an der Zeit ist, einen Verlag zu gründen.«

38. KAPITEL
Paris, Mai 1925

Am Nachmittag kam unerwartet Jolene vorbei. In ihren Händen hielt sie den Regenschirm, den Lizzie gestern offensichtlich in der Bar vergessen hatte.

»Ist das eine Druckerpresse im Flur?«

»Lange Geschichte«, sagte Lizzie ausweichend. Sie fühlte, wie sich ihr Puls beschleunigte. Sie hatte eine unmittelbare Begegnung genauso befürchtet, wie sie sich danach gesehnt hatte.

Wie es sich gehörte, bat sie Jolene in den Salon und bot ihr Tee an, welchen sie jedoch ablehnte.

Verunsichert setzte Lizzie sich zu ihr, die Lippen aufeinandergepresst, die Hände auf dem Knie verschränkt. Sie schaffte es kaum, Jolene anzusehen.

»Du hast gestern den hier vergessen«, sagte ihre Freundin nach einer Pause, als wäre ihr der Schirm wieder eingefallen. Distanziert hielt sie ihn ihr hin.

»Danke«, murmelte Lizzie, während sie noch immer damit beschäftigt war, fest auf ihre Knie zu starren.

Seit gestern hatte sich ihre Gefühlslage verändert. Sie spürte längst nicht mehr dieses leichte Kribbeln der flüchtigen Verliebtheit. Ihr Herz schmerzte richtiggehend. Sie hatte ganz vergessen, dass dieser Schmerz des Liebeskummers nicht nur eine Floskel war. Sie begehrte Jolene – und diese wusste das.

Doch die Kälte in ihrer Stimme verletzte Lizzie. So klang niemand, der erfreuliche Nachrichten hatte. Und doch weigerte sich ihr Verstand, dies hinzunehmen. Jolene war vorbeigekommen, es musste einfach etwas bedeuten. Einen Moment keimte in Lizzie Hoffnung auf, und sie räusperte sich. »Hör zu, wegen gestern ...«

»Weißt du, wo mein Bruder steckt?«, unterbrach Jolene sie. Obwohl sie ihren Rücken resolut durchstreckte und ihre Stimme nahezu gebieterisch klang, las Lizzie in ihren Augen Angst.

Wieder mied Lizzie den Blick und strich nicht vorhandene Falten in ihrem Rock glatt. »Er und Hem sind vorhin los. Sie sind unterwegs zur Sägerei, um sich dort ein Fuhrwerk zu leihen. Damit wollen sie die Druckerpresse ins Atelier bringen.«

Verblüfft sah Jolene sie an. Dabei ließ sie ihre Maske fallen. »Jetzt musst du mich aber aufklären.«

Die Zusammenfassung der letzten Ereignisse taute die frostige Stimmung auf. Die Worte kamen Lizzie leichter über die Lippen, klangen nicht mehr so sperrig und hölzern. Wenn es doch immer so sein könnte.

»Ein Verlag!«, kreischte Jolene vergnügt. »Meine Liebe, du steckst voller Überraschungen.«

Auch Lizzie schoss die Hitze ins Gesicht. »Ich weiß auch nicht, was ich mir dabei gedacht habe. Mir ist davon ganz schwindelig. Ehrlich gesagt war ich kurz davor, den Kauf rückgängig zu machen.«

»Zum Glück hast du das nicht getan. Du darfst nicht aufgeben, ehe du begonnen hast. Hast du schon eine Idee, wie es weitergehen soll?« Jolene wirkte ehrlich interessiert.

»Im Moment bin ich schon froh, wenn sie funktioniert. Ach, es war überhaupt nicht durchdacht. Ich war viel zu betrunken.« Wieder musste sie an den missglückten Kuss denken. Würde Jolene darüber hinwegsehen? Das nicht zu wissen, machte sie wahnsinnig. Sie wünschte, sie könnte es rückgängig machen.

»Mag sein«, begann ihre Freundin zaghaft. Sie benetzte ihre Lippen. »Aber über Kinder und Betrunkene behauptet man dasselbe. Dass sie die Wahrheit sagen und das fordern, wonach ihnen verlangt. Es geschah in einem Moment der Hemmungslosigkeit, als du keine Furcht kanntest. Und darum müssen wir über das reden, was gestern passiert ist.«

Bebend schloss Lizzie ihre Augen und atmete tief durch. Sie sah ein, dass es zwecklos war, den Moment weiter hinauszuzögern. Ein unangenehmes Kribbeln breitete sich in ihrem Herz aus.

»Lizzie, es liegt mir wirklich fern, dich zu verletzen. Natürlich fühle ich mich geschmeichelt von deinem Interesse. Ich habe dich unglaublich gern. Du bist mir wichtig.« Jolene rutschte ein Stück näher und legte die Hand auf Lizzies Schulter.

Bei der Berührung erschauderte sie. »Als Freundin, meinst du«, begriff sie niedergeschlagen.

Jolene erwiderte ihren Blick. Ihre dunklen Augen schienen sie zu lesen, als wäre sie ein offenes Buch. Die Intensität ihres Blickes machte sie wahnsinnig. »Ja, als eine sehr gute Freundin. Wahrscheinlich die beste, die ich je hatte. Das mag auch eine Form von Liebe sein, aber es ist nicht die, die du suchst. Ich kann deine Gefühle nicht erwidern.«

Obwohl Lizzie damit gerechnet hatte, zerriss es ihr das Herz. Sie hätte gern so viel dazu gesagt, hätte Jolene am liebsten überzeugt, doch das gehörte sich nicht. Sie war nicht wie Amélie, die sie damals regelrecht verschlungen hatte, sondern sie war Lizzie, ein in sich gekehrtes Mädchen, das sich hinter Büchern versteckte, die sich dem Sachverhalt anpasste und nicht daran rüttelte.

Die Tränen rannen ihr über die Wangen. Ihr ganzer Brustkorb zitterte.

Mitfühlend kaute Jolene auf ihrer Lippe. »Ach, Liebes, nicht weinen. Das tut mir fürchterlich leid.« Kurz streckte sie die Hand nach ihr aus, hielt dann aber inne und zog sie zaghaft wieder zurück. Als würde sie Lizzie trösten wollen, aber begreifen, dass dies keine gute Idee war. »Können ... können wir Freundinnen bleiben? Einfach Gras über die Sache wachsen lassen?«, fragte sie. Ihre Stimme klang so dünn, als würde sie jeden Moment brechen. Sie schien die Antwort bereits zu ahnen.

Am liebsten hätte Lizzie Ja gesagt. Alles sollte ihr recht sein, wenn sie Jolene nur nahe sein konnte. Doch das wäre auf Dauer nicht gut für sie. Sie würde sich selbst verletzen – und das hatte auch sie nicht verdient.

»Ich fürchte nicht«, gestand sie. »Ich würde mir wahrscheinlich Hoffnung machen, wann immer wir beisammen wären, und wenn du dann jemanden kennenlerntest ...«

Plötzlich begannen Jolenes Lippen zu zittern. Bald schwammen ihre Augen in einem Teich aus Tränen. »Verstehe«, schluchzte sie. »Dann ist es wohl besser so.«

Später rollte sich Lizzie auf dem Sofa ein und weinte in ein handbesticktes Zierkissen. Ihr Kopf konnte nicht richtig arbeiten, alles in ihr stürmte. Sie wusste nur, dass es vorbei war. Alles, was es zu sagen gab, war gesagt worden. Es hatte keinen Grund gegeben, den Abschied in die Länge zu ziehen.

»Es tut mir aufrichtig leid, dass ich dir nicht geben kann, was du brauchst«, hatte Jolene beim Gehen geflüstert. »Aber ich wünsche dir alles Gute. Dass du glücklich wirst, dass wir trotzdem ein Teil im Leben der anderen bleiben. Ich wünsche dir viel Erfolg beim Verlag. Du kannst stolz auf dich und deinen Mut sein.«

Und dann war es doch zum Kuss gekommen. Ganz unerwartet hatte Jolene ihre sanften Lippen auf Lizzies gelegt. Einen Moment glaubte Lizzie, ein sehnsuchtsvolles Hauchen zu vernehmen, so, als hätte die Frau, die sie angeblich nicht haben konnte, mehr dabei empfunden, als ihr lieb war. Doch danach hatte Jolene sich abgewandt und war gegangen.

Also verbot sich Lizzie, über den Kuss zu grübeln, den sie mit allen Sinnen aufgenommen hatte. Sie musste tapfer sein, nach vorn schauen und von den schönen Gedanken Abstand nehmen, die sie sich in den letzten Wochen erträumt hatte.

Ein gebrochenes Herz – das kam vor. Wer es bereits einige Male erlebt hatte, wusste, dass sich alles wieder fügen würde. Sie war schließlich kein leichtgläubiger Backfisch mehr, der zu viele Schmonzetten gelesen hatte.

Sie kam auch ohne Geliebte zurecht, fand genügend andere Möglichkeiten, sich selbst zu verwirklichen. Solange sie sich mit Freunden treffen, lesen, in den Buchhandlungen arbeiten und im Atelier Romane besprechen konnte, war sie zufrieden. Sie hatte eine Druckerpresse. Darauf sollte sie sich jetzt konzentrieren.

39. KAPITEL
Paris, Mai 1925

Nachdem die Tränen versiegt waren und Lizzie sich gesammelt hatte, machte sie sich auf in die Rue de l'Odéon. Sie wollte sehen, wie es Adrienne ging und ob sie sich vom gestrigen Zwischenfall erholt hatte. Außerdem musste sie mit Sylvia und ihr über die Druckerpresse reden. Ihr ganzes Vorhaben kam ihr noch so wirr und dubios vor, dass sie jetzt jemanden mit klarem Kopf brauchte, der ihr mit Rat und Tat zur Seite stand.

Als sie die Straße erreichte und vor dem Laden stehen blieb, stieß jemand von oben einen Pfiff aus.

Erstaunt machte Lizzie einen Schritt zurück und legte den Kopf in den Nacken. Eine Etage über der Buchhandlung, am Fenster ihres Wohnzimmers, saß Adrienne und zog an einer Zigarette.

»Ich suche Sollier«, rief Lizzie grinsend zu ihr hoch.

Ihre Freundin schürzte die Lippen. »Ich weiß nicht, wen Sie meinen, aber samstags hat der Laden ohnehin geschlossen, junge Mademoiselle. Kommen Sie Montag vorbei.«

Erleichtert stellte Lizzie fest, dass sich Adrienne von der vorgestrigen Lesung erholt hatte. Sie war wieder ganz die Alte, witzig und schlagfertig. »Und wie du öffnen wirst, wenn du gleich erfährst, was ich dir zu sagen habe.«

Adrienne nahm einen Zug von ihrer Zigarette und blies den Rauch in den Himmel. Dabei tat sie so, als müsse sie abwägen, wie sehr Lizzies Neuigkeit sie interessierte. »Sollier sagtest du? Was willst du denn von dieser Person?«

»Ihr anbieten, sie zu verlegen.«

Natürlich durften sie Sylvia die Information nicht vorenthalten. Zu dritt saßen sie in Adriennes Wohnzimmer und sortierten ihre Gedanken.

»Einen Verlag gründen?« Sylvia blinzelte. »Du meinst, so richtig, alles selbst setzen und drucken?« Man sah ihr an, dass ihr vor der Vorstellung graute. »Nun, nach Mr. Joyce befasse ich mich lieber mit Büchern, die schon existieren, aber andererseits müssen die ja von irgendwoher kommen.«

Adrienne teilte ihre Meinung, sah aber auch Nachteile.

»Es scheint mir nur so plötzlich. Wir haben dich nie über einen Verlag sprechen hören, und jetzt hast du schon die Druckerpresse?« Sie bedachte Lizzie mit dem Spürsinn einer Geschäftsfrau, der man nichts vormachen konnte.

»Nach dem gestrigen Ereignis ...« Wohl eher nach den gestrigen Ereignissen, korrigierte sie sich innerlich und richtete einen flüchtigen Gedanken an Jolene, ehe sie diesen wieder rasch beiseiteschob. Sie nahm Notiz von Sylvias bedauerndem Blick, dann schielte sie zu Adrienne und drückte ihre Hand.

»Ich fühlte mich unglaublich ungerecht behandelt von den anderen Schriftstellern. Nicht ernst genommen, weil wir Frauen sind. Aber betrachten wir es mal nüchtern. Es stimmt: Die meisten Bücher, die verlegt werden, sind von Männern geschrieben. Die meisten Bücher, die besprochen werden, werden von Männern besprochen. Dabei bin ich überzeugt davon, dass genauso viele Frauen schreiben wie Männer. Nur dringen ihre Texte selten so weit vor, und wenn doch, bleiben sie hinter einem männlichen Pseudonym verborgen. George Eliot – Mary Anne Evans.«

»George Sand – Amantine de Francueil«, stimmte Sylvia zu.

Zuletzt ergänzte Adrienne: »Currer, Ellis und Acton Bell – die Brontë-Schwestern.« Sie nickte kaum merklich. In ihrem Blick war eine Veränderung vorgegangen, die Stirnfalten voller Sorgen und Zweifel wichen einem Ausdruck der Entschlossenheit. »Und dem willst du ein Ende bereiten.«

»Ja, indem ich einen Verlag gründe und Geschichten verlege, die von Frauen geschrieben sind. Um ihnen eine Chance zu geben.«

Endlich lächelte Adrienne. »Wie wirst du den Verlag nennen?«

Lizzie horchte in sich hinein. Vor ihrem Innern spielten sich Erinnerungsfetzen ab, die teilweise Jahre zurücklagen. Andere waren noch ganz frisch. Die Widmung des Professors, ihre gestrigen Ausführungen, als sie allen

weismachen wollte, dass sie keine gehorsame Eva sei …
Und immer wieder tauchte ein Name auf. *Lilith.*

»Lilith Press.«

Ihre Freundinnen schwiegen. Die fehlende Zustimmung irritierte Lizzie.

»Findet ihr das unpassend?«

»Nein, ganz und gar nicht«, beteuerte Sylvia, als sei sie aus einem Traum erwacht. »Ich finde den Namen hinreißend!«

»Ein sehr weiblicher Name«, stellte Adrienne fest.

Lizzies Mundwinkel zuckten. Ein wohliges Prickeln verriet ihr, dass sie auf dem richtigen Weg war. »Es handelt sich ja auch um weibliche Angelegenheiten.«

Liebe Lizzie,

als hätte es schon immer in Ihnen geschlummert, diesen Weg einzuschlagen. Großartige Neuigkeiten! Und natürlich fühle ich mich geehrt, Sie bei der Namensgebung inspiriert zu haben. Nun steht Ihnen eine aufregende Zeit bevor. Eine, die Sie zwar anstrengen, aber erfüllen wird. Anfangszeiten sind etwas Großartiges, ihnen wohnt ein eigener Zauber inne. Genießen Sie sie. Virginia Woolf lässt ausrichten, dass Backpulver und Zitrone hervorragend seien, um die Hände von Tintenflecken und Druckerschwärze zu befreien.

Hochachtungsvoll
Ihr Professor Moore

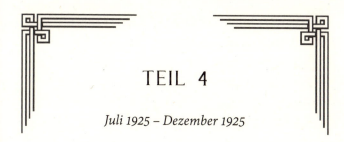

TEIL 4

Juli 1925 – Dezember 1925

40. KAPITEL
Paris, Juli 1925

Den ganzen Sommer über waren die Hemingways auf Reisen. Wer es sich leisten konnte, tat es ihnen nach. Paris war nicht für den Hochsommer gemacht. Der Asphalt und die Fassaden der Häuser heizten sich gegenseitig auf. Der Rasen in den Parks war verbrannt, nur noch im Schatten der Bäume fand man Zuflucht. In den großen Brunnen kreischten und tobten Kinder, mutige Schwimmer wagten einen Sprung in die Seine.

Ansonsten waren die Straßen wie leer gefegt. Die Abwesenheit vieler Freunde und die Trägheit durch die Hitze machten sich bei Lizzie und ihren Freundinnen bemerkbar. Normalerweise hatten Adrienne und Sylvia neben der Arbeit in den Buchhandlungen viel zu tun. Ständig kamen Leute auf eine Plauderei vorbei, die davon ausgingen, dass sich die Arbeit der Buchhändlerinnen von selbst erledigte, oder es gab eine Veranstaltung zu organisieren. Nun aber war Ruhe in die Rue de l'Odéon eingekehrt, und die konnte Lizzie gebrauchen, denn eine Verlagsgründung war kein Zuckerschlecken. In erster Linie konzentrierte sie sich auf Adriennes Kurzgeschichte, aber sie sollte sich auch um die Zukunft Gedanken machen. Was für eine Verlegerin wollte sie sein?

Mit ihrer altertümlichen Presse wäre die *Lilith Press* kaum für kommerzielle Produktionen geeignet, vielmehr plante Lizzie kunstvolle Kleinstauflagen von hohem ideellem Wert, von Hand gepresst und gebunden, ein richtiges Handwerk. Lizzie wollte alles allein planen und durchführen. Natürlich musste sie auch die Kosten im Auge behalten, denn Geld verdienen ließ sich mit dieser Tätigkeit vorerst nicht. Wie beim *Ulysses* war sie auf Subskribenten angewiesen, die ihre Publikation verbindlich vorbestellten und wenn möglich gleich anzahlten.

Lizzie entschied sich für eine gefalzte Ausgabe von einhundert Exemplaren. Das war eine höhere Auflage, als Adrienne erwartet hatte, und wäre dennoch kein allzu großes finanzielles Risiko.

Ferner musste sie noch weiteres Buchbinderwerkzeug organisieren, auch das summierte sich. Über eine Zeitungsannonce fand sie schließlich gebrauchtes Werkzeug, das sich noch in tadellosem Zustand befand. Offensichtlich war sie nicht die Erste, die es für eine reizvolle Idee hielt, einen Verlag zu gründen.

»Es war ein Fehlkauf, den ich aus einer dummen Laune heraus getätigt habe«, hatte die vorherige Besitzerin bei der Übergabe von Setzkasten, Bleilettern, Winkelhaken und weiteren Materialien gesagt. Lizzie hoffte, dass ihr eigener Ansporn sie nicht so schnell verlassen würde.

Da sich Adriennes Text schon im einwandfreien Zustand befand, konnte sie direkt damit beginnen, die Seiten zu formatieren und die ersten Zeilen zu setzen.

Aber dann begannen die Herausforderungen. Schmerzlich musste sie sich eingestehen, wie wenig sie über die Verlagswelt wusste. Die Druckerpresse zu bedienen und die Schwärze aus Öl und Ruß herzustellen, gehörte noch zu den einfachsten Aufgaben. Aber wie Typographie, Satz und Gestaltung kalkulieren? Wo das Papier beziehen? Die Idee, selbst welches zu schöpfen, verwarf sie schon sehr bald, als sie es einen Tag lang ausprobiert hatte und dabei beinahe das Atelier flutete.

Um es so einfach wie möglich zu halten, sollte Adriennes Kurzgeschichte auf sechzehn Normseiten formatiert werden, was die übliche Menge für einen Falzbogen darstellte. Die auf der Vorder- und Rückseite bedruckten Blätter würden aufeinandergelegt und durch Rückenstichheftung zusammengenäht. Dazu musste Lizzie wissen, wie sie die Seiten anzuordnen hatte. Wahrlich eine Arbeit, die Kopfschmerzen bereitete.

Nicht beachtet hatte sie die Verdrängung, nämlich dass nach dem Falzen, wofür sie ein Falzbein aus Walknochen benutzte, die Länge der Seiten variierte. Von innen nach außen wurden sie kürzer, eine logische Folge des Falzens. Für einen exakten Schnitt benötigte sie eine scharfe Schneidmaschine. Sie wollte gar nicht wissen, wie sie das bei einem umfangreicheren Werk anstellen sollte.

Lizzie befasste sich mit einem Handwerk, für welches es einer Ausbildung bedurfte. Über das Antiquariat, von dem sie die Presse hatte, fand sie den ursprünglichen Besitzer heraus, ein pensionierter Drucker, der sie mit

Freude im Atelier aufsuchte und ihr das Druckerhandwerk näherbrachte.

Das Setzen erwies sich als Sisyphusarbeit, aber gleichzeitig genoss Lizzie die stillen Nachmittage oben in ihrem Atelier, wenn sie sich im Einklang mit der Welt ganz meditativ dem Zuordnen hingeben konnte und im Hintergrund ihr Grammophon ihre Lieblingsmusik spielte. Jetzt im Sommer war es sehr heiß im Dachstock, sodass sie oft barfuß und mit weit geöffneter Bluse arbeitete. Sehr gerne trug sie auch die farbenfrohen und luftigen Kleider und Tuniken, die sie auf den afrikanischen Märkten im Norden von Paris erworben hatte.

Ein positiver Nebeneffekt war, dass die Arbeit sie vom Liebeskummer ablenkte, wenngleich Jolene sie immer noch in ihren Gedanken begleitete. Aber damit musste sie zurechtkommen. Wenn sie etwas hasste, dann die Larmoyanz von frisch Verlassenen, die glaubten, ihr Leben sei nichts mehr wert. Sie wusste, dass es allein an ihrer Einstellung lag, ob sie ein lebenswertes Dasein fristete oder nicht. Liebe war vielleicht eine schöne Nebensache, aber sie sollte nicht die Hauptrolle einnehmen, wenn man so frei und ungebunden leben wollte wie Lizzie. Paris hatte sie sexuell aufgeschlossen gemacht. Flüchtige Liebschaften ohne Verpflichtungen kamen ihr daher sehr gelegen. Für die intellektuelle Befriedigung hatte sie schließlich ihre belesenen Freundinnen, die Buchhandlungen und den Verlag.

Nach einem Monat hielt sie nach zahlreichen Fehlversuchen ihren ersten, halbwegs ansehnlichen Probedruck in den Händen. Ein Glück, dass Adrienne bedingungslos hinter ihr stand und keine gehobenen Ansprüche an den Tag legte. Sylvia sprach amüsiert von einer »Publikation light« und machte fleißig Werbung.

Zusätzlich musste sich Lizzie mit Rechten und Lizenzen auseinandersetzen. Wie sie schon bei der Arbeit am *Ulysses* erfahren hatte, wurde nirgends einheitlich geklärt, wer eigentlich der Besitzer eines Werkes war. Darauf bestand sie allerdings. Es musste vereinbart und vertraglich geregelt werden, dass sie für eine bestimmte Zeit die Vervielfältigungsrechte am Manuskript besaß und Adrienne entsprechende Tantiemen auszahlte. Auch wenn es sich hierbei erst um Summen handelte, mit denen man sich kaum mehr als eine Tasse Kaffee im Les Deux Magots genehmigen konnte, musste alles seine Richtigkeit haben.

Schließlich stellte sich die Frage der Lieferung. Bei einer solch kleinen Auflage ließ sich das noch gut organisieren. Die Exemplare würden sowohl in Shakespeare & Company als auch in La Maison des Amis des Livres ausliegen. Die restlichen Buchhandlungen von Paris klapperte sie an einem freien Tag mit dem Fahrrad ab.

Eine Woche nach der Publikation waren alle einhundert Exemplare verkauft, und Lizzie blickte erstaunt, aber stolz auf das Chaos und ihre von Tinte beschmutzten Finger.

Am darauffolgenden Samstag feierte sie mit ihren Bücherfreundinnen im »Lapin Agile«. Sogar Colette und Natalie Barney kamen. Vom Verkaufsgewinn konnte sich

Lizzie zwar nicht einmal einen Schluck des perlenden Champagners leisten, von dem sie soeben trank, aber das spielte in diesem Moment keine Rolle. Sie hatte sich selbst etwas bewiesen: Erstens, dass Adrienne durchaus eine Autorin war, die gelesen wurde, und zweitens, dass sie selbst dazu in der Lage war, eine Geschichte zu verlegen.

»Auf meine mutige Freundin Lizzie!«, rief Sylvia und hob das Glas.

»Und wie geht es jetzt weiter?«, fragte Natalie.

Die Freundinnen sahen sich verschwörerisch an.

»Ich werde eine zweite Auflage machen. Die Nachfrage ist einfach zu groß. Hättest du nach diesem blöden Abend jemals damit gerechnet, Adrienne? Das verdanke ich nur euch, weil ihr es überall rumerzählt habt.«

»Wir sind eben Anhängerinnen der ersten Stunde«, sagte Colette und prostete ihr zu.

»Und wie sehen die weiteren Pläne aus?«, wollte Sylvia wissen. »Behaupte jetzt nicht, du hättest nicht schon weiter überlegt.«

Lizzie war ziemlich angeheitert und ließ sich hinreißen. »Nun, vielleicht sollte Burke sich ebenfalls zu Wort melden?«

Die Frauen kreischten vergnügt. »Deine eigene Geschichte, das wäre wundervoll!«

»Und dann … aber das ist noch vage. Und vielleicht auch etwas zu ambitioniert … habe ich an eine Anthologie gedacht. Von Frauen, für Frauen. Essays über Sozialisation und Sitte.«

»Skandalös!«

»Bahnbrechend!«

»Tja, nach der Publikation ist vor der Publikation«, scherzte Adrienne.

»Und ich nenne es ... Nein, das darf ich noch nicht sagen.« Lizzie verschluckte sich fast wegen ihrer eigenen Aufregung und spürte, wie ihr der Alkohol zu Kopf stieg. Sie versteckte kichernd ihr Gesicht hinter Adriennes Schulter.

Diese seufzte und rollte scherzhaft mit den Augen. »Nun schon raus mit der Sprache, Lizzie.«

»Also schön. Sie heißt *Ungehorsame Lilith*. Dabei sollen Frauen zu Wort kommen, die es mit den Konventionen nicht zu genau nehmen und aus ihrem Leben berichten.«

Sylvia roch den Braten und beugte sich hellhörig zu ihr herüber. »Und suchst du noch nach bestimmten ... Ungehorsamen?«

»Du hast es erfasst.«

Ein dienstbeflissener Kellner stellte sich vor ihnen in die Sonne. »Meine Damen, darf es noch eine Flasche Sauvignon sein?«

Natalie Barney steckte sich eine Zigarette in den verlängerten Filter und grinste. »Oh, mein Lieber, eine Flasche genügt heute Abend bestimmt nicht.«

Später, als Lizzie sich mit ihren Freundinnen in ein Taxi quetschte und verträumt Paris bei Nacht bewunderte, hätte sie nicht glücklicher sein können. Sie hatte endlich etwas erreicht und in einer Sache Erfolg gehabt. Das ließ sie sich von keinem nehmen. Es war ein schöner Abend gewesen, sie hatten reichlich gelacht und gefeiert und würden trotzdem am nächsten Morgen wieder in der Buchhandlung arbeiten und den Geist mit Ideen füttern.

Ich habe die besten Freundinnen, dachte sie, als sie zu Sylvia blickte, die in der Mitte der Sitzreihe saß und eingeschlafen war. Ihren Kopf hatte sie an Adriennes Schulter gelehnt.

Da spürte sie, dass es jemanden gab, mit dem sie dieses Erlebnis ebenfalls gerne geteilt hätte, aber das ging nicht.

Jolene war nicht mehr Teil ihres Lebens. All die vernünftigen Überlegungen über Selbstverwirklichung und Unabhängigkeit waren ja schön und gut, solange alles um einen herum wild und lebhaft war. Aber was zählten sie in den einsamen Momenten wie diesen?

Lizzie seufzte, und kurz wurde es ihr schwer ums Herz, ehe das Taxi an ihrer Adresse anhielt und sie in die Dunkelheit der Nacht entließ.

41. KAPITEL
Paris, September 1925

Bis zum Herbstbeginn hatte Lizzie ein ganzes Verlagsprogramm zusammengestellt. Neben der geplanten Anthologie wollte sie weitere Kurzgeschichten in Kleinstauflagen veröffentlichen. Sie nahm auch Essays und Übersetzungen in ihr Sortiment auf.

Lizzie liebte es, zunächst eine Skizze der bevorstehenden Ausgabe anzufertigen, das Papier sorgfältig auszuwählen, es zu befühlen. Am meisten mochte sie Velinpapier, obschon dieses ziemlich teuer war. Sie betrachtete ihre Publikationen nicht als Konsumgut, sondern als handverlesene Kunstwerke, so wie sich die handbestickte Haute Couture von der masch inellen Textilherstellung unterschied. Sie wollte Raritäten, die sich eines Sammlerwerts erfreuten.

Die Möglichkeit, jedes Wort auf Papier bringen zu können, gab ihr ein Gefühl von Freiheit. Niemand konnte ihr den Mund verbieten oder sie zensieren. Sie hatte ein Instrument gefunden, um sich Gehör zu verschaffen, und das erfüllte sie mit Stolz. Sie merkte, wie sehr sie es vermisst hatte, bei der Verwirklichung eines Buches mitzuwirken. Schon damals, bei der Veröffentlichung des *Ulysses*, hatte sie diese enorme Zufriedenheit und Zuversicht gespürt, die sie auch jetzt begleitete. Manchmal fragte sie sich, warum sie nicht eher einen Verlag gegründet hatte. Damals hatte sie die Vorstellung geängstigt. Die Zeit war einfach noch nicht reif gewesen. Sie musste erst in diese neue Welt hineinwachsen. Jetzt aber fühlte es sich wie die beste Entscheidung ihres Lebens an.

Die Texte von Sollier erfreuten sich großer Nachfrage, aber sie erschienen auf Französisch, weswegen es bestimmt noch viel mehr Leute, vor allem Expats, gab, die Adriennes Worte gern lesen würden, aber der Sprache nicht mächtig waren.

In Lizzie kam die Idee auf, zweisprachig zu drucken. Das stellte auch für sie selbst eine Herausforderung dar. Mit ihrem Französisch war sie bisher zwar immer gut zurechtgekommen, aber das lag daran, dass sich viele ihrer Freunde zweisprachig unterhielten. Sylvia zum Beispiel sprach so schlechtes Französisch, dass Adrienne es vorzog, sich mit ihr auf Englisch zu verständigen. In Gruppen wählte man die Sprache, die mehr Anhänger hatte, und rutschte bei hitzigen Diskussionen in ein Kauderwelsch aus beiden.

Auf dem Niveau einer Muttersprachlerin war Lizzie trotzdem nicht, aber wenn sie Romane und Essays von Französisch auf Englisch und umgekehrt übersetzen sowie lektorieren wollte, brauchte sie Unterstützung. Adrienne erklärte sich sofort dazu bereit. Und das, obwohl sie derzeit an der längst überfälligen Übersetzung des *Ulysses* ins Französische arbeitete.

»Bist du sicher, dass du dich dadurch nicht übernimmst?«, hatte Lizzie nachgehakt, da sie ihre Freundin nicht zu sehr in Anspruch nehmen wollte.

»Dass ich dir helfe, ist gut und recht«, lautete die Antwort. Adrienne liebte Sprachen und war in dieser Hinsicht sehr begabt. »Außerdem habe ich dir zu verdanken, dass ich endlich auch als Schriftstellerin anerkannt werde.«

Und was für eine Schriftstellerin! Bei der zweiten Auflage von Adriennes Kurzgeschichte liefen bereits viele Arbeitsschritte routinierter ab. Auch die Anthologie zeichnete sich immer konkreter ab. Zahlreiche Freundinnen versprachen, einen Essay zu verfassen, oder hatten sogar schon einen in der Schublade liegen, den sie einreichen wollten. Sie sollte ebenfalls zweisprachig werden, sodass es von jedem Beitrag eine französische und eine englische Version gab.

Sobald ein Beitrag für die Anthologie eingereicht und geprüft wurde, setzte sie sich umgehend ans Lektorat und an den Druck.

Dieses Mal würde Lizzie eine höhere Auflage wagen. Ihr schwebten siebenhundertfünfzig nummerierte Exemplare vor; sie tat also gut daran, die Essays zeitnah und Stück für Stück zu setzen.

Doch sie hatte sich mit ihren Ambitionen auch selbst ein Bein gestellt: Die Produktionskosten würden weitaus höher ausfallen, als zu Beginn angenommen. Lizzie war zwingend auf Subskribenten angewiesen, und obwohl hier und da eine Vorbestellung durch den Briefkastenschlitz in ihr Atelier flatterte, reichten diese nicht aus, um die Kosten auch nur annähernd zu decken.

Gleichzeitig aber stand Lizzie unter Zugzwang, denn als einzige Angestellte kam sie nur langsam voran. Zumal sie in Adriennes und Sylvias Buchhandlungen aushalf, um Geld für ihren Unterhalt zu verdienen. So blieben ihr nur die Abende und Wochenenden, um für ihren Verlag zu arbeiten.

Wenn sie also wollte, dass die Anthologie voranschritt, musste sie mit dem Satz beginnen, ehe überhaupt gesichert war, dass sie genügend Käufer finden würde. Eine Taktik, die mehr Glück als Verstand voraussetzte und ihr bald schlaflose Nächte bereitete.

Nach einer Woche hatte sie den ersten Essay gesetzt, nach einer weiteren war er gedruckt. Die Bogen hängte sie zum Trocknen wie Wäsche an einer Schnur auf, die sie quer über das gesamte Atelier gespannt hatte. Die einstige Leichtigkeit aus Ezras Zeiten suchte man in ihrer Werkstatt schon lange vergebens. Alles war vollgestopft und unordentlich, seit Tagen hatte sie nicht mehr Staub gewischt, aus Angst, die aufgewirbelten Partikel könnten die Manuskriptseiten beschädigen.

Nun, da der erste Bleisatz siebenhundertfünfzigmal gedruckt war, durfte Lizzie den Satz auflösen. Sie nahm die zusammengeschnürte Satzform und wusch sie ab, ehe sie die Lettern wieder im Setzkasten einsortierte. Gerade hatte sie die Platte in das Spülbecken getaucht und begonnen, mit der Bürste gründlich die Druckerschwärze abzubürsten, als die Schnur riss und ihr die verschmutzten Lettern in alle Windrichtungen davonflogen.

»Verdammtes Mistvieh!«, fluchte sie, als sie gerade noch rechtzeitig zurücksprang, um von den Spritzern verschont zu bleiben. Schnell schnappte sie sich einen Lappen.

»Sieh an, sieh an. So machst du also von dir hören, wenn du dich unbeobachtet fühlst.«

Lizzies Freundinnen standen mit verschränkten Armen in der Tür und schüttelten die Köpfe.

»Adrienne! Sylvia! Was macht ihr denn hier?«

»Wir waren verabredet, hast du das vergessen?«, fragte Adrienne in einem ungnädigen Ton.

Sylvia blinzelte. »Als du nicht kamst, wussten wir, dass du bestimmt hier in der Arbeit versumpfst.«

Erschrocken blickte Lizzie aus dem Fenster und stellte fest, dass es dämmerte. »Oje, das tut mir leid! So etwas ist mir noch nie passiert.«

»Zweimal allein diesen Monat«, sagte Adrienne hingegen, während Sylvia in einem feinfühligeren Ton meinte: »Liebes, wir machen uns Sorgen um dich. Sosehr wir deine Begeisterung nachfühlen können: Du schuftest seit Monaten ohne Unterlass.«

»Aber ich hinke meinem Zeitplan hinterher«, japste Lizzie, der urplötzlich die Tränen kamen. Dass sie ihre Freundinnen schlichtweg vergessen hatte, nagte an ihr. Das wahre Leben sollte immer wichtiger sein als das fiktive.

Als Adrienne ihre schimmernden Augen bemerkte, schlug sie einen sanfteren Ton an. »Aber welchen Zeitplan meinst du denn? Du hast doch selbst gesagt, dass die Anthologie nicht eile.«

»Dennoch muss ich vorankommen und mindestens einen Essay pro Woche drucken. Ich habe jetzt schon vierzig Einreichungen, vierzig! Das ist viel zu viel für eine Anthologie, ich werde zwei daraus machen müssen. Doppelt so viel Arbeit. Ich brauche mehr Zeit, mehr …«

»Was du jetzt brauchst, ist eine Pause und einen kühlen Drink«, unterbrach Sylvia sie. Sie legte Handschuhe und Mantel ab und schnappte sich Schürze sowie Putzlappen. »Dann lass uns diesen Saustall mal beheben, bevor die Tinte eingetrocknet ist.«

Später, als der Schaden behoben war, zogen die Frauen für Kaffee und Geplauder in die nahe Rotonde um. Lizzie hatte Kopfweh und war viel zu müde, um auszugehen, aber sie war dankbar für die Abwechslung und dass ihre Freundinnen sie aus ihrer Blase befreit hatten.

»Lizzie, ich bewundere und liebe dich zugleich für deinen Mut«, hielt Sylvia ihr vor. »Aber du setzt dich zu sehr unter Druck.«

»Dazu habe ich auch allen Grund«, entgegnete Lizzie mit einem schweren Seufzer.

Sylvia tätschelte ihre Hand und lächelte sie liebevoll an. »Wir wissen beide, wie es ist, wenn die Begeisterung einen packt und man am liebsten nichts anderes mehr tun würde. Darum ist es wichtig, dass du hin und wieder eine Pause einlegst.«

Gedankenverloren blickte Lizzie aus dem Fenster und

auf die andere Straßenseite, wo die Rue Delambre zur Dingo Bar führte. Ob Jolene heute Abend auftreten würde?

»Hat es etwas mit du-weißt-schon-wem zu tun?«, fragte Adrienne prompt.

»Gut möglich«, gestand Lizzie und ließ den Kopf hängen.

Seit sich ihre Wege getrennt hatten, war sie Jolene hin und wieder flüchtig begegnet. Durch die enge Freundschaft mit Hemingway und Fitzgerald, welche die Bar regelmäßig frequentierten, landete auch Lizzie zwangsläufig in der Dingo Bar. Manchmal wechselten sie und Jolene ein paar höfliche Worte, doch ohne Seele. Das Ungesagte schwebte irgendwo zwischen ihnen in der Luft. Immerzu musste Lizzie an den Abschiedskuss denken. Hatte Jolene damals wirklich nichts dabei empfunden? Es fiel ihr schwer, das zu glauben.

Es gab diese Zeitfenster von wenigen Sekunden, da trafen sich ihre Blicke, und Emotionen wallten auf, mit denen Lizzie nicht zurechtkam.

»Ich liebe sie noch immer, das ist doch lächerlich. Dabei kann ich nicht einmal sagen, weshalb. Stell dir vor, ich finde keine Worte. Eine gebildete Frau aus der Buchbranche.«

»Ach Lizzie, darüber mach dir keinen Kopf.« Adrienne zerquetschte einen glühenden Zigarettenstummel im Aschenbecher und bedachte sie mit einem verständnisvollen Nicken. »Wie hat unser lieber Dante mal gesagt? ›Schwach ist die Liebe, die sich in Worten ausdrücken lässt.‹ Dass dir keine Umschreibung einfällt, zeigt, dass du wirklich viel für sie empfindest. Du musst dir mehr Zeit geben, um sie zu vergessen.«

Obwohl die Worte schmerzten, musste Lizzie über die Art und Weise lächeln, wie Adrienne gesprochen hatte. Wie sie »unser lieber Dante« gesagt hatte, als wäre der große italienische Dichter und Philosoph aus dem vierzehnten Jahrhundert ein gemeinsamer Bekannter. Aber vielleicht war genau das die Wahrheit. Die Welt der Bücherfreunde war groß und kannte keine Grenzen oder Sphären.

»Weißt du, Sylvia«, sagte Lizzie, »ich beginne erst jetzt so allmählich zu begreifen, was für eine Last du dir auferlegt hast, als du den *Ulysses* veröffentlicht hast. Um ehrlich zu sein, hielt ich dich für ziemlich naiv. Aber nun weiß ich, dass das nichts mit Leichtgläubigkeit zu tun hatte. Du warst nur sehr mutig.«

Ihre Freundin lächelte. »Ich habe immer fest an den *Ulysses* geglaubt. Ich weiß, über Mr. Joyce scheiden sich die Geister, aber meine Bewunderung für ihn ist grenzenlos. Meiner Meinung gehört er zu den Göttern oben auf weichen Wolken gebettet. Darum fiel es mir leicht, an sein Werk zu glauben. Glaub du nun auch an deines, Lizzie. Hab Vertrauen in dich.«

Die Ansprache hatte etwas tief in Lizzie berührt. »Vielleicht hast du recht. Hoffentlich sehe ich wieder klarer, wenn ich aus London zurück bin.«

»Ach, ja. Der Geburtstag deiner Mutter steht an«, erinnerte sich Sylvia. »Wie alt wird sie noch mal?«

»Fünfzig.«

»Tatsächlich? Ich habe sie mir älter vorgestellt.«

»Ja, als alten Hausdrachen mit scharfen Krallen«, pflichtete Adrienne bei.

»Seid nicht so böse. Sie war sehr jung, als sie nach England kam. Noch nicht einmal achtzehn. Mit neunzehn hatte sie mich bereits entbunden.«

»Dann bist du demnach …« Adrienne tat so, als wäre sie schwer am Rechnen.

Lizzie schlug mit der Serviette nach ihr. »Immer noch jünger als ihr!«

Sie lehnte sich auf ihrem Stuhl zurück und seufzte plötzlich schwer. Die Geburtstagsfeste ihrer Mutter fanden für gewöhnlich in der letzten Woche der Londoner Saison statt und gingen mit einem riesigen Spektakel einher. In den vergangenen Jahren hatte Lizzie den Festivitäten erfolgreich fernbleiben können, doch bei einem runden Geburtstag war es Zeit, dass Mutter und Tochter wieder einen Schritt aufeinander zu wagten.

So recht wusste Lizzie nicht, ob sie dazu bereit war. Sie wollte gerade einen neuen Kaffee ordern, als Sylvia einer Familie nachblickte, die auf der Straße vorbeiging.

»Da ist Hem!«, rief sie. Sofort eilten die drei hinaus vor das Café und riefen seinen Namen.

»Das gibt's ja nicht«, entgegnete er braun gebrannt wie eine Haselnuss. »Wir sind gerade eben aus Spanien zurück.«

»Das sieht man«, bemerkte Adrienne mit einem Lachen.

Hadley hatte einen neuen Kurzhaarschnitt, der ihr ausgesprochen gut stand, und der kleine Mr. Bumby war gar nicht mehr so klein, wie Lizzie feststellen musste. Auf sicheren Beinen stand er da und kaute auf seinem Zeigefinger herum. Am meisten aber gefiel ihr Hem. Er wirkte entschlossener denn je, vital und ausgeruht.

»Jemand, der so strahlt, hat bestimmt gute Neuigkeiten«, riet sie.

»Wenn du wüsstest! Die Feste und Stierkämpfe in Pamplona haben mich inspiriert, einen kompletten Roman zu schreiben. Scott hat bei seinem Lektor ein gutes Wort für mich eingelegt. Und jetzt haltet euch fest: Der Scribner Verlag nimmt es!«

Lizzie kreischte so laut, dass Bumby lauthals lachte. »Das ist ja großartig, herzlichen Glückwunsch!« Sie fiel Hem um den Hals, und er wirbelte sie herum.

»Wann musst du es abgeben?«, wollte Adrienne wissen.

»Mr. Perkins meint, wenn er es bis April nächstes Jahr in New York auf dem Tisch hat, spricht nichts gegen eine Veröffentlichung im Herbst.«

Lizzie konnte es gar nicht fassen. »Ich freue mich so für dich. Leg dich besser ins Zeug.«

»Nicht nötig«, entgegnete er mit stolzer Brust. »Sobald ich an meinem Schreibtisch sitze, werde ich alles in einem Rutsch runterschreiben.«

Lizzie schenkte ihm ein geheimnisvolles Lächeln. »Du könntest dich wundern. Denn ist der Roman erst geschrieben, beginnt die eigentliche Arbeit.«

42. KAPITEL
Paris, September 1925

Wer hätte es Sylvia verübelt, dass sie die Gelegenheit am Schopf packte, als Lizzie nach London aufbrach. Sie gab ihr eine Bücherliste, hauptsächlich Neuerscheinungen, und fragte mit flehenden Augen, ob Lizzie ihr diese für Shakespeare & Company besorgen könne. Und ob sie kühn genug sei, gleich noch ein paar Exemplare des *Ulysses* ins Königreich zu schleusen?

»Warum müssen Sie die Bücher nach London schmuggeln?«, fragte Zelda Fitzgerald, die sich an diesem Abend mit den Frauen in der Closerie des Lilas einen Digestif genehmigte, während Hemingway und Scott die nächtlichen Straßen von Montparnasse unsicher machten.

»Weil das Buch in England und in Amerika noch immer verboten ist«, erklärte Sylvia. Sie erzählte eine bisher verheimlichte Anekdote, die sich kurz nach der Veröffentlichung des *Ulysses* zugetragen hatte. »In Amerika warteten die Käufer vergeblich, und die ersten Reklamationen trafen ein. Ich fand das seltsam, weil wir die Bücher selbstverständlich nach Übersee verschickt haben. Nach unzähligen Telefonaten musste ich erfahren, dass die Bücher von der Hafenbehörde konfisziert und vermutlich auch vernichtet worden waren.«

Einen Moment blickte sie gedankenverloren durch die Gruppe hindurch. Zerstörte Bücher, das war harte Kost für Bibliophile. Man trauerte noch immer der Bibliothek von Alexandria nach, deren Zerstörung nicht einmal belegt war.

»Aber Hemingway hatte Beziehungen«, fuhr Adrienne fort und riss Sylvia damit aus ihrem Tagtraum.

»Genau, er kannte einen Künstler aus Chicago, der für die Mission nach Toronto zog und beruflich im Bundesstaat New York zu tun hatte und der deswegen jeden Tag die Fähre nahm. Wir schickten die Bücher also zu ihm – seinen Namen muss ich natürlich vertraulich behandeln –, und unser anonymer Held steckt jeden Morgen einen *Ulysses* in seine Hose und fährt nach Amerika.«

»Wie man allerdings ein achthundertseitiges Buch unbemerkt in seiner Hose verstauen kann, ist mir ein Rätsel«, sagte Lizzie.

Sylvia erwiderte vergnügt: »Wenn Mr. Joyce das schon früher gewusst hätte, hätte er wohl ein dünneres Buch geschrieben!«

Trotz der Zusprüche ihrer Freundinnen trat Lizzie die Reise nach London mit gemischten Gefühlen an. Im Kreis der Familie fiel man viel zu leicht in alte Muster zurück. Längst vergessene Geschichten wurden wieder aufgewärmt und unverdaut ausgespuckt. Die Anspannung machte einen empfindlicher für ungalante Worte.

Vor ihrer Mutter und der verhassten Dekadenz der Gesellschaft wäre Lizzie keine unabhängige und mutige Frau, sondern ein störrisches Kind. Eine Außenseiterin.

Aber es wäre bloß ein Abend, und danach würden sie erfreuliche Dinge in London erwarten. Der Professor verweilte ebenfalls beruflich in der Stadt, und sie wollten sich treffen. Zudem stand ein Besuch bei Virginia und Leonard Woolf an, um sich bei ihnen Ratschläge über das Verlagswesen einzuholen. Lizzie würde also für ihr Opfer belohnt werden.

Und so ging sie an einem lauen Septemberabend allein nach Belgravia. Es war ein seltsames Gefühl der Heimkehr, bloß dass sie sich hier nie heimisch gefühlt hatte. Eine bedrückende Vertrautheit, die sie innerlich anspannte.

Sie war sich der Tatsache bewusst, dass sie an diesem Abend neu beurteilt würde. Jedes Detail ihrer Garderobe musste passen. Die Perlenkette, ihre Handschuhe, das Haarband, das dezente Make-up – nichts war dem Zufall überlassen. Sie gab sich so, wie sie gern von ihrer Mutter wahrgenommen würde. Lizzie war eine bodenständige Frau, die ihr eigenes Geld verdiente, ihre Rechnungen selbst bezahlte, und über all diesem Gehabe stand. Sie war fest entschlossen, es so aussehen zu lassen, als entstände ihre Eleganz rein zufällig, und dass alles, was ihr gelang, mit Leichtigkeit geschähe.

»Elisabeth, Schätzchen.« Ihre Mutter begrüßte sie mit zwei angedeuteten Wangenküssen, sodass es zu keinerlei Berührung kam.

»Alles Gute zum Geburtstag, Mutter«, beglückwünschte Lizzie sie mit einem aufgesetzten Lächeln.

»Du kannst dich nachher beim Diner zu Mr. Marc Rosenthal setzen. Jüdischer Geldadel, zwei Millionen im Jahr.« Sie zwinkerte ihr zu, als wäre damit alles gesagt, was im Moment von Belang war, und schob sie in Richtung des besagten Mannes.

»Wollen Sie einen Drink?«

Mr. Rosenthal sah sie mit einem vielsagenden Lächeln an. Weiß Gott, was ihre Mutter hinter ihrem Rücken bereits in die Wege geleitet hatte. Aber er machte nicht den Eindruck eines verwöhnten Schönlings, der sich seiner Beute gewiss war. Sein blondes Haar war an den Schläfen grau meliert, die zarten Stirnfalten zeugten von Reife, doch in den Augen erkannte sie eine Neugier und einen Lebenshunger, der ihn auf Anhieb sympathisch machte.

»Ja, den könnte ich jetzt gebrauchen«, antwortete sie. Zugegeben, ihre Mutter hatte ihr schon schlechtere Tischpartner ausgesucht. Dennoch, wo sollte das hinführen? Sie würde Mr. Rosenthal nach diesem Abend nie wieder sehen, und Lizzie war in keiner Weise interessiert, daran etwas zu ändern. Sie lenkte das Gespräch auf Trivialitäten, die sie schon im nächsten Augenblick wieder vergessen hatte. Alles sehr ungezwungen.

»Und wie war die Saison?«, fragte zwischen den Gängen eine entfernte Tante.

»Die jungen Debütantinnen haben alle keinen Esprit mehr, sie sind viel zu plump«, schimpfte Lady Wellington. »Ihnen fehlt die Finesse der Generation vor dem

Krieg. Sie haben das Gefühl, ihnen gehöre die ganze Welt und dass sie nichts dafür tun müssen.«

»Spricht so nicht jede Generation über die darauffolgende?«, raunte Lizzie Mr. Rosenthal zu, der amüsiert schmunzelte.

»Lady Elisabeth zum Beispiel.« Die Augen ihrer Mutter leuchteten auf, als witterte sie eine Chance. Sie hielt inne, bis sie sich auch der Aufmerksamkeit der letzten Gäste sicher war. Erst dann fuhr sie fort. »Meine Tochter war ein Juwel.«

Da war dieser Unterton, bei dem sich Lizzie nicht sicher war, ob er Provokation oder Huldigung bedeutete. Nur die Affektiertheit war deutlich zu erkennen. Sie wollte ihre Tochter auf alle Fälle in ein gutes Licht rücken.

»Wussten Sie, Mr. Rosenthal, dass gar der Prinz um sie warb?«

»Das wusste ich nicht«, raunte er.

»Ein Langweiler sondergleichen«, machte Lizzie, erfüllt von Schadenfreude, das Kompliment ihrer Mutter zunichte. »Wir konnten uns nicht unterhalten, und so führte es zu nichts.«

Erstaunlicherweise zeigte Mr. Rosenthal Verständnis. »Nun, die Fähigkeit, sich anregend zu unterhalten, halte ich für unabdingbar. Eine solche Allianz zwischen Mann und Frau steht den herkömmlichen Vorteilen in nichts nach.«

Verblüfft nickte Lizzie. »Ganz genau. Es ist wichtig, dass Paare über Gesprächsthemen und Interessen verfügen, die sie miteinander teilen können.«

Mr. Rosenthal hing an ihren Lippen. »Und was für Interessen verfolgen Sie?«

»Ich bin Verlegerin in Paris.« Wie gut es sich anfühlte, das zu sagen. Weil sie zumindest in ihrem Tischnachbarn einen aufmerksamen Zuhörer fand, fuhr sie fort: »Ich handle mit Büchern, vertrete Autorinnen und ich publiziere.«

»Wie ambitioniert«, staunte Mr. Rosenthal. »Ich lese mit Leidenschaft. Welche Bücher interessieren Sie?«

Es war der Beginn eines wunderbaren Abends.

Kaum hatten die letzten Gäste das Haus verlassen, setzte die Belagerung ihrer Mutter ein.

»Und, wie fandest du ihn?«, fragte Lady Wellington mit Unschuldsmiene.

Ungeachtet dessen, dass ihr Mr. Rosenthal tatsächlich sympathisch war, platzte Lizzie gleich der Kragen.

»Mutter, an dir ist eine gewiefte Kupplerin verlorengegangen. Vielleicht solltest du das Metier wechseln.«

Lady Wellingtons stieß einen Ausruf der Empörung aus, sammelte sich aber rasch. »Ich glaube, er war sehr interessiert. Weißt du, was du mit einem solchen Mann an der Seite erreichen könntest?« Sie hob die Hand. »Sag jetzt nichts, Lizzie, ich habe mich über dich erkundigt. Das, was du betreibst, kannst du unmöglich als Verlag bezeichnen. Dir fehlen die finanziellen Mittel. Aber stell dir all die Freiheiten vor, die du mit Mr. Rosenthal hättest. Du könntest ausschließlich nach den bizarren Launen deines Geschmacks verlegen. Beste

Papierqualität. Angestellte, professionelle Texter. Auflagen, so hoch du willst.«

»Du bist schamlos, Mutter. Dir geht es gar nicht um mein Wohlergehen oder das des Verlags. Denn all das könnte ich erreichen, wenn du mich unterstützen würdest.«

»Ich sage es dir gern noch einmal. Ich habe nicht meine Jugend geopfert, meine Heimat aufgegeben und mein Vermögen hierher verschifft, nur damit meine Tochter glaubt, sich jeder Verpflichtung entziehen zu können. Sieh zu, dass Mr. Rosenthal dir den Hof macht, und wir haben beide ein glückliches Ende.«

Lizzie verschränkte die Arme. »Du irrst dich. Ich brauche kein glückliches Ende. Dein Geld interessiert mich nicht mehr. Früher, ja, da schmerzte es, zu wissen, wie viele Banknoten in deinem Tresor verrotten, während ich als Untermieterin nur ein Zimmer beziehe und jede Geldmünze zweimal umdrehe. Aber inzwischen habe ich etwas viel Wertvolleres als Geld. Ich habe meine Freiheit gefunden. Ohne das Erbe musste ich lernen, für mich selbst zu sorgen. Das hat mich unabhängig gemacht. Du hast dir damit nur ins eigene Fleisch geschnitten.«

»Offenbar«, entließ Lady Wellington sie, verschlossener denn je.

43. KAPITEL

London, September 1925

Wie gut es tat, am Folgetag am Piccadilly Circus den Professor zu treffen. Sie machten einen Spaziergang am nahegelegenen St James's Park. Es war ein schöner Spätsommertag, an welchem Lizzie beim Verlassen des Hauses noch einen dünnen Mantel angezogen hatte, den sie sich jetzt über den Arm legte. Der Glockenhut spendete ihr Schatten im Gesicht. Gleichzeitig stoben erste Herbstblätter gegen ihre Schuhe, und Zugvögel bereiteten sich auf ihren Abflug vor.

»Ich liebe diese Aufbruchsstimmung beim Jahreszeitenwechsel«, sagte der Professor.

Lizzie stimmte ihm zu und hakte sich bei ihm unter.

Er war älter geworden, die Haare an den Schläfen schimmerten silbern, die Furchen im Gesicht hatten sich noch ein wenig tiefer in die Haut gegraben. Auch er war im Herbst seines Lebens angekommen, dachte sie.

»Geheiratet?«, wiederholte sie erstaunt, als er sie gerade an den jüngsten Ereignissen teilnehmen ließ.

»Die verwitwete Schwester eines Kollegen, eine späte Liebe, aber dennoch wahrhaftig. So weiß ich, dass Elsie versorgt ist.«

»Das freut mich für Sie. Herzlichen Glückwunsch. Ich

hoffe, Sie gestatten mir, Ihre Herzensdame bald kennenzulernen.«

»Das lässt sich bestimmt einrichten.«

Sie plauderten weiter, ehe Lizzie in ihre Tasche griff.

»Ich habe etwas für Sie.«

Der Professor setzte sich auf eine Bank und lehnte seinen Gehstock an. »Ist es das, woran ich denke?«

Lizzie schmunzelte und reichte ihm die Broschüre. Es handelte sich um die Ankündigung der Anthologie. »*Ungehorsame Lilith. Erzählungen von Frauen. Mit einem Vorwort von Elisabeth Wellington.* Meine Güte! Wann wird das Buch erscheinen?«

Jene Frage, die Lizzie Kopfzerbrechen bereitete. Angespannt sog sie die Luft ein und zuckte mit den Achseln. »Das weiß ich noch nicht. Es braucht alles furchtbar viel Zeit, und wie es scheint, wird daraus sogar ein Doppelband.« Sie fasste die Probleme zusammen und blickte anschließend in ein ratloses Gesicht.

»Aber – entschuldigen Sie – das ginge doch wesentlich unkomplizierter.«

»Wie meinen Sie das?«

»Wenn Sie alles allein machen, dauert die Herstellung ja Ewigkeiten.« Versöhnlich legte er den Kopf schief. »Sie wissen doch, wie man sagt. Schuster, bleib bei deinen Leisten! Es gibt Leute, die gelernt haben, wie man ein Buch herstellt. Das ist eine mehrjährige Ausbildung. Sie haben diese Bildung und die Ressourcen nicht. Der Wille allein reicht nicht aus, um einen Verlag zu führen.«

Lizzie lehnte sich zurück und verschränkte die Arme. Die Worte trafen einen wunden Punkt in ihr. Sie verbrachte all ihre Zeit nur noch im Atelier. Allein Adriennes Publikation hatte enorm lang gedauert. Es blieb kaum Zeit für die Werbung übrig oder um einmal durchzuatmen. Danach ging es direkt mit ihrer Kurzgeschichte und der Planung der Anthologie weiter. Und die Kosten ... daran wollte sie erst gar nicht denken. Der Verlag schluckte enorm viel Geld, und es gab kaum Aussichten, dass von irgendwoher wieder welches einfloss. Bisher ließen sich jedenfalls keine Rechnungen begleichen. Wenn sie effizienter sein wollte, brauchte sie modernere Geräte, und die waren teuer.

»Warum geben Sie die richtigen Bücher nicht in eine externe Druckerei? Es gibt in Paris bestimmt zahlreiche kleine Druckereien und Buchbindereien.«

»Natürlich gibt es die. Aber ich möchte allein die Kontrolle haben und unabhängig davon sein, ob ein Drucker meinen Antrag annehmen will oder nicht. Sylvia ist an der Verlegung des *Ulysses* beinahe gescheitert, weil sie zunächst keinen Drucker fand.«

»Na schön, aber ich denke, wir wissen beide, dass sie erst recht gescheitert wäre, wenn sie das Buch selber hätte drucken müssen.«

Danach fühlte sich Lizzie befreiter. Die Idee, die Anthologie in eine Druckerei abzugeben, hatte sie womöglich viel zu schnell verworfen. Ja, sie wollte Unabhängigkeit, aber zu welchem Preis? Jedenfalls nicht, um sich danach selbst zu geißeln. Sie würde darüber nachdenken und dankte dem Professor, dass er ihr mit wenigen Worten einen anderen Blickwinkel näherbrachte. Immer war er so klug, und dennoch zwang er seine Meinung nie auf.

»Ach, Professor. Was mache ich nur ohne Sie? Bei jeder Gelegenheit wissen Sie Rat. Damit sollten Sie mich nicht zu sehr verwöhnen.«

»Ich genieße das genauso wie Sie. Irgendwann wird der Zeitpunkt kommen, da kann ich Ihnen nicht mehr zur Seite stehen.« Er schluckte. »Und wie lief es bei Ihrer Mutter? Hatten Sie eine schöne Feier?«

»Schön?« Lizzie hob die Augenbraue und stieß ein sarkastisches Schnauben aus. »Sie kennen sie. Um ehrlich zu sein, es war enttäuschend. Wobei nein, das stimmt nicht. Dazu hätte ich irgendwelche Erwartungen hegen müssen.«

»Oje. Sie und Lady Wellington scheinen wohl nie auf einen grünen Zweig zu kommen.« Der Professor seufzte, als würde er das bedauern.

»Nein, ich fürchte nicht«, bestätigte sie. »Wir sind viel zu verschieden und für die Welt des anderen nicht empfänglich. Dabei wirkte es einen Moment so, als wäre sie offener geworden. Sie schien sich für den Verlag zu interessieren. Doch dann machte sie diese Annäherung gleich wieder zunichte, als sie mich verkuppeln wollte.«

Und so erzählte sie dem Professor von Mr. Rosenthal. Abermals seufzte sie. »Es passiert einfach immer und immer wieder, dass meine Mutter und ich aneinandergeraten.«

So zögerlich Lizzie zu sprechen begonnen hatte, so kochten nun die Emotionen in ihr hoch, und es sprudelte regelrecht aus ihr heraus. »Ich weiß, es ist schrecklich, dies zu sagen, aber ich wünschte, ich würde sie nicht kennen. Dass ich die Tochter anderer Eltern wäre.«

Sie erschrak über die Heftigkeit ihrer Worte und sah den Professor direkt an.

In seinem Blick ging Seltsames vor. Die Augen weiteten sich, und er sog kurz scharf die Luft ein, als hätte er etwas sagen wollen, es sich aber wieder anders überlegt. Der Gedanke kam ihr, dass sie damit einen wunden Punkt getroffen haben könnte. Vielleicht hätte der Professor gern eine Familie gehabt, aber es hatte sich nie ergeben. Oder er hatte selbst ein schwieriges Verhältnis zu seinen Eltern?

Lizzie biss sich auf die Unterlippe. »Ich wollte damit nur sagen, dass dies sowohl meiner Mutter als auch mir viel Leid hätte ersparen können. Auf all die ermüdenden Streitereien und verbitterten Gefühle hätte ich gerne verzichtet.«

»Aber das können Sie nicht, Lizzie«, antwortete der Professor sanft. »Genauso wenig, wie Sie bei einem Roman ganze Szenen überspringen können, nur weil Ihnen der Inhalt nicht gefällt. Tun Sie es dennoch, werden Sie die Geschichte nie so vollumfänglich verstehen, wie sie sollten. Die Entfaltung der Figuren würde keinen Sinn ergeben. Das alles, Ihre Vergangenheit, musste sich zutragen, damit Sie zu dem Menschen reiften, der Sie heute sind.«

Lizzie trocknete sich eine Träne, denn die Worte hatten sie tief berührt. Sie versuchte zu lächeln. »Dann ist all der Schmerz am Ende doch für etwas gut?«

»Natürlich, das ist er immer. Zur Not nutzen Sie es als Stoff für einen Roman.«

»Ich habe Sie und Ihre Alltagsweisheiten vermisst, Professor.«

Die beiden lächelten, dann standen sie auf und spazierten weiter.

Als es am Ende des Parks Zeit wurde, sich zu verabschieden, wandte sich der Professor an sie. »Ich danke Ihnen für diesen schönen Nachmittag. Es ist wahrlich eine Bereicherung, Sie in meinem Leben zu wissen.«

»Das kann ich nur zurückgeben, Mr. Moore.«

Die innige Umarmung kam unerwartet. Ein Gefühl von Wärme und Geborgenheit durchströmte Lizzie.

»Grüßen Sie die Woolfs ganz herzlich von mir. Falls Sie noch Zeit haben, um nach Oxford zu kommen ... Ich denke, es ist an der Zeit, dass ich Ihnen etwas zeige.«

Ein seltsamer Klang lag in seiner Stimme. Sein allgegenwärtiger Witz und Charme waren verschwunden. »Im Ernst, Lizzie. Wenn Sie Zeit haben, kommen Sie bitte.«

»Professor?«

»Ach, nicht so wichtig.« Er machte eine wegwerfende Handbewegung und war wieder ganz der Alte. Wie die Sonne, die nach einem Platzregen zurückkehrte, strahlte er sie an. »Na dann, alles Gute, meine Liebe. Weiterhin viel Erfolg bei Ihrem Bestreben. Verzagen Sie nicht, wenn einmal etwas unklar ist. Ein paar Fragezeichen sind nichts, was Sie aus der Ruhe bringen sollte. Das ganze Leben steckt voller Herausforderungen. Gehen Sie mutig an diese heran, bleiben Sie zuversichtlich. Vergessen Sie nicht, dass es für die allermeisten Probleme immer eine Lösung gibt. Seien Sie erfinderisch.«

Er zückte seinen Hut und überquerte den stark befahrenen Piccadilly. Doch auf halber Strecke drehte er sich abrupt um und machte einen Schritt auf sie zu.

»Wissen Sie was? Es kann nicht länger wart …«

Bis zum Ende ihres Lebens würde Lizzie nicht vollständig begreifen, was geschehen war. Alles blieb hinter einem dubiosen Schleier verborgen. Es ging unglaublich schnell. Sie hatte keine Gelegenheit zu reagieren.

Ein Lieferwagen konnte nicht rechtzeitig bremsen. Lizzie hörte quietschende Reifen auf dem Asphalt und einen Aufprall. Schleudernd kam das Auto zum Stehen.

Und der Professor?

Lizzie rannte zu ihm. »Mr. Moore!«

Etwas in ihr zerschellte, noch ehe sie begriff, was geschehen war. Sie schrie, als er sich nicht mehr rührte. Rüttelte vorsichtig an ihm, berührte die klaffende Wunde an seinem Kopf. Schrie weiter. Schluchzte. Flehte. Zitterte. Bis sich ein bodenloser Abgrund vor ihr auftat.

44. KAPITEL
Oxford, September 1925

Es ist nur ein böser Traum, dachte Lizzie beim Öffnen des Kirchenportals. Ein heller Sonnenschein blendete ihr Gesicht, als sie zusammen mit der Trauergemeinde ins Freie trat. In kleinen Grüppchen warteten sie auf den Sarg mit den sterblichen Überresten des Professors.

Es muss einfach ein böser Traum sein, wiederholte sie innerlich, während sie die Arme um ihren Körper schlang.

Es lag nicht an der Kälte, dass sie fror. Es war sogar ausgesprochen sonnig und mild. Wie seltsam. In den Romanen regnete es bei Beerdigungen doch immer. Der Himmel, der seine Schleusen öffnet. Das trübe Wetter als Stilmittel, um die Stimmung einzufangen. Die wachsamen Krähen als Todesboten, der geisterhafte Nebel … Aber nichts dergleichen traf zu. Es war einfach nur Tag. So surreal, dass Lizzie wieder zu ihrem Anfangsgedanken zurückkehrte. Das alles musste ein böser Traum sein.

Hinter der Ecke, am Seiteneingang der Kapelle, hatten die Sargträger gerade den Sarg auf dem Einspänner verladen, ein Rappe zog den Wagen mit stolzer, kräftiger Brust, als wäre er Herr einer prunkvollen Kutsche.

Stumm und mit gezücktem Taschentuch reihte sich Lizzie in die Menge ein. Das Ehepaar Woolf hatte sie unter ihre Fittiche genommen. Links Virginia, rechts Leonard. Weitere Freunde und Mitglieder der Bloomsbury Group gingen hinter ihnen. Zuvorderst Elsie Moore, die nur wenige Monate mit dem Professor verheiratet gewesen war. Dass sie ihr Brautkleid in so kurzer Zeit in ein Trauerkleid umwandeln musste, schmerzte alle sehr. Nebst ihrer bodenlosen Trauer wirkte sie zurückhaltend und fragil. Es war sonderbar, einen Menschen in einer solchen Situation kennenzulernen.

Die Trauergesellschaft war am Grab angekommen, und die Männer ließen den Sarg vorsichtig zur Erde hinab. Lizzie hielt den Atem an bei dem Gedanken, dass dabei etwas schiefgehen könnte, doch der Sarg kam gut in der Mulde an.

Wie vorhin bei der Messe ergriff der Priester das Wort. Lizzie lauschte seiner Rede, doch sie erreichte ihren Geist nicht. Sie waren so leer wie die Luft, drangen nicht bis zu ihr. Es kam ihr vor, als hätte sich der Professor nur auf eine seiner langen Reisen begeben. Er würde zurückkommen. Ganz bestimmt. Der Verstorbene, der gerade beerdigt wurde, war nicht der Professor.

Noch immer konnte Lizzie nicht fassen, was geschehen war. Alles war so furchtbar schnell gegangen, und die Bilder in ihrem Kopf waren völlig wirr. Sie hatte Dinge gesehen, die sie nie wieder vergessen würde. Das Geräusch, der Aufprall. Sie sah ihn leblos auf dem Asphalt liegen. Er war sofort tot, das Leben einfach von einem

Schlag auf den anderen ausgehaucht. Und Schreie, wilde, klagende Schreie. Passanten, die zu ihnen eilten, ein Constable, der Lizzie schließlich fortriss und zu beruhigen versuchte.

Auch eine Woche nach dem Unfall tobte es in ihrer Brust, und die Knie zitterten bei der Erinnerung. Sie fühlte sich hilflos und zurückgelassen. Wie ein Kind ohne Eltern.

Und dann auch noch die Gewissheit, dass er ihr etwas hatte sagen wollen. Eine Sache, die ihn das Leben kostete und die sie nie erfahren würde. Was es wohl gewesen war?

Aber Lizzie versuchte, sich zusammenzureißen, nicht nur den wehleidigen Gedanken nachzuhängen. Sie führte sich vor Augen, dass er wahrscheinlich nicht einmal begriffen hatte, was geschehen war. Und dass sie dankbar sein musste, ihn gekannt zu haben.

Bis sie an der Reihe war, eine Rose ins Grab zu werfen, glaubte sie, das hinzukriegen. Nur die Blume nehmen, einmal tief durchatmen, sie hineinwerfen und Platz für den nächsten machen. Nicht zu genau darüber nachdenken, was sie hier tat. Für wen sie das tat.

Aber als sie ans Grab trat und auf den blumenbedeckten Sarg blickte, brachen die Emotionen über sie herein. Sie fühlte sich im wahrsten Sinn des Wortes am Rande eines Abgrundes.

Es war ein Moment der absoluten Verlorenheit, in dem der Verlust eine tiefe Wunde in ihre Seele hackte und ein blinder, stechender Schmerz sie heimsuchte. Es war nun endgültig vorbei. Sie würden nie wieder gemeinsam lachen, über ein Buch diskutieren oder anderweitig ein gutes Gespräch führen. Er würde nie mehr einen Atemzug tun, einen Sonnenuntergang sehen oder seine Frau halten.

Sie war nicht bereit, ihn gehen zu lassen, schüttelte den Kopf und konnte nicht klar denken. Sie wusste bloß, dass es vorbei war.

Mit beiden Händen bedeckte sie ihr Gesicht, während ihre zitternden Finger die Tränen auffingen. Sie konnte gar nicht mehr zu weinen aufhören und glaubte, vor Kummer selbst jeden Moment ins Grab zu fallen.

Es war Virginia Woolf, die schließlich an sie herantrat und sie fest in die Arme schloss, die tröstende Worte murmelte und ihr Haar streichelte. Auch sie weinte um ihren guten Freund.

Und plötzlich fühlte Lizzie sich nicht länger allein. Sie wusste, dass andere genauso litten. Dieses Gefühl des Zusammenhalts spendete ihr die Kraft, den Rest des Tages durchzustehen.

Nach der Beerdigung löste sich die Gesellschaft allmählich auf. Man würde sich individuell zum Anwesen des Professors begeben und dort ein gemeinsames Essen einnehmen, welches die Köchin vorbereitet hatte.

Elsie Moore ging auf Lizzie zu und bot an, sie in ihrer Kutsche mitzunehmen. Sie war um die sechzig, das ergraute Haar kräftig gelockt. Das Trauerkleid zeugte von schlichter Eleganz, dazu trug sie einen dunklen Hut, der mit schwarzem, durchscheinendem Crêpe umhüllt war, und den sie unter dem Kinn festgebunden hatte. In den Wasserlinien ihrer Augen sammelten sich Tränen, und sie duftete nach dezentem Lavendelparfüm.

»Ich wünschte, wir hätten uns unter erfreulichen Umständen kennengelernt. Tom hat Sie sehr geschätzt, müssen Sie wissen.« Sie hielt inne und tupfte sich mit dem Taschentuch die Tränen weg. »Erinnern Sie mich daran, dass ich im Haus noch etwas für Sie habe.« Dann stieg die Witwe des Professors in die Kutsche.

Ehe Lizzie ihr folgte, drehte sie sich ein letztes Mal zum Friedhof um. Es kam ihr vor, als hätte sie jemanden zurückgelassen. Ein törichtes Gefühl, aber für einen kurzen Moment stellte sie sich vor, er würde nachkommen.

Traurig wollte sie sich abwenden, als sie am anderen Ende des Ackers eine nachtschwarz gekleidete Gestalt erkannte. Sie war von Kopf bis Fuß umhüllt und erinnerte mit all der Spitze, dem Gesichtsschleier und den monströsen Stoffbahnen an eine viktorianische Witwe, wie Lizzie sie aus Kindertagen kannte. Nahezu gespenstisch ging die Gestalt auf das Grab des Professors zu.

Verwundert beobachtete Lizzie, wie sie Blumen ablegte. Ob sie weinte oder nicht, konnte sie nicht erkennen. Wer war diese Frau? Eine Angehörige, die zu spät kam? Oder kam sie absichtlich erst jetzt, weil sie nicht von den anderen gesehen werden wollte?

Noch immer rätselte Lizzie über die Gestalt, als diese sich plötzlich erhob und sich zu ihr umdrehte. Sie standen einander gegenüber, vielleicht um die einhundert

Schritte voneinander entfernt. Dazwischen nichts außer geweihter Erde. Ein Wind frischte auf, zeichnete die Silhouette der Trauernden ab. Lizzie wurde wenige Sekunden später vom selben Windstoß erfasst und musste ihren Hut festhalten.

Als sie zu Mrs. Moore in die Kutsche stieg, war ihr so eisig, als wäre gerade ein Geist durch sie hindurchgeschritten.

Nachdem ein gewisser Alkoholpegel erreicht war, tauten die Trauergäste allmählich auf, lachten über schöne Erinnerungen und geizten nicht mit Anekdoten. Nur Lizzie fühlte sich deplatziert. Sie hatte den Eindruck, dass alle den Professor besser gekannt hatten als sie, und es fiel ihr schwer, in Gespräche einzusteigen, war sie doch in Gedanken die ganze Zeit bei der geheimnisvollen Gestalt auf dem Friedhof.

Erstaunlicherweise sprachen viele sie auf den Verlag an und bekundeten ihr Interesse. Das erstaunte sie. Hatte der Professor tatsächlich so viel von ihr gesprochen? Der Gedanke rührte sie.

Später zog sich Lizzie in die Bibliothek zurück. Sie brauchte eine Auszeit von den vielen Leuten und dem Gerede. Ihr Kopf schwirrte, und sie sehnte sich nach Rückzug und Ruhe. Mrs. Moore hatte ihr gesagt, dass sie sich ruhig umsehen solle und alle Bücher mitnehmen dürfe, die ihr gefielen. Sie würde die Bibliothek in absehbarer Zeit in ein Gesellschaftszimmer für ihre Bridgerunde umwandeln.

Da stand Lizzie nun in diesem behaglichen Zimmer und schluckte. Nichts hatte sich verändert, und doch spürte sie in der Luft eine seltsame Fremde. Ein Abschied, als wüssten die ganzen Bücher um ihr Schicksal. Als wäre der Geist der Behaglichkeit bereits vertrieben. Es roch zwar noch nach Tee und Kaminholz, aber nicht länger nach Pfeifentabak. Die Anwesenheit des Professors und der Klang seiner gutmütigen Stimme fehlten.

Ihr Herz fühlte sich ganz kümmerlich an. Jetzt, da die Unumkehrbarkeit seines Todes ihr allmählich die Folgen aufzeigte, tat es mehr weh denn je.

Während Tausende Bücher auf sie herabblickten, ging sie schniefend durch die Regale und legte ihre Auswahl auf einen Clubtisch. Ein Dienstmädchen kam vorbei. Es musste seit ihrem letzten Besuch neu eingestellt worden sein, denn Lizzie hatte sie noch nie zuvor gesehen. Sie brachte ihr eine Kartonkiste, kurz darauf eine zweite und schließlich eine dritte. Die Bücher hatten Lizzie abgelenkt und getröstet. Sie standen ihr bei und schenkten ihr schöne Erinnerungen. Jene, die sie selbst nicht haben wollte, würde Sylvia mit Handkuss nehmen.

Schließlich entdeckte sie einen Märchensammelband von Hans Christian Andersen. Etwas ließ sie die Stirn runzeln. Der himmelblaue Einband, die glänzenden Lettern und die Motive kamen ihr auf seltsame Weise bekannt vor. Ebenfalls golden eingeprägt waren die Figuren eines Frosches auf einer Seerose, einer kleinen Fee und eines Männchens. Lizzie fuhr mit dem Finger über die Prägung und fühlte ganz vage am Rande ihres Bewusstseins eine Erinnerung. Doch sie war zu schwach. Wieder kam ihr die Frage auf: Was wollte Mr. Moore ihr kurz vor seinem Tod sagen?

Die Hoffnung keimte auf, dass die Witwe mehr wusste, doch sie schüttelte bedauernd den Kopf. »Aber vielleicht finden Sie eine Antwort in den Sachen, die der Professor Ihnen hinterlassen hat.« Sie wandte sich zum Dienstmädchen. »Florence, wo haben Sie die Sachen für Miss Wellington?«

»Miss Wellington?«, fragte die junge Frau sichtlich verwirrt. »Aber ich habe ihr bereits heute Vormittag alles ausgehändigt.«

Verblüffende Stille. »Sie meinen während der Beerdigung?«, hakte Mrs. Moore nach. »Nun, das kann nicht sein, denn Miss Wellington war die ganze Zeit bei mir und steht nun vor Ihnen.«

»Aber …« Erschrocken fasste sich das Mädchen an den Mund. »Eine Miss Wellington kam hierher, um die Hinterlassenschaft des Professors abzuholen. Die Dame trat mit einer solchen Selbstverständlichkeit auf und verlangte nach ihrem Besitz, dass ich mir nichts weiter dabei dachte.«

»Sie haben ihr die besagten Gegenstände ausgehändigt?«

Das Dienstmädchen nickte, während sie mit dem Handrücken einen Schweißtropfen von der Stirn tupfte. »Fotos, Briefe …«

Erbost und verwirrt zugleich schnaubte die Witwe. »Wie sah die besagte Dame denn aus?«

Das Dienstmädchen druckste herum. »So genau kann ich das nicht sagen. Sie war vollständig in Trauer gehüllt. Sogar mehr als Sie, Ma'am.«

45. KAPITEL

London, September 1925

So viele Fragen blieben ungeklärt, so viele Schrecken unverdaut. Lizzie plagten heftige Weinkrämpfe, die sie in völlig unerwarteten Momenten ereilten. Auf dem Weg durch die Stadt, wenn sie im Restaurant einem alleinstehenden Herrn begegnete, wenn sie ein älteres Ehepaar sah oder ein Großvater mit seinem Kind im Park spielte. Sie schreckte nachts auf, wenn sie vom Unfall träumte, oder schluchzte aus dem Nichts auf, wenn sie tagsüber etwas erlebte, das sie dem Professor gern erzählen wollte. Wenn sie lachte und plötzlich ein schlechtes Gewissen bekam, weil sie sich bereits wieder an Dingen erfreuen konnte.

Aber zwei Wochen nach dem Tod von Mr. Moore veränderte sich die Art des Kummers. Die Verzweiflung fühlte sich nicht mehr so bodenlos an, war einer Form von Akzeptanz gewichen.

Dennoch fiel es Lizzie schwer, allmählich wieder an das Geschäft zu denken. Gleichzeitig war sie froh um die Ablenkung. Bücher waren schon immer ihre zuverlässigsten Tröster, manchmal genügte allein der Anblick eines vollen Regals, und das wohlige Gefühl breitete sich in ihr aus, sich in den nächsten Stunden darin zu verlieren. Gewissenhaft wählte sie aus, welche Bücher sie Sylvia mit nach Paris bringen würde. So verbrachte sie ihre dritte Woche in England damit, für den Bestand einzukaufen, ehe zu Hause in der Wahlheimat der Alltag wieder auf sie wartete.

Unmittelbar vor ihrer Abreise war sie bei Mr. und Mrs. Woolf in ihrem neuen Domizil am Tavistock Square 52 in London eingeladen.

Jedes Mal, wenn Lizzie der britischen Autorin und Verlegerin begegnete, fielen ihr deren kluge Augen auf. Sie traten leicht hervor und waren kaum mit Wimpern oder Augenbrauen versehen. Das dunkelblonde, fast braune Haar hatte sie mit einem schlichten Knoten hochgesteckt. Ihr Gesicht war eher lang, die Haut sehr zart. Ihre Brillanz schwebte greifbar in der Luft, wie eine Aura.

»Schön, dass Sie gekommen sind. Es hätte den Professor sicherlich gefreut, zu wissen, dass wir miteinander verbunden bleiben.«

Virginia sprach ein sehr wohlklingendes britisches Englisch, das zurückhaltend und ein klein wenig nasal klang. Die Betonungen ihrer Worte glichen einem Auf und Ab wie bei leichtem Wellengang.

Kurz nachdem Lizzie sich im Wohnzimmer auf ein Sofa gesetzt hatte, gesellte sich Leonard zu ihnen. Er kam direkt aus dem Souterrain, wo das Ehepaar ihre Druckerei einquartiert hatte.

Auch er war Schriftsteller. Besonders die Erinnerungen aus seiner Dienstzeit in Ceylon und die dortigen Verhältnisse hatten viele bewegt.

In den Bücherregalen entdeckte Lizzie die Publikationen der Hogarth Press und schwelgte mit dem Ehepaar gemeinsam in Erinnerungen. Wie bewegend, all diese Bücher ihrer Bekannten vereint zu sehen. Es war ein wenig, als wären ihre Freunde dadurch ebenfalls anwesend.

»Das ist das Schönste, was ich mir für meinen Verlag wünschen könnte. Ein eigenes Regal voller Publikationen. Drucken Sie alle Bücher selbst?«

Virginia schüttelte den Kopf. »Nur die kleineren Werke. Umfangreiche schicken wir in eine große Druckerei.«

Die Antwort leuchtete ein und kam mit solcher Selbstverständlichkeit, dass Lizzie erneut an den Rat des Professors denken musste.

»Wenn Sie möchten, können Sie sich nachher im Verlag umsehen«, bot Leonard an, während er seinen Tee rührte.

»Ja, sehr gern. Mr. Moore meinte, ich könne viel von Ihnen lernen.«

Ein mildes Lächeln umspielte Virginias Lippen. »Wir helfen gern.«

»Oh, ich vergaß, Sie veröffentlichen dieses Jahr ebenfalls ein Buch«, fiel Lizzie ein.

»So ist es. *Mrs Dalloway* erschien im Mai.«

Ihr wurde es warm um die Ohren. »Herrje! ... und ich habe es noch nicht gelesen.«

»Das macht nichts«, beschwichtigte Virginia. »Bücher können eine Menge, doch Weglaufen gehört zum Glück nicht dazu.«

»Haben Sie ein Exemplar hier, welches ich kaufen dürfte? Signiert?«

Virginia stand auf und ging zu einem Bücherregal. Dort hatte sie noch ein paar Ausgaben ihres neuesten Buches übrig. »Es wird bereits eine zweite Auflage gedruckt«, erklärte sie mit einem leichten Anflug von Stolz. »Und das, obwohl die Zeitungen sich eher bedeckt hielten.«

Lizzie erinnerte sich an eine dieser Pressemitteilungen. »Sie haben mit dem Bewusstseinsstrom experimentiert, nicht wahr?«

»Ein augenscheinlich gewöhnlicher Tag der Clarissa Dalloway, einer Dame aus der oberen Mittelschicht. Wenige Handlungen, aber viele innere Prozesse, das ist richtig«, bestätigte Virginia.

»Das erinnert mich an Joyce.« Wie Lizzie wusste, hatte die Hogarth Press den *Ulysses* abgelehnt, ehe sich Sylvia seiner annahm. Ob sie diesen Entscheid nachträglich bedauerten?

»Man kann einen Schreibstil bewundern, auch wenn einem das Manuskript missfällt. Inhaltlich war mir *Ulysses* zu primitiv, zu gewollt schockierend. Sie wissen sicherlich, was ich meine, Sie haben schließlich bei der Publikation mitgewirkt.«

Inzwischen hatte sich Virginia ein Exemplar geschnappt und setzte sich an ihren Sekretär. Sie schlug das Buch auf, griff zu Feder und Tinte und starrte kurz in die Luft. »Den Wievielten haben wir heute schon wieder? Ach ja.«

Dann kratzte die Füllfeder über das Papier.

»Es ist unglaublich, was der Bewusstseinsstrom über einen selbst offenbart«, sagte sie, während die Tinte trocknete. »Es ist mein bisher persönlichstes Buch. Selbst wenn wir glauben, dass nichts von unserem Privatleben auf das Papier gebracht wird, so steckt dennoch unsere ganze Persönlichkeit dahinter. Das ist weitaus intimer.«

»Sie haben demnach beim Schreiben vieles über sich selbst gelernt?«

Virginia saß noch immer an ihrem Sekretär, doch zum ersten Mal an diesem Tag blickte sie Lizzie direkt in die Augen. Einen Moment glaubte Lizzie, darin Furcht zu erkennen.

»Ja, und es war, als hätte ich in einen tiefen Abgrund geblickt und mich dabei selbst gesehen.«

Später, nachdem Leonard ihr einen Rundgang durch den Verlag gewährt hatte, machten sie sich zu einem Spaziergang auf.

Das Haus befand sich einen Fußweg von etwa zehn Minuten vom Regent's Park entfernt. Lizzie genoss die herbstliche Luft und die Weite des Parks. Als ein frischer Wind aufzog, vergrub sie ihre Hände in den Jackentaschen.

»Im Sommer kann man hier wunderbar Wildvögel beobachten«, berichtete Leonard. Er und Lizzie unterhielten sich über Belanglosigkeiten, während Virginia ein Stückchen vorausging. Bald befand sie sich außer Hörweite, und Lizzie wollte vorschlagen, etwas schneller zu gehen, um sie wieder einzuholen.

»Lassen Sie sie ruhig. So kann sie ungestört ihren Gedanken nachgehen.«

Lizzie beobachtete die große Frau in ihrem bordeauxroten Mantel mit dem Zobelkragen. Sie wirkte so fragil, so niedergeschlagen, dass sie schwer aufseufzte. »Sie trauert wohl um unseren Professor.«

»Das tut sie gewiss, aber ich kenne sie nicht anders.« Kurz hielt Leonard inne, als müsse er seine Worte sorgfältig abwägen. »Klug wäre eine Untertreibung, Virginias Verstand ist hervorragend. Doch sie zahlt einen hohen Preis dafür. Manchmal erdrückt ihre Einfühlsamkeit sie. Dann glaubt sie zuweilen, die ganze Last der Welt auf ihren Schultern zu spüren.«

Lizzie nickte stumm. Auch der Professor hatte einmal eine Andeutung gemacht. Offensichtlich ging Leonard davon aus, dass sie Bescheid wusste.

»Ich tue mein Bestes, um diese Ausbrüche zu verhindern, und führe akribisch Buch über ihren Gemütszustand, um die Anzeichen rechtzeitig zu erkennen. Seit einem Jahr ist sie wieder stabiler. Aber das kann sich jederzeit ändern, und ich habe große Angst davor, eines Tages zu spät nach Hause zu kommen, und es ist passiert.«

»Letztendlich können Sie es nicht mit hundertprozentiger Sicherheit verhindern. Das kann niemand. Wichtig ist, dass Sie ihr zeigen, dass Sie für sie da sind.«

Eine Weile schwiegen sie, ehe Lizzie wieder das Wort

ergriff: »Sie scheinen sich sehr zu lieben, und das wird Ihnen viel Kraft geben.«

»Nun ja. Eher wie Geschwister. Wir beide hätten gerne Kinder gehabt. Aber um Kinder zu haben ...« Er wagte nicht, weiter auf das Thema einzugehen. Lizzie konnte sich denken, wie viel Überwindung es ihn kostete, diese intime Geschichte mit ihr zu teilen.

Gerührt legte sie ihre Hand auf seine Schulter. »Sie sind ein guter Ehemann, und das weiß Ihre Frau mit Sicherheit. Eine gleichwertige, freundschaftliche Allianz ist genauso wertvoll.«

Leonard sah sie aufrichtig an. »Ich danke Ihnen für Ihre Worte. Sie werden mich aufrecht halten, wenn ich wieder Zweifel habe.« Er atmete tief durch und machte eine wegwerfende Handbewegung. »Nun aber genug davon. Widmen wir uns lieber den erfreulichen Dingen. Erzählen Sie mir ein wenig von Ihrem Verlag.«

Bei dieser Aufforderung starrte Lizzie auf ihre Schuhspitzen. »Da gibt es noch nicht viel zu erzählen. Ich bin erst am Anfang.« Sie fasste ihre bisherigen Projekte und Ideen zusammen, die Leonard sich interessiert anhörte.

Ein Lächeln huschte über sein Gesicht. »Das erinnert mich an unsere Anfangszeit. Im Wohnzimmer haben wir die Autoren und Leute von der Presse empfangen, im Schlafzimmer die Romane redigiert, in der Küche gedruckt und im Esszimmer gebunden. Es war unser ganzes Leben.«

»Das hört sich so an, als seien Sie beide sehr glücklich bei dem, was Sie tun.« Lizzie lächelte und spürte wieder diesen Stich in der Brust, als sie an den Professor dachte, der ihr die Bücher erst so nahegebracht hatte.

»Sind Sie es denn nicht?«, fragte Leonard erstaunt, als er ihr Schweigen und das leicht melancholische Lächeln bemerkt haben musste.

»Doch, natürlich. Aber hier und da habe ich eben Sorgen. Schaffe ich es, die Termine einzuhalten? Werden sich genug Interessenten melden und das Buch vorbestellen? Wie hoch ist das finanzielle Risiko?«

»Ja, die lieben Sorgen um den Verlag. Die sind mir durchaus bekannt. Geldsorgen, Termindruck, Lieferverzögerungen – ich fürchte, ich habe hier kaum vernünftige Ratschläge für Sie. Bloß den einen: Der Tag, an dem Sie keine Sorgen haben, ist der Tag, an dem Ihnen langweilig wird. Zweifeln Sie nicht zu sehr an sich. Sie hätten Mr. Moore sehen sollen, als er uns von Ihrer Verlagsgründung berichtete. Er sprach stets liebevoll über Sie und war davon überzeugt, dass Sie alles meistern würden, was Sie sich vornehmen.«

Lizzie errötete. »Das ist nicht wahr.«

»Und ob das wahr ist«, widersprach Leonard sanft. »Vertrauen Sie seinem Urteil. Glauben Sie an sich.«

Glauben Sie an sich. Diese Worte begleiteten Lizzie auf dem Zug nach Southampton, der Fähre über den Ärmelkanal und schließlich bis nach Paris.

Es war eine lange, beschwerliche Reise, die so träge vorankam, wie Lizzie sich fühlte. Ein Unwetter hatte alles verzögert.

Nach einem kurzen Aufenthalt in ihrer Wohnung, wo sie ihr ganzes Gepäck abstellte, machte sie sich gleich zum Atelier auf. Bis sie dieses erreicht hatte, fühlten sich ihre Gliedmaßen bleischwer an. Der Rücken schmerzte, und ihr Kleid war zerknittert.

Später würde sie von sich behaupten, dass sie nie an einem tieferen Punkt angelangt war, was ihren Verlag betraf. Das Letzte, was Lizzie jetzt tun wollte, war, an der Anthologie zu arbeiten. All die Sorgen und Probleme fielen ihr wieder ein. Aber sie wusste auch, dass sie sich nicht davor drücken konnte. Sie hatte einen Zeitplan einzuhalten, und da sie länger als geplant in England geblieben war, hinkte sie diesem gehörig hinterher.

Sie schloss die Tür auf, aber als sie sie aufdrücken wollte, spürte sie, dass sie durch etwas blockiert war. Und dann, als Lizzie es doch irgendwie geschafft hatte, einzutreten, sah sie das Hindernis.

Überwältigt ging sie auf die Knie und schluchzte dabei hemmungslos.

Es war ein Berg voller Vorbestellungen für ihre Anthologie.

46. KAPITEL
Paris, Dezember 1925

Lizzie hatte es geschafft, sie konnte sich vor Anfragen kaum noch retten. Nun stand einer Veröffentlichung nichts mehr im Weg, und sie musste tunlichst eine Druckerei ausfindig machen. Bald fand sie eine, die einer jungen Kriegswitwe gehörte, welche den Betrieb von ihrem Mann übernommen hatte. Als Lizzie ihr den Produktionsauftrag gab, fiel eine riesige Last von ihren Schultern.

Aber es blieb ein Auf und Ab. Sie machte zwei Schritte nach vorn und einen zurück, aber immerhin kam sie voran. Die meisten ihrer Freunde wussten noch nicht, was mit dem Professor geschehen war, und reagierten entsprechend bestürzt. Das riss auch bei Lizzie alte Wunden auf.

An manchen Tagen fühlte sie sich mutig und entschlossen, aber im nächsten Moment brach alles über sie herein. Dann verschlang der Kummer ihre ganze Kraft, und nichts bereitete ihr mehr Freude. Selbst das Lesen nicht mehr.

Wenn sie sich trotzdem dazu überwinden konnte, ein Buch in die Hand zu nehmen, rieb sie sich nach wenigen Seiten die Stirn und klagte über Kopfweh. Sie wollte die

Geschichte gar nicht erfahren, hatte das Gefühl, schon alles gelesen zu haben. Bücher, an denen sie früher großen Gefallen gefunden hatte, empfand sie nun als plump, altbacken und geistlos.

Ihre innere Lesestimme klang monoton und schläfrig, als läge die Zunge quer wie ein toter Fisch im Mund. Dieses Dürsten nach Leben und Erleben war verschwunden. Dabei hieß es doch, ein düsteres Gemüt würde die Schaffenskraft anspornen. Aber nicht bei ihr.

Diese Gefühlsschwankungen hielten an, bis in den Dezembertagen der erste Schnee fiel. Seit dem Tod des Professors ging Lizzie nicht mehr aus. Sylvia und Adrienne hielten sie zwar tagsüber auf dem Laufenden und erkundigten sich nach ihr, aber wenn sie fragten, ob Lizzie mit ihnen die Stadt unsicher machen wolle, wich sie aus. Madame Milhaud war für ein halbes Jahr auf Geschäftsreise in New York, die Hemingways in den Skiferien.

Offensichtlich kriselte es bei ihnen, wie Hadley ihr vertraulich berichtete. Eine neue Frau sorge für Ärger und sei Hem sehr zugetan. Lizzie war froh, nicht mit der Familie gereist zu sein, wie diese es vorgeschlagen hatte. Sie ertrug es zurzeit einfach nicht, unter Menschen zu sein, arbeitete tagtäglich nach Feierabend in ihrem Atelier weiter und schloss bereits neue Verträge mit jungen Autorinnen ab.

Und so kam es, dass Lizzie ganz allein war, als sie ihr erstes Exemplar des ersten Bandes von *Ungehorsame Lilith* per Bote zugeschickt bekam und es in den Händen hielt. Das war ihr Verdienst, endlich hatte sie es geschafft. Als wäre sie nach einer langen, ziellosen Reise angekommen.

Plötzlich überkamen sie all die Gefühle, die sie in den letzten Monaten verdrängt hatte. In ihren Gedanken hatte sie diesen Punkt schon oft erreicht, das Buch befühlt, daran gerochen, es zum ersten Mal aufgeschlagen. Sie hatte in ihrer Vorstellung Glück dabei empfunden, eine große Feier in der Closerie des Lilas gegeben und mit perlendem Champagner angestoßen, Charleston getanzt und gefeiert. Vor allem aber hätte sie den Professor angerufen und ihm berichtet.

Aber nichts davon geschah. Erschöpft setzte Lizzie sich auf ihr Canapé, legte das Buch weg und schluchzte, konnte gar nicht mehr damit aufhören. Sie hatte ihr Ziel erreicht, aber dieses elende Gefühl der Leere verschlang sie.

Auf einmal klopfte jemand an den Türrahmen. »Hallo?«

Erschrocken blickte Lizzie auf und schnappte nach Luft. »Jolene?«

Sie stand vor ihr in einem türkisfarbenen Mantel mit passendem Glockenhut. Vereinzelte Schneeflöckchen hatten sich am feinen Stoff verfangen und schmolzen allmählich zu kleinen Tröpfchen.

Nun öffneten sich die Schleusen erst recht, denn als Lizzie die eine Person sah, die sie am meisten vermisste, begann sie zu zittern.

»Du warst so lange nicht mehr in der Dingo Bar. Ich habe mir Sorgen gemacht.« Jolene setzte sich zu ihr auf das Canapé, streifte ihren linken Lederhandschuh ab und berührte Lizzies Wange.

Lizzie erschauderte von der Berührung und senkte den Blick.

»Und allem Anschein nach zurecht. Was ist los?«

»Ich … ich habe ein Buch verlegt«, schluchzte sie und griff nach dem Belegexemplar neben sich.

Sofort erhellte sich Jolenes Gesicht. »Es ist fertig? Großartig! Das war doch die ganze Zeit dein Traum. Aber wieso weinst du?«

Obwohl Lizzie es versuchte, fühlte sie sich nicht in der Lage, ihr eine vernünftige Antwort zu geben. Sie brachte bloß unter Tränen ein verzweifeltes Lächeln hervor.

»Tut mir leid, was mit dem Professor passiert ist. Ich hab's von den anderen gehört.« Jolene senkte den Blick und strich sich verunsichert über die Hände. »Die ganze Zeit über wollte ich deswegen zu dir, aber ich war mir nicht sicher, ob du mich sehen wolltest. Nach all dem.«

»Und wie ich froh bin, dich zu sehen. Du hast mir schrecklich gefehlt.«

»Ach Süße, du mir auch.« Gerührt legte sie einen Arm um Lizzie und drückte sie. »Aber jetzt müssen wir ein wenig an die frische Luft und allen von deiner Errungenschaft erzählen. Wir machen eine Runde bis zum Boulevard Saint-Germain und geben deinen Freunden Bescheid. Komm, Lizzie. Steh auf! Wasch dein Gesicht und mach dich bereit. Und vergiss vor allen Dingen nicht, dein Buch mitzunehmen.«

Es war Sonntagmorgen, als Lizzie und Jolene lachend und Arm in Arm von der Party nach Hause taumelten. Auf den Straßen befand sich kaum ein Mensch, und die Seine lag unter einem Nebelschleier verborgen. Sie liebte diese atmosphärische Uhrzeit, wenn selbst eine Stadt wie Paris zum Erliegen kam. Während ihre Freundin den Arm um eine Laterne schlang und einen Jazzsong trällerte, drehte sich Lizzie nach ihr um, und ihr wurde warm ums Herz.

»Ich danke dir so sehr, dass du mich aus dem Verlag geholt hast. Es war schön, alle zu sehen und ausgelassen zu sein.«

Jolene schloss wieder zu ihr auf. »Ich wusste doch, dass dir was fehlt.«

Nun ja, du hast mir gefehlt, hätte Lizzie am liebsten gesagt, aber sie wagte es nicht. Es stimmte, sie hatte Jolene schrecklich vermisst. Wie sehr, wurde ihr bewusst, als sie an die letzten Monate zurückdachte. Sie fühlte sich in Jolenes Gesellschaft so wohl in ihrer Haut. Die Zeit verging viel zu schnell, und das Herz raste in wunderbarer Aufregung. Doch das führte sie ebenfalls zu einem altbekannten Problem: Sie hatte noch immer Gefühle für sie. War es also vernünftig, sie wieder in ihr Leben zu lassen?

»Was hast du? Du bist plötzlich so still.«

»Es ist nichts«, wich Lizzie aus, während sie den Quai des Grands Augustins entlanggingen und sich vor ihnen die Türme der Notre Dame erhoben. Zum Glück fiel ihr rasch eine Notlüge ein. »Nur schade, dass die Bouquinisten so früh am Morgen geschlossen haben.« Mit zusammengepressten Lippen deutete sie zu den grünen Läden.

Jolene gluckste. »Ach Lizzie. Zu Hause warten genug Bücher auf dich, zumal du schon eines in der Tasche trägst. Aber schau nur!«

Sie deutete auf einen verriegelten Stand, der in der Einlassung der Mauer ein paar Bücher deponiert hatte. Offensichtlich hatte der Besitzer zu wenig Platz in der Lade. Neugierig gingen die Frauen hin.

»Ist das nicht etwas riskant, wenn die hier frei herumstehen? Ohne Aufsicht?«, fragte Jolene.

»Jetzt sieh an, wer noch besorgt um Bücher ist«, entgegnete Lizzie und stieß ihr mit dem Ellenbogen in die Seite. »Ach, Leser stehlen nicht und Diebe lesen nicht, so lautet jedenfalls ein Sprichwort. Ich denke nicht, dass die Bücher in Gefahr sind. Oh, sieh mal!«

Und schon hielt sie eines in der Hand. »Das ist ein Märchensammelband von Hans Christian Andersen. Ich habe zu Hause die gleiche Ausgabe.« Die Worte versetzten ihr einen kleinen Stich, und wehmütig sah sie Jolene an. »Sie gehörte dem Professor.«

»Dann ist das Buch jetzt an einem guten Ort.« Liebevoll berührte ihre Freundin Lizzies Schulter, sodass ein Schauder sie erfasste. »Und welches ist dein Lieblingsmärchen?«

Sie brauchte nicht lange zu überlegen. »Das der kleinen Meerjungfrau.«

»Die Geschichte kenne ich gar nicht. Worum geht es?«

Lizzie fasste das Märchen zusammen, und als sie endete, blickte sie in Jolenes bekümmertes Gesicht.

»Wie traurig.«

»Es ist noch trauriger, wenn man die Hintergrundgeschichte kennt. Hans Christian Andersen war zum Zeitpunkt, als er die Geschichte geschrieben hat, sehr unglücklich verliebt – in seinen Freund. Doch er konnte seine Gefühle nicht offenbaren. Verstehst du … er hatte wie die Meerjungfrau keine Stimme. Er musste alles im Stillen ertragen. Der Freund erfuhr nie, wie sehr er geliebt wurde. Er … er heiratete eine andere.«

Danach war Lizzie gezwungen, sich abzuwenden, um ihr Zittern zu verbergen. Schon wieder hatten ihre Gefühle sie verraten. Wie sehr sie sich dafür hasste! Sie zerstörte gerade eine Freundschaft, die sie eben erst wieder zum Leben erweckt hatte.

Auch Jolene war nicht einfältig. Ihrer Mimik nach verstand sie deutlich, was Lizzie ihr gesagt hatte. Ihr Schweigen machte alle Hoffnung zunichte, die in ihr schon wieder aufgekeimt war. »Lizzie …«

Nein, sie wollte das nicht hören. Aus der Ferne erklang ein Glockenschlag der Notre Dame, als wäre es ein mystisches Signal. Rasch legte Lizzie das Märchenbuch zurück. »Ich … ich sollte jetzt gehen.«

Bis Lizzie zu Hause war, hatte sie keinen klaren Gedanken fassen können. Alles drehte sich im Kreis, und die durchgemachte Nacht forderte allmählich ihren Tribut. Erschöpft und niedergeschlagen streifte sie die Schuhe ab und ließ ein Bad ein.

Sie wusch Pomade und Zigarettengestank aus ihrem Haar und rollte es noch nass mit Lockenwicklern ein, danach setzte sie eine Haube auf und trottete im Kimono in die Küche, um Wasser zu kochen. Was sie jetzt brauchte, war ein starker Tee und ein Buch, damit sie sich im Bett verkriechen und vor der Welt verstecken konnte.

Doch es gelang ihr nicht. Die ganze Zeit musste sie an Jolene denken. An ihr stürmisches Herz und die Aussichtslosigkeit. Im Märchen verwandelte sich die kleine Meerjungfrau in Meerschaum, weil sie scheiterte. Doch das bedeutete nicht ihren Tod. Denn durch ihre bedingungslose Zuneigung und Selbstlosigkeit erhielt sie trotzdem eine unsterbliche Seele, wie sie normalerweise nur Menschen bekamen. Es ging im Märchen nicht nur um unerfüllte Liebe, sondern darum, mit dieser zurechtzukommen. Frieden zu erlangen. Ob es Hans Christian Andersen eines Tages gelungen war, den Seelenfrieden zu finden, den er seiner Meerjungfrau zugestanden hatte?

Gedankenverloren ging Lizzie zum Fenster.

Obwohl der Morgen so vielversprechend aussah, zogen nun Wolken auf, und es roch nach Regen. Ein Schauer folgte, wie sie es schon lange nicht mehr erlebt hatte. Eine Weile stand sie am offenen Fenster und beobachtete das Naturspektakel. Als sie es wieder schließen wollte, sah sie eine Frau die Straße herunterrennen.

»Was machst du denn hier?«, fragte sie verwundert, als Jolene wenige Sekunden später außer Atem und bis auf die Haut durchnässt vor ihr stand. Filzhut und Jacke trofen, und ihre Brüste gingen heftig auf und ab, weil sie so außer Atem war. Jolene war so attraktiv und begehrenswert, während Lizzie Lockenwickler und Haube trug.

»Ich habe es zu Hause nicht ausgehalten, also bin ich

die ganze Zeit gelaufen. Was du vorhin gesagt hast ... Was du damit meintest ...«

Dieser bedeutungsschwere Blick, ihr Duft ... Lizzie konnte die Anziehungskraft, die Jolene auf sie ausübte, nicht länger ertragen.

»Du hättest nicht herkommen sollen. Nicht nach alldem«, entgegnete sie mit zittriger Stimme. »Ich wünschte, ich wäre nicht unglücklich verliebt. Ich wünschte, ich hätte diese Gefühle nicht für dich, denn so würde ich nicht das zerstören, was mir so viel bedeutet.«

»Aber das ist es ja«, unterbrach Jolene sie energisch. »Lizzie, du gehst mir nicht mehr aus dem Kopf! Zu lange habe ich mich von meinen eigenen Gefühlen abgewendet, weil ich Angst davor hatte. Aber jetzt will ich mutig sein und dir endlich sagen, dass sich etwas geändert hat. Dass ich das Gleiche empfinde.«

Da machte sie einen Satz auf Lizzie zu, schlang die Arme um sie, und endlich, endlich spürte sie Jolenes Lippen auf den ihren.

Sie fühlten sich noch weicher, noch traumhafter und noch zärtlicher an, als Lizzie es sich je erträumt hatte. Tausende Gefühle des Glücks schossen durch ihren Körper. Sie hatte Jolene und konnte es gar nicht fassen.

»Ich bin im Himmel«, raunte Lizzie später, als sie wieder zu Atem gekommen waren. Jolene lag neben ihr und schob ihre Hand unter die von Lizzie.

»Das war schön«, flüsterte sie. »Warum bin ich so lange vor meinen Gefühlen davongelaufen?«

»Du hast Zeit gebraucht«, antwortete Lizzie und hauchte ihr einen Kuss auf die Lippen. »Aber das macht nichts. Was zählt, ist das Hier und Jetzt.«

Lizzie hatte noch immer die Lockenwickler auf, denn es reichte vorhin schlichtweg nicht mehr, sich zu frisieren. Viel zu stark hatten Sehnsucht und Leidenschaft sie beide erfasst. Zugegeben, sie hätte sich vielleicht gerne etwas hübscher zurechtgemacht, ehe sie das erste Mal mit Jolene schlief, aber sie war selig und vollkommen zufrieden damit, wie alles gekommen war. Jetzt aber zwickte die Kopfhaut so sehr, dass sie in keiner angenehmen Position weiterkuscheln konnte.

»Na los, befrei dich von diesen Dingern«, forderte Jolene sie auf.

So elegant, wie es Lizzie in ihrer Aufmachung möglich war, stieg sie aus dem Bett und griff nach ihrer Haarbürste, die auf ihrer Kommode lag. Während sie sich Strähne um Strähne von ihren Wicklern befreite, stand Jolene auf. »Deine Buchsammlung ist gewachsen seit dem letzten Mal. Hast du überhaupt noch Platz?«

Mit gespielter Ratlosigkeit sah Lizzie sie an. »Eigentlich nicht. Aber sie haben dem Professor gehört. Dagegen bin ich machtlos. Ich muss sie einfach behalten.«

»Du könntest eine Buchhandlung eröffnen.«

»Oje, nicht auch noch das!«

Jolene lachte und sah sich die Bücher an. »Und hier ist ja das Märchenbuch. Darf ich?«

Lizzie nickte und widmete sich wieder ihren Haaren.

»Nur zu, aber sei vorsichtig beim Umblättern. Die Seiten sind sehr dünn.«

Das Foto fiel heraus, als Jolene just das Kapitel der kleinen Meerjungfrau aufschlug. Wie ein Herbstblatt flatterte es auf den Boden, mit der Rückseite nach oben.

Lizzie runzelte die Stirn. »Was ist das?«

Jolene hob es auf und reichte ihr das Foto. Etwas stand mit feinem Bleistift darauf geschrieben:

Hyde Park, 1895 mit Tochter

Verwundert drehte Lizzie das Bild um. Mr. Moore hatte nie etwas von einem Kind erzählt. Warum er ihr das wohl verheimlicht hatte?

Ein Lächeln huschte über ihr Gesicht, als die den deutlich jüngeren Professor erkannte, der auf einem Gartenstuhl an einem mit Teetassen und Kuchen gedeckten Tisch saß und leicht seitlich in die Kamera blickte. Auf dem Schoß hielt er ein Kleinkind, die winzigen Hände umklammerten die beiden Zeigefinger des Professors. Sein Gesichtchen entzog sich der Linse. Es schaute zu Mr. Moore hinauf, seinem Vater. Es war in so viel weiße Spitze und Rüschen gehüllt, dass es wie eine Kugel aussah.

Lizzie musste grinsen. Auch ihre Mutter hatte sie damals in ganze Stoffbahnen eingehüllt. Es war die gängige Mode gewesen. Und plötzlich schlug die Erkenntnis wie der Blitz ein.

Das Mädchen auf dem Foto war sie.

47. KAPITEL

London, Dezember 1925

Es bedurfte keiner weiteren Erklärungen mehr, als Lizzie zwei Tage später unangekündigt im Haus ihrer Mutter eintraf. Diese hatte gerade ein paar Freundinnen zum Lunch und für eine anschließende Runde Bridge eingeladen, doch ein Blick genügte, und sie wusste Bescheid.

Wie immer, wenn Lady Wellington ihren Besuch loswerden musste, gab sie vor, die Migräne würde gleich über sie herfallen. Damit das Personal in Ruhe aufräumen konnte, deutete ihre Mutter Lizzie, sie möge ihr doch in die Bibliothek folgen.

Da standen sie nun, und plötzlich wusste Lizzie nicht mehr, was sie sagen sollte. Ihr Kopf fühlte sich wie ein Ballon kurz vor dem Platzen an. Gestern noch hatten die vielen Gedanken ihr den Schlaf geraubt. Unentwegt war ihr durch den Kopf gegangen: *Der Professor war mein Vater. Tom Moore war mein Vater. Und er wollte es mir sagen.*

Nun aber fühlte sie sich schläfrig, erschöpft und ausgelaugt, wie damals, als sie auf dem Operationstisch lag und der Anästhesist ihr die Maske mit dem Narkosemittel angelegt hatte. Als würde der Sauerstoff plötzlich nicht mehr bis zu ihrem Gehirn gelangen. Man müsste meinen, wenn Worte zum Hauptberuf einer Person gehörten, durfte sie nie um solche verlegen sein. Aber Lizzie war sprachlos.

Stattdessen reichte sie ihrer Mutter die Fotografie, die alles verändert hatte. Sie sah ihr sofort an, dass sie das Bild erkannte. Voller Bedauern legte Lady Wellington ihre Stirn in Falten, als habe sie schwere Schuld auf sich geladen.

Endlich ergriff Lizzie das Wort. »Ich nehme an, das war der Grund, weswegen du in Oxford die Dinge abgeholt hast, die für mich bestimmt waren.«

Ihre Mutter schnappte nach Luft, machte kehrt und eilte zur Bar. »Drink?«

»Nein.«

»Nun, du verzeihst.« Sie schenkte sich ein bemerkenswert volles Glas mit irischem Whiskey ein. Während sie Lizzie den Rücken zukehrte, trat diese hinter sie und hauchte mit scharfer Zunge: »Du warst auf der Beerdigung.«

Mit einem Zug war das Glas leer. Geräuschvoll knallte Lady Wellington es auf das polierte Tropenholz. »Ja. Und ich habe dir dabei direkt in die Augen gesehen.«

Plötzlich war ihre Mutter den Tränen nahe. Die Haut war gerötet.

»Weißt du, auch ich habe einen Menschen verloren, den ich geliebt habe.«

»Geliebt!« Lizzie stieß ein boshaftes Lachen aus. »Als ob du dazu in der Lage wärst.«

»Natürlich, du Närrin. Ich habe um ihn getrauert, aber

ich durfte es niemandem zeigen, es niemandem erzählen. Ich musste ganz allein damit zurechtkommen.«

»Soll ich nun Mitleid mit dir haben? Du hast mich meines Vaters beraubt!«

»Du hattest Lord Wellington, und ich habe den Eindruck, dass er nicht übel zu dir war«, sagte ihre Mutter mit kalter, jedoch zittriger Stimme.

Fassungslos schüttelte Lizzie den Kopf. »Meinen wahren Vater! All die Jahre, in denen ich mich nach familiärer Zugehörigkeit gesehnt habe und mich fragte, was mit mir nicht stimmt. Warum ich so anders bin als ihr. Du hast gesehen, wie verloren ich mich fühlte, doch es war dir gleich.«

»Gleich war es mir nicht«, entgegnete ihre Mutter verletzt. »Ich hatte meine Gründe. Außerdem habe ich ihm ermöglicht, dennoch Teil deines Lebens zu sein. Dich zu führen und dir ein gutes Vorbild zu sein. Damit du jemanden hast, der dir nahesteht. Denkst du, ich habe mir nichts dabei gedacht?«

»Er war dein Angestellter. Er war nie Teil der Familie.«

Beim Wort »Familie« brach alles über Lizzie zusammen. Dabei wollte sie doch einen kühlen Kopf behalten, beherrscht auftreten, damit die Worte scharf wie ein Messer herauskamen. Doch stattdessen schluchzte sie und schnappte nach Luft wie ein kleines Kind, das mit seinen Gefühlen nicht zurechtkam.

»Nun, ich kann mir denken, warum du das getan hast«, fuhr sie gefasster fort. »Die Konventionen, der Skandal und so weiter. Du könntest es nicht ertragen, wenn dich jemand verurteilte. Nun, ich hätte es nicht getan. Ich hätte zu dir aufgesehen. Das erste Mal in meinem Leben vielleicht. Du hattest dich in einen anderen Mann verliebt, solche Dinge geschehen. Man kann für seine Gefühle nichts. Sie verraten uns und stellen uns Fallen. Aber für dein falsches Spiel hasse ich dich.« Ihre Stimme bebte. »Du hast dich stets in meinen Weg gestellt, hast von mir Perfektion erwartet, nur um die Risse deiner Fassade zu kaschieren. Ich sollte deine Fehler ausmerzen und ausbügeln, koste es, was es wolle. Mein ganzes Leben wurde von dir sabotiert. Und nun endlich sehe ich den Grund dafür. Du hast deine Mustergültigkeit verloren.«

Auf einmal wirkte Lady Wellington klein und fragil. Sie schwieg, und ihre Lippen zitterten. »Das ist wahr. Du hast gewonnen. Jetzt kannst du endlich darüber triumphieren, nach Paris zurückkehren und allen mitteilen, dass du die ganze Zeit im Recht warst. Hier, ich habe keine Geheimnisse mehr.«

Sie schloss einen verriegelten Schrank auf und förderte das besagte Päckchen zutage, welches sie in Oxford abgeholt hatte.

Lizzie spürte, wie ihre Mutter das Gewicht der Schachtel noch einen Moment allein trug, als wollte sie sie für sich behalten, ehe sie sie freigab. Vorsichtig balancierte Lizzie die wertvolle Fracht Richtung Flur. »Ich gehe nach oben.«

Sie war schon beim Treppenaufgang angekommen, als ihre Mutter noch einmal ihren Namen rief.

»Elisabeth. Der Vorwurf mag gerechtfertigt sein, dass ich dir gewisse Informationen vorenthalten habe, aber im

Herzen wusstest du es die ganze Zeit. Du warst nie allein. Er war stets ein Teil von dir, und er wird es immer bleiben.«

Lizzie fehlte die Kraft, um darüber zu streiten.

In ihrem Zimmer legte sie das Päckchen bedächtig ab. Wie seltsam, dass das ganze Leben eines Menschen in eine Schachtel passte. Vorsichtig löste sie die Schnur und öffnete den Deckel. Ihr Puls ging nun ganz ruhig.

Allmählich breiteten sich die Erinnerungen ihres Vaters vor ihr aus. Fotos, Postkarten, Reisedokumente, Berichte, ein Skarabäus, die Lesebrille, ein handbesticktes Taschentuch, welches sie ihm einmal geschenkt hatte, eine Taschenuhr, sein Taufbüchlein, die Totenzettel seiner irischen Eltern – ihrer Großeltern – und vieles mehr.

Den Brief fand sie säuberlich gefaltet in einem zugeklebten Umschlag. Es handelte sich um dasselbe marmorierte Briefpapier, auf welchem er immer geschrieben hatte.

Vielleicht hatte ihre Mutter doch recht. Sie war nie ohne leiblichen Vater gewesen. Auch wenn er manchmal weit weg von ihr gewesen war, so hatte er sie die ganze Zeit über nie aus den Augen gelassen.

Liebste Lizzie,

dies ist mein erster Brief, in dem ich Dich so persönlich anspreche und alle Konventionen niederlege. Mein erster Brief, den ich als Vater einer Tochter schreibe.

Im Geiste habe ich natürlich oft zu Dir gesprochen. Das mag Dir unsinnig erscheinen, aber ich bin der Ansicht, dass man durchaus in Gedanken zueinander sprechen kann und die andere Person zumindest das Gefühl wahrnimmt, dass jemand an sie denkt und sie liebt.

Du magst sicherlich viele Fragen haben. Warum haben wir Dir nie von unserem Geheimnis erzählt?

Nun, dazu muss ich zum Anfang gehen.

Deine Mutter war noch sehr jung, als sie nach England kam. Sie kannte niemanden und war mit den hiesigen Gepflogenheiten nicht vertraut. Wie Du bestimmt weißt, war die Verbindung mit Lord Wellington ein Arrangement und keine Liebesheirat. Wer einer derartigen Fremdbestimmung über das eigene Leben ausgesetzt ist wie Deine Mutter, geht entweder daran zugrunde oder ist selbst fest von dieser Sache überzeugt. Ihr Geltungsdrang machte es erträglicher, sich zu fügen.

Dennoch oblag es ihrer Pflicht, die Bildungslücken rasch aufzufüllen, wenn sie in der britischen Aristokratie akzeptiert werden wollte. Sie musste die Geschichte des Landes und seinen Habitus erfassen, die Namen derer kennen, die in den großen Salons von sich hören ließen, eine englische Sportart lernen und mit der hiesigen Kunst und Literatur vertraut sein.

Hier kam ich ins Spiel. Lord Wellington war der Hauptmäzen meines jung verstorbenen Bruders Oscar Moore, Deines Onkels. Du kennst seine Landschaftsgemälde, die in Oxford hängen und auf die ich blicke, wann immer ich den Kopf von diesen Zeilen hebe. Ich war gerade erst pro-

moviert, und Lord Wellington dachte, dass ich ein geeigneter Hauslehrer für seine Frau wäre, dem anschließend mit einem guten Leumund die Türen zu allen Colleges offen standen, um dort zu unterrichten.

Ich gebe zu, dass ich zu Beginn nur wenig Begeisterung für diese Idee übrighatte. Ich wollte wissbegierige Studenten bilden, nicht hochnäsige Damen, die nur aus Prestigegründen lernen und glauben, dass sich die ganze Welt um sie drehe. Du kannst Dir denken, wie kühl unsere erste Begegnung war. Und doch habe ich mich getäuscht. Wir uns beide. Denn hinter der Eitelkeit und dem Ehrgeiz Deiner Mutter verbarg sich eine ungeheure Sehnsucht, ein Lebenshunger, vor dem sie sich gleichzeitig schrecklich fürchtete.

Die Bücher, die wir gemeinsam behandelten, stellten eine Verbindung zu uns her, ließen uns zwei gleichwertige Menschen werden, die etwas fühlten. Wir lasen Shakespeare im Hyde Park auf dem Rasen, philosophierten auf einer Bootsfahrt über dem Serpentine zu Lord Byron und veranschaulichten die literarische Emanzipation am Beispiel von Jane Austen. Ich nahm sie mit zu Literaturzirkeln und Lesungen und machte sie mit Schriftstellern bekannt, die in jener Zeit in London weilten. Die Wertschätzung war bald einem viel intensiveren Gefühl gewichen. Der Moment kam, an dem wir in stiller Übereinkunft begriffen, dass wir uns liebten. Ohne Worte wussten wir es. Dieses Wissen war eine Zeit lang noch wahrhaftiger als eine wahre Berührung.

Doch Liebe ist heimtückisch. Was lange vor sich hin plät-

scherte, kann sich plötzlich zu einem reißenden Strom verwandeln, und es kam, wie es kommen musste.

Bald trug sie Dich unter dem Herzen. Alice war gezwungen, sich zu entscheiden, wie es mit uns weitergehen sollte. Den weiteren Verlauf der Geschichte kennst Du. Sie blieb bei Lord Wellington, um Gesicht, Schein und Tugend zu wahren. Wir hielten es für erforderlich, uns zu trennen und zunächst einige Jahre verstreichen zu lassen, in denen wir uns nicht mehr sahen. Die Ähnlichkeit zwischen Dir und mir hätte ansonsten die Aufmerksamkeit der Leute erregt. Nur als Hauslehrer war es mir später gestattet, mich Dir zu nähern. Ein großzügiger Gefallen Deiner Mutter, den sie aber stets mit Besorgnis bedachte.

Vielleicht erinnerst du Dich an den Streit, den ich mit ihr hatte, als es darum ging, ob Du mich nach Paris begleitest. Sie hatte Angst, dass ich Dich ihr entreiße und sich unser Band noch mehr festigen würde. Dass ich Dir alles erzählen würde und der Skandal nach all den Jahren doch noch ans Tageslicht käme.

Sei nicht zu streng mit Deiner Mutter, Lizzie. Auch wenn ich nicht immer mit ihr einverstanden war, so kann ich versichern: Was sie tat, tat sie mit bester Absicht. Sie ist ein Kind ihrer Zeit und hätte es niemals gewagt, ihren Ehemann zu verlassen. Lieber kämpfte sie sich durch eine unglückliche Ehe, als mit den Konsequenzen einer gesellschaftlichen Ächtung zu leben. Aber sie tat dies nicht nur in ihrem Interesse, sondern auch, um mich vor Lord Wellington zu schützen. Denn hätte er mich diffamiert, wäre der Traum einer Anstellung in Oxford freilich verhindert wor-

den. Außerdem wäre mein Bruder ins Fadenkreuz geraten, war es ihm ohne die Unterstützung des Lords doch gar nicht möglich, seine Bilder zu malen und an eine repräsentative Kundschaft zu verkaufen. Indem Alice auf ihr persönliches Glück verzichtete, konnte sie allen viel Leid ersparen – nur nicht sich selbst, und das hat sie sehr verbittert. Auf Schmerz reagierte sie stets mit Kälte, die Du zu spüren bekamst.

Aber hinter ihrer harten, eisernen Hülle verbirgt sich eine so leidenschaftliche wie verletzliche Seele, die sich im Kern nach Zugehörigkeit und Liebe sehnt. So wie wir alle.

Dein Dich liebender Vater
Tom Moore

Die Tür zur Bibliothek quietschte, als Lizzie sie mit einem festen Kloß im Hals aufdrückte. Noch war sie nicht sicher, ob ihre Stimme ihr gehorchen würde.

»Mutter? Ich möchte jetzt über meinen Vater sprechen.«

Lady Wellington hatte sich die ganze Zeit über nicht gerührt, hatte hier auf sie gewartet, um ihr Antworten zu geben. Ihr standen Tränen in den Augen. Tränen der Trauer, der Freude und der Gewissheit, dass nun alles anders werden würde, dass dies der Beginn von etwas Neuem war.

Und dann: ein Lächeln. Sie streckte die Hand nach ihrer Tochter aus. Mehr als diese Geste brauchte Lizzie nicht. Sie verstand sie jetzt. Zum ersten Mal in ihrem Leben spürte sie eine Verbundenheit. Eine Gewissheit, dass zwar nicht alles sofort besser würde, sie aber beide eine neue Chance erhielten.

Lizzie hatte einen Vater verloren, aber eine Mutter gewonnen.

»Natürlich, mein Schatz. Lass uns über alles reden.«
Und sie redeten die ganze Nacht.

EPILOG

Paris, Mai 1928 – zweieinhalb Jahre später

In den Straßen von Paris roch es nach Regen. Schwere Wolken schoben sich vor die Sonne. Magnolien und Platanen, die jetzt noch in beispielloser Pracht blühten, würden gleich ihr Blütenkleid abwerfen und es durch den Boulevard Saint-Germain schleudern. Die Kellner bereiteten sich auf das nahende Gewitter vor. Sie packten die Sonnenschirme ein, stellten die Stühle in den Unterstand und entfernten Gedeck und Servietten. Lizzie spürte den Druck in der Luft, die Gewalt der Elemente, und wählte einen sicheren Platz im inneren des Café de Flore.

Es war kurz vor Mittag, und sie hatte freie Platzwahl. Sie war erst in einer Stunde mit jemandem verabredet, wollte aber die Zeit nutzen, um die Leseprobe einer Autorin zu redigieren. Bald würde es hier von Studenten nur so wimmeln, die aus der nahen Sorbonne kamen und hier ihre Pause verbrachten.

Lizzie setzte sich an einen ruhigen Tisch, der sich direkt am Fenster befand und freie Sicht auf den Boulevard ermöglichte.

Den Lapsang Souchong brachte man ihr, ohne dass sie ihn bestellen musste. »Sie sind vermutlich die einzige Person in ganz Frankreich, die dieses rauchige Gebräu einem ordentlichen Kaffee vorzieht«, pflegte der Besitzer des Cafés zu scherzen.

Nun nippte sie an ihrem Tee, zog an ihrer Zigarette und genoss das Aroma, welches sich in ihrem Mund entfaltete. Während sich die Wolken immer mehr verfinsterten und das erste Donnergrollen erklang, öffnete Lizzie ihre Mappe und tauchte in ihre Papiere ein.

Die Worte ihres Vaters fielen ihr wieder ein, als er ihr geschrieben hatte, sie solle die Anfangszeit genießen. Sie sei zwar anstrengend, dafür erlebe man sie umso intensiver. Wie recht er damit hatte. Inzwischen war Lizzie keine Anfängerin mehr. Seit Jahresbeginn trug sich die Lilith Press selbst. Auch ihre Mutter unterstützte sie seit ihrer Aussöhnung, was ihr eine gewisse Liquidität ermöglichte, sodass sie nicht länger allein auf die Subskribenten angewiesen war. Sie konnte nun unabhängig davon die Aufmachung des Buches und die Auflagenhöhe bestimmen. Durfte Neues wagen und sich gestatten zu scheitern. Wie im wahren Leben. Denn die Welt stand niemals still, auch in ihren Kreisen nicht.

Hemingway und seine Frau gingen getrennte Wege. Er war nun mit Pauline Pfeiffer verheiratet, besagter Freundin, von der Hadley im letzten Skiurlaub so beunruhigt gewesen war. Vor einem Monat hatte das Paar Paris verlassen. Pauline war schwanger und wollte, dass ihr Kind in Amerika aufwuchs. Der Abschied war noch ganz frisch und kam Lizzie nicht real vor. Der ganze Freundeskreis war am Bahnhof gewesen, um sich von ihnen zu verabschieden.

Da die Familie ihre Wohnung schon eher aufgegeben hatte, waren sie die letzten Tage im Hotel Ritz untergekommen. Plötzlich hatte er festgestellt, dass ein Koffer fehlte. Es war ausgerechnet jener, der all seine Memoiren beinhaltete.

»Mist, die Zeit reicht nicht mehr, ihn zu holen«, hatte Lizzie bestürzt festgestellt. Sylvia fragte: »Sollen wir ihn dir nachschicken?«

Doch Hemingway winkte gelassen ab. »Lass ihn, er ist dort sicher verwahrt. Wer weiß, vielleicht kehre ich in zwanzig oder dreißig Jahren zurück und hole ihn. Dann werde ich mich an euch und diese großartige Zeit erinnern, die mir als alter Mann noch viel großartiger erscheinen wird, weil sie längst vorbei ist. Und dann werde ich mich hinsetzen und mir sagen: ›Daraus solltest du ein Buch schreiben.‹ Und es wird ein gutes Buch sein.«

Großartig war auch die gemeinsame Zeit mit Jolene gewesen. Fast ein Jahr hatte es mit ihnen beiden funktioniert, ehe ihre Berufe als Sängerin und Verlegerin sie in unterschiedliche Richtungen drängten. Aber so war das, wenn man in Paris lebte. Man fand sich durch Kunst, und meist verlor man sich durch sie auch wieder. Es war in Ordnung. Lizzie hatte in ihrem Leben einen Punkt erreicht, an dem die Liebe nicht mehr oberste Priorität hatte. Die wichtigste Beziehung führte sie immer noch mit sich selbst, und wie in einer Zweierbeziehung gab es mal gute und mal schlechte Tage.

Es gab auch noch andere Formen der Liebe. All die guten Freundschaften und berührenden Begegnungen, die

Gespräche rund um Bücher, die gegenseitige Fürsorge – auch das war Liebe. Und so gesehen war Lizzie reich beschenkt und hatte ihrerseits keine Angst davor, ihr Herz immer wieder aufs Neue zu verschenken. An wen, das spielte letztendlich keine Rolle.

Sie hing weiter ihren Gedanken nach, als sich Bewegung im Café bemerkbar machte. Immer mehr Leute drängten sich herein und stolperten an die Bar oder hielten Ausschau nach einem freien Tisch.

Und dann kam der Regen. Es war eines jener Frühlingsgewitter, bei denen man das Gefühl hatte, dass der Himmel seine Schleusen öffnete. Innerhalb kürzester Zeit waren die Straßen leer, und kleine Rinnsale flossen in die Kanaldeckel. Wer draußen war, suchte tunlichst Unterschlupf in einem Hauseingang oder Geschäft, wer im Trockenen war und eigentlich gehen musste, entschied, noch eine Weile zu bleiben.

Die Künstlerin, mit der Lizzie verabredet war, trat kurz darauf ein und entledigte sich ihrer nassen Frühlingsjacke. Sie war etwa im gleichen Alter wie sie und hatte veilchenblaue Augen.

»Entschuldigen Sie die Verspätung, ich musste noch meine Kinder von der Schule abholen und zur Nachbarin bringen.«

Lizzie lächelte nachsichtig. Ihre Bewunderung für die Künstlerin reichte viel zu weit, um verärgert zu sein. »Schön, dass Sie es einrichten konnten. Es freut mich wirklich sehr, Sie kennenzulernen.«

»Was ohnehin längst überfällig war«, fand die Künstlerin, während sie eine ihrer kastanienbraunen Haarsträhnen zurückstrich. »Ich habe einst im selben Atelier gearbeitet, in welchem Sie Ihre Lilith Press haben. Wussten Sie das?«

»Ja, das ist mir auch schon zu Ohren gekommen. Darum bin ich sehr an Ihrer Meinung zu folgender Überlegung interessiert ...«

Lizzie breitete ihre Unterlagen aus und erzählte von ihrem Vorhaben. Bald waren die Frauen in Diskussionen und Überlegungen vertieft, sodass sie weder von der Umgebung noch von der Zeit Notiz nahmen. Beim Vorschlag handelte es sich um eine neue Romanreihe, die Lizzie nächstes Jahr lancieren wollte.

»Romane sind nicht nur Verbrauchsware, die man liest und danach ins Regal stellt. Jedes Buch ist ein Kunstwerk. Wer könnte ein solches besser gestalten als eine renommierte Künstlerin wie Sie?«

Die Frau nickte. »Normalerweise nehme ich keine Aufträge an, sondern füge mich ganz den Launen meiner Schaffenskraft. Aber die Umschläge für eine ganze Romanreihe zu gestalten klingt ziemlich reizvoll. Zumal ich eine Fürsprecherin bin, wenn es darum geht, die Angelegenheiten der Frauen zu fördern. Darum bin ich gerne dazu bereit, bei Ihnen eine Ausnahme zu machen.«

Etwas in Lizzies Brust kribbelte. Es war diese wohlige Aufregung, die sie immer verspürte, wenn Ideen zu festeren Gebilden gesponnen wurden. »Sie wissen nicht, wie sehr ich auf Ihre Zusage gehofft habe. Wissen Sie, ich bewundere Ihre Arbeiten und Ihren Werdegang schon seit

Längerem. Was Sie alles gemeistert und wie Sie sich etabliert haben.«

»Es war ein langer Weg«, stimmte die Künstlerin ein, während sie sich eine Zigarette ansteckte. »Aber das wissen Sie sicherlich selbst. Ihr Verlag floriert. Wir sind zwei Frauen, die viel im Leben erreicht haben. Die inzwischen Einfluss haben und diesen nutzen, um andere zu ermutigen.«

Zustimmend reichte ihr Lizzie die Hand. »Ich danke Ihnen für Ihr Vertrauen, Madame Renarde. Mein Gefühl sagt mir, dass wir sehr gut zusammenarbeiten werden.«

»Bitte, nennen Sie mich Valérie.«

Lizzie schenkte ihr ein verschwörerisches Lächeln. »Nun, Valérie. Dann lassen Sie uns beginnen.«

NACHWORT

Gegen Ende des viktorianischen Zeitalters begann der Adel allmählich zu bröckeln. Der Unterhalt vieler großer Häuser erwies sich als Fass ohne Boden, der hohe Anspruch der Familienmitglieder konnte kaum mit eigenen Erträgen gedeckt werden. Das Vermögen schrumpfte. Doch es gab einen Weg, der dem Niedergang des Adels zumindest für eine weitere Generation Aufschub gewährte: Die Töchter aus wohlhabenden amerikanischen Familien übersiedelten nach England, um dort in den Adel einzuheiraten und diesen mit ihrer Mitgift zu retten.

Ein bekanntes Beispiel war Lady Maud »Emerald« Cunard (1872–1948). Sie kam 1895 nach England, heiratete einen Baron und stieg rasch zu einer gut vernetzten Grande Dame der Gesellschaft auf. Aus ihrer Ehe ging nur ein Kind hervor, wobei gemunkelt wurde, dass es in Wahrheit von George Moore, einem irischen Schriftsteller, stammte. Dieses Kind hieß Nancy Cunard und war das biographische Vorbild meiner Protagonistin Lizzie Wellington.

Schon als Kind war Nancy rebellisch und brach mit den Konventionen ihrer Gesellschaft. Nach einer Gebärmutterentfernung und einer gescheiterten Ehe ließ sie sich in Paris nieder, lernte Sylvia Beach kennen und gründete, ermutigt von ihr, einen Verlag. Sie schminkte ihre Augen tiefschwarz, trug unzählige Armreifen und das Fell von Raubtieren. Ihr auffälliges Auftreten inspirierte sowie bezirzte zahlreiche Schriftsteller ihrer Zeit.

Einige Jahre war sie mit dem afroamerikanischen Jazzpianisten Henry Crowder liiert. Daraufhin enterbte ihre Mutter sie. Als ihr Verlag zu florieren begann, gab sie ihn auf, da es sie von nun an langweilte. Stattdessen widmete sie sich dem Kampf gegen den Rassismus, später Faschismus und veröffentlichte die Anthologie *Negro*. Politisch blieb sie auch, als der Spanische Bürgerkrieg ausbrach und sie dorthin reiste, um den Flüchtlingen zu helfen.

So spannend und inspirierend ihr Leben klingt, so tragisch endete es. Nach dem Zweiten Weltkrieg hatte die Kämpferin nichts mehr, wofür es sich zu kämpfen lohnte. Sie wurde ruhelos und litt unter dem Verlust ihrer Freundschaften. Die vielen Partys, der haltlose Konsum von Alkohol und Haschisch und die Geldprobleme zerrten an ihr.

Als Nancy 1965 nachts auf den Straßen von Paris zusammenbrach und in ein Hospital gebracht wurde, soll sie noch sechsundzwanzig Kilogramm gewogen haben. Wenige Tage später starb sie, vereinsamt, verarmt und nahezu vergessen.

Lange überlegte ich, eine Romanbiographie über diese bemerkenswerte Frau zu schreiben, doch ich entschied mich dagegen. Denn die Protagonistin, die vor meinem inneren Auge allmählich entstand, nahm ganz andere Charakterzüge an. Rebellisch zwar, aber ruhiger und auf eine bestimmte Sache konzentriert: die Welt der Bücher.

Da sich Lizzie kritisch mit Geschlechterrollen und der Stellung der Frau auseinandersetzt und in einem Freundeskreis verkehrt, in welchem viele lesbische Pärchen vertreten sind, fand ich es interessant, eine bisexuelle Protagonistin zu erschaffen. So entstand Lizzie Wellington.

Lizzie, ihre Eltern, Amélie sowie Jolene sind frei erfunden, wobei wahre Persönlichkeiten sie inspiriert haben. Bei den Wellingtons waren das die Cunards, beziehungsweise beim Professor der Schriftsteller George Moore. Amélie repräsentiert eine typische Tänzerin der Avantgarde, mit der Eleganz einer Anna Pavlova und dem späteren Freigeist der Marlene Dietrich. Jolene ist eine verweiblichte Form von Nancy Cunards Partner Henry Crowder, mit Elementen von Josephine Baker, die zur selben Zeit nach Paris kam. Beispielsweise habe ich Josephines Kindheitserinnerungen als Küchenmädchen übernommen.

Viele Figuren hat es aber wirklich gegeben, und diesen möchte ich einige Zeilen widmen:

James Joyce traf nach der Veröffentlichung des *Ulysses* eine schwere Schreibblockade. Die Sorgen um seine psychisch erkrankte Tochter, eigene gesundheitliche wie mentale Probleme sowie die zunehmende Alkoholsucht machten ihm zu schaffen. Noch einmal blühte *Ulysses* auf, als die französische Übersetzung erschien, an deren Umsetzung Adrienne Monnier wesentlich beteiligt war.

Obwohl er den beiden Frauen die Veröffentlichung zu verdanken hatte, behandelte er Sylvia nicht wie eine Verlegerin, sondern bezeichnete sie als seine Vertreterin. Ein Vertrag, der erst 1930 die Rechte am *Ulysses* klären sollte, erwies sich als nichtig. 1931 vereinbarte er hinter Sylvias Rücken mit Random House eine Neuverlegung und erhielt eine Anzahlung von fünfundvierzigtausend Dollar. Sylvia ging komplett leer aus. Für eine Verhandlung oder Anfechtungen fehlten ihr das Know-how und schließlich die Energie.

Dennoch ist in Sylvias Memoiren kaum ein böses Wort über Joyce zu vernehmen. Die wahre Kritik versteckt sich wie so oft zwischen den Zeilen. Sie schrieb: »Was meine persönlichen Gefühle betraf, nun, so ist man gar nicht stolz darauf und sollte sie sofort unterdrücken, wenn sie nicht mehr einem guten Zweck dienen.«

Erst viel später begriff Joyce, wie viel Sylvia für ihn getan hatte und dass sie ihm laut eigener Aussage die schönsten zehn Jahre seines Lebens beschert hatte. Er fand bald neue Lasttiere, die ihm als Mädchen für alles zur Hand gingen. Unter anderem der junge Samuel Beckett sowie Paul Léon.

Ezra Pound lebte weiterhin in Italien und wurde ein Anhänger des Faschismus, von dem er auch bis nach dem Zweiten Weltkrieg überzeugt blieb. Er wurde schließlich inhaftiert, für geisteskrank erklärt und verbrachte viele Jahre in einer psychiatrischen Einrichtung, ehe er 1972 in Venedig starb.

Ernest Hemingway heiratete noch zwei weitere Male,

reiste viel herum und wurde im Zweiten Weltkrieg erneut Kriegsberichterstatter. 1944 kam es zu einer rührenden Wiederbegegnung mit Sylvia und Adrienne: Während der Befreiung von Paris bot er den Damen Geleitschutz, um im Anschluss den Weinkeller des Hotel Ritz zu »retten«.

1953 erhielt er für *Der alte Mann und das Meer* den Pulitzer-Preis für Belletristik sowie ein Jahr später gar den Literaturnobelpreis. Zu diesem Zeitpunkt war er längst ein gebrochener Mann, der 1961 freiwillig aus dem Leben schied.

Virginia Woolf arbeitete ab 1928 ihre weltbekannte Theorie aus, dass Frauen, um unabhängig schreiben zu können, ein sicheres Einkommen von fünfhundert Pfund jährlich sowie ein eigenes Zimmer für sich benötigten. Darüber sollte sie an zwei Universitäten einen Vortrag halten. Schon bald merkte sie, dass eine Stunde Redezeit nicht genügen würde, um diesem Thema gerecht zu werden. Anstelle zu kürzen, entschied sie, ihre ungekürzte Ansprache in Buchform zu veröffentlichen. *Ein Zimmer für sich allein* erschien 1929. Das Werk war ihr so wichtig, dass sie dafür sogar ihre Arbeit an *Orlando* unterbrach. Obschon ihr Verlag und ihre schriftstellerischen Tätigkeiten florierten, litt sie zeitlebens unter schweren Depressionen, ihrer Kinderlosigkeit und den Auswirkungen zweier Weltkriege. 1941 nahm sie sich das Leben.

Auch in Paris drehte sich mit Ausbruch des Krieges der Wind. Die verbleibenden Bücherfreunde verloren einander aus den Augen, waren entweder geflohen oder seither so berühmt, dass sie nicht mehr mit denselben Leuten von früher verkehrten. In ihren Memoiren schrieb Sylvia treffend: »Es war vergnüglicher gewesen, aus einem Krieg heraus- als in einen anderen hineinzugehen, und dazu kam natürlich auch die Wirtschaftskrise.«

Sie und Adrienne blieben nach wie vor eine Einheit, obwohl es zu einer vorübergehenden Trennung kam. Adrienne gelang es, La Maison des Amis des Livres durch den Zweiten Weltkrieg zu bekommen, aber sie erkrankte schwer und beging 1955 Suizid.

Als lesbische Ausländerin mit jüdischen Verbindungen geriet auch Sylvia auf den Radar der Nazis. Sie wurde 1941 interniert, als ein Wehrmachtssoldat in ihrem Laden die Originalausgabe von *Finnegans Wake* für sich beanstanden wollte, was sie ihm aber verwehrte. Zwar überlebte sie die Gefangenschaft und kam ein halbes Jahr später zurück, doch sie brachte nicht mehr die Kraft auf, ihren geliebten Buchladen zu öffnen.

Heute existiert die Buchhandlung wieder. Sie befindet sich einige Straßen von der ursprünglichen Rue de l'Odéon entfernt und gehörte George Whitman, der 1962, im Jahr von Sylvias Tod, ihr zu Ehren sein Geschäft in *Shakespeare & Company* umbenannte. Es gibt ein bewegendes Interview von Sylvia aus demselben Jahr, welches ich jedem ans Herz lege, der sich vertieft mit ihrem Werdegang auseinandersetzen will.

Auch wenn diese bemerkenswerten Menschen nicht mehr unter uns weilen und die Zeitzeugen schon lange verschwunden sind – ihre Ideen und die Auswirkung ihrer gewaltigen Schaffenskraft schweben noch immer in der Luft. Man kann sie deutlich spüren, etwa beim Schlendern durch die alten Gassen am Linken Ufer der Seine. Und wer weiß – vielleicht landen auch einige dieser magischen Partikel auf unseren Schultern.

Tabea Koenig
Basel, September 2021

DANKSAGUNG

Dieser wundervolle Roman wäre nicht entstanden, versteckten sich nicht ein paar treue und helfende Gesichter dahinter.

Ich danke Stefanie Huber, Tabea Obrist, Jessica Bürgin und Maja Knapp, die mir wie immer wertvolle Rückmeldungen gaben. Ihr habt an die Geschichte auch dann geglaubt, wenn ich Zweifel hatte. Allen voran Leonard Koenig, der mich wieder einmal bedingungslos unterstützte und ermutigte.

Meinem Agenten Dirk Meynecke schulde ich Dank, weil er erneut ein wunderbares Plätzchen für mein Buch gefunden hat.

Constanze Bichlmaier danke ich für ihr Vertrauen in dieses Werk, das Lektorat sowie die Betreuung.

Mein größter Dank gilt jedoch den Leserinnen und Lesern da draußen. Immer wieder überwältigt ihr mich mit euren positiven Rückmeldungen. Danke, dass ihr meinen Geschichten schon so oft eure Lesezeit oder ein offenes Ohr geschenkt habt. Euer Wohlwollen und Interesse geben mir enorm viel Kraft, Mut und Zuversicht beim Schreiben. Nur dank euch wurde aus einem einfachen Hobby eine glühende Leidenschaft.

Tabea Koenig
Die Maskenbildnerin von Paris
Historischer Roman
442 Seiten. Broschur
ISBN 978-3-7466-3831-7
Auch als E-Book lieferbar

Paris, 1914 – der Mut einer jungen Künstlerin in hoffnungslosen Zeiten

Valérie will in Paris Kunst studieren und verlässt dafür ihren Heimatort und ihre große Liebe Gabriel. Dann bricht der Krieg aus, und die Nachricht, dass Gabriel vermisst wird, trifft Valérie schwer. Sie begegnet der Bildhauerin Anna Coleman Ladd, die Masken aus Kupfer für Kriegsversehrte anfertigt. Valérie stürzt sich in die Arbeit und verliebt sich dabei in Louis. Als der Krieg vorbei ist, wird Valérie von ihrer Vergangenheit eingeholt – und sie begreift, dass es an der Zeit ist, ihr größtes Geheimnis zu verraten.

Die Geschichte einer jungen Künstlerin in Paris, die ihr Talent nutzt, um verletzten Soldaten neue Hoffnung zu geben Ein berührender Roman über die »Gueules Cassées«, die Kriegsversehrten des Ersten Weltkriegs

Regelmäßige Informationen erhalten Sie über unseren Newsletter.
Jetzt anmelden unter: www.aufbau-verlage.de/newsletter

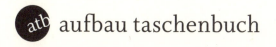